WILLIAM SHAKESPEARE

FIVE COMEDIES OF SHAKESPEARE

莎士比亚喜剧选

[英] 威廉·莎士比亚 著　朱生豪 译

人民文学出版社

William Shakespeare
FIVE COMEDIES OF
SHAKESPEARE

© People's Literature Publishing House 2013

图书在版编目(CIP)数据

莎士比亚喜剧选/(英)莎士比亚
(Shakespeare,W.)著;朱生豪译.—北京:人民文学
出版社,2013
(企鹅经典丛书)
ISBN 978-7-02-009668-8

Ⅰ.①莎… Ⅱ.①莎… ②朱… Ⅲ.①喜剧-剧本-
作品集-英国-中世纪 Ⅳ.①I561.33

中国版本图书馆 CIP 数据核字(2013)第 014003 号

特约策划:邱小群　任　战
责任编辑:马爱农
封面设计:董红红

出版发行　人民文学出版社
社　　址　北京市朝内大街 166 号
邮政编码　100705
网　　址　http://www.rw-cn.com
印　　制　山东德州新华印务有限责任公司
经　　销　全国新华书店等
字　　数　220 千字
开　　本　890×1240 毫米　1/32
印　　张　14
版　　次　2013 年 5 月北京第 1 版
印　　次　2013 年 5 月第 1 次印刷
书　　号　978-7-02-009668-8
定　　价　30.00 元

企鹅经典丛书

出版说明

  这套中文简体字版"企鹅经典"丛书是人民文学出版社携手上海九久读书人与企鹅出版集团（Penguin Books）的一个合作项目，以企鹅集团授权使用的"企鹅"商标作为丛书标识，并采用了企鹅原版图书的编辑体例与规范。"企鹅经典"凡一千三百多种，我们初步遴选的书目有数百种之多，涵盖英、法、西、俄、德、意、阿拉伯、希伯来等多个语种。这虽是一项需要多年努力和积累的功业，但正如古人所云：不积小流，无以成江海。

  由艾伦·莱恩（Allen Lane）创办于一九三五年的企鹅出版公司，最初起步于英伦，如今已是一个庞大的跨国集团公司，尤以面向大众的平装本经典图书著称于世。一九四六年以前，英国经典图书的读者群局限于研究人员，普通读者根本找不到优秀易读的版本。二战后，这种局面被企鹅出版公司推出的"企鹅经典"丛书所打破。它用现代英语书写，既通俗又吸引人，裁减了冷僻生涩之词和外来成语。"高品质、平民化"可以说是企鹅创办之初就奠定的出版方针，这看似简单的思路中植入了一个大胆的想象，那就是可持续成长的文化期待。在这套经典丛书中，第一种就是荷马的《奥德赛》,以这样一部西方文学源头之作引领战后英美社会的阅读潮流,可谓高瞻远瞩,那个历经磨难重归家园的故事恰恰印证着世俗生活的传统理念。

经典之所以谓之经典,许多大学者大作家都有过精辟的定义,时间的检验是一个客观标尺,至于其形成机制却各有说法。经典的诞生除作品本身的因素,传播者(出版者)、读者和批评者的广泛参与同样是经典之所以成为经典的必要条件。事实上,每一个参与者都可能是一个主体,经典的生命延续也在于每一个接受个体的认同与投入。从企鹅公司最早出版经典系列那个年代开始,经典就已经走出学者与贵族精英的书斋,进入了大众视野,成为千千万万普通读者的精神伴侣。在现代社会,经典作品绝对不再是小众沙龙里的宠儿,所有富有生命力的经典都存活在大众阅读之中,它已是每一代人知识与教养的构成元素,成为人们心灵与智慧的培养基。

处于全球化的当今之世,优秀的世界文学作品更有一种特殊的价值承载,那就是提供了跨越不同国度不同文化的理解之途。文学的审美归根结底在于理解和同情,是一种感同身受的体验与投入。阅读经典也许可以被认为是对文化个性和多样性的最佳体验方式,此中的乐趣莫过于感受想象与思维的异质性,也即穿越时空阅尽人世的欣悦。换成更理性的说法,正是经典作品所涵纳的多样性的文化资源,展示了地球人精神视野的宽广与深邃。在大工业和产业化席卷全球的浪潮中,迪斯尼式的大众消费文化越来越多地造成了单极化的拟象世界,面对那些铺天盖地的电子游戏一类文化产品,人们的确需要从精神上作出反拨,加以制衡,需要一种文化救赎。此时此刻,如果打开一本经典,你也许不难找到重归家园或是重新认识自我的感觉。

中文版"企鹅经典"丛书沿袭原版企鹅经典的一贯宗旨：首先在选题上精心斟酌，保证所有的书目都是名至实归的经典作品，并具有不同语种和文化区域的代表性；其次，采用优质的译本，译文务求贴近作者的语言风格，尽可能忠实地再现原著的内容与品质；另外，每一种书都附有专家撰写的导读文字，以及必要的注释，希望这对于帮助读者更好地理解作品会有一定作用。总之，我们给自己设定了一个绝对不低的标准，期望用自己的努力将读者引入庄重而温馨的文化殿堂。

关于经典，一位业已迈入当今经典之列的大作家，有这样一个简单而生动的说法——"'经典'的另一层意思是：搁在书架上以备一千次、一百万次被人取下。"或许你可以骄傲地补充说，那本让自己从书架上频繁取下的经典，正是我们这套丛书中的某一种。

人民文学出版社编辑部

上海九久读书人文化实业有限公司

二〇一一年四月

目　录

仲夏夜之梦

朱生豪　译

方　平　校

剧 中 人 物

忒修斯　雅典公爵

伊吉斯　赫米娅之父

拉　山　德

狄米特律斯

同恋赫米娅

菲劳斯特莱特　忒修斯的掌戏乐之官

昆斯　木匠

斯纳格　细工木匠

波顿　织工

弗鲁特　修风箱者

斯诺特　补锅匠

斯塔佛林　裁缝

希波吕忒　阿玛宗女王,忒修斯之未婚妻

赫米娅　伊吉斯之女,恋拉山德

海丽娜　恋狄米特律斯

奥布朗　仙王

提泰妮娅　仙后

迫克　又名好人儿罗宾

豆花
蛛网
飞蛾　}小神仙
芥子

其他侍奉仙王仙后的小仙人们

忒修斯及希波吕忒的侍从

地　点

雅典及附近的森林

第 一 幕

第一场　雅典。忒修斯宫中

忒修斯、希波吕忒、菲劳斯特莱特及侍从等上。

忒修斯　美丽的希波吕忒,现在我们的婚期已快要临近了,再过四天幸福的日子,新月便将出来;但是唉!这个旧的月亮消逝得多么慢,她耽延了我的希望,像一个老而不死的后母或寡妇,尽是消耗着年轻人的财产。

希波吕忒　四个白昼很快地便将成为黑夜,四个黑夜很快地可以在梦中消度过去,那时月亮便将像新弯的银弓一样,在天上临视我们的良宵。

忒修斯　去,菲劳斯特莱特,激起雅典青年们的欢笑的心情,唤醒了活泼泼的快乐精神,把忧愁驱到坟墓里去;那个脸色惨白的家伙,是不应该让他参加在我们的结婚行列中的。(菲劳斯特莱特下)希波吕忒,我用我的剑向你求婚,用威力的侵凌赢得了你的芳心;[1]但这次我要换

---

[1]　忒修斯(Theseus)是希腊神话里的英雄,曾远征阿玛宗(Amazon),克之,娶其女王希波吕忒(Hippolyta)。

一个调子，我将用豪华、夸耀和狂欢来举行我们的婚礼。

　　　　伊吉斯、赫米娅、拉山德、狄米特律斯上。

伊吉斯　　威名远播的忒修斯公爵，祝您幸福！

忒修斯　　谢谢你，善良的伊吉斯。你有什么事情？

伊吉斯　　我怀着满心的气恼，来控诉我的孩子，我的女儿赫米娅。走上前来，狄米特律斯。殿下，这个人，是我答应把我女儿嫁给他的。走上前来，拉山德。殿下，这个人引诱坏了我的孩子。你，你，拉山德，你写诗句给我的孩子，和她交换着爱情的纪念物；你在月夜到她的窗前用做作的声调歌唱着假作多情的诗篇；你用头发编成的腕环、戒指、虚华的饰物、琐碎的玩具、花束、糖果——这些可以强烈地骗诱一个稚嫩的少女之心的"信使"来偷得她的痴情；你用诡计盗取了她的心，煽惑她使她对我的顺从变成倔强的顽抗。殿下，假如她现在当着您的面仍旧不肯嫁给狄米特律斯，我就要要求雅典自古相传的权利，因为她是我的女儿，我可以随意处置她；按照我们的法律，逢到这样的情况，她要是不嫁给这位绅士，便应当立时处死。

忒修斯　　你有什么话说，赫米娅？当心一点吧，美貌的姑娘！你的父亲对于你应当是一尊神明；你的美貌是他给与的，你就像在他手中捏成的一块蜡像，他可以保全你，也可以毁灭你。狄米特律斯是一个很好的绅士呢。

赫米娅　　拉山德也很好啊。

忒修斯　　他本人当然很好；但是要做你的丈夫，如果不能得到你父亲的同意，那么比起来他就要差一筹了。

赫米娅　　我真希望我的父亲和我有同样的看法。

忒修斯　　实在还是你应该依从你父亲的看法才对。

赫米娅　　请殿下宽恕我！我不知道是什么一种力量使我如此大胆，也不知道在这里披诉我的心思将会怎样影响到我的美名，但是我要敬问殿下，要是我拒绝嫁给狄米特律斯，就会有什么最恶的命运临到我的头上？

忒修斯　不是受死刑，便是永远和男人隔绝。因此，美丽的赫米娅，仔细问一问你自己的心愿吧！考虑一下你的青春，好好地估量一下你血脉中的搏动；倘然不肯服从你父亲的选择，想想看能不能披上尼姑的道服，终生幽闭在阴沉的庵院中，向着凄凉寂寞的明月唱着暗淡的圣歌，做一个孤寂的修道女了此一生？她们能这样抑制热情，到老保持处女的贞洁，自然应当格外受到上天的眷宠；但是结婚的女子有如被采下炼制过的玫瑰，香气留存不散，比之孤独地自开自谢，奄然朽腐的花儿，在尘俗的眼光看来，总是要幸福得多了。

赫米娅　就让我这样自开自谢吧，殿下，我不愿意把我的贞操奉献给我心里并不敬服的人。

忒修斯　回去仔细考虑一下。等到新月初生的时候——我和我的爱人缔结永久的婚约的一天——你必须作出决定，倘不是因为违抗你父亲的意志而准备一死，便是听从他而嫁给狄米特律斯；否则就得在狄安娜的神坛前立誓严守戒律，终生不嫁。

狄米特律斯　悔悟吧，可爱的赫米娅！拉山德，放弃你那没有理由的要求，不要再跟我确定了的权利抗争吧！

拉山德　你已经得到她父亲的爱，狄米特律斯，让我保有着赫米娅的爱吧；你去跟她的父亲结婚好了。

伊吉斯　无礼的拉山德！一点不错，我欢喜他，我愿意把属于我所有的给他；她是我的，我要把我在她身上的一切权利都授给狄米特律斯。

拉山德　殿下，我和他出身一样好；我和他一样有钱；我的爱情比他深得多；我的财产即使不比狄米特律斯更多，也决不会比他少；比起这些来更值得夸耀的是,美丽的赫米娅爱的是我。那么为什么我不能享有我的权利呢?讲到狄米特律斯,我可以当他的面宣布,他曾经向奈达的女儿海丽娜调过情,把她弄得神魂颠倒;那位可爱的姑娘还痴心地恋着他,把这个缺德的负心汉当偶像一样崇拜。

忒修斯　的确我也听到过不少闲话,曾经想和狄米特律斯谈谈这件事;但是因为自己的事情太多,所以忘了。来,狄米特律斯;来,伊吉斯;你们两人跟我来,我有些私人的话要开导你们。你,美丽的赫米娅,好好准备着,丢开你的情思,依从你父亲的意志,否则雅典的法律将要把你处死,或者使你宣誓独身;我们没有法子变更这条法律。来,希波吕忒;怎样,我的爱人?狄米特律斯和伊吉斯,走吧;我必须差你们为我们的婚礼办些事,还要跟你们商量一些和你们有点关系的事。

伊吉斯　我们敢不欣然跟从殿下。(除拉山德、赫米娅外均下。)

拉山德　怎么啦,我的爱人!为什么你的脸颊这样惨白?你脸上的蔷薇怎么会凋谢得这样快?

赫米娅　多半是因为缺少雨露,但我眼中的泪涛可以灌溉它们。

拉山德　唉!我在书上读到的,在传说或历史中听到的,真正的爱情,所走的道路永远是崎岖多阻;不是因为血统的差异——

赫米娅　不幸啊,尊贵的要向微贱者屈节臣服!

拉山德　便是因为年龄上的悬殊——

赫米娅　可憎啊,年老的要和年轻人发生关系!

拉山德　或者因为信从了亲友们的选择——

赫米娅　倒霉啊,选择爱人要依赖他人的眼光!

拉山德　或者,即使彼此此情悦服,但战争、死亡或疾病却侵害着它,使它像一个声音、一片影子、一段梦、黑夜中的一道闪电那样短促,在一刹那间展现了天堂和地狱,但还来不及说一声"瞧啊!"黑暗早已张开口把它吞噬了。光明的事物，总是那样很快地变成了混沌。

赫米娅　既然真心的恋人们永远要受磨折似乎已是一条命运的定律，那么让我们练习着忍耐吧；因为这种磨折，正和忆念、幻梦、叹息、希望和哭泣一样，都是可怜的爱情缺不了的随从者。

拉山德　你说得很对。听我吧，赫米娅。我有一个寡居的伯母，很有钱，却没有儿女，她看待我就像亲生的独子一样。她的家离开雅典二十哩路；温柔的赫米娅，我可以在那边和你结婚，雅典法律的利爪不能追及我们。要是你爱我，请你在明天晚上溜出你父亲的屋子，走到郊外三哩路地方的森林里——我就是在那边遇见你和海丽娜一同庆祝五月节①的——我将在那面等你。

赫米娅　我的好拉山德！凭着丘匹德的最坚强的弓，凭着他的金镞的箭，凭着维纳斯的鸽子的纯洁，凭着那结合灵魂、祜祐爱情的神力，凭着古代迦太基女王焚身的烈火，当她看见她那负心的特洛亚人扬帆而去的时候，凭着一切男子所毁弃的约誓——那数目是远超过于女子所曾说过的，我向你发誓，明天一定会到你所指定的那地方和你相会。

拉山德　愿你不要失约，情人。瞧，海丽娜来了。

　　　　　海丽娜上。

赫米娅　上帝保佑美丽的海丽娜！你到哪里去？

海丽娜　你称我"美丽"吗？请你把那两个字收回了吧！狄米特律斯爱着你的美丽；幸福的美丽啊！你的眼睛是两颗明星，你的甜蜜的声音比之小麦青青、山楂蓓蕾的时节送入牧人耳中的云雀之歌还要动听。疾病是能染人的；唉！要是美貌也能传染的话，美丽的赫米娅，我但

———————

①　英国旧俗于五月一日早起以露盥身，采花唱歌。

愿染上你的美丽;我要用我的耳朵捕获你的声音,用我的眼睛捕获你的睇视,用我的舌头捕获你那柔美的旋律。要是除了狄米特律斯之外,整个世界都是属于我所有,我愿意把一切捐弃,但求化身为你。

啊! 教给我怎样流转眼波,用怎么一种魔力操纵着狄米特律斯的心?

赫米娅　我向他皱着眉头,但是他仍旧爱我。

海丽娜　唉,要是你的颦蹙能把那种本领传授给我的微笑就好了!

赫米娅　我给他咒骂,但他给我爱情。

海丽娜　唉,要是我的祈祷也能这样引动他的爱情就好了!

赫米娅　我越是恨他,他越是跟随着我。

海丽娜　我越是爱他,他越是讨厌我。

赫米娅　海丽娜,他的傻并不是我的错。

海丽娜　但那是你的美貌的错处;要是那错处是我的就好了!

赫米娅　宽心吧,他不会再见我的脸了;拉山德和我将要逃开此地。在我不曾遇见拉山德之前,雅典对于我就像是一座天堂;啊,我的爱人身上,存在着一种多么神奇的力量,竟能把天堂变成一座地狱!

拉山德　海丽娜,我们不愿瞒你。明天夜里,当月亮在镜波中反映她的银色的容颜、晶莹的露珠点缀在草叶尖上的时候——那往往是情奔最适当的时候,我们预备溜出雅典的城门。

赫米娅　我的拉山德和我将要相会在林中,就是你我常常在那边淡雅的樱草花的花坛上躺着彼此吐露柔情的衷曲的所在,从那里我们便将离别雅典,去访寻新的朋友,和陌生人作伴了。再会吧,亲爱的游侣! 请你为我们祈祷;愿你重新得到狄米特律斯的心! 不要失约,拉山德;我们现在必须暂时忍受一下离别的痛苦,到明晚夜深时再见面吧!

拉山德　一定的,我的赫米娅。(赫米娅下)海丽娜,别了;如同你恋着他一样,但愿狄米特律斯也恋着你!(下。)

海丽娜　有些人比起其他的人来是多么幸福!在全雅典大家都认为我跟
　　　她一样美;但那有什么相干呢?狄米特律斯是不这么认为的;除了他
　　　一个人之外大家都知道的事情,他不会知道。正如他那样错误地迷
　　　恋着赫米娅的秋波一样,我也是只知道爱慕他的才智;一切卑劣的弱
　　　点,在恋爱中都成为无足重轻,而变成美满和庄严。爱情是不用眼睛
　　　而用心灵看着的,因此生着翅膀的丘匹德常被描成盲目;而且爱情的
　　　判断全然没有理性,光有翅膀,不生眼睛,一味表示出鲁莽的急躁,因
　　　此爱神便据说是一个孩儿,因为在选择方面他常会弄错。正如顽皮
　　　的孩子惯爱发假誓一样,司爱情的小儿也到处赌着口不应心的咒。
　　　狄米特律斯在没有看见赫米娅之前,也曾像下雹一样发着誓,说他是
　　　完全属于我的,但这阵冰雹一感到身上的一丝热力,便立刻溶解了,
　　　无数的盟言都化为乌有。我要去告诉他美丽的赫米娅的出奔;他知
　　　道了以后,明夜一定会到林中去追寻她。如果为着这次的通报消息,
　　　我能得到一些酬谢,我的代价也一定不小;但我的目的是要补报我的
　　　苦痛,使我能再一次聆接他的音容。(下。)

第二场　同前。昆斯家中

　　　　昆斯、斯纳格、波顿、弗鲁特、斯诺特、斯塔佛林上。

昆　斯　咱们一伙人都到了吗?

波　顿　你最好照着名单一个儿一个儿拢总地点一下名。

昆　斯　这儿是每个人名字都在上头的名单,整个雅典都承认,在公爵跟
　　　公爵夫人结婚那晚上当着他们的面前扮演咱们这一出插戏,这张名
　　　单上的弟兄们是再合适也没有的了。

波　顿　第一，好彼得·昆斯，说出来这出戏讲的是什么，然后再把扮戏的人名字念出来，好有个头脑。

昆　斯　好，咱们的戏名是《最可悲的喜剧，以及皮拉摩斯和提斯柏①的最残酷的死》。

波　顿　那一定是篇出色的东西，咱可以担保，而且是挺有趣的。现在，好彼得·昆斯，照着名单把你的角儿们的名字念出来吧。列位，大家站开。

昆　斯　咱一叫谁的名字，谁就答应。尼克·波顿，织布的。

波　顿　有。先说咱应该扮哪一个角儿，然后再挨次叫下去。

昆　斯　你，尼克·波顿，派着扮皮拉摩斯。

波　顿　皮拉摩斯是谁呀？一个情郎呢，还是一个霸王？

昆　斯　是一个情郎，为着爱情的缘故，他挺勇敢地把自己毁了。

波　顿　要是演得活龙活现，那还得掉下几滴泪来。要是咱演起来的话，让看客们大家留心着自个儿的眼睛吧；咱要叫全场痛哭流涕，管保风云失色。把其余的人叫下去吧。但是扮霸王挺适合咱的胃口了。咱会把厄剌克勒斯扮得非常好，或者什么吹牛的角色，管保吓破了人的胆。

　　　　　　山岳狂怒的震动，

　　　　　　　裂开了牢狱的门；

　　　　　　太阳在远方高升，

　　　　　　　慑伏了神灵的魂。

那真是了不得！现在把其余的名字念下去吧。这是厄剌克勒斯的神气，霸王的神气；情郎还得忧愁一点。

————————

①　皮拉摩斯(Pyramus)和提斯柏(Thisbe)的故事见奥维德《变形记》第四章。

昆　斯　法兰西斯·弗鲁特,修风箱的。

弗鲁特　有,彼得·昆斯。

昆　斯　你得扮提斯柏。

弗鲁特　提斯柏是谁呀? 一个游行的侠客吗?

昆　斯　那是皮拉摩斯必须爱上的姑娘。

弗鲁特　噢,真的,别叫咱扮一个娘儿们;咱的胡子已经长起来啦。

昆　斯　那没有问题;你得套上假脸扮演,你可以小着声音讲话。

波　顿　咱也可以把脸孔罩住,提斯柏也让咱来扮吧。咱会细声细气地说话,"提斯妮! 提斯妮!""啊呀! 皮拉摩斯,奴的情哥哥,是你的提斯柏,你的亲亲爱爱的姑娘!"

昆　斯　不行,不行,你必须扮皮拉摩斯。弗鲁特,你必须扮提斯柏。

波　顿　好吧,叫下去。

昆　斯　罗宾·斯塔佛林,当裁缝的。

斯塔佛林　有,彼得·昆斯。

昆　斯　罗宾·斯塔佛林,你扮提斯柏的母亲。汤姆·斯诺特,补锅子的。

斯诺特　有,彼得·昆斯。

昆　斯　你扮皮拉摩斯的爸爸;咱自己扮提斯柏的爸爸;斯纳格,做细木工的,你扮一只狮子:咱想这本戏就此分配好了。

斯纳格　你有没有把狮子的台词写下? 要是有的话,请你给我,因为我记性不大好。

昆　斯　你不用预备,你只要嚷嚷就算了。

波　顿　让咱也扮狮子吧。咱会嚷嚷,叫每一个人听见了都非常高兴;咱会嚷着嚷着,连公爵都传下谕旨来说,"让他再嚷下去吧! 让他再嚷下去吧!"

昆　斯　你要嚷得那么可怕,吓坏了公爵夫人和各位太太小姐们,吓得她们尖声叫起来;那准可以把咱们一起给吊死了。

众　人　那准会把咱们一起给吊死,每一个母亲的儿子都逃不了。

波　顿　朋友们,你们说的很是;要是你把太太们吓昏了头,她们一定会不顾三七二十一把咱们给吊死。但是咱可以把声音压得高一些,不,提得低一些;咱会嚷得就像一只吃奶的小鸽子那么地温柔,嚷得就像一只夜莺。

昆　斯　你只能扮皮拉摩斯;因为皮拉摩斯是一个讨人欢喜的小白脸,一个体面人,就像你可以在夏天看到的那种人;他又是一个可爱的堂堂绅士模样的人;因此你必须扮皮拉摩斯。

波　顿　行,咱就扮皮拉摩斯。顶好咱挂什么须?

昆　斯　那随你便吧。

波　顿　咱可以挂你那稻草色的须,你那橙黄色的须,你那紫红色的须,或者你那法国金洋钱色的须,纯黄色的须。

昆　斯　你还是光着脸蛋吧。列位,这儿是你们的台词。咱请求你们,恳求你们,要求你们,在明儿夜里念熟,趁着月光,在郊外一哩路地方的森林里咱们碰头,在那边咱们要排练排练;因为要是咱们在城里排练,就会有人跟着咱们,咱们的玩意儿就要泄漏出去。同时咱要开一张咱们演戏所需要的东西的单子。请你们大家不要误事。

波　顿　咱们一定在那边碰头;咱们在那边排练起来可以像样点儿,胆大点儿。大家辛苦干一下,要干得非常好。再会吧。

昆　斯　咱们在公爵的橡树底下再见。

波　顿　好了,可不许失约。(同下。)

第 二 幕

第一场　雅典附近的森林

一小仙及迫克自相对方向上。

迫　克　喂，精灵！你飘流到哪里去？

小　仙　越过了溪谷和山陵，

　　　　　穿过了荆棘和丛薮，

　　　　越过了围场和园庭，

　　　　　穿过了激流和爝火：

　　　　我在各地漂游流浪，

　　　　轻快得像是月亮光；

　　　　我给仙后奔走服务，

　　　　草环①上缀满轻轻露。

　　　　　亭亭的莲馨花是她的近侍，

　　　　　黄金的衣上饰着点点斑痣；

　　　　　那些是仙人们投赠的红玉，

---

　　①　野地上有时发现环形的茂草，传谓仙人夜间在此跳舞所成。

　　　　　　中藏着一缕缕的芳香馥郁；

　　　　　　我要在这里访寻几滴露水，

　　　　　　给每朵花挂上珍珠的耳坠。

　　　　　　再会，再会吧，你粗野的精灵！

　　　　　　因为仙后的大驾快要来临。

迫　克　今夜大王在这里大开欢宴，

　　　　　　千万不要让他俩彼此相见；

　　　　　　奥布朗的脾气可不是顶好，

　　　　　　为着王后的固执十分着恼；

　　　　　　她偷到了一个印度小王子，

　　　　　　就像心肝一样怜爱和珍视；

　　　　　　奥布朗看见了有些儿眼红，

　　　　　　想要把他充作自己的侍童；

　　　　　　可是她哪里便肯把他割爱，

　　　　　　满头花朵她为他亲手插戴。

　　　　　　从此林中、草上、泉畔和月下，

　　　　　　他们一见面便要破口相骂；

　　　　　　小妖们往往吓得胆战心慌，

　　　　　　没命地钻向橡斗中间躲藏。

小　仙　要是我没有把你认错，你大概便是名叫罗宾好人儿的狡狯的、淘气的精灵了。你就是惯爱吓唬乡村的女郎，在人家的牛乳上撮去了乳脂，使那气喘吁吁的主妇整天也搅不出奶油来；有时你暗中替人家磨谷，有时弄坏了酒使它不能发酵；夜里走路的人，你把他们引入了迷路，自己却躲在一旁窃笑；谁叫你"大仙"或是"好迫克"的，你就给他幸运，帮他做工；那就是你吗？

迫　　克　仙人，你说得正是；我就是那个快活的夜游者。我在奥布朗跟前想出种种笑话来逗他发笑，看见一头肥胖精壮的马儿，我就学着雌马的嘶声把它迷昏了头；有时我化作一颗焙熟的野苹果，躲在老太婆的酒碗里，等她举起碗想喝的时候，我就啪的弹到她嘴唇上，把一碗麦酒都倒在她那皱瘪的喉皮上；有时我化作三脚的凳子，满肚皮人情世故的婶婶刚要坐下来一本正经讲她的故事，我便从她的屁股底下滑走，把她翻了一个大元宝，一头喊"好家伙！"一头咳呛个不住，于是周围的人大家笑得前仰后合，他们越想越好笑，鼻涕眼泪都笑了出来，发誓说从来不曾逢到过比这更有趣的事。但是让开路来，仙人，奥布朗来了。

小　　仙　娘娘也来了。他要是走开了才好！

　　　　　　奥布朗及提泰妮娅各带侍从自相对方向上。

奥布朗　真不巧又在月光下碰见你，骄傲的提泰妮娅！

提泰妮娅　嘿，嫉妒的奥布朗！神仙们，快快走开；我已经发誓不和他同游同寝了。

奥布朗　等一等，坏脾气的女人！我不是你的夫君吗？

提泰妮娅　那么我也一定是你的尊夫人了。但是你从前溜出了仙境，扮作牧人的样子，整天吹着麦笛，唱着情歌，向风骚的牧女调情，这种事我全知道。今番你为什么要从迢迢的印度平原上赶到这里来呢？无非是为着那位身材高大的阿玛宗女王，你的穿靴子的爱人，要嫁给忒修斯了，所以你得来向他们道贺道贺。

奥布朗　你怎么好意思说出这种话来，提泰妮娅，把我的名字和希波吕忒牵涉在一起侮蔑我？你自己知道你和忒修斯的私情瞒不过我。不是你在朦胧的夜里引导他离开被他所俘虏的佩丽古娜？不是你使他负心地遗弃了美丽的伊葛尔、爱丽亚邓和安提奥巴？

提泰妮娅　这些都是因为嫉妒而捏造出来的谎话。自从仲夏之初，我们
　　　　每次在山上、谷中、树林里、草场上、细石铺底的泉旁或是海滨的沙滩
　　　　上聚集，预备和着鸣啸的风声跳环舞的时候，总是被你吵断我们的兴
　　　　致。风因为我们不理会他的吹奏，生了气，便从海中吸起了毒雾；毒
　　　　雾化成瘴雨下降地上，使每一条小小的溪河都耀武扬威地泛滥到岸
　　　　上：因此牛儿白白牵着轭，农夫枉费了他的血汗，青青的嫩禾还没有
　　　　长上芒须便腐烂了；空了的羊栏露出在一片汪洋的田中，乌鸦饱啖着
　　　　瘟死了的羊群的尸体；跳舞作乐的草泥坂上满是湿泥，杂草乱生的曲
　　　　径因为没有人行走，已经无法辨认。人们在五月天要穿冬季的衣服；
　　　　晚上再听不到欢乐的颂歌。执掌潮汐的月亮，因为再也听不见夜间
　　　　颂神的歌声，气得脸孔发白，在空气中播满了湿气，人一沾染上就要
　　　　害风湿症。因为天时不正，季候也反了常：白头的寒霜倾倒在红颜的
　　　　蔷薇的怀里，年迈的冬神却在薄薄的冰冠上嘲讽似的缀上了夏天芬
　　　　芳的蓓蕾的花环。春季、夏季、丰收的秋季、暴怒的冬季，都改换了他
　　　　们素来的装束，惊愕的世界不能再凭着他们的出产辨别出谁是谁来。
　　　　这都因为我们的不和所致，我们是一切灾祸的根源。

奥布朗　那么你就该设法补救；这全然在你的手中。为什么提泰妮娅要
　　　　违拗她的奥布朗呢？我所要求的，不过是一个小小的换儿①做我的
　　　　侍童罢了。

提泰妮娅　请你死了心吧，拿整个仙境也不能从我手里换得这个孩子。
　　　　他的母亲是我神坛前的一个信徒，在芬芳的印度的夜里，她常常在我
　　　　身旁闲谈，陪我坐在海边的黄沙上，凝望着海上的商船；我们一起笑
　　　　着，看那些船帆因狂荡的风而怀孕，一个个凸起了肚皮；她那时正也

---

①　传说仙人常于夜间将人家美丽小儿窃去，以愚蠢的妖童换置其处。

怀孕着这个小宝贝，便学着船帆的样子，美妙而轻快地凌风而行，为我往岸上寻取各种杂物，回来时就像航海而归，带来了无数的商品。但她因为是一个凡人，所以在产下这孩子时便死了。为着她的缘故我才抚养她的孩子，也为着她的缘故我不愿舍弃他。

奥布朗　你预备在这林中耽搁多少时候？

提泰妮娅　也许要到忒修斯的婚礼以后。要是你肯耐心地和我们一起跳舞，看看我们月光下的游戏，那么跟我们一块儿走吧；不然的话，请你不要见我，我也决不到你的地方来。

奥布朗　把那个孩子给我，我就和你一块儿走。

提泰妮娅　把你的仙国跟我调换都别想。神仙们，去吧！要是我再多留一刻，我们就要吵起来了。（率侍从等下。）

奥布朗　好，去你的吧！为着这次的侮辱，我一定要在你离开这座林子之前给你一些惩罚。我的好迫克，过来。你记不记得有一次我坐在一个海岬上，望见一个美人鱼骑在海豚的背上，她的歌声是这样婉转而谐美，镇静了狂暴的怒海，好几个星星都疯狂地跳出了它们的轨道，为了听这海女的音乐？

迫　克　我记得。

奥布朗　就在那个时候，你看不见，但我能看见持着弓箭的丘匹德在冷月和地球之间飞翔；他瞄准了坐在西方宝座上的一个美好的童贞女，很灵巧地从他的弓上射出他的爱情之箭，好像它能刺透十万颗心的样子。可是只见小丘匹德的火箭在如水的冷洁的月光中熄灭，那位童贞的女王心中一尘不染，沉浸在纯洁的思念中安然无恙；但是我看见那支箭却落下在西方一朵小小的花上，那花本来是乳白色的，现在已因爱情的创伤而被染成紫色，少女们把它称作"爱懒花"。去给我把那花采来。我曾经给你看过它的样子；它的汁液如果滴在睡着的人的眼皮上，无论男女，醒来一眼看见什么生物，都会发疯似的对它恋爱。给我采这种花来；在鲸鱼还不曾游过三哩路之前，必须回来复命。

迫　　克　我可以在四十分钟内环绕世界一周。（下。）

奥布朗　这种花汁一到了手，我便留心着等提泰妮娅睡了的时候把它滴在她的眼皮上；她一醒来第一眼看见的东西，无论是狮子也好，熊也好，狼也好，公牛也好，或者好事的猕猴、忙碌的无尾猿也好，她都会用最强烈的爱情追求它。我可以用另一种草解去这种魔力，但第一我先要叫她把那个孩子让给我。可是谁到这儿来啦？凡人看不见我，让我听听他们的谈话。

　　　　　　狄米特律斯上，海丽娜随其后。

狄米特律斯　我不爱你，所以别跟着我。拉山德和美丽的赫米娅在哪儿？我要把拉山德杀死，但我的命却悬在赫米娅手中。你对我说他们私奔到这座林子里，因此我赶到这儿来；可是因为遇不见我的赫米娅，我简直要在这林子里发疯啦。滚开！快走，不许再跟着我！

海丽娜　是你吸引我跟着你的，你这硬心肠的磁石！可是你所吸的却不是铁，因为我的心像钢一样坚贞。要是你去掉你的吸引力，那么我也就没有力量再跟着你了。

狄米特律斯　是我引诱你吗？我曾经向你说过好话吗？我不是曾经明明白白地告诉过你，我不爱你，而且也不能爱你吗？

海丽娜　即使那样，也只是使我爱你爱得更加厉害。我是你的一条狗，狄米特律斯；你越是打我，我越是向你献媚。请你就像对待你的狗一样对待我吧，踢我、打我、冷淡我、不理我，都好，只容许我跟随着你，虽然我是这么不好。在你的爱情里我要求的地位还能比一条狗都不如吗？但那对于我已经是十分可贵了。

狄米特律斯　不要过分惹起我的厌恨吧；我一看见你就头痛。

海丽娜　可是我不看见你就心痛。

狄米特律斯　你太不顾虑你自己的体面了，竟擅自离开城中，把你自己交托在一个不爱你的人手里；你也不想想你的贞操多么值钱，就在黑夜中这么一个荒凉的所在盲目地听从着不可知的命运。

海丽娜　你的德行使我安心这样做：因为当我看见你面孔的时候，黑夜也变成了白昼，因此我并不觉得现在是在夜里；你在我的眼里是整个世界，因此在这座林中我也不愁缺少伴侣：要是整个世界都在这儿瞧着我，我怎么还是单身独自一人呢？

狄米特律斯　我要逃开你，躲在丛林之中，任凭野兽把你怎样处置。

海丽娜　最凶恶的野兽也不像你那样残酷。你要逃开我就逃开吧；从此以后，古来的故事要改过了：逃走的是阿波罗，追赶的是达芙妮①；鸽子追逐着鹰隼；温柔的牝鹿追捕着猛虎；然而弱者追求勇者，结果总是徒劳无益的。

狄米特律斯　我不高兴听你再唠叨下去。让我走吧；要是你再跟着我，相信我，在这座林中你要被我欺负的。

海丽娜　嗯，在神庙中，在市镇上，在乡野里，你到处欺负我。唉，狄米特律斯！你的虐待我已经使我们女子蒙上了耻辱。我们是不会像男人一样为爱情而争斗的；我们应该被人家求爱，而不是向人家求爱。（狄米特律斯下）我要立意跟随你；我愿死在我所深爱的人的手中，好让地狱化为天宫。（下。）

奥布朗　再会吧，女郎！当他还没有离开这座树林，你将逃避他，他将追

----

① 希腊罗马神话中日神阿波罗（Apollo）爱仙女达芙妮（Daphne），达芙妮避之而化为月桂树。

　　　　求你的爱情。

　　　　　　　迫克重上。

奥布朗　你已经把花采来了吗？欢迎啊，浪游者！

迫　克　是的，它就在这儿。

奥布朗　请你把它给我。

　　　　我知道一处茴香盛开的水滩，

　　　　长满着樱草和盈盈的紫罗兰，

　　　　馥郁的金银花，芬泽的野蔷薇，

　　　　漫天张起了一幅芬芳的锦帷。

　　　　有时提泰妮娅在群花中酣醉，

　　　　柔舞清歌低低地抚着她安睡；

　　　　小花蛇在那里丢下发亮的皮，

　　　　小仙人拿来当做合身的外衣。

　　　　我要洒一点花汁在她的眼上，

　　　　让她充满了各种可憎的幻象。

　　　　其余的你带了去在林中访寻，

　　　　一个娇好的少女见弃于情人；

　　　　倘见那薄幸的青年在她近前，

　　　　就把它轻轻地点上他的眼边。

　　　　他的身上穿着雅典人的装束，

　　　　你须仔细辨认清楚，不许弄错；

　　　　小心地执行着我谆谆的吩咐，

　　　　让他无限的柔情都向她倾吐。

　　　　等第一声雄鸡啼时我们再见。

迫　克　放心吧，主人，一切如你的意念。（各下。）

第二场　林中的另一处

提泰妮娅及其小仙侍从等上。

提泰妮娅　来,跳一回舞,唱一曲神仙歌,然后在一分钟内余下来的三分之一的时间里,大家散开去;有的去杀死麝香玫瑰嫩苞中的蛀虫;有的去和蝙蝠作战,剥下它们的翼革来为我的小妖儿们做外衣;剩下的去驱逐每夜啼叫、看见我们这些伶俐的小精灵们而惊骇的猫头鹰。现在唱歌给我催眠吧;唱罢之后,大家各做各的事,让我休息一会儿。

　　小仙们唱:

一

两舌的花蛇,多刺的猬,

不要打扰着她的安睡;

蝾螈和蜥蜴,不要行近,

仔细毒害了她的宁静。

夜莺,鼓起你的清弦,

为我们唱一曲催眠:

睡啦,睡啦,睡睡吧! 睡啦,睡啦,睡睡吧!

一切害物远走高飏,

不要行近她的身旁;

晚安,睡睡吧!

二

织网的蜘蛛,不要过来;

长脚的蛛儿快快走开!

黑背的蜣螂,不许走近;

　　　　　　不许莽撞,蜗牛和蚯蚓。

　　　　　　　夜莺,鼓起你的清弦,

　　　　　　　为我们唱一曲催眠:

　　　　睡啦,睡啦,睡睡吧! 睡啦,睡啦,睡睡吧!

　　　　　　一切害物远走高飏,

　　　　　　　不要行近她的身旁;

　　　　　　　晚安,睡睡吧!

一小仙　去吧! 现在一切都已完成,

　　　　只须留着一个人作哨兵。(众小仙下,提泰妮娅睡。)

　　　　　　奥布朗上,挤花汁滴在提泰妮娅眼皮上。

奥布朗　等你眼睛一睁开,

　　　　你就看见你的爱,

　　　　为他担起相思债:

　　　　山猫、豹子、大狗熊,

　　　　野猪身上毛蓬蓬;

　　　　等你醒来一看见

　　　　丑东西在你身边,

　　　　芳心可可为他恋。(下。)

　　　　　　拉山德及赫米娅上。

拉山德　好人,你在林中东奔西走,疲乏得快要昏倒了。说老实话,我已
　　　　经忘记了我们的路。要是你同意,赫米娅,让我们休息一下,等待到
　　　　天亮再说。

赫米娅　就照你的意思吧,拉山德。你去给你自己找一处睡眠的所在,因
　　　　为我要在这花坛安息我的形骸。

拉山德　一块草地可以作我们两人枕首的地方;两个胸膛一条心,应该合

睡一个眠床。

赫米娅　哎，不要，亲爱的拉山德；为着我的缘故，我的亲亲，再躺远一些，
　　　　不要挨得那么近。

拉山德　啊，爱人！不要误会了我的无邪的本意，恋人们原是能够领会彼
　　　　此所说的话的。我是说我的心和你的心连结在一起，已经打成一片，
　　　　分不开来；两个心胸彼此用盟誓连系，共有着一片忠贞。因此不要拒
　　　　绝我睡在你的身旁，赫米娅，我一点没有坏心肠。

赫米娅　拉山德真会说话。要是赫米娅疑心拉山德有坏心肠，愿她从此
　　　　不能堂堂做人。但是好朋友，为着爱情和礼貌的缘故，请睡得远一
　　　　些；在人间的礼法上，保持这样的距离对于束身自好的未婚男女，是
　　　　最为合适的。这么远就行了。晚安，亲爱的朋友！愿爱情永无更改，
　　　　直到你生命的尽头！

拉山德　依着你那祈祷我应和着阿门！阿门！我将失去我的生命，如其
　　　　我失去我的忠贞！（略就远处退卧）这里是我的眠床了；但愿睡眠给与
　　　　你充分的休养！

赫米娅　那愿望我愿意和你分享！（二人入睡。）

　　　　　迫克上。

迫　　克　我已经在森林中间走遍，

　　　　　但雅典人可还不曾瞧见，

　　　　　我要把这花液在他眼上

　　　　　试一试激动爱情的力量。

　　　　　静寂的深宵！啊，谁在这厢？

　　　　　他身上穿着雅典的衣裳。

　　　　　我那主人所说的正是他，

　　　　　狠心地欺负那美貌娇娃；

她正在这一旁睡得酣熟，

不顾到地上的潮湿龌龊：

美丽的人儿！她竟然不敢

睡近这没有心肝的恶汉。（挤花汁滴拉山德眼上）

我已在你眼睛上，坏东西！

倾注着魔术的力量神奇；

等你醒来的时候，让爱情

从此扰乱你睡眠的安宁！

别了，你醒来我早已去远，

奥布朗在盼我和他见面。（下。）

狄米特律斯及海丽娜奔驰上。

海丽娜　你杀死了我也好，但是请你停步吧，亲爱的狄米特律斯！

狄米特律斯　我命令你走开，不要这样缠扰着我！

海丽娜　啊！你要把我丢在黑暗中吗？请不要这样！

狄米特律斯　站住！否则叫你活不成。我要独自走我的路。（下。）

海丽娜　唉！这痴心的追赶使我乏得透不过气来。我越是千求万告，越是惹他憎恶。赫米娅无论在什么地方都是那么幸福，因为她有一双天赐的迷人的眼睛。她的眼睛怎么会这样明亮呢？不是为着泪水的缘故，因为我的眼睛被眼泪洗着的时候比她更多。不，不，我是像一头熊那么难看，就是野兽看见我也会因害怕而逃走；因此难怪狄米特律斯会这样逃避我，就像逃避一个丑妖怪一样。哪一面欺人的坏镜子使我居然敢把自己跟赫米娅的明星一样的眼睛相比呢？但是谁在这里？拉山德！躺在地上！死了吗，还是睡了？我看不见有血，也没有伤处。拉山德，要是你没有死，好朋友，醒醒吧！

拉山德　（醒）我愿为着你赴汤蹈火，玲珑剔透的海丽娜！上天在你身上显出他的本领，使我能在你的胸前看透你的心。狄米特律斯在哪里？嘿！那个难听的名字让他死在我的剑下多么合适！

海丽娜　不要这样说，拉山德！不要这样说！即使他爱你的赫米娅又有什么关系？上帝！那又有什么关系？赫米娅仍旧是爱着你的，所以你应该心满意足了。

拉山德　跟赫米娅心满意足吗？不，我真悔恨和她在一起度着的那些可厌的时辰。我不爱赫米娅，我爱的是海丽娜；谁不愿意把一只乌鸦换一头白鸽呢？男人的意志是被理性所支配的，理性告诉我你比她更值得敬爱。凡是生长的东西，不到季节，总不会成熟：我过去由于年轻，我的理性也不曾成熟；但是现在我的智慧已经充分成长，理性指挥着我的意志，把我引到了你的眼前；在你的眼睛里我可以读到写在最丰美的爱情的经典上的故事。

海丽娜　我怎么忍受得下这种尖刻的嘲笑呢？我什么时候得罪了你，使你这样讥讽我呢？我从来不曾得到过，也永远不会得到，狄米特律斯的一瞥爱怜的眼光，难道那还不够，难道那还不够，年轻人，你必须再这样挖苦我的短处吗？真的，你侮辱了我；真的，用这种卑鄙的样子向我献假殷勤。但是再会吧！我还以为你是个较有教养的上流人哩。唉！一个女子受到了这一个男人的摈拒，还得忍受那一个男子的揶揄。（下。）

拉山德　她没有看见赫米娅。赫米娅，睡你的吧，再不要走近拉山德的身边了！一个人吃饱了太多的甜食，能使胸胃中发生强烈的厌恶，改信正教的人最是痛心疾首于以往欺骗他的异端邪说；你就是我的甜食和异端邪说，让你被一切的人所憎恶吧，但没有别人比我更憎恶你了。我的一切生命之力啊，用爱和力来尊崇海丽娜，做她的忠实的骑士吧！（下。）

赫米娅　（醒）救救我，拉山德！救救我！用出你全身力量来，替我在胸口上撵掉这条蠕动的蛇。哎呀，天哪！做了怎样的梦！拉山德，瞧我怎样因害怕而颤抖着。我觉得仿佛一条蛇在嚼食我的心，而你坐在一旁，瞧着它的残酷的肆虐微笑。拉山德！怎么！换了地方了？拉山德！好人！怎么！听不见？去了？没有声音，不说一句话？唉！你在哪儿？要是你听见我，答应一声呀！凭着一切爱情的名义，说话呀！我害怕得差不多要晕倒了。仍旧一声不响！我明白你已不在近旁了；要是我寻不到你，我定将一命丧亡！（下。）

第 三 幕

第一场　林中。提泰妮娅熟睡未醒

　　　昆斯、斯纳格、波顿、弗鲁特、斯诺特、斯塔佛林上。

波　顿　咱们都会齐了吗？

昆　斯　妙极了，妙极了，这儿真是给咱们练戏用的一块再方便也没有的
　　　地方。这块草地可以做咱们的戏台，这一丛山楂树便是咱们的后台。
　　　咱们可以认真扮演一下；就像当着公爵殿下的面前一样。

波　顿　彼得·昆斯，——

昆　斯　你说什么，波顿好家伙？

波　顿　在这本《皮拉摩斯和提斯柏》的喜剧里，有几个地方准难叫人家
　　　满意。第一，皮拉摩斯该得拔出剑来结果自己的性命，这是太太小姐
　　　们受不了的。你说可对不对？

斯诺特　凭着圣母娘娘的名字，这可真的不是玩儿的事。

斯塔佛林　我说咱们把什么都做完了之后，这一段自杀可不用表演。

波　顿　不必，咱有一个好法子。给咱写一段开场诗，让这段开场诗大概
　　　这么说：咱们的剑是不会伤人的；实实在在皮拉摩斯并不真的把自己
　　　干掉了；顶好再那么声明一下，咱扮着皮拉摩斯的，并不是皮拉摩斯，

实在是织工波顿:这么一下她们就不会受惊了。

昆　斯　好吧,就让咱们有这么一段开场诗,咱可以把它写成八六体①。

波　顿　把它再加上两个字,让它是八个字八个字那么的吧。

斯诺特　太太小姐们见了狮子不会哆嗦吗?

斯塔佛林　咱担保她们一定会害怕。

波　顿　列位,你们得好好想一想:把一头狮子——老天爷保佑咱
们! ——带到太太小姐们的中间,还有比这更荒唐得可怕的事吗?
在野兽中间,狮子是再凶恶不过的。咱们可得考虑考虑。

斯诺特　那么说,就得再写一段开场诗,说他并不是真狮子。

波　顿　不,你应当把他的名字说出来,他的脸蛋的一半要露在狮子头颈
的外边;他自己就该说着这样或者诸如此类的话:"太太小姐们,"或
者说,"尊贵的太太小姐们,咱要求你们,"或者说,"咱请求你们,"或
者说,"咱恳求你们,不用害怕,不用发抖;咱可以用生命给你们担保。
要是你们想咱真是一头狮子,那咱才真是倒霉啦! 不,咱完全不是这
种东西;咱是跟别人一样的人。"这么着让他说出自己的名字来,明明
白白地告诉她们,他是细工木匠斯纳格。

昆　斯　好吧,就这么办。但是还有两件难事:第一,咱们要把月亮光搬
进屋子里来;你们知道皮拉摩斯和提斯柏是在月亮底下相见的。

斯纳格　咱们演戏的那天可有月亮吗?

波　顿　拿历本来,拿历本来! 瞧历本上有没有月亮,有没有月亮。

昆　斯　有的,那晚上有好月亮。

波　顿　啊,那么你就可以把咱们演戏的大厅上的一扇窗打开,月亮就会
打窗子里照进来啦。

---

① 八音节六音节相间的诗体。

昆　斯　对了;否则就得叫一个人一手拿着柴枝,一手举起灯笼,登场说他是假扮或是代表着月亮。现在还有一件事,咱们在大厅里应该有一堵墙;因为故事上说,皮拉摩斯和提斯柏是彼此凑着一条墙缝讲话的。

斯纳格　你可不能把一堵墙搬进来。你怎么说,波顿?

波　顿　让什么人扮作墙头;让他身上涂着些灰泥黏土之类,表明他是墙头;让他把手指举起作成那个样儿,皮拉摩斯和提斯柏就可以在手指缝里低声谈话了。

昆　斯　那样的话,一切就都已齐全了。来,每个老娘的儿子都坐下来,念着你们的台词。皮拉摩斯,你开头;你说完了之后,就走进那簇树后;这样大家可以按着尾白①挨次说下去。

　　　　迫克自后上。

迫　克　那一群伧夫俗子胆敢在仙后卧榻之旁鼓唇弄舌? 哈,在那儿演戏! 让我做一个听戏的吧;要是看到机会的话,也许我还要做一个演员哩。

昆　斯　说吧,皮拉摩斯。提斯柏,站出来。

波　顿

　　　　提斯柏,花儿开得十分腥——

昆　斯　十分香,十分香。

波　顿

　　　　——开得十分香;

　　　　你的气息,好人儿,也是一个样。

　　　　听,那边有一个声音,你且等一等,

　　　　一会儿咱再来和你诉衷情。(下。)

───────────

①　尾白,指一句特定的台词。第一个演员念到"尾白"时,第二个演员便开始接话。

迫　克　请看皮拉摩斯变成了怪妖精。（下。）

弗鲁特　现在该咱说了吧？

昆　斯　是的，该你说。你得弄清楚，他是去瞧瞧什么声音去的，等一会
　　　　儿就要回来。

弗鲁特

　　　　最俊美的皮拉摩斯，脸孔红如红玫瑰，

　　　　　　肌肤白得赛过纯白的百合花，

　　　　活泼的青年，最可爱的宝贝，

　　　　　　忠心耿耿像一匹顶好的马。

　　　　皮拉摩斯，咱们在宁尼①的坟头相会。

昆　斯　"尼纳斯的坟头"，老兄。你不要就把这句说出来，那是要你答应
　　　　皮拉摩斯的；你把要你说的话不管什么尾白不尾白都一古脑儿说出
　　　　来啦。皮拉摩斯，进来；你的尾白已经说过了，是"顶好的马"。

弗鲁特

　　　　噢。——忠心耿耿像一匹顶好的马。

　　　　迫克重上；波顿戴驴头随上。

波　顿　美丽的提斯柏，咱是整个儿属于你的！

昆　斯　怪事！怪事！咱们见了鬼啦！列位，快逃！快逃！救命哪！
　　　　（众下。）

迫　克　我要把你们带领得团团乱转，

　　　　　　经过一处处沼地、草莽和林薮；

　　　　有时我化作马，有时化作猎犬，

———————————

①　宁尼(Ninny)是尼纳斯(Ninus)之讹，古代尼尼微城的建立者。宁尼照字面讲有
　　"傻子"之意。

　　　化作野猪、没头的熊或是磷火；

　　我要学马样嘶，犬样吠，猪样嗥，

　　熊一样的咆哮，野火一样燃烧。（下。）

波　顿　他们干么都跑走了呢？这准是他们的恶计，要把咱吓一跳。

　　　斯诺特重上。

斯诺特　啊，波顿！你变了样子啦！你头上是什么东西呀？

波　顿　是什么东西？你瞧见你自己变成了一头蠢驴啦，是不是？（斯诺
　　　特下。）

　　　昆斯重上。

昆　斯　天哪！波顿！天哪！你变啦！（下。）

波　顿　咱看透他们的鬼把戏；他们要把咱当作一头蠢驴，想出法子来吓
　　　咱。可是咱决不离开这块地方，瞧他们怎么办。咱要在这儿跑来跑
　　　去；咱要唱个歌儿，让他们听见了知道咱可一点不怕。（唱）

　　　山乌嘴巴黄沉沉，

　　　　浑身长满黑羽毛，

　　　画眉唱得顶认真，

　　　　声音尖细是欧鹪。

提泰妮娅　（醒）什么天使使我从百花的卧榻上醒来呢？

波　顿　鹧鸰，麻雀，百灵鸟，

　　　　还有杜鹃爱骂人，

　　　大家听了心头恼，

　　　　可是谁也不回声。①

————————

①　杜鹃下卵于他鸟的巢中，故用以喻奸夫，但其后 cuckold（由 cuckoo 化出）一字却
　　用作奸妇本夫的代名词。杜鹃的鸣声即为 cuckoo，音骂人为"乌龟"；但因闻者
　　不能知其妻子是否贞洁，故虽恼而不敢作声。

真的，谁耐烦跟这么一头蠢鸟斗口舌呢？即使它骂你是乌龟，谁又高
兴跟他争辩呢？

提泰妮娅　温柔的凡人，请你唱下去吧！我的耳朵沉醉在你的歌声里，我
　　　　的眼睛又为你的状貌所迷惑；在第一次见面的时候，你的美姿已使我
　　　　不禁说出而且矢誓着我爱你了。

波　　顿　咱想，奶奶，您这可太没有理由。不过说老实话，现今世界上理
　　　　性可真难得跟爱情碰头；也没有哪位正直的邻居大叔给他俩撮合撮
　　　　合做朋友，真是抱歉得很。哈，我有时也会说说笑话。

提泰妮娅　你真是又聪明又美丽。

波　　顿　不见得，不见得。可是咱要是有本事跑出这座林子，那已经很
　　　　够了。

提泰妮娅　请不要跑出这座林子！不论你愿不愿，你一定要留在这里。
　　　　我不是一个平常的精灵，夏天永远听从我的命令；我真是爱你，因此
　　　　跟我去吧。我将使神仙们侍候你，他们会从海底里捞起珍宝献给你；
　　　　当你在花茵上睡去的时候，他们会给你歌唱；而且我要给你洗涤去俗
　　　　体的污垢，使你身轻得像个精灵一样。豆花！蛛网！飞蛾！芥子！

　　　　　　四神仙上。

豆　　花　有。

蛛　　网　有。

飞　　蛾　有。

芥　　子　有。

四　　仙　（合）差我们到什么地方去？

提泰妮娅　恭恭敬敬地侍候这先生，

　　　　　　蹦蹦跳跳地追随他前行；

　　　　　　给他吃杏子、鹅莓和桑椹，

紫葡萄和无花果儿青青。

去把野蜂的蜜囊儿偷取，

剪下蜂股的蜂蜡做烛炬，

在流萤的火睛里点了火，

照着我的爱人晨兴夜卧；

再摘下彩蝶儿粉翼娇红，

搧去他眼上的月光溶溶。

来，向他鞠一个深深的躬。

豆　花　万福，凡人！

蛛　网　万福！

飞　蛾　万福！

芥　子　万福！

波　顿　请你们列位先生多多担待担待在下。请教大号是——？

蛛　网　蛛网。

波　顿　很希望跟您交个朋友，好蛛网先生；要是咱指头儿割破了的话，咱要大胆用用您。①善良的先生，您的尊号是——？

豆　花　豆花。

波　顿　啊，请多多给咱向您令堂豆荚奶奶和令尊豆壳先生致意。好豆花先生，咱也很希望跟您交个朋友。先生，您的雅号是——？

芥　子　芥子。

波　顿　好芥子先生，咱知道您是个饱历艰辛的人；那块庞大无比的牛肉曾经把您家里好多人都吞去了。不瞒您说，您的亲戚们方才还害得我掉下几滴苦泪呢。咱希望跟您交个朋友，好芥子先生。

---

①　俗云蛛丝能止血。

提泰妮娅　来,侍候着他,引路到我的闺房。

　　　　　月亮今夜有一颗多泪的眼睛;

　　　　　小花们也都陪着她眼泪汪汪,

　　　　　悲悼横遭强暴而失去的童贞。

　　　　　吩咐那好人静静走不许作声。(同下。)

第二场　林中的另一处

　　　奥布朗上。

奥布朗　不知道提泰妮娅有没有醒来;她一醒来,就要热烈地爱上了她第一眼看到的无论什么东西了。这边来的是我的使者。

　　　迫克上。

奥布朗　啊,疯狂的精灵!在这座夜的魔林里现在有什么事情发生?

迫　克　姑娘爱上了一个怪物了。当她昏昏睡熟的时候,在她的隐秘的神圣的卧室之旁,来了一群村汉;他们都是在雅典市集上做工过活的粗鲁的手艺人,聚集在一起练着戏,预备在忒修斯结婚的那天表演。在这一群蠢货的中间,一个最蠢的蠢材扮演着皮拉摩斯;当他退场走进一簇丛林里去的时候,我就抓住了这个好机会,给他的头上罩上一只死驴的头壳。一会儿为了答应他的提斯柏,这位好伶人又出来了。他们一看见了他,就像雁子望见了蹑足行近的猎人,又像一大群灰鸦听见了枪声轰然飞起乱叫、四散着横扫过天空一样,大家没命逃走了;又因为我们的跳舞震动了地面,一个个横仆竖倒,嘴里乱喊着救命。他们本来就是那么糊涂,这回吓得完全丧失了神智,没有知觉的东西也来欺侮他们了:野茨和荆棘抓破了他们的衣服;有的失去了袖子,有的落掉了帽子,败军之将,无论什么东西都是予取予求的。

在这种惊惶中我领着他们走去，把变了样子的可爱的皮拉摩斯孤单

单地留下；就在那时候，提泰妮娅醒了转来，立刻爱上了一头驴子了。

奥布朗　这比我所能想得到的计策还好。但是你有没有依照我的吩咐，

把那爱汁滴在那个雅典人的眼上呢？

迫　克　那我也已经乘他睡熟的时候办好了。那个雅典女人就在他的身

边，因此他一醒来，一定便会看见她。

　　　　狄米特律斯及赫米娅上。

奥布朗　站过来些，这就是那个雅典人。

迫　克　这女人一点不错；那男人可不是。

狄米特律斯　唉！为什么你这样骂着深爱你的人呢？那种毒骂是应该加

在你仇敌身上的。

赫米娅　现在我不过把你数说数说罢了；我应该更厉害地对付你，因为我

相信你是可咒诅的。要是你已经乘着拉山德睡着的时候把他杀了，

那么把我也杀了吧；已经两脚踏在血泊中，索性让杀人的血淹没你的

膝盖吧。太阳对于白昼，也没有像他对于我那样的忠心。当赫米娅

睡熟的时候，他会悄悄地离开她吗？我宁愿相信地球的中心可以穿

成孔道，月亮会从里面钻了过去，在地球的那一端跟她的兄长白昼捣

乱。一定是你已经把他杀死了；因为只有杀人的凶徒，脸上才会这样

惨白而可怖。

狄米特律斯　被杀者的脸色应该是这样的，你的残酷已经洞穿我的心，因

此我应该有那样的脸色；但是你这杀人的，瞧上去却仍然是那么辉煌

莹洁，就像那边天上闪耀着的金星一样。

赫米娅　你这种话跟我的拉山德有什么关系？他在哪里呀？啊，好狄米

特律斯，把他还给了我吧！

狄米特律斯　我宁愿把他的尸体喂我的猎犬。

赫米娅　滚开，贱狗！滚开，恶狗！你使我失去姑娘家的柔顺，再也忍不住了。你真的把他杀了吗？从此之后，别再把你算作人吧！啊，看在我的面上，老老实实告诉我，告诉我，你，一个清醒的人，看见他睡着，而把他杀了吗？嗳唷，真勇敢！一条蛇、一条毒蛇，都比不上你；因为它的分叉的毒舌，还不及你的毒心更毒！

狄米特律斯　你的脾气发得好没来由。我并没有杀死拉山德，他也并没有死，照我所知道的。

赫米娅　那么请你告诉我他很安全。

狄米特律斯　要是我告诉你，我将得到什么好处呢？

赫米娅　你可以得到永远不再看见我的权利。我从此离开你那可憎的脸；无论他死也罢活也罢，你再不要和我相见。（下。）

狄米特律斯　在她这样盛怒之中，我还是不要跟着她。让我在这儿暂时停留一会儿。

　　　　　睡眠欠下了沉忧的债，

　　　　　心头加重了沉忧的担；

　　　　　我且把黑甜乡暂时寻访，

　　　　　还了些还不尽的糊涂账。（卧下睡去。）

奥布朗　你干了些什么事呢？你已经大大地弄错了，把爱汁去滴在一个真心的恋人的眼上。为了这次错误，本来忠实的将要改变心肠，而不忠实的仍旧和以前一样。

迫　克　一切都是命运在做主；保持着忠心的不过一个人；变心的，把盟誓起了一个毁了一个的，却有百万个人。

奥布朗　比风还快地到林中各处去访寻名叫海丽娜的雅典女郎吧。她是全然为爱情而憔悴的，痴心的叹息耗去了她脸上的血色。用一些幻象把她引到这儿来；我将在这个人的眼睛上施上魔法，准备他们的见面。

迫　　克　我去,我去,瞧我一会儿便失了踪迹;

　　　　　鞑靼人的飞箭都赶不上我的迅疾。(下。)

奥布朗　这一朵紫色的小花,

　　　　　尚留着爱神的箭疤,

　　　　　让它那灵液的力量,

　　　　　渗进他眸子的中央。

　　　　　当他看见她的时光,

　　　　　让她显出庄严妙相,

　　　　　如同金星照亮天庭,

　　　　　让他向她婉转求情。

　　　　　迫克重上。

迫　　克　报告神仙界的头脑,

　　　　　海丽娜已被我带到,

　　　　　她后面随着那少年,

　　　　　正在哀求着她眷怜。

　　　　　瞧瞧那痴愚的形状,

　　　　　人们真蠢得没法想!

奥布朗　站开些;他们的声音

　　　　　将要惊醒睡着的人。

迫　　克　两男合爱着一女,

　　　　　这把戏真够有趣;

　　　　　最妙是颠颠倒倒,

　　　　　看着才叫人发笑。

　　　　　拉山德及海丽娜上。

拉山德　为什么你要以为我的求爱不过是向你嘲笑呢? 嘲笑和戏谑是永

不会伴着眼泪而来的；瞧，我在起誓的时候是怎样感泣着！这样的誓言是不会被人认作虚诳的。明明有着可以证明是千真万确的表记，为什么你会以为我这一切都是出于讪笑呢？

海丽娜　你越来越俏皮了。要是人们所说的真话都是互相矛盾的，那么神圣的真话将成了一篇鬼话。这些誓言都是应当向赫米娅说的；难道你把她丢弃了吗？把你对她和对我的誓言放在两个秤盘里，一定称不出轻重来，因为都是像空话那样虚浮。

拉山德　当我向她起誓的时候，我实在一点见识都没有。

海丽娜　照我想起来，你现在把她丢弃了，也不像是有见识的。

拉山德　狄米特律斯爱着她，但他不爱你。

狄米特律斯　（醒）啊，海伦①！完美的女神！圣洁的仙子！我要用什么来比并你的秀眼呢，我的爱人？水晶是太昏暗了。啊，你的嘴唇，那吻人的樱桃，瞧上去是多么成熟，多么诱人！你一举起你那洁白的妙手，被东风吹着的陶洛斯高山上的积雪，就显得像乌鸦那么黯黑了。让我吻一吻那纯白的女王，这幸福的象征吧！

海丽娜　唉，倒霉！该死！我明白你们都在拿我取笑；假如你们是懂得礼貌和有教养的人，一定不会这样侮辱我。我知道你们都讨厌着我，那么就讨厌我好了，为什么还要联合起来讥讽我呢？你们瞧上去都像堂堂男子，如果真是堂堂男子，就不该这样对待一个有身份的妇女：发着誓，赌着咒，过誉着我的好处，但我可以断定你们的心里却在讨厌我。你们两人是情敌，一同爱着赫米娅，现在转过身来一同把海丽娜嘲笑，真是大丈夫的行为，干得真漂亮，为着取笑的缘故逼一个可怜的女人流泪！高尚的人决不会这样轻侮一个闺女，逼到她忍无可

---

① 海伦是海丽娜的爱称。

忍，只是因为给你们寻寻开心。

拉山德　你太残忍，狄米特律斯，不要这样；因为你爱着赫米娅，这你知道我是十分明白的。现在我用全心和好意把我在赫米娅的爱情中的地位让给你；但你也得把海丽娜的爱情让给我，因为我爱她，并且将要爱她到死。

海丽娜　从来不曾有过嘲笑者浪费过这样无聊的口舌。

狄米特律斯　拉山德，保留着你的赫米娅吧，我不要；要是我曾经爱过她，那爱情现在也已经消失了。我的爱不过像过客一样暂时驻留在她的身上，现在它已经回到它的永远的家，海丽娜的身边，再不到别处去了。

拉山德　海伦，他的话是假的。

狄米特律斯　不要侮蔑你所不知道的真理，否则你将以生命的危险重重补偿你的过失。瞧！你的爱人来了；那边才是你的爱人。

　　　　　赫米娅上。

赫米娅　黑夜使眼睛失去它的作用，但却使耳朵的听觉更为灵敏；它虽然妨碍了视觉的活动，却给予听觉加倍的补偿。我的眼睛不能寻到你，拉山德；但多谢我的耳朵，使我能听见你的声音。你为什么那样忍心地离开了我呢？

拉山德　爱情驱着一个人走的时候，为什么他要滞留呢？

赫米娅　哪一种爱情能把拉山德驱开我的身边？

拉山德　拉山德的爱情使他一刻也不能停留；美丽的海丽娜，她照耀着夜天，使一切明亮的繁星黯然无色。为什么你要来寻找我呢？难道这还不能使你知道我因为厌恶你的缘故，才这样离开你吗？

赫米娅　你说的不是真话；那不会是真的。

海丽娜　瞧！她也是他们的一党。现在我明白了他们三个人一起联合了用这种恶戏欺凌我。欺人的赫米娅！最没有良心的丫头！你竟然和这种人一同算计着向我开这种卑鄙的玩笑作弄我吗？我们两人从前的种种推心置腹，约为姊妹的盟誓，在一起怨恨疾促的时间这样快便把我们拆分的那种时光，啊！你难道都已经忘记了吗？我们在同学时的那种情谊，一切童年的天真，你都已经完全丢在脑后了吗？赫米娅，我们两人曾经像两个巧手的神匠，在一起绣着同一朵花，描着同一个图样，我们同坐在一个椅垫上，齐声曼吟着同一个歌儿，就像我们的手、我们的身体、我们的声音、我们的思想，都是连在一起不可分的样子。我们这样生长在一起，正如并蒂的樱桃，看似两个，其实却连生在一起；我们是结在同一茎上的两颗可爱的果实，我们的身体虽然分开，我们的心却只有一个——原来我们的身子好比两个互通婚姻的名门，我们的心好比男家女家的纹章合而为一。难道你竟把我们从前的友好丢弃不顾，而和男人们联合着嘲弄你的可怜的朋友吗？这种行为太没有朋友的情谊，而且也不合一个少女的身份。不单是我，我们全体女人都可以攻击你，虽然受到委屈的只是我一个。

赫米娅　你这种愤激的话真使我惊奇。我并没有嘲弄你；似乎你在嘲弄我哩。

海丽娜　你不曾唆使拉山德跟随我，假意称赞我的眼睛和面孔吗？你那另一个爱人，狄米特律斯，不久之前还曾要用他的脚踢开我，你不曾使他称我为女神、仙子、神圣而希有的、珍贵的、超乎一切的人吗？为什么他要向他所讨厌的人说这种话呢？拉山德的灵魂里是充满了你的爱的，为什么他反而要摈斥你，却要把他的热情奉献给我，倘不是因为你的指使，因为你们曾经预先商量好？即使我不像你那样有人爱怜，那样被人追求不舍，那样走好运，即使我是那样倒霉，得不到我所爱的人的爱情，那和你又有什么关系呢？你应该可怜我才是，不应该反而来侮蔑我。

赫米娅　我不懂你说这种话的意思。

海丽娜　好,尽管装腔下去,扮着这一副苦脸,等我一转背,就要向我作嘴
　　　　脸了;大家彼此眹眹眼睛,把这个绝妙的玩笑尽管开下去吧,将来会
　　　　记载在历史上的。假如你们是有同情心,懂得礼貌的,就不该把我当
　　　　作这样的笑柄。再会吧;一半也是我自己不好,死别或生离不久便可
　　　　以补赎我的错误。

拉山德　不要走,温柔的海丽娜! 听我解释。我的爱! 我的生命! 我的
　　　　灵魂! 美丽的海丽娜!

海丽娜　多好听的话!

赫米娅　亲爱的,不要那样嘲笑她。

狄米特律斯　要是她的恳求不能使你不说那种话,我将强迫你闭住你
　　　　的嘴。

拉山德　她想恳求我,你想强迫我,可是都无济于事。你的威胁正和她的
　　　　软弱的祈告同样没有力量。海伦,我爱你! 凭着我的生命起誓,我爱
　　　　你! 谁说我不爱你的,我愿意用我的生命证明他说谎;为了你我是乐
　　　　意把生命捐弃的。

狄米特律斯　我说我比他更要爱你得多。

拉山德　要是你这样说,那么把剑拔出来证明一下吧。

狄米特律斯　好,快些,来!

赫米娅　拉山德,这一切究竟是怎么一回事呢?

拉山德　走开,你这黑鬼①!

狄米特律斯　不,不——你可不能骗我而自己逃走;假意说着来来,却在

———————————

① 因赫米娅肤色微黑,故云。第二幕中有"把一只乌鸦换一头白鸽"之语,亦此意;
　　海丽娜肤色白皙,故云白鸽也。

准备乘机溜去。你是个不中用的汉子,来吧!

拉山德 （向赫米娅）放开手,你这猫! 你这牛蒡子! 贱东西,放开手! 否
则我要像摔掉身上一条蛇那样摔掉你了。

赫米娅 为什么你变得这样凶暴? 究竟是什么缘故呢,爱人?

拉山德 你的爱人! 走开,黑鞑子! 走开! 可厌的毒物,叫人恶心的东
西,给我滚吧!

赫米娅 你还是在开玩笑吗?

海丽娜 是的,你也是在开玩笑。

拉山德 狄米特律斯,我一定不失信于你。

狄米特律斯 你的话可有些不能算数,因为人家的柔情在牵系住你。我
可信不过你的话。

拉山德 什么! 难道要我伤害她、打她、杀死她吗? 虽然我厌恨她,我还
不至于这样残忍。

赫米娅 啊! 还有什么事情比之你厌恨我更残忍呢? 厌恨我! 为什么
呢? 天哪! 究竟是怎么一回事呢,我的好人? 难道我不是赫米娅了
吗? 难道你不是拉山德了吗? 我现在生得仍旧跟以前一个样子。就
在这一夜里你还曾爱过我;但就在这一夜里你离开了我。那么你真
的——唉,天哪! ——存心离开我吗?

拉山德 一点不错,而且再不要看见你的脸了;因此你可以断了念头,不
必疑心,我的话是千真万确的:我厌恨你,我爱海丽娜,一点不是开
玩笑。

赫米娅 天啊! 你这骗子! 你这花中的蛀虫! 你这爱情的贼! 哼! 你乘
着黑夜,悄悄地把我的爱人的心偷了去吗?

海丽娜 真好! 难道你一点女人家的羞耻都没有,一点不晓得难为情,不
晓得自重了吗? 哼! 你一定要引得我破口说出难听的话来吗? 哼!

哼！你这装腔作势的人！你这给人家愚弄的小玩偶！

赫米娅　小玩偶！噢，原来如此。现在我才明白了她为什么把她的身材跟我的比较；她自夸她生得长，用她那身材，那高高的身材，赢得了他的心。因为我生得矮小，所以他便把你看得高不可及了吗？我是怎样一个矮法？你这涂脂抹粉的花棒儿！请你说，我是怎样矮法？矮虽矮，我的指爪还挖得着你的眼珠哩！

海丽娜　先生们，虽然你们都在嘲弄我，但我求你们别让她伤害我。我从来不曾使过性子；我也完全不懂得怎样跟人家闹架儿；我是一个胆小怕事的女子。不要让她打我。也许因为她比我矮些，你们就以为我打得过她吧。

赫米娅　生得矮些！听，又来了！

海丽娜　好赫米娅，不要对我这样凶！我一直是爱你的，赫米娅，有什么事总跟你商量，从来不曾对你作过欺心的事；除了这次，为了对于狄米特律斯的爱情的缘故，我把你私奔到这座林中的事告诉了他。他追踪着你；为了爱，我又追踪着他；但他一直是斥骂着我，威吓着我说要打我、踢我，甚至于要杀死我。现在你让我悄悄地走了吧；我愿带着我的愚蠢回到雅典去，不再跟着你们了。让我走；你瞧我是多么傻多么痴心！

赫米娅　好，你走就走吧，谁在拦你？

海丽娜　一颗发痴的心，但我把它丢弃在这里了。

赫米娅　噢，给了拉山德了是不是？

海丽娜　不，给了狄米特律斯。

拉山德　不要怕，她不会伤害你的，海丽娜。

狄米特律斯　当然不会的，先生；即使你帮着她也不要紧。

海丽娜　啊，她一发起怒来，真是又凶又狠。在学校里她就是出名的雌老虎;很小的时候便那么凶了。

赫米娅　又是"很小"!老是矮啊小啊的说个不住!为什么你让她这样讥
　　　笑我呢?让我跟她拼命去。

拉山德　滚开,你这矮子!你这发育不全的三寸丁!你这小珠子!你这
　　　小青豆!

狄米特律斯　她用不着你帮忙,因此不必那样乱献殷勤。让她去;不许你
　　　嘴里再提到海丽娜,不要你来给她撑腰。要是你再向她略献殷勤,就
　　　请你当心着吧!

拉山德　现在她已经不再拉住我了;你要是有胆子,跟我来吧,我们倒要
　　　试试看究竟海丽娜该属于谁。

狄米特律斯　跟你来!嘿,我要和你并着肩走呢。(拉山德、狄米特律斯二
　　　人下。)

赫米娅　你,小姐,这一切的纷扰都是因为你的缘故。嗳,别逃啊!

海丽娜　我怕你,我不敢跟脾气这么大的你在一起。打起架来,你的手比
　　　我快得多;但我的腿比你长些,逃起来你追不上我。(下。)

赫米娅　我简直莫名其妙,不知道说些什么话好。(下。)

奥布朗　这是你的大意所致;要不是你弄错了,一定是你故意在捣蛋。

迫　克　相信我,仙王,是我弄错了。你不是对我说只要认清楚那人穿着
　　　雅典人的衣裳?照这样说起来我完全不曾错,因为我是把花汁滴在
　　　一个雅典人的眼上。事情会弄到这样我是满快活的,因为他们的吵
　　　闹看着怪有趣味。

奥布朗　你瞧这两个恋人找地方决斗去了,因此,罗宾,快去把夜天遮暗
　　　了;你就去用像冥河的水一样黑的浓雾盖住了星空,再引这两个声势
　　　汹汹的仇人迷失了路,不要让他们碰在一起。有时你学着拉山德的
　　　声音痛骂狄米特律斯,叫他气得直跳,有时学着狄米特律斯的样子斥

责拉山德:用这种法子把他们两个分开，直到他们奔波得精疲力竭，
死一样的睡眠拖着铅样沉重的腿和蝙蝠的翅膀爬上了他们的额上；
然后你把这草挤出汁来涂在拉山德的眼睛上，它能够解去一切的错
误，使他的眼睛恢复从前的眼光。等他们醒来之后，这一切的戏谑，
就会像是一场梦景或是空虚的幻象；这一班恋人们便将回到雅典去，
而且将订下白头到老、永无尽期的盟约。在我差遣你去做这件事的
时候，我要去访问我的王后，向她讨那个印度孩子；然后我要解除她
眼中所见的怪物的幻觉，一切事情都将和平解决。

迫　克　这事我们必须赶早办好，主公，
　　　　因为黑夜已经驾起他的飞龙；
　　　　晨星，黎明的先驱，已照亮苍穹；
　　　　一个个鬼魂四散地奔返殡宫：
　　　　还有那横死的幽灵抱恨长终，
　　　　道旁水底有他们的白骨成丛，
　　　　为怕白昼揭露了丑恶的形容，
　　　　早已向重泉归寝，相伴着蛆虫；
　　　　他们永远见不到日光的融融，
　　　　只每夜在暗野里凭吊着凄风。

奥布朗　但你我可完全不能比并他们；
　　　　晨光中我惯和猎人一起游巡，
　　　　如同林居人一样踏访着丛林：
　　　　即使东方开启了火红的天门，
　　　　大海上照耀万道灿烂的光针，
　　　　青碧的大海化成了一片黄金。
　　　　但我们应该早早办好这事情，

最好别把它迁延着直到天明。（下。）

迫　克　奔到这边来，奔过那边去；

我要领他们，奔来又奔去。

林间和市上，无人不怕我；

我要领他们，走尽林中路。

这儿来了一个。

拉山德重上。

拉山德　你在哪里，骄傲的狄米特律斯？说出来！

迫　克　在这儿，恶徒！把你的剑拔出来准备着吧。你在哪里？

拉山德　我立刻就过来。

迫　克　那么跟我来吧，到平坦一点的地方。（拉山德随声音下。）

狄米特律斯重上。

狄米特律斯　拉山德，你再开口啊！你逃走了，你这懦夫！你逃走了吗？
说话呀！躲在那一堆树丛里吗？你躲在哪里呀？

迫　克　你这懦夫！你在向星星们夸口，向树林子挑战，但是却不敢过来
吗？来，卑怯汉！来，你这小孩子！我要好好抽你一顿。谁要跟你比
剑才真倒霉！

狄米特律斯　呀，你在那边吗？

迫　克　跟我的声音来吧；这儿不是适宜我们战斗的地方。（同下。）

拉山德重上。

拉山德　他走在我的前头，老是挑拨着我上前；一等我走到他叫喊着的地
方，他又早已不在。这个坏蛋比我脚步快得多，我追得快，他可逃得
更快，使我在黑暗崎岖的路上绊了一跤。让我在这儿休息一下吧。
（躺下）来吧，你仁心的白昼！只要你一露出你的一线灰白的微光，我
就可以看见狄米特律斯而洗雪这次仇恨了。（睡去。）

迫克及狄米特律斯重上。

迫　克　哈！哈！哈！懦夫！你为什么不来？

狄米特律斯　要是你有胆量的话，等着我吧；我全然明白你跑在我前面，从这儿蹿到那儿，不敢站住，也不敢见我的面。你现在是在什么地方？

迫　克　过来，我在这儿。

狄米特律斯　哼，你在摆布我。要是天亮了我看见你的面孔，你好好地留点儿神；现在，去你的吧！疲乏逼着我倒下在这寒冷的地上，等候着白天的降临。（躺下睡去。）

海丽娜重上。

海丽娜　疲乏的夜啊！冗长的夜啊！减少一些你的时辰吧！从东方出来的安慰，快照耀起来吧！好让我借着晨光回到雅典去，离开这一群人，他们大家都讨厌着可怜的我。慈悲的睡眠，有时你闭上了悲伤的眼睛，求你暂时让我忘却了自己的存在吧！（躺下睡去。）

迫　克　两男加两女，四个无错误；

三人已在此，一人在何处？

哈哈她来了，满脸愁云罩：

爱神真不好，惯惹人烦恼！

赫米娅重上。

赫米娅　从来不曾这样疲乏过，从来不曾这样伤心过！我的身上沾满了露水，我的衣裳被荆棘所抓破；我跑也跑不动，爬也爬不动了；我的两条腿再也不能听从我的心愿。让我在这儿休息一下以待天明。要是他们真要决斗的话，愿天保佑拉山德吧！（躺下睡去。）

迫　克　梦将残，睡方酣，

神仙药，祛幻觉，

百般迷梦全消却。（挤草汁于拉山德眼上）

醒眼见，旧人脸，

乐满心，情不禁，

从此欢爱复深深。

一句俗语说得好，

各人各有各的宝，

等你醒来就知道：

　　哥儿爱姐儿，

　　两两无参差；

　　失马复得马，

　　一场大笑话！（下。）

第 四 幕

第一场　林中。拉山德、狄米特律斯、
海丽娜、赫米娅酣睡未醒

提泰妮娅及波顿上，众仙随侍；奥布朗潜随其后。

提泰妮娅　来，坐下在这花床上。我要爱抚你的可爱的脸颊；我要把麝香
　　　　玫瑰插在你柔软光滑的头颅上；我要吻你的美丽的大耳朵，我的温柔
　　　　的宝贝！

波　　顿　豆花呢？

豆　　花　有。

波　　顿　替咱把头搔搔，豆花儿。蛛网先生在哪儿？

蛛　　网　有。

波　　顿　蛛网先生，好先生，把您的刀拿好，替咱把那蓟草叶尖上的红屁
　　　　股的野蜂儿杀了；然后，好先生，替咱把蜜囊儿拿来。干那事的时候
　　　　可别太性急，先生；而且，好先生，当心别把蜜囊儿给弄破了；要是您
　　　　在蜜囊里头淹死了，那咱可不很乐意，先生。芥子先生在哪儿？

芥　　子　有。

波　　顿　把您的小手儿给我，芥子先生。请您不要多礼吧，好先生。

芥　子　你有什么吩咐？

波　顿　没有什么，好先生，只是帮蛛网骑士替咱搔搔痒。咱一定得理发去，先生，因为咱觉得脸上毛得很。咱是一头感觉非常灵敏的驴子，要是一根毛把咱触痒了，咱就非得搔一下子不可。

提泰妮娅　你要不要听一些音乐，我的好人？

波　顿　咱很懂得一点儿音乐。咱们来一下子锣鼓吧。

提泰妮娅　好人，你要吃些什么呢？

波　顿　真的，来一堆刍秣吧；您要是有好的干麦秆，也可以给咱大嚼一顿。咱想，咱怪想吃那么一捆干草；好干草，美味的干草，什么也比不上它。

提泰妮娅　我有一个善于冒险的小神仙，可以给你到松鼠的仓里取些新鲜的榛栗来。

波　顿　咱宁可吃一把两把干豌豆。但是谢谢您，吩咐您那些人们别惊动咱吧，咱想要睡他妈的一觉。

提泰妮娅　睡吧，我要把你抱在我的臂中。神仙们，往各处散开去吧。（众仙下）菟丝也正是这样温柔地缠附着芬芳的金银花；女萝也正是这样缠绕着榆树的皱折的臂枝。啊，我是多么爱你！我是多么热恋着你！（同睡去。）

　　　　　迫克上。

奥布朗　（上前）欢迎，好罗宾！你见没见这种可爱的情景？我对于她的痴恋开始有点不忍了。刚才我在树林后面遇见她正在为这个可憎的蠢货找寻爱情的礼物，我就谴责她，跟她争吵起来，因为那时她把芬芳的鲜花制成花环，环绕着他那毛茸茸的额角；原来在嫩芯上晶莹饱满、如同东方的明珠一样的露水，如今却含在那一朵朵美艳的小花的眼中，像是盈盈欲泣的眼泪，痛心着它们所受的耻辱。我把她尽情嘲骂一番之后,她低声下气地请求我息怒,于是我便乘机向她索讨那个换儿;她立刻把他给了我,差她的仙侍把他送到了我的寝宫。现在我已经把这个孩子弄到手,我将解去她眼中这种可憎的迷惑。好迫克,你去把这雅典村夫头上的变形的头盖揭下,等他和大家一同醒来的时候,好让他回到雅典去,把这晚间发生的一切事情只当做一场梦魇。但是先让我给仙后解了魔法吧。(以草触她的眼睛)

　　回复你原来的本性,

　　解去你眼前的幻景;

　　这一朵女贞花采自月姊园庭,

　　它会使爱情的小卉失去功能。

　　喂,我的提泰妮娅,醒醒吧,我的好王后!

提泰妮娅　我的奥布朗!我看见了怎样的幻景!好像我爱上了一头驴子啦。

奥布朗　那边就是你的爱人。

提泰妮娅　这一切事情怎么会发生的呢?啊,现在我看见他的样子是多么惹气!

奥布朗　静一会儿。罗宾,把他的头壳揭下了。提泰妮娅,叫他们奏起音乐来吧,让这五个人睡得全然失去了知觉。

提泰妮娅　来,奏起催眠的乐声柔婉!(音乐。)

迫　克　等你一觉醒来,蠢汉,

　　　用你的傻眼睛瞧看。

奥布朗　奏下去,音乐!来,我的王后,让我们携手同行,让我们的舞蹈震动这些人睡着的地面。现在我们已经言归于好,明天夜半将要一同到忒修斯公爵的府中跳着庄严的欢舞,祝福他家繁荣昌盛。这两对忠心的恋人也将在那里和忒修斯同时举行婚礼,大家心中充满了喜乐。

迫　克　仙王，仙王，留心听，

　　　　我听见云雀歌吟。

奥布朗　王后，让我们静静

　　　　追随着夜的踪影；

　　　　我们环绕着地球，

　　　　快过明月的光流。

提泰妮娅　夫君，请你在一路

　　　　告诉我一切缘故，

　　　　这些人来自何方，

　　　　当我熟睡的时光。（同下。幕内号角声。）

　　　　忒修斯、希波吕忒、伊吉斯及侍从等上。

忒修斯　你们中间谁去把猎奴唤来。我们已把五月节的仪式遵行，现在
　　　才只是清晨，我的爱人应当听一听猎犬的音乐。把它们放在西面的
　　　山谷里；快去把猎奴唤来。美丽的王后，让我们到山顶上去，领略着
　　　猎犬们的吠叫和山谷中的回声应和在一起的妙乐吧。

希波吕忒　我曾经同赫剌克勒斯和卡德摩斯①一起在克里特林中行猎，
　　　他们用斯巴达的猎犬追赶着巨熊，那种雄壮的吠声我真是第一次听
　　　到；除了丛林之外，天空和群山，以及一切附近的区域，似乎混成了一
　　　片交互的呐喊。我从来不曾听见过那样谐美的喧声，那样悦耳的
　　　雷鸣。

忒修斯　我的猎犬也是斯巴达种，一样的颊肉下垂，一样的黄沙的毛色；
　　　它们的头上垂着两片挥拂晨露的耳朵；它们的膝骨是弯曲的，并且像

---

① 卡德摩斯(Cadmus)是希腊神话里忒拜城的建立者。

忒萨利亚种的公牛一样喉头长着垂肉。它们在追逐时不很迅速,但它们的吠声彼此高下相应,就像钟声那样合调。无论在克里特、斯巴达或是忒萨利亚,都不曾有过这么一队猎狗,应和着猎人的号角和呼召,吠得这样好听;你听见了之后便可以自己判断。但是且慢! 这些都是什么仙女?

伊吉斯　殿下,这儿躺着的是我的女儿;这是拉山德;这是狄米特律斯;这是海丽娜,奈达老人的女儿。我不知道他们怎么都在这儿。

忒修斯　他们一定早起守五月节,因为闻知了我们的意旨,所以赶到这儿来参加我们的典礼。但是,伊吉斯,今天不是赫米娅应该决定她的选择的日子吗?

伊吉斯　是的,殿下。

忒修斯　去,叫猎奴们吹起号角来惊醒他们。(幕内号角及呐喊声,拉山德、狄米特律斯、赫米娅、海丽娜四人惊醒跳起)早安,朋友们! 情人节早已过去了,你们这一辈林鸟到现在才配起对吗?①

拉山德　请殿下恕罪!(偕余人并跪下。)

忒修斯　请你们站起来吧。我知道你们两人是对头冤家,怎么会变得这样和气,大家睡在一块儿,没有一点猜忌,再不怕敌人了呢?

拉山德　殿下,我现在还是糊里糊涂,不知道应当怎样回答您的问话;但是我敢发誓说我真的不知道怎么会在这儿;但是我想——我要说老实话,我现在记起来了,一点不错,我是和赫米娅一同到这儿来的;我们想要逃出雅典,避过了雅典法律的峻严,我们便可以——

伊吉斯　够了,够了,殿下;话已经说得够了。我要求依法,依法惩办他。他们打算,他们打算逃走,狄米特律斯,他们打算用那种手段欺弄我

---

① 　情人节(St. Valentine's Day)在二月十四日,据说众鸟于是日择偶。

们，使你的妻子落空，使我给你的允许也落空。

狄米特律斯　殿下，海丽娜告诉了我他们的出奔，告诉了我他们到这儿林
　　中来的目的；我在盛怒之下追踪他们，同时海丽娜因为痴心的缘故也
　　追踪着我。但是，殿下，我不知道什么一种力量——但一定是有一种
　　力量——使我对于赫米娅的爱情会像霜雪一样溶解，现在想起来，就
　　像回忆一段童年时所爱好的一件玩物一样；我一切的忠信、一切的心
　　思、一切乐意的眼光，都是属于海丽娜一个人了。我在没有认识赫米
　　娅之前，殿下，就已经和她订过盟约；但正如一个人在生病的时候一
　　样，我厌弃着这一道珍馐，等到健康恢复，就会回复正常的胃口。现
　　在我希求着她，珍爱着她，思慕着她，将要永远忠心于她。

忒修斯　俊美的恋人们，我们相遇得很巧；等会儿我们便可以再听你们把
　　这段话讲下去。伊吉斯，你的意志只好屈服一下了；这两对少年不久
　　便将跟我们一起在神庙中缔结永久的鸳盟。现在清晨快将过去，我
　　们本来准备的行猎只好中止。跟我们一起到雅典去吧；三三成对地，
　　我们将要大张盛宴。来，希波吕忒。（忒修斯、希波吕忒、伊吉斯及侍
　　从下。）

狄米特律斯　这些事情似乎微细而无从捉摸，好像化为云雾的远山一样。

赫米娅　我觉得好像这些事情我都用昏花的眼睛看着，一切都化作了层
　　叠的两重似的。

海丽娜　我也是这样想。我得到了狄米特律斯，像是得到了一颗宝石，好
　　像是我自己的，又好像不是我自己的。

狄米特律斯　你们真能断定我们现在是醒着吗？我觉得我们还是在睡着
　　做梦。你们是不是以为公爵方才在这儿，叫我们跟他走吗？

赫米娅　是的，我的父亲也在。

海丽娜　还有希波吕忒。

拉山德　他确曾叫我们跟他到神庙里去。

狄米特律斯　那么我们真的已经醒了。让我们跟着他走；一路上讲着我们的梦。（同下。）

波　顿　（醒）轮到咱说尾白的时候，请你们叫咱一声，咱就会答应；咱下面的一句是，"最美丽的皮拉摩斯。"喂！喂！彼得·昆斯！弗鲁特，修风箱的！斯诺特，补锅子的！斯塔佛林！他妈的！悄悄地溜走了，把咱撇下在这儿一个人睡觉吗？咱看见了一个奇怪得了不得的幻象，咱做了一个梦。没有人说得出那是怎样的一个梦；要是谁想把这个梦解释一下，那他一定是一头驴子。咱好像是——没有人说得出那是什么东西；咱好像是——咱好像有——但要是谁敢说出来咱好像有什么东西，那他一定是一个蠢材。咱那个梦啊，人们的眼睛从来没有听到过，人们的耳朵从来没有看见过，人们的手也尝不出来是什么味道，人们的舌头也想不出来是什么道理，人们的心也说不出来究竟那是怎样的一个梦。咱要叫彼得·昆斯给咱写一首歌儿咏一下这个梦，题目就叫做"波顿的梦"，因为这个梦可没有个底儿①；咱要在演完戏之后当着公爵大人的面前唱这个歌——或者更好些，还是等咱死了之后再唱吧。（下。）

第二场　雅典。昆斯家中

　　　　昆斯、弗鲁特、斯诺特、斯塔佛林上。

昆　斯　你们差人到波顿家里去过了吗？他还没有回家吗？

斯塔佛林　一点消息都没有。他准是给妖精拐了去了。

---

①　波顿，原文 Bottom，意为"底"；所以这里是一句双关语。

弗鲁特　要是他不回来，那么咱们的戏就要搁起来啦；它不能再演下去，是不是？

昆　斯　那当然演不下去啰；整个雅典城里除了他之外就没有第二个人可以演皮拉摩斯。

弗鲁特　谁也演不了；他在雅典手艺人中间简直是最聪明的一个。

昆　斯　对，而且也是顶好的人；他有一副好喉咙，吊起膀子来真是顶呱呱的。

弗鲁特　你说错了，你应当说"吊嗓子"。吊膀子，老天爷！那是一件难为情的事。

　　　　斯纳格上。

斯纳格　列位，公爵大人刚从神庙里出来，还有两三位贵人和小姐们也在同时结了婚。要是咱们的玩意儿能够干下去，咱们一定大家都有好处。

弗鲁特　哎呀，可爱的波顿好家伙！他从此就不能再拿到六便士一天的恩俸了。他准可以拿到六便士一天的。咱可以赌咒公爵大人见了他扮演皮拉摩斯，一定会赏给他六便士一天。他应该可以拿到六便士一天的；扮演了皮拉摩斯，应该拿六便士一天，少一个子儿都不行。

　　　　波顿上。

波　顿　孩儿们在什么地方？心肝们在什么地方？

昆　斯　波顿！哎呀，顶好顶好的日子，顶吉利顶吉利的时辰！

波　顿　列位，咱要讲古怪事儿给你们听，可不许问咱什么事；要是咱对你们说了，咱不算是真的雅典人。咱要把一切全都告诉你们，一个字也不漏掉。

昆　斯　讲给咱们听吧，好波顿。

波　顿　关于咱自己的事可一个字也不能告诉你们。咱要报告给你们知道的是,公爵大人已经用过正餐了。把你们的行头收拾起来,胡须上要用坚牢的穿绳,舞靴上要结簇新的缎带;立刻在宫门前集合;各人温熟了自己的台词;总而言之一句话,咱们的戏已经送上去了。无论如何,可得叫提斯柏穿一件干净一点的衬衫;还有扮演狮子的那位别把指甲铰掉,因为那是要露出在外面当作狮子的脚爪的。顶要紧的,列位老板们,别吃洋葱和大蒜,因为咱们可不能把人家熏倒胃口;咱一定会听见他们说,"这是一出香甜的喜剧。"完了,去吧! 去吧!(同下。)

第 五 幕

第一场　雅典。忒修斯宫中

忒修斯、希波吕忒、菲劳斯特莱特及大臣侍从等上。

希波吕忒　忒修斯，这些恋人们所说的话真是奇怪得很。

忒修斯　奇怪得不像会是真实。我永不相信这种古怪的传说和胡扯的神话。情人们和疯子们都富于纷乱的思想和成形的幻觉，他们所理会到的永远不是冷静的理智所能充分了解。疯子、情人和诗人，都是幻想的产儿：疯子眼中所见的鬼，多过于广大的地狱所能容纳；情人，同样是那么疯狂，能从埃及人的黑脸上看见海伦①的美貌；诗人的眼睛在神奇的狂放的一转中，便能从天上看到地下，从地下看到天上。想象会把不知名的事物用一种形式呈现出来，诗人的笔再使它们具有如实的形象，空虚的无物也会有了居处和名字。强烈的想象往往具有这种本领，只要一领略到一些快乐，就会相信那种快乐的背后有一个赐予的人；夜间一转到恐惧的念头，一株灌木一下子便会变成一头熊。

希波吕忒　但他们所说的一夜间全部的经历，以及他们大家心理上都受

---

① 海伦(Helen)是希腊神话里著名的美人，特洛亚战争就是由她引起的。

到同样影响的一件事实，可以证明那不会是幻想。虽然那故事是怪异而惊人，却并不令人不能置信。

忒修斯　这一班恋人们高高兴兴地来了。

　　　　拉山德、狄米特律斯、赫米娅、海丽娜上。

忒修斯　恭喜，好朋友们！恭喜！愿你们心灵里永远享受着没有阴翳的爱情日子！

拉山德　愿更大的幸福永远追随着殿下的起居！

忒修斯　来，我们应当用什么假面剧或是舞蹈来消磨在尾餐和就寝之间的三点钟悠长的岁月呢？我们一向掌管戏乐的人在哪里？有哪几种余兴准备着？有没有一出戏剧可以祛除难挨的时辰里按捺不住的焦灼呢？叫菲劳斯特莱特过来。

菲劳斯特莱特　有，伟大的忒修斯。

忒修斯　说，你有些什么可以缩短这黄昏的节目？有些什么假面剧？有些什么音乐？要是一点娱乐都没有，我们怎么把这迟迟的时间消度过去呢？

菲劳斯特莱特　这儿是一张预备好的各种戏目的单子，请殿下自己拣选哪一项先来。（呈上单子。）

忒修斯　"与马人①作战，由一个雅典太监和竖琴而唱"。那个我们不要听；我已经告诉过我的爱人这一段表彰我的姻兄赫剌克勒斯武功的故事了。"醉酒者之狂暴，特剌刻歌人惨遭肢裂的始末。"②那是老调，当我上次征服忒拜凯旋回来的时候就已经表演过了。"九缪斯神③痛

---

①　马人（Centaurs）是希腊神话中一种半人半马的怪物，赫剌克勒斯曾战而胜之。

②　特剌刻歌人系指希腊神话中的著名歌手俄耳甫斯（Orpheus）；其歌声能感动百兽草木；后被酗酒妇人肢裂而死。

③　九缪斯神（Nine Muses）即司文学艺术的九女神。

悼学术的沦亡”。那是一段犀利尖刻的讽刺,不适合于婚礼时的表演。“关于年轻的皮拉摩斯及其爱人提斯柏的冗长的短戏,非常悲哀的趣剧”。悲哀的趣剧!冗长的短戏!那简直是说灼热的冰,发烧的雪。这种矛盾怎么能调和起来呢?

菲劳斯特莱特　殿下,一出一共只有十来个字那么长的戏,当然是再短没有了;然而即使只有十个字,也会嫌太长,叫人看了厌倦;因为在全剧之中,没有一个字是用得恰当的,没有一个演员是支配得适如其分的。那本戏的确很悲哀,殿下,因为皮拉摩斯在戏里要把自己杀死。可是我看他们预演那一场的时候,我得承认确曾使我的眼中充满了眼泪;但那些泪都是在纵声大笑的时候忍俊不住而流下来的,再没有人流过比那更开心的泪水了。

忒修斯　扮演这戏的是些什么人呢?

菲劳斯特莱特　都是在这儿雅典城里做工过活的胼手胝足的汉子。他们从来不曾用过头脑,今番为了准备参加殿下的婚礼,才辛辛苦苦地把这本戏记诵起来。

忒修斯　好,就让我们听一下吧。

菲劳斯特莱特　不,殿下,那是不配烦渎您的耳朵的。我已经听完过他们一次,简直一无足取;除非你嘉纳他们的一片诚心和苦苦背诵的辛勤。

忒修斯　我要把那本戏听一次,因为纯朴和忠诚所呈献的礼物,总是可取的。去把他们带来。各位夫人女士们,大家请坐下。(菲劳斯特莱特下。)

希波吕忒　我不欢喜看见微贱的人做他们力量所不及的事,忠诚因为努力的狂妄而变成毫无价值。

忒修斯　啊,亲爱的,你不会看见他们糟到那地步。

希波吕忒　他说他们根本不会演戏。

忒修斯　那更显得我们的宽宏大度,虽然他们的劳力毫无价值,他们仍能
　　　得到我们的嘉纳。我们可以把他们的错误作为取笑的资料。我们不
　　　必较量他们那可怜的忠诚所不能达到的成就,而该重视他们的辛勤。
　　　凡是我所到的地方,那些有学问的人都预先准备好欢迎辞迎接我;但
　　　是一看见我,便发抖、脸色变白,句子没有说完便中途顿住,背熟了
　　　的话梗在喉中,吓得说不出来,结果是一句欢迎我的话都没有说。相
　　　信我,亲爱的,从这种无言中我却领受了他们一片欢迎的诚意;在诚
　　　惶诚恐的忠诚的畏怯上表示出来的意味,并不少于一条娓娓动听的
　　　辩舌和无所忌惮的口才。因此,爱人,照我所能观察到的,无言的纯
　　　朴所表示的情感,才是最丰富的。

　　　　　菲劳斯特莱特重上。

菲劳斯特莱特　请殿下吩咐,念开场诗的预备登场了。

忒修斯　让他上来吧。(喇叭奏花腔。)

　　　　　昆斯上,念开场诗。

昆　斯

　　　　　要是咱们,得罪了请原谅。

　　　　　　咱们本来是,一片的好意,

　　　　　想要显一显。薄薄的伎俩,

　　　　　　那才是咱们原来的本意。

　　　　　因此列位咱们到这儿来。

　　　　　　为的要让列位欢笑欢笑,

　　　　　否则就是不曾。到这儿来,

　　　　　　如果咱们。惹动列位气恼。

　　　　　一个个演员,都将,要登场,

　　　　　　你们可以仔细听个端详。①

忒修斯　这家伙简直乱来。

拉山德　他念他的开场诗就像骑一头顽劣的小马一样，乱冲乱撞，该停的
　　　　地方不停，不该停的地方偏偏停下。殿下，这是一个好教训：单是会
　　　　讲话不能算数，要讲话总该讲得像个路数。

希波吕忒　真的，他就像一个小孩子学吹笛，呜哩呜哩了一下，可是全不
　　　　入调。

忒修斯　他的话像是一段纠缠在一起的链索，并没有欠缺，可是全弄乱
　　　　了。跟着是谁登场呢？

　　　　　　皮拉摩斯及提斯柏、墙、月光、狮子上。

昆　斯

　　　　列位大人，也许你们会奇怪这一班人跑出来干么。尽管奇怪吧，
　　　　自然而然地你们总会明白过来。这个人是皮拉摩斯，要是你们
　　　　想要知道的话；这位美丽的姑娘不用说便是提斯柏啦。这个人
　　　　身上涂着石灰和黏土，是代表墙头的，那堵隔开这两个情人的坏
　　　　墙头；他们这两个可怜的人只好在墙缝里低声谈话，这是要请大
　　　　家明白的。这个人提着灯笼，牵着犬，拿着柴枝，是代表月亮；因
　　　　为你们要知道，这两个情人觉得在月光底下到尼纳斯的坟头见
　　　　面谈情倒也不坏。这一头可怕的畜生名叫狮子，那晚上忠实的
　　　　提斯柏先到约会的地方，给它吓跑了，或者不如说是被它惊走
　　　　了；她在逃走的时候脱落了她的外套，那件外套因为给那恶狮子
　　　　咬住在它那张血嘴里，所以沾满了血斑。隔了不久，皮拉摩斯，
　　　　那个高个儿的美少年，也来了，一见他那忠实的提斯柏的外套躺

————————————

　　① 此段句读完全错误。

在地上死了，便赤楞楞地一声拔出一把血淋淋的该死的剑来，对准他那热辣辣的胸脯里豁拉拉地刺了进去。那时提斯柏却躲在桑树的树荫里，等到她发现了这回事，便把他身上的剑拔出来，结果了她自己的性命。至于其余的一切，可以让狮子、月光、墙头和两个情人详详细细地告诉你们，当他们上场的时候。（昆斯及皮拉摩斯、提斯柏、狮子、月光同下。）

忒修斯　我不知道狮子要不要说话。

狄米特律斯　殿下，这可不用怀疑，要是一班驴子都会讲人话，狮子当然也会说话啦。

墙

小子斯诺特是也，在这本戏文里扮作墙头；须知此墙不是他墙，乃是一堵有裂缝的墙，凑着那条裂缝，皮拉摩斯和提斯柏两个情人常常偷偷地低声谈话。这一把石灰、这一撮黏土、这一块砖头，表明咱是一堵真正的墙头，并非滑头冒牌之流。这便是那条从右到左的缝儿，这两个胆小的情人就在那儿谈着知心话儿。

忒修斯　石灰和泥土筑成的东西，居然这样会说话，难得难得！

狄米特律斯　殿下，我从来也不曾听见过一堵墙居然能说出这样俏皮的话来。

忒修斯　皮拉摩斯走近墙边来了。静听！

皮拉摩斯重上。

皮拉摩斯

板着脸孔的夜啊！漆黑的夜啊！

夜啊，白天一去，你就来啦！

夜啊！夜啊！唉呀！唉呀！唉呀！

咱担心咱的提斯柏要失约啦！

　　　　墙啊！亲爱的、可爱的墙啊！

　　　　你硬生生地隔开了咱们两人的家！

　　　　墙啊！亲爱的,可爱的墙啊！

　　　　露出你的裂缝,让咱向里头瞧瞧吧！（墙举手叠指作裂缝状）

　　　　谢谢你,殷勤的墙！上帝大大保佑你！

　　　　但是咱瞧见些什么呢？咱瞧不见伊。

　　　　刁恶的墙啊！不让咱瞧见可爱的伊；

　　　　愿你倒霉吧,因为你竟这样把咱欺！

忒修斯　这墙并不是没有知觉的,我想他应当反骂一下。

皮拉摩斯　没有的事,殿下,真的,他不能。"把咱欺"是该提斯柏接下去的尾白；她现在就要上场啦,咱就要在墙缝里看她。你们瞧着吧,下面做下去正跟咱告诉你们的完全一样。那边她来啦。

　　　　提斯柏重上。

提斯柏

　　　　墙啊！你常常听得见咱的呻吟,

　　　　　怨你生生把咱共他两两分拆！

　　　　咱的樱唇常跟你的砖石亲吻,

　　　　　你那用泥泥胶得紧紧的砖石。

皮拉摩斯

　　　　　　咱瞧见一个声音；让咱去望望,

　　　　　　不知可能听见提斯柏的脸庞。

　　　　　　提斯柏！

提斯柏

　　　　你是咱的好人儿,咱想。

皮拉摩斯

　　　　尽你想吧,咱是你风流的情郎。

好像里芒德①，咱此心永无变更。

提斯柏

　　咱就像海伦，到死也决不变心。

皮拉摩斯

　　沙发勒斯对待普洛克勒斯不过如此②。

提斯柏

　　你就是普洛克勒斯，咱就是沙发勒斯。

皮拉摩斯

　　啊，在这堵万恶的墙缝中请给咱一吻！

提斯柏

　　咱吻着墙缝，可全然吻不到你的嘴唇。

皮拉摩斯

　　你肯不肯到宁尼的坟头去跟咱相聚？

提斯柏

　　活也好，死也好，咱一准立刻动身前去。（二人下。）

墙

　　现在咱已把墙头扮好，

　　因此咱便要拔脚跑了。（下。）

忒修斯　现在隔在这两份人家之间的墙头已经倒下了。

狄米特律斯　殿下，墙头要是都像这样随随便便偷听人家的谈话，可真没
　　法好想。

------

① 里芒德是里昂德之讹，爱恋少女希罗，游泳过河时淹死。下行扮演提斯柏的弗鲁
　特误以海伦为希罗。
② 沙发勒斯为塞发勒斯（Cephalus）之讹，为黎明女神所恋，但彼卒忠于其妻普洛克
　里斯（Procris），此处误为普洛克勒斯。

希波吕忒　我从来没有听到过比这再蠢的东西。

忒修斯　最好的戏剧也不过是人生的一个缩影；最坏的只要用想象补足一下，也就不会坏到什么地方去。

希波吕忒　那该是靠你的想象，而不是靠他们的想象。

忒修斯　要是他们在我们的想象里并不比在他们自己的想象里更坏，那么他们也可以算得顶好的人了。两个好东西登场了，一个是人，一个是狮子。

　　　　　　狮子及月光重上。

狮　子

　　　　各位太太小姐们，你们那柔弱的心一见了地板上爬着的一头顶小的老鼠就会害怕，现在看见一头凶暴的狮子发狂地怒吼，多少要发起抖来吧？但是请你们放心，咱实在是细木工匠斯纳格，既不是凶猛的公狮，也不是一头母狮；要是咱真的是一头狮子冲到了这儿，那咱才大倒其霉！

忒修斯　一头非常善良的畜生，有一颗好良心。

狄米特律斯　殿下，这是我所看见过的最好的畜生了。

拉山德　这头狮子按勇气说只好算是一只狐狸。

忒修斯　对了，而且按他那小心翼翼的样子说起来倒像是一头鹅。

狄米特律斯　可不能那么说，殿下；因为他的"勇气"还敌不过他的"小心"，可是一头狐狸却能把一头鹅拖了走。

忒修斯　我肯定说，他的"小心"推不动他的"勇气"，就像一头鹅拖不动一头狐狸。好，别管他吧，让我们听月亮说话。

月　光

　　　　这盏灯笼代表着角儿弯弯的新月；——

狄米特律斯　他应当把角装在头上。

忒修斯　他并不是新月,圆圆的哪里有个角儿?

月　光

这盏灯笼代表着角儿弯弯的新月;咱好像就是月亮里的仙人。

忒修斯　这该是最大的错误了。应该把这个人放进灯笼里去;否则他怎么会是月亮里的仙人呢?

狄米特律斯　他因为怕烛火要恼火,所以不敢进去。

希波吕忒　这月亮真使我厌倦;他应该变化变化才好!

忒修斯　照他那昏昏沉沉的样子看起来,他大概是一个残月;但是为着礼貌和一切的理由,我们得忍耐一下。

拉山德　说下去,月亮。

月　光　总而言之,咱要告诉你们的是,这灯笼便是月亮;咱便是月亮里的仙人;这柴枝是咱的柴枝;这狗是咱的狗。

狄米特律斯　嗨,这些都应该放进灯笼里去才对,因为它们都是在月亮里的。但是静些,提斯柏来了。

提斯柏重上。

提斯柏

这是宁尼老人的坟。咱的好人儿呢?

狮　子　(吼)呜!——(提斯柏奔下。)

狄米特律斯　吼得好,狮子!

忒修斯　奔得好,提斯柏!

希波吕忒　照得好,月亮!真的,月亮照得姿势很好。(狮子撕破提斯柏的外套后下。)

忒修斯　撕得好,狮子!

狄米特律斯　于是皮拉摩斯来了。

拉山德　于是狮子不见了。

皮拉摩斯重上。

皮拉摩斯

可爱的月亮,咱多谢你的阳光;

谢谢你,因为你照得这么皎洁!

靠着你那慈和的闪烁的金光,

咱将要饱餐着提斯柏的秀色。

但是且住,啊该死!

瞧哪,可怜的骑士,

这是一场什么惨景!

眼睛,你看不看见?

这种事怎会出现?

可爱的宝贝啊,亲亲!

你的好外套一件,

怎么全都是血点?

过来吧,狰狞的凶神!

快把生命的羁缠

从此后一刀割断;

今朝咱了结了残生!

忒修斯   这一种情感再加上一个好朋友的死,很可以使一个人脸带愁容。

希波吕忒   该死! 我倒真有点可怜这个人。

皮拉摩斯

苍天啊! 你为什么要造下狮子,

让它在这里蹂躏了咱的爱人?

她在一切活着爱着的人中,是

一个最美最美最最美的美人。

　　　　　淋漓地流吧，眼泪！

　　　　　咱要把宝剑一挥，

　　　　当着咱的胸头划破：

　　　　　一剑刺过了左胸，

　　　　　叫心儿莫再跳动，

　　　　这样咱就死啰死啰！（以剑自刺）

　　　　　现在咱已经身死，

　　　　　现在咱已经去世，

　　　　咱灵魂儿升到天堂；

　　　　　太阳，不要再照耀！

　　　　　月亮，给咱拔脚跑！（月光下）

　　　咱已一命、一命丧亡。（死。）

狄米特律斯　不是双亡，是单亡，因为他是孤零零地死去。

拉山德　他现在死去，不但成不了双，而且成不了单；他已经变成"没
　　　有"啦。

忒修斯　要是就去请外科医生来，也许还可以把他医活转来，叫他做一头
　　　驴子。

希波吕忒　提斯柏还要回来找她的情人，月亮怎么这样性急，这会儿就走
　　　了呢？

忒修斯　她可以在星光底下看见他的，现在她来了。她再痛哭流涕一下
　　　子，戏文也就完了。

　　　　　提斯柏重上。

希波吕忒　我想对于这样一个宝货皮拉摩斯，她可以不必浪费口舌；我希
　　　望她说得短一点儿。

狄米特律斯　她跟皮拉摩斯较量起来真是半斤八两。上帝保佑我们不要

嫁到这种男人,也保佑我们不要娶着这种妻子!

拉山德　　她那秋波已经看见他了。

狄米特律斯　　于是悲声而言曰:——

提斯柏

　　　　　睡着了吗,好人儿?

　　　　　　啊! 死了,咱的鸽子?

　　　　　皮拉摩斯啊,快醒醒!

　　　　　　说呀! 说呀! 哑了吗?

　　　　　　唉,死了! 一堆黄沙

　　　　将要盖住你的美睛。

　　　　　　嘴唇像百合花开,

　　　　　　鼻子像樱桃可爱,

　　　　黄花像是你的脸孔,

　　　　　　一齐消失、消失了,

　　　　　　有情人同声哀悼!

　　　　他眼睛绿得像青葱。

　　　　　　命运女神三姊妹,

　　　　　　快快到我这里来,

　　　　伸出你玉手像白面,

　　　　　　伸进血里泡一泡——

　　　　　　既然克擦一剪刀,

　　　　你割断他的生命线。

　　　　　　舌头,不许再多言!

　　　　　　凭着这一柄好剑,

　　　　赶快把咱胸膛刺穿。(以剑自刺)

再会,我的朋友们!

提斯柏已经毙命;

再见吧,再见吧,再见!(死。)

忒修斯 他们的葬事要让月亮和狮子来料理了吧?

狄米特律斯 是的,还有墙头。

波 顿 (跳起)不,咱对你们说,那堵隔开他们两家的墙早已经倒了。你们要不要瞧瞧收场诗,或者听一场咱们两个伙计的贝格摩①舞?

忒修斯 请把收场诗免了吧,因为你们的戏剧无须再请求人家原谅;扮戏的人一个个死了,我们还能责怪谁不成? 真的,要是写那本戏的人自己来扮皮拉摩斯,把他自己吊死在提斯柏的袜带上,那倒真是一出绝妙的悲剧。实在你们这次演得很不错。现在把你们的收场诗搁在一旁,还是跳起你们的贝格摩舞来吧。(跳舞)夜钟已经敲过了十二点;恋人们,睡觉去吧,现在已经差不多是神仙们游戏的时间了。我担心我们明天早晨会起不来,因为今天晚上睡得太迟。这出粗劣的戏剧却使我们不觉把冗长的时间打发走了。好朋友们,去睡吧。我们要用半月工夫把这喜庆延续,夜夜有不同的欢乐。(众下。)

第二场 同 前

迫克上。

迫 克 饿狮在高声咆哮;

豺狼在向月长嗥;

农夫们鼾息沉沉,

---

① 贝格摩(Bergamo)为米兰(Milan)东北地名,以产小丑著名。

完毕一天的辛勤。

火把还留着残红,

　鸱鸮叫得人胆战,

传进愁人的耳中,

　仿佛见殓衾飘飖。

现在夜已经深深,

　坟墓都裂开大口,

吐出了百千幽灵,

　荒野里四散奔走。

我们跟着赫卡忒①,

　离开了阳光赫奕,

像一场梦景幽凄,

　追随黑暗的踪迹。

且把这吉屋打扫,

供大家一场欢闹;

驱走扰人的小鼠,

还得揩干净门户。

　奥布朗、提泰妮娅及侍从等上。

奥布朗　屋中消沉的火星

　微微地尚在闪耀;

跳跃着每个精灵

　像花枝上的小鸟;

———————

①　赫卡忒(Hecate)为下界的女神。原文作"triple Hecate",其像有时为三个身体三个头,有时为一个身体三个头,相背而立。

　　　　　随我唱一支曲调，

　　　　　一齐轻轻地舞蹈。

提泰妮娅　　先要把歌儿练熟，

　　　　　　每个字玉润珠圆；

　　　　　然后齐声唱祝福，

　　　　　　手携手缥缈回旋。（歌舞。）

奥布朗　　趁东方尚未发白，

　　　　　让我们满屋溜跶；

　　　　　先去看一看新床，

　　　　　祝福它吉利祯祥。

　　　　　这三对新婚伉俪，

　　　　　愿他们永无离贰；

　　　　　生下男孩和女娃，

　　　　　无妄无灾福气大；

　　　　　一个个相貌堂堂，

　　　　　没有一点儿破相；

　　　　　不生黑痣不缺唇，

　　　　　更没有半点瘢痕。

　　　　　凡是不祥的胎记，

　　　　　不会在身上发现。

　　　　　用这神圣的野露，

　　　　　你们去浇洒门户，

　　　　　祝福屋子的主人，

　　　　　永享着福禄康宁。

　　　　　快快去，莫犹豫；

　　　　　　　天明时我们重聚。(除迫克外皆下。)

迫　克　(向观众)

　　　　　　要是我们这辈影子

　　　　　　有拂了诸位的尊意,

　　　　　　就请你们这样思量,

　　　　　　一切便可得到补偿;

　　　　　　这种种幻景的显现,

　　　　　　不过是梦中的妄念;

　　　　　　这一段无聊的情节,

　　　　　　真同诞梦一样无力。

　　　　　　先生们,请不要见笑!

　　　　　　倘蒙原宥,定当补报。

　　　　　　万一我们幸而免脱

　　　　　　这一遭嘘嘘的指斥,

　　　　　　我们决不忘记大恩,

　　　　　　迫克生平不会骗人。

　　　　　　否则尽管骂我混蛋。

　　　　　　我迫克祝大家晚安。

　　　　　　再会了! 肯赏个脸儿的话,

　　　　　　就请拍两下手,多谢多谢! (下。)

威尼斯商人

朱生豪 译

方 平 校

剧 中 人 物

威尼斯公爵

摩洛哥亲王
阿拉贡亲王 } 鲍西娅的求婚者

安东尼奥　威尼斯商人

巴萨尼奥　安东尼奥的朋友

葛莱西安诺
萨莱尼奥 } 安东尼奥和巴萨尼奥的朋友
萨拉里诺

罗兰佐　杰西卡的恋人

夏洛克　犹太富翁

杜伯尔　犹太人，夏洛克的朋友

朗斯洛特·高波　小丑，夏洛克的仆人

老高波　朗斯洛特的父亲

里奥那多　巴萨尼奥的仆人

鲍尔萨泽
斯丹法诺 } 鲍西娅的仆人

鲍西娅　富家嗣女

尼莉莎　鲍西娅的侍女

杰西卡　夏洛克的女儿

威尼斯众士绅、法庭官吏、狱吏、鲍西娅家中的仆人

　　及其他侍从

地　　点

一部分在威尼斯；一部分在大陆上的贝尔蒙特，鲍西娅

　　邸宅所在地

第 一 幕

第一场　威尼斯。街道

安东尼奥、萨拉里诺及萨莱尼奥上。

安东尼奥　真的,我不知道我为什么这样闷闷不乐。你们说你们见我这样子,心里觉得很厌烦,其实我自己也觉得很厌烦呢;可是我怎样会让忧愁沾上身,这种忧愁究竟是怎么一种东西,它是从什么地方产生的,我却全不知道;忧愁已经使我变成了一个傻子,我简直有点自己不了解自己了。

萨拉里诺　您的心是跟着您那些扯着满帆的大船在海洋上簸荡着呢;它们就像水上的达官富绅,炫示着它们的豪华,那些小商船向它们点头敬礼,它们却睬也不睬,凌风直驶。

萨莱尼奥　相信我,老兄,要是我也有这么一笔买卖在外洋,我一定要用大部分的心思牵挂它;我一定常常拔草观测风吹的方向,在地图上查看港口码头的名字;凡是足以使我担心那些货物的命运的一切事情,不用说都会引起我的忧愁。

萨拉里诺　吹凉我的粥的一口气,也会吹痛我的心,只要我想到海面上的一阵暴风将会造成怎样一场灾祸。我一看见沙漏的时计,就会想起海边的沙滩，仿佛看见我那艘满载货物的商船倒插在沙里，船底朝天，它的高高的桅樯吻着它的葬身之地。要是我到教堂里去，看见那用石块筑成的神圣的殿堂，我怎么会不立刻想起那些危险的礁石，它们只要略微碰一碰我那艘好船的船舷，就会把满船的香料倾泻在水里，让汹涌的波涛披戴着我的绸缎绫罗；方才还是价值连城的，一转瞬间尽归乌有？要是我想到了这种情形，我怎么会不担心这种情形也许会果然发生，从而发起愁来呢？不用对我说，我知道安东尼奥是因为担心他的货物而忧愁。

安东尼奥　不，相信我；感谢我的命运，我的买卖的成败并不完全寄托在一艘船上，更不是倚赖着一处地方；我的全部财产，也不会因为这一年的盈亏而受到影响，所以我的货物并不能使我忧愁。

萨拉里诺　啊，那么您是在恋爱了。

安东尼奥　呸！哪儿的话！

萨拉里诺　也不是在恋爱吗？那么让我们说，您忧愁，因为您不快乐；就像您笑笑跳跳，说您很快乐，因为您不忧愁，实在再简单也没有了。凭二脸神雅努斯起誓，老天造下人来，真是无奇不有：有的人老是眯着眼睛笑，好像鹦鹉见了吹风笛的人一样；有的人终日皱着眉头，即使涅斯托发誓说那笑话很可笑，他听了也不肯露一露他的牙齿，装出一个笑容来。

　　　巴萨尼奥、罗兰佐及葛莱西安诺上。

萨莱尼奥　您的一位最尊贵的朋友，巴萨尼奥，跟葛莱西安诺、罗兰佐都来了。再见；您现在有了更好的同伴，我们可以少陪啦。

萨拉里诺　倘不是因为您的好朋友来了，我一定要叫您快乐了才走。

安东尼奥　你们的友谊我是十分看重的。照我看来，恐怕还是你们自己有事，所以借着这个机会想抽身出去吧？

萨拉里诺　早安,各位大爷。

巴萨尼奥　两位先生,咱们什么时候再聚在一起谈谈笑笑? 你们近来跟我十分疏远了。难道非走不可吗?

萨拉里诺　您什么时候有空,我们一定奉陪。(萨拉里诺、萨莱尼奥下。)

罗兰佐　巴萨尼奥大爷,您现在已经找到安东尼奥,我们也要少陪啦;可是请您千万别忘记吃饭的时候咱们在什么地方会面。

巴萨尼奥　我一定不失约。

葛莱西安诺　安东尼奥先生,您的脸色不大好,您把世间的事情看得太认真了;一个人思虑太多,就会失却做人的乐趣。相信我,您近来真是变的太厉害啦。

安东尼奥　葛莱西安诺,我把这世界不过看作一个世界,每一个人必须在这舞台上扮演一个角色,我扮演的是一个悲哀的角色。

葛莱西安诺　让我扮演一个小丑吧。让我在嘻嘻哈哈的欢笑声中不知不觉地老去;宁可用酒温暖我的肠胃,不要用折磨自己的呻吟冰冷我的心。为什么一个身体里面流着热血的人,要那么正襟危坐,就像他祖宗爷爷的石膏像一样呢? 明明醒着的时候,为什么偏要像睡去了一般? 为什么动不动翻脸生气,把自己气出了一场黄疸病来? 我告诉你吧,安东尼奥——因为我爱你,所以我才对你说这样的话:世界上有一种人,他们的脸上装出一副心如止水的神气,故意表示他们的冷静,好让人家称赞他们一声智慧深沉,思想渊博;他们的神气之间,好像说,“我的说话都是纶音天语,我要是一张开嘴唇来,不许有一头狗乱叫!”啊,我的安东尼奥,我看透一种人,他们只是因为不说话,博得了智慧的名声;可是我可以确定说一句,要是他们说起话来,听见的人,谁都会骂他们是傻瓜的。等有机会的时候,我再告诉你关于这种人的笑话吧;可是请你千万别再用悲哀做钓饵,去钓这种无聊的名

誉了。来,好罗兰佐。回头见;等我吃完了饭,再来向你结束我的
劝告。

罗兰佐　好,咱们在吃饭的时候再见吧。我大概也就是他所说的那种以
不说话为聪明的人,因为葛莱西安诺不让我有说话的机会。

葛莱西安诺　嘿,你只要再跟我两年,就会连你自己说话的口音也听不
出来。

安东尼奥　再见,我会把自己慢慢儿训练得多说话一点的。

葛莱西安诺　那就再好没有了;只有干牛舌和没人要的老处女,才是应该
沉默的。(葛莱西安诺、罗兰佐下。)

安东尼奥　他说的这一番话有些什么意思?

巴萨尼奥　葛莱西安诺比全威尼斯城里无论哪一个人都更会拉上一大堆
废话。他的道理就像藏在两桶砻糠里的两粒麦子,你必须费去整天
工夫才能够把它们找到,可是找到了它们以后,你会觉得费这许多气
力找它们出来,是一点不值得的。

安东尼奥　好,您今天答应告诉我您立誓要去秘密拜访的那位姑娘的名
字,现在请您告诉我吧。

巴萨尼奥　安东尼奥,您知道得很清楚,我怎样为了维持我外强中干的体
面,把一份微薄的资产都挥霍光了;现在我对于家道中落、生活紧缩,
倒也不怎么在乎了;我最大的烦恼是怎样可以解脱我背上这一重重
由于挥霍而积欠下来的债务。无论在钱财方面或是友谊方面,安东
尼奥,我欠您的债都是顶多的;因为你我交情深厚,我才敢大胆把我
心里所打算的怎样了清这一切债务的计划全部告诉您。

安东尼奥　好巴萨尼奥,请您告诉我吧。只要您的计划跟您向来的立身
行事一样光明正大,那么我的钱囊可以让您任意取用,我自己也可以
供您驱使;我愿意用我所有的力量,帮助您达到目的。

巴萨尼奥　我在学校里练习射箭的时候，每次把一枝箭射得不知去向，便用另一枝同样射程的箭向着同一方向射去，眼睛看准了它掉在什么地方，就往往可以把那失去的箭找回来；这样，冒着双重的险，就能找到两枝箭。我提起这一件儿童时代的往事作为譬喻，因为我将要对您说的话，完全是一种很天真的思想。我欠了您很多的债，而且像一个不听话的孩子一样，把借来的钱一起挥霍完了；可是您要是愿意向着您放射第一枝箭的方向，再射出您的第二枝箭，那么这一回我一定会把目标看准，即使不把两枝箭一起找回来，至少也可以把第二枝箭交还给您，让我仍旧对于您先前给我的援助做一个知恩图报的负债者。

安东尼奥　您是知道我的为人的，现在您用这种譬喻的话来试探我的友谊，不过是浪费时间罢了；您要是怀疑我不肯尽力相助，那就比花掉我所有的钱还要对不起我。所以您只要对我说我应该怎么做，如果您知道哪件事是我的力量所能办到的，我一定会给您办到。您说吧。

巴萨尼奥　在贝尔蒙特有一位富家的嗣女，长得非常美貌，尤其值得称道的，她有非常卓越的德性；从她的眼睛里，我有时接到她的脉脉含情的流盼。她的名字叫做鲍西娅，比起古代凯图的女儿，勃鲁托斯的贤妻鲍西娅来，毫无逊色。这广大的世界也没有漠视她的好处，四方的风从每一处海岸上带来了声名藉藉的求婚者；她的光亮的长发就像是传说中的金羊毛，把她所住的贝尔蒙特变做了神话中的王国，引诱着无数的伊阿宋①前来向她追求。啊，我的安东尼奥！只要我有相当的财力，可以和他们中间无论哪一个人匹敌，那么我觉得我有充分

---

①　伊阿宋(Iason)，希腊神话中的英雄，曾远征黑海东面的科尔喀斯取金羊毛，克服重重困难，终于成功。

的把握，一定会达到愿望的。

安东尼奥　你知道我的全部财产都在海上；我现在既没有钱，也没有可以
变换现款的货物。所以我们还是去试一试我的信用，看它在威尼斯
城里有些什么效力吧；我一定凭着我这一点面子，能借多少就借多
少，尽我最大的力量供给你到贝尔蒙特去见那位美貌的鲍西娅。去，
我们两人就去分头打听什么地方可以借到钱，我就用我的信用做担
保，或者用我自己的名义给你借下来。（同下。）

第二场　贝尔蒙特。鲍西娅家中一室

鲍西娅及尼莉莎上。

鲍西娅　真的，尼莉莎，我这小小的身体已经厌倦了这个广大的世界了。

尼莉莎　好小姐，您的不幸要是跟您的好运气一样大，那么无怪您会厌倦
这个世界的；可是照我的愚见看来，吃得太饱的人，跟挨饿不吃东西
的人，一样是会害病的，所以中庸之道才是最大的幸福：富贵催人生
白发，布衣蔬食易长年。

鲍西娅　很好的句子。

尼莉莎　要是能够照着它做去，那就更好了。

鲍西娅　倘使做一件事情就跟知道应该做什么事情一样容易，那么小教
堂都要变成大礼拜堂，穷人的草屋都要变成王侯的宫殿了。一个好
的说教师才会遵从他自己的训诲；我可以教训二十个人，吩咐他们应
该做些什么事，可是要我做这二十个人中间的一个，履行我自己的教
训，我就要敬谢不敏了。理智可以制定法律来约束感情，可是热情激
动起来，就会把冷酷的法令蔑弃不顾；年轻人是一头不受拘束的野
兔，会跳过老年人所设立的理智的藩篱。可是我这样大发议论，是不

会帮助我选择一个丈夫的。唉，说什么选择！我既不能选择我所中意的人，又不能拒绝我所憎厌的人；一个活着的女儿的意志，却要被一个死了的父亲的遗嘱所箝制。尼莉莎，像我这样不能选择，也不能拒绝，不是太叫人难堪了吗？

尼莉莎　老太爷生前道高德重，大凡有道君子临终之时，必有神悟；他既然定下这抽签取决的方法，叫谁能够在这金、银、铅三匣之中选中了他预定的一只，便可以跟您匹配成亲，那么能够选中的人，一定是值得您倾心相爱的。可是在这些已经到来向您求婚的王孙公子中间，您对于哪一个最有好感呢？

鲍西娅　请你列举他们的名字，当你提到什么人的时候，我就对他下几句评语；凭着我的评语，你就可以知道我对于他们各人的印象。

尼莉莎　第一个是那不勒斯的亲王。

鲍西娅　嗯，他真是一匹小马；他不讲话则已，讲起话来，老是说他的马怎么怎么；他因为能够亲自替自己的马装上蹄铁，算是一件天大的本领。我很有点儿疑心他的令堂太太是跟铁匠有过勾搭的。

尼莉莎　还有那位巴拉廷伯爵呢？

鲍西娅　他一天到晚皱着眉头，好像说，"你要是不爱我，随你的便。"他听见笑话也不露一丝笑容。我看他年纪轻轻，就这么愁眉苦脸，到老来只好一天到晚痛哭流涕了。我宁愿嫁给一个骷髅，也不愿嫁给这两人中间的任何一个；上帝保佑我不要落在这两个人手里！

尼莉莎　您说那位法国贵族勒·滂先生怎样？

鲍西娅　既然上帝造下他来，就算他是个人吧。凭良心说，我知道讥笑人是一桩罪过，可是他！嘿！他的马比那不勒斯亲王那一匹好一点，他的皱眉头的坏脾气也胜过那位巴拉廷伯爵。什么人的坏处他都有一点，可是一点没有他自己的特色；听见画眉唱歌，他就会手舞足蹈；见了自己的影子，也会跟它比剑。我倘然嫁给他，等于嫁给二十个丈夫；要是他瞧不起我，我会原谅他，因为即使他爱我爱到发狂，我也是永远不会报答他的。

尼莉莎　那么您说那个英国的少年男爵，福康勃立琪呢？

鲍西娅　你知道我没有对他说过一句话，因为我的话他听不懂，他的话我也听不懂；他不会说拉丁话、法国话、意大利话；至于我的英国话是如何高明，你是可以替我出席法庭作证的。他的模样倒还长得不错，可是唉！谁高兴跟一个哑巴做手势谈话呀？他的装束多么古怪！我想他的紧身衣是在意大利买的，他的裤子是在法国买的，他的软帽是在德国买的，至于他的行为举止，那是他从四面八方学来的。

尼莉莎　您觉得他的邻居，那位苏格兰贵族怎样？

鲍西娅　他很懂得礼尚往来的睦邻之道，因为那个英国人曾经赏给他一记耳光，他就发誓说，一有机会，立即奉还；我想那法国人是他的保人，他已经签署契约，声明将来加倍报偿哩。

尼莉莎　您看那位德国少爷，萨克逊公爵的侄子怎样？

鲍西娅　他在早上清醒的时候，就已经很坏了，一到下午喝醉了酒，尤其坏透；当他顶好的时候，叫他是个人还有点不够资格，当他顶坏的时候，他简直比畜生好不了多少。要是最不幸的祸事降临到我身上，我也希望永远不要跟他在一起。

尼莉莎　要是他要求选择，结果居然给他选中了预定的匣子，那时候您倘然拒绝嫁给他，那不是违背老太爷的遗命了吗？

鲍西娅　为了预防万一起见，我要请你替我在错误的匣子上放好一杯满满的莱茵河葡萄酒；要是魔鬼在他的心里，诱惑在他的面前，我相信他一定会选中那一只匣子的。什么事情我都愿意做，尼莉莎，只要别让我嫁给一个酒鬼。

尼莉莎　小姐,您放心吧,您再也不会嫁给这些贵人中间的任何一个的。他们已经把他们的决心告诉了我,说除了您父亲所规定的用选择匣子决定取舍的办法以外,要是他们不能用别的方法得到您的应允,那么他们决定动身回国,不再麻烦您了。

鲍西娅　要是没有人愿意照我父亲的遗命把我娶去,那么即使我活到一千岁,也只好终身不嫁。我很高兴这一群求婚者都是这么懂事,因为他们中间没有一个人我不是唯望其速去的;求上帝赐给他们一路顺风吧!

尼莉莎　小姐,您还记不记得,当老太爷在世的时候,有一个跟着蒙特佛拉侯爵到这儿来的文武双全的威尼斯人?

鲍西娅　是的,是的,那是巴萨尼奥;我想这是他的名字。

尼莉莎　正是,小姐;照我这双痴人的眼睛看起来,他是一切男子中间最值得匹配一位佳人的。

鲍西娅　我很记得他,他果然值得你的夸奖。

　　　　一仆人上。

鲍西娅　啊!什么事?

仆　人　小姐,那四位客人要来向您告别;另外还有第五位客人,摩洛哥亲王,差了一个人先来报信,说他的主人亲王殿下今天晚上就要到这儿来了。

鲍西娅　要是我能够竭诚欢迎这第五位客人,就像我竭诚欢送那四位客人一样,那就好了。假如他有圣人般的德性,偏偏生着一副魔鬼样的面貌,那么与其让他做我的丈夫,还不如让他听我的忏悔。来,尼莉莎。喂,你前面走。正是——

垂翅狂蜂方出户,寻芳浪蝶又登门。(同下。)

第三场　威尼斯。广场

　　　　巴萨尼奥及夏洛克上。

夏洛克　三千块钱,嗯?

巴萨尼奥　是的,大叔,三个月为期。

夏洛克　三个月为期,嗯?

巴萨尼奥　我已经对你说过了,这一笔钱可以由安东尼奥签立借据。

夏洛克　安东尼奥签立借据,嗯?

巴萨尼奥　你愿意帮助我吗? 你愿意应承我吗? 可不可以让我知道你的答复?

夏洛克　三千块钱,借三个月,安东尼奥签立借据。

巴萨尼奥　你的答复呢?

夏洛克　安东尼奥是个好人。

巴萨尼奥　你有没有听见人家说过他不是个好人?

夏洛克　啊,不,不,不,不;我说他是个好人,我的意思是说他是个有身价的人。可是他的财产却还有些问题:他有一艘商船开到特里坡利斯,另外一艘开到西印度群岛,我在交易所里还听人说起,他有第三艘船在墨西哥,第四艘到英国去了,此外还有遍布在海外各国的买卖;可是船不过是几块木板钉起来的东西,水手也不过是些血肉之躯,岸上有旱老鼠,水里也有水老鼠,有陆地的强盗,也有海上的强盗,还有风波礁石各种危险。不过虽然这么说,他这个人是靠得住的。三千块钱,我想我可以接受他的契约。

巴萨尼奥　你放心吧,不会有错的。

夏洛克　我一定要放了心才敢把债放出去,所以还是让我再考虑考虑吧。

　　我可不可以跟安东尼奥谈谈？

巴萨尼奥　不知道你愿不愿意陪我们吃一顿饭？

夏洛克　是的，叫我去闻猪肉的味道，吃你们拿撒勒先知①把魔鬼赶进去
　　的脏东西的身体！我可以跟你们做买卖，讲交易，谈天散步，以及诸
　　如此类的事情，可是我不能陪你们吃东西喝酒做祷告。交易所里有
　　些什么消息？那边来的是谁？

　　　　　安东尼奥上。

巴萨尼奥　这位就是安东尼奥先生。

夏洛克　（旁白）他的样子多么像一个摇尾乞怜的税吏！我恨他因为他是
　　个基督徒，可是尤其因为他是个傻子，借钱给人不取利钱，把咱们在
　　威尼斯城里干放债这一行的利息都压低了。要是我有一天抓住他的
　　把柄，一定要痛痛快快地向他报复我的深仇宿怨。他憎恶我们神圣
　　的民族，甚至在商人会集的地方当众辱骂我，辱骂我的交易，辱骂我
　　辛辛苦苦赚下来的钱，说那些都是盘剥得来的腌臜钱。要是我饶过
　　了他，让我们的民族永远没有翻身的日子。

巴萨尼奥　夏洛克，你听见吗？

夏洛克　我正在估计我手头的现款，照我大概记得起来的数目，要一时凑
　　足三千块钱，恐怕办不到。可是那没有关系，我们族里有一个犹太富
　　翁杜伯尔，可以供给我必要的数目。且慢！您打算借几个月？（向安
　　东尼奥）您好，好先生；哪一阵好风把尊驾吹了来啦？

安东尼奥　夏洛克，虽然我跟人家互通有无，从来不讲利息，可是为了我
　　的朋友的急需，这回我要破一次例。（向巴萨尼奥）他有没有知道你需
　　要多少？

---

　　①　拿撒勒先知即耶稣。

夏洛克   嗯,嗯,三千块钱。

安东尼奥   三个月为期。

夏洛克   我倒忘了,正是三个月,您对我说过的。好,您的借据呢? 让我
瞧一瞧。可是听着,好像您说您从来借钱不讲利息。

安东尼奥   我从来不讲利息。

夏洛克   当雅各替他的舅父拉班牧羊的时候①——这个雅各是我们圣祖
亚伯兰的后裔,他的聪明的母亲设计使他做第三代的族长,是的,他
是第三代——

安东尼奥   为什么说起他呢? 他也是取利息的吗?

夏洛克   不,不是取利息,不是像你们所说的那样直接取利息。听好雅各
用些什么手段:拉班跟他约定,生下来的小羊凡是有条纹斑点的,都
归雅各所有,作为他牧羊的酬劳;到晚秋的时候,那些母羊因为淫情
发动,跟公羊交合,这个狡狯的牧人就乘着这些毛畜正在进行传种工
作的当儿,削好了几根木棒,插在淫浪的母羊的面前,它们这样怀下
了孕,一到生产的时候,产下的小羊都是有斑纹的,所以都归雅各所
有。这是致富的妙法,上帝也祝福他;只要不是偷窃,会打算盘总是
好事。

安东尼奥   雅各虽然幸而获中,可是这也是他按约应得的酬报;上天的意
旨成全了他,却不是出于他自己的力量。你提起这一件事,是不是要
证明取利息是一件好事? 还是说金子银子就是你的公羊母羊?

夏洛克   这我倒不能说;我只是叫它像母羊生小羊一样地快快生利息。
可是先生,您听我说。

安东尼奥   你听,巴萨尼奥,魔鬼也会引证《圣经》来替自己辩护哩。一个

_____

①   见《旧约·创世记》。

指着神圣的名字作证的恶人，就像一个脸带笑容的奸徒，又像一只外观美好、心中腐烂的苹果。唉，奸伪的表面是多么动人！

夏洛克　三千块钱，这是一笔可观的整数。三个月———一年照十二个月计算——让我看看利钱应该有多少。

安东尼奥　好，夏洛克，我们可不可以仰仗你这一次？

夏洛克　安东尼奥先生，好多次您在交易所里骂我，说我盘剥取利，我总是忍气吞声，耸耸肩膀，没有跟您争辩，因为忍受迫害本来是我们民族的特色。您骂我异教徒，杀人的狗，把唾沫吐在我的犹太长袍上，只因为我用我自己的钱博取几个利息。好，看来现在是您来向我求助了；您跑来见我，您说，“夏洛克，我们要几个钱，”您这样对我说。您把唾沫吐在我的胡子上，用您的脚踢我，好像我是您门口的一条野狗一样；现在您却来问我要钱，我应该怎样对您说呢？我要不要这样说，“一条狗会有钱吗？一条恶狗能够借人三千块钱吗？”或者我应不应该弯下身子，像一个奴才似的低声下气，恭恭敬敬地说，“好先生，您在上星期三用唾沫吐在我身上；有一天您用脚踢我；还有一天您骂我狗；为了报答您这许多恩典，所以我应该借给您这么些钱吗？”

安东尼奥　我恨不得再这样骂你、唾你、踢你。要是你愿意把这钱借给我，不要把它当作借给你的朋友——哪有朋友之间通融几个钱也要斤斤较量地计算利息的道理？——你就把它当作借给你的仇人吧；倘使我失了信用，你尽管拉下脸来照约处罚就是了。

夏洛克　嗳哟，瞧您生这么大的气！我愿意跟您交个朋友，得到您的友情；您从前加在我身上的种种羞辱，我愿意完全忘掉；您现在需要多少钱，我愿意如数供给您，而且不要您一个子儿的利息；可是您却不愿意听我说下去。我这完全是一片好心哩。

安东尼奥　这倒果然是一片好心。

夏洛克　我要叫你们看看我到底是不是一片好心。跟我去找一个公证人，就在那儿签好了约；我们不妨开个玩笑，在约里载明要是您不能按照约中所规定的条件，在什么日子、什么地点还给我一笔什么数目的钱，就得随我的意思，在您身上的任何部分割下整整一磅白肉，作为处罚。

安东尼奥　很好，就这么办吧；我愿意签下这样一张约，还要对人家说这个犹太人的心肠倒不坏呢。

巴萨尼奥　我宁愿安守贫困，不能让你为了我的缘故签这样的约。

安东尼奥　老兄，你怕什么；我决不会受罚的。就在这两个月之内，离开签约满期还有一个月，我就可以有九倍这笔借款的数目进门。

夏洛克　亚伯兰老祖宗啊！瞧这些基督徒因为自己待人刻薄，所以疑心人家对他们不怀好意。请您告诉我，要是他到期不还，我照着约上规定的条款向他执行处罚了，那对我又有什么好处？从人身上割下来的一磅肉，它的价值可以比得上一磅羊肉、牛肉或是山羊肉吗？我为了要博得他的好感，所以才向他卖这样一个交情；要是他愿意接受我的条件，很好，否则就算了。千万请你们不要误会我这一番诚意。

安东尼奥　好，夏洛克，我愿意签约。

夏洛克　那么就请您先到公证人的地方等我，告诉他这一张游戏的契约怎样写法；我就去马上把钱凑起来，还要回到家里去瞧瞧，让一个靠不住的奴才看守着门户，有点放心不下；然后我立刻就来瞧您。

安东尼奥　那么你去吧，善良的犹太人。（夏洛克下）这犹太人快要变做基督徒了，他的心肠变得好多啦。

巴萨尼奥　我不喜欢口蜜腹剑的人。

安东尼奥　好了好了，这又有什么要紧？再过两个月，我的船就要回来了。（同下。）

第 二 幕

第一场　贝尔蒙特。鲍西娅家中一室

　　喇叭奏花腔。摩洛哥亲王率侍从；鲍西娅、尼莉莎及婢仆等同上。

摩洛哥亲王　不要因为我的肤色而憎厌我；我是骄阳的近邻，我这一身黝黑的制服，便是它的威焰的赐予。给我在终年不见阳光、冰山雪柱的极北找一个最白皙姣好的人来，让我们刺血察验对您的爱情，看看究竟是他的血红还是我的血红。我告诉你，小姐，我这副容貌曾经吓破了勇士的肝胆；凭着我的爱情起誓，我们国土里最有声誉的少女也曾为它害过相思。我不愿变更我的肤色，除非为了取得您的欢心，我的温柔的女王！

鲍西娅　讲到选择这一件事，我倒并不单单凭信一双善于挑剔的少女的眼睛；而且我的命运由抽签决定，自己也没有任意取舍的权力；可是我的父亲倘不曾用他的远见把我束缚住了，使我只能委身于按照他所规定的方法赢得我的男子，那么您，声名卓著的王子，您的容貌在我的心目之中，并不比我所已经看到的那些求婚者有什么逊色。

摩洛哥亲王　单是您这一番美意，已经使我万分感激了；所以请您带我去瞧瞧那几个匣子，试一试我的命运吧。凭着这一柄曾经手刃波斯王

并且使一个三次战败苏里曼苏丹的波斯王子授首的宝剑起誓,我要
瞪眼吓退世间最狰狞的猛汉,跟全世界最勇武的壮士比赛胆量,从母
熊的胸前夺下哺乳的小熊;当一头饿狮咆哮攫食的时候,我要向它揶
揄侮弄,为了要博得你的垂青,小姐。可是唉!即使像赫剌克勒斯那
样的盖世英雄,要是跟他的奴仆赌起骰子来,也许他的运气还不如一
个下贱之人——而赫剌克勒斯终于在他的奴仆的手里送了命①。我
现在听从着盲目的命运的指挥,也许结果终于失望,眼看着一个不如
我的人把我的意中人挟走,而自己在悲哀中死去。

鲍西娅　您必须信任命运,或者死了心放弃选择的尝试,或者当您开始选
择以前,先立下一个誓言,要是选得不对,终身不再向任何女子求婚;
所以还是请您考虑考虑吧。

摩洛哥亲王　我的主意已决,不必考虑了;来,带我去试我的运气吧。

鲍西娅　第一先到教堂里去;吃过了饭,您就可以试试您的命运。

摩洛哥亲王　好,成功失败,在此一举!正是不挟美人归,壮士无颜色。

（奏喇叭;众下。）

第二场　威尼斯。街道

朗斯洛特·高波上。

朗斯洛特　要是我从我的主人这个犹太人的家里逃走,我的良心是一定
要责备我的。可是魔鬼拉着我的臂膀,引诱着我,对我说,"高波,朗
斯洛特·高波,好朗斯洛特,拔起你的腿来,开步,走!"我的良心说,
"不,留心,老实的朗斯洛特;留心,老实的高波;"或者就是这么说,

---

①　希腊英雄赫剌克勒斯从其侍从手里穿上一件毒衣,因而致死。

"老实的朗斯洛特·高波,别逃跑;用你的脚跟把逃跑的念头踢得远
远的。"好,那个大胆的魔鬼却劝我卷起铺盖滚蛋;"去呀!"魔鬼说,
"去呀! 看在老天的面上,鼓起勇气来,跑吧!"好,我的良心挽住我心
里的脖子,很聪明地对我说,"朗斯洛特我的老实朋友,你是一个老实
人的儿子,"——或者还不如说一个老实妇人的儿子,因为我的父亲
的确有点儿不大那个,有点儿很丢脸的坏脾气——好,我的良心说,
"朗斯洛特,别动!"魔鬼说,"动!"我的良心说,"别动!""良心,"我说,
"你说得不错;""魔鬼,"我说,"你说得有理。"要是听良心的话,我就
应该留在我的主人那犹太人家里,上帝恕我这样说,他也是一个魔
鬼;要是从犹太人的地方逃走,那么我就要听从魔鬼的话,对不住,他
本身就是魔鬼。可是我说,那犹太人一定就是魔鬼的化身;凭良心说
话,我的良心劝我留在犹太人地方,未免良心太狠。还是魔鬼的话说
得像个朋友。我要跑,魔鬼;我的脚跟听从着你的指挥;我一定要
逃跑。

　　　　老高波携篮上。

老高波　年轻的先生,请问一声,到犹太老爷的家里怎么走?

朗斯洛特　(旁白)天啊! 这是我的亲生的父亲,他的眼睛因为有八九分
　　盲,所以不认识我。待我戏弄他一下。

老高波　年轻的少爷先生,请问一声,到犹太老爷的家里怎么走?

朗斯洛特　你在转下一个弯的时候,往右手转过去;临了一次转弯的时
　　候,往左手转过去;再下一次转弯的时候,什么手也不用转,曲曲弯弯
　　地转下去,就转到那犹太人的家里了。

老高波　哎哟,这条路可不容易走哩! 您知道不知道有一个住在他家里
　　的朗斯洛特,现在还在不在他家里?

朗斯洛特　你说的是朗斯洛特少爷吗? (旁白)瞧着我吧,现在我要诱他流

起眼泪来了。——你说的是朗斯洛特少爷吗？

老高波　不是什么少爷，先生，他是一个穷人的儿子；他的父亲，不是我说

　　　一句，是个老老实实的穷光蛋，多谢上帝，他还活得好好的。

朗斯洛特　好，不要管他的父亲是个什么人，咱们讲的是朗斯洛特少爷。

老高波　他是您少爷的朋友，他就叫朗斯洛特。

朗斯洛特　对不住，老人家，所以我要问你，你说的是朗斯洛特少爷吗？

老高波　是朗斯洛特，少爷。

朗斯洛特　所以就是朗斯洛特少爷。老人家，你别提起朗斯洛特少爷啦；

　　　因为这位年轻的少爷，根据天命气数鬼神这一类阴阳怪气的说法，是

　　　已经去世啦，或者说得明白一点是已经归天啦。

老高波　哎哟，天哪！这孩子是我老年的拐杖，我的唯一的靠傍哩。

朗斯洛特　（旁白）我难道像一根棒儿，或是一根柱子？一根撑棒，或是一

　　　根拐杖？——爸爸，您不认识我吗？

老高波　唉，我不认识您，年轻的少爷；可是请您告诉我，我的孩子——上

　　　帝安息他的灵魂！——究竟是活着还是死了？

朗斯洛特　您不认识我吗，爸爸？

老高波　唉，少爷，我是个瞎子；我不认识您。

朗斯洛特　噢，真的，您就是眼睛明亮，也许会不认识我，只有聪明的父亲

　　　才会知道自己的儿子。好，老人家，让我告诉您关于您儿子的消息

　　　吧。请您给我祝福；真理总会显露出来，杀人的凶手总会给人捉住；

　　　儿子虽然会暂时躲过去，事实到最后总是瞒不过的。

老高波　少爷，请您站起来。我相信您一定不会是朗斯洛特，我的孩子。

朗斯洛特　废话少说，请您给我祝福：我是朗斯洛特，从前是您的孩子，现

　　　在是您的儿子，将来也还是您的小子。

老高波　我不能想象您是我的儿子。

朗斯洛特　那我倒不知道应该怎样想法了；可是我的确是在犹太人家里
　　　当仆人的朗斯洛特，我也相信您的妻子玛格蕾就是我的母亲。

老高波　她的名字果真是玛格蕾。你倘然真的就是朗斯洛特，那么你就
　　　是我亲生血肉了。上帝果然灵圣！你长了多长的一把胡子啦！你脸
　　　上的毛，比我那拖车子的马儿道平尾巴上的毛还多呐！

朗斯洛特　这样看起来，那么道平的尾巴一定是越长越短了；我还清楚记
　　　得，上一次我看见它的时候，它尾巴上的毛比我脸上的毛多得多哩。

老高波　上帝啊！你真是变了样子啦！你跟主人合得来吗？我给他带了
　　　点儿礼物来了。你们现在合得来吗？

朗斯洛特　合得来，合得来；可是从我自己这一方面讲，我既然已经决定
　　　逃跑，那么非到跑了一程路之后，我是决不会停下来的。我的主人是
　　　个十足的犹太人；给他礼物！还是给他一根上吊的绳子吧。我替他
　　　做事情，把身体都饿瘦了；您可以用我的肋骨摸出我的每一条手指
　　　来。爸爸，您来了我很高兴。把您的礼物送给一位巴萨尼奥大爷吧，
　　　他是会赏漂亮的新衣服给用人穿的。我要是不能服侍他，我宁愿跑
　　　到地球的尽头去。啊，运气真好！正是他来了。到他跟前去，爸爸。
　　　我要是再继续服侍这个犹太人，连我自己都要变做犹太人了。

　　　　巴萨尼奥率里奥那多及其他侍从上。

巴萨尼奥　你们就这样做吧，可是要赶快点儿，晚饭顶迟必须在五点钟预
　　　备好。这几封信替我分别送出；叫裁缝把制服做起来；回头再请葛莱
　　　西安诺立刻到我的寓所里来。（一仆下。）

朗斯洛特　上去，爸爸。

老高波　上帝保佑大爷！

巴萨尼奥　谢谢你，有什么事？

老高波　大爷，这一个是我的儿子，一个苦命的孩子——

朗斯洛特　不是苦命的孩子，大爷，我是犹太富翁的跟班，不瞒大爷说，我想要——我的父亲可以给我证明——

老高波　大爷，正像人家说的，他一心一意地想要侍候——

朗斯洛特　总而言之一句话，我本来是侍候那个犹太人的，可是我很想要——我的父亲可以给我证明——

老高波　不瞒大爷说，他的主人跟他有点儿意见不合——

朗斯洛特　干脆一句话，实实在在说，这犹太人欺侮了我，他叫我——我的父亲是个老头子，我希望他可以替我向您证明——

老高波　我这儿有一盘烹好的鸽子送给大爷，我要请求大爷一件事——

朗斯洛特　废话少说，这请求是关于我的事情，这位老实的老人家可以告诉您；不是我说一句，我这父亲虽然是个老头子，却是个苦人儿。

巴萨尼奥　让一个人说话。你们究竟要什么？

朗斯洛特　侍候您，大爷。

老高波　正是这一件事，大爷。

巴萨尼奥　我认识你；我可以答应你的要求；你的主人夏洛克今天曾经向我说起，要把你举荐给我。可是你不去侍候一个有钱的犹太人，反要来做一个穷绅士的跟班，恐怕没有什么好处吧。

朗斯洛特　大爷，一句老古话刚好说着我的主人夏洛克跟您：他有的是钱，您有的是上帝的恩惠。

巴萨尼奥　你说得很好。老人家，你带着你的儿子，先去向他的旧主人告别，然后再来打听我的住址。（向侍从）给他做一身比别人格外鲜艳一点的制服，不可有误。

朗斯洛特　爸爸，进去吧。我不能得到一个好差使吗？我生了嘴不会说话吗？好，（视手掌）在意大利要是有谁生得一手比我还好的掌纹，我一定会交好运的。好，这儿是一条笔直的寿命线；这儿有不多几个老婆;唉! 十五个老婆算得什么,十一个寡妇,再加上九个黄花闺女,对于一个男人也不算太多啊。还要三次溺水不死,有一次几乎在一张天鹅绒的床边送了性命,好险呀好险! 好,要是命运之神是个女的,这一回她倒是个很好的娘儿。爸爸,来,我要用一霎眼的工夫向那犹太人告别。(朗斯洛特及老高波下。)

巴萨尼奥　好里奥那多,请你记好,这些东西买到以后,把它们安排停当,就赶紧回来,因为我今晚要宴请我的最有名望的相识;快去吧。

里奥那多　我一定给您尽力办去。

　　　　葛莱西安诺上。

葛莱西安诺　你家主人呢?

里奥那多　他就在那边走着,先生。(下。)

葛莱西安诺　巴萨尼奥大爷!

巴萨尼奥　葛莱西安诺!

葛莱西安诺　我要向您提出一个要求。

巴萨尼奥　我答应你。

葛莱西安诺　您不能拒绝我;我一定要跟您到贝尔蒙特去。

巴萨尼奥　啊,那么我只好让你去了。可是听着,葛莱西安诺,你这个人太随便,太不拘礼节,太爱高声说话了;这几点本来对于你是再合适不过的,在我们的眼睛里也不以为嫌,可是在陌生人家里,那就好像有点儿放肆啦。请你千万留心在你的活泼的天性里尽力放进几分冷静去,否则人家见了你这样狂放的行为,也许会对我发生误会,害我不能达到我的希望。

葛莱西安诺　巴萨尼奥大爷,听我说。我一定会装出一副安详的态度,说起话来恭而敬之,难得赌一两句咒,口袋里放一本祈祷书,脸孔上堆满了庄严;不但如此,在念食前祈祷的时候,我还要把帽子拉下来遮住我的眼睛,叹一口气,说一句"阿门";我一定遵守一切礼仪,就像人家有意装得遁规蹈矩去讨他老祖母的欢喜一样。要是我不照这样的话做去,您以后不用相信我好了。

巴萨尼奥　好,我们倒要瞧瞧你装得像不像。

葛莱西安诺　今天晚上可不算;您不能按照我今天晚上的行动来判断我。

巴萨尼奥　不,今天晚上就这样做,那未免太杀风景了。我倒要请你今天晚上痛痛快快地欢畅一下,因为我已经跟几个朋友约定,大家都要尽兴狂欢。现在我还有点事情,等会儿见。

葛莱西安诺　我也要去找罗兰佐,还有那些人;晚饭的时候我们一定来看您。(各下。)

第三场　同前。夏洛克家中一室

　　　　杰西卡及朗斯洛特上。

杰西卡　你这样离开我的父亲,使我很不高兴;我们这个家是一座地狱,幸亏有你这淘气的小鬼,多少解除了几分闷气。可是再会吧,朗斯洛特,这一块钱你且拿了去;你在晚饭的时候,可以看见一位叫做罗兰佐的,是你新主人的客人,这封信你替我交给他,留心别让旁人看见。现在你快去吧,我不敢让我的父亲瞧见我跟你谈话。

朗斯洛特　再见!眼泪哽住了我的舌头。顶美丽的异教徒,顶温柔的犹太人!要不是有个基督徒来把你拐跑,就算我有眼无珠。再会吧!这些傻气的泪点,快要把我的男子气概都淹没啦。再见!

杰西卡　再见,好朗斯洛特。(朗斯洛特下)唉,我真是罪恶深重,竟会羞于做我父亲的孩子!可是虽然我在血统上是他的女儿,在行为上却不是他的女儿。罗兰佐啊!你要是能够守信不渝,我将要结束我内心的冲突,皈依基督教,做你的亲爱的妻子。(下。)

第四场　同前。街道

葛莱西安诺、罗兰佐、萨拉里诺及萨莱尼奥同上。

罗兰佐　不,咱们就在吃晚饭的时候溜了出去,在我的寓所里化装好了,只消一点钟工夫就可以把事情办好回来。

葛莱西安诺　咱们还没有好好儿准备呢。

萨拉里诺　咱们还没有提到过拿火炬的人。

萨莱尼奥　那一定要经过一番训练,否则叫人瞧着笑话;依我看来,还是不用用了吧。

罗兰佐　现在还不过四点钟;咱们还有两个钟头可以准备起来。

朗斯洛特持函上。

罗兰佐　朗斯洛特朋友,你带什么消息来了?

朗斯洛特　请您把这封信拆开来,好像它会告诉您。

罗兰佐　我认识这笔迹;这几个字写得真好看;写这封信的那双手,是比这信纸还要洁白的。

葛莱西安诺　一定是情书。

朗斯洛特　大爷,小的告辞了。

罗兰佐　你还要到哪儿去?

朗斯洛特　呃,大爷,我要去请我的旧主人犹太人今天晚上陪我的新主人基督徒吃饭。

罗兰佐　慢着,这几个钱赏给你;你去回复温柔的杰西卡,我不会误她的约;留心说话的时候别给旁人听见。各位,去吧。(朗斯洛特下)你们愿意去准备今天晚上的假面跳舞会吗?我已经有了一个拿火炬的人了。

萨拉里诺　是,我立刻就去准备起来。

萨莱尼奥　我也就去。

罗兰佐　再过一点钟左右,咱们大家在葛莱西安诺的寓所里相会。

萨拉里诺　很好。(萨拉里诺、萨莱尼奥同下。)

葛莱西安诺　那封信不是杰西卡写给你的吗?

罗兰佐　我必须把一切都告诉你。她已经教我怎样带着她逃出她父亲的
家,告诉我她随身带了多少金银珠宝,已经准备好怎样一身小童的服
装。要是她的父亲那个犹太人有一天会上天堂,那一定因为上帝看
在他善良的女儿面上特别开恩;恶运再也不敢侵犯她,除非因为她的
父亲是一个奸诈的犹太人。来,跟我一块儿去;你可以一边走一边读
这封信。美丽的杰西卡将要替我拿着火炬。(同下。)

第五场　同前。夏洛克家门前

夏洛克及朗斯洛特上。

夏洛克　好,你就可以知道,你就可以亲眼瞧瞧夏洛克老头子跟巴萨尼奥
有什么不同啦。——喂,杰西卡! ——我家里容得你狼吞虎咽,别人
家里是不许你这样放肆的——喂,杰西卡! ——我家里还让你睡觉
打鼾,把衣服胡乱撕破——喂,杰西卡!

朗斯洛特　喂,杰西卡!

夏洛克　谁叫你喊的? 我没有叫你喊呀。

朗斯洛特　您老人家不是常常怪我一定要等人家吩咐了才做事吗?

杰西卡上。

杰西卡　您叫我吗? 有什么吩咐?

夏洛克　杰西卡，人家请我去吃晚饭；这儿是我的钥匙，你好生收管着。可是我去干吗呢？人家又不是真心邀请我，他们不过拍拍我的马屁而已。可是我因为恨他们，倒要去这一趟，受用受用这个浪子基督徒的酒食。杰西卡，我的孩子，留心照看门户。我实在有点不愿意去；昨天晚上我做梦看见钱袋，恐怕不是个吉兆，叫我心神难安。

朗斯洛特　老爷，请您一定去；我家少爷在等着您赏光呢。

夏洛克　我也在等着他赏我一记耳光哩。

朗斯洛特　他们已经商量好了；我并不说您可以看到一场假面跳舞，可是您要是果然看到了，那就怪不得我在上一个黑曜日①早上六点钟会流起鼻血来啦，那一年正是在圣灰节星期三第四年的下午。

夏洛克　怎么！还有假面跳舞吗？听好，杰西卡，把家里的门锁上了；听见鼓声和弯笛子的怪叫声音，不许爬到窗棂子上张望，也不要伸出头去，瞧那些脸上涂得花花绿绿的傻基督徒们打街道上走过。把我这屋子的耳朵都封起来——我说的是那些窗子；别让那些无聊的胡闹的声音钻进我的清静的屋子。凭着雅各的牧羊杖发誓，我今晚真有点不想出去参加什么宴会。可是就去这一次吧。小子，你先回去，说我就来了。

朗斯洛特　那么我先去了，老爷。小姐，留心看好窗外；"跑来一个基督徒，不要错过好姻缘。"（下。）

夏洛克　嘿，那个夏甲的傻瓜后裔②说些什么？

---

①　黑曜日（Black-Monday）即复活节礼拜一。此名的由来，据说是因一三六〇年四月十四日的复活节礼拜一，英王爱德华三世进攻巴黎，正值暴风雨，兵士多冻死。流鼻血为不吉之兆，故云。

②　夏甲（Hagar）为犹太人始祖亚伯兰（后上帝改其名为亚伯拉罕）正妻撒拉的婢女，撒拉因无子，劝亚伯兰纳夏甲为次妻；夏甲生子后，遭撒拉之妒，与其子并遭斥逐。见《旧约·创世记》。此处所云"夏甲后裔"，系表示"贱种"之意。

杰西卡　没有说什么,他只是说,"再会,小姐。"

夏洛克　这蠢材人倒还好,就是食量太大;做起事来,慢腾腾的像条蜗牛一般;白天睡觉的本领,比野猫还胜过几分;我家里可容不得懒惰的黄蜂,所以才打发他走了,让他去跟着那个靠借债过日子的败家精,正好帮他消费。好,杰西卡,进去吧;也许我一会儿就回来。记住我的话,把门随手关了。"缚得牢,跑不了",这是一句千古不磨的至理名言。(下。)

杰西卡　再会;要是我的命运不跟我作梗,那么我将要失去一个父亲,你也要失去一个女儿了。(下。)

第六场　同　　前

葛莱西安诺及萨拉里诺戴假面同上。

葛莱西安诺　这儿屋檐下便是罗兰佐叫我们守望的地方。

萨拉里诺　他约定的时间快要过去了。

葛莱西安诺　他会迟到真是件怪事,因为恋人们总是赶在时钟的前面的。

萨拉里诺　啊!维纳斯的鸽子飞去缔结新欢的盟约,比之履行旧日的诺言,总是要快上十倍。

葛莱西安诺　那是一定的道理。谁在席终人散以后,他的食欲还像初入座时候那么强烈?哪一匹马在冗长的归途上,会像它起程时那么长驱疾驰?世间的任何事物,追求时候的兴致总要比享用时候的兴致浓烈。一艘新下水的船只扬帆出港的当儿,多么像一个娇养的少年,给那轻狂的风儿爱抚搂抱!可是等到它回来的时候,船身已遭风日的侵蚀,船帆也变成了百结的破衲,它又多么像一个落魄的浪子,给那轻狂的风儿肆意欺凌!

萨拉里诺　罗兰佐来啦；这些话你留着以后再说吧。

　　　　罗兰佐上。

罗兰佐　两位好朋友，累你们久等了，对不起得很；实在是因为我有点事情，急切里抽身不出。等你们将来也要偷妻子的时候，我一定也替你们守这么些时候。过来，这儿就是我的犹太岳父所住的地方。喂！里面有人吗？

　　　　杰西卡男装自上方上。

杰西卡　你是哪一个？我虽然认识你的声音，可是为了免得错认人，请你把名字告诉我。

罗兰佐　我是罗兰佐，你的爱人。

杰西卡　你果然是罗兰佐，也的确是我的爱人；除了你，谁会使我爱得这个样子呢？罗兰佐，除了你之外，谁还知道我究竟是不是属于你的呢？

罗兰佐　上天和你的思想，都可以证明你是属于我的。

杰西卡　来，把这匣子接住了，你拿了去会大有好处。幸亏在夜里，你瞧不见我，我改扮成这个怪样子，怪不好意思哩。可是恋爱是盲目的，恋人们瞧不见他们自己所干的傻事；要是他们瞧得见的话，那么丘匹德瞧见我变成了一个男孩子，也会红起脸来哩。

罗兰佐　下来吧，你必须替我拿着火炬。

杰西卡　怎么！我必须拿着烛火，照亮自己的羞耻吗？像我这样子，已经太轻狂了，应该遮掩遮掩才是，怎么反而要在别人面前露脸？

罗兰佐　亲爱的，你穿上这一身漂亮的男孩子衣服，人家不会认出你来的。快来吧，夜色已经在不知不觉中浓了起来，巴萨尼奥在等着我们去赴宴呢。

杰西卡　让我把门窗关好，再收拾些银钱带在身边，然后立刻就来。（自上方下。）

葛莱西安诺　凭着我的头巾发誓，她真是个基督徒，不是个犹太人。

罗兰佐　我从心底里爱着她。要是我有判断的能力，那么她是聪明的；要是我的眼睛没有欺骗我，那么她是美貌的；她已经替自己证明她是忠诚的；像她这样又聪明、又美丽、又忠诚，怎么不叫我把她永远放在自己的灵魂里呢？

　　　　杰西卡上。

罗兰佐　啊，你来了吗？朋友们，走吧！我们的舞侣们现在一定在那儿等着我们了。（罗兰佐、杰西卡、萨拉里诺同下。）

　　　　安东尼奥上。

安东尼奥　那边是谁？

葛莱西安诺　安东尼奥先生！

安东尼奥　咦，葛莱西安诺！还有那些人呢？现在已经九点钟啦，我们的朋友们大家在那儿等着你们。今天晚上的假面跳舞会取消了；风势已转，巴萨尼奥就要立刻上船。我已经差了二十个人来找你们了。

葛莱西安诺　那好极了；我巴不得今天晚上就开船出发。（同下。）

第七场　贝尔蒙特。鲍西娅家中一室

　　　　喇叭奏花腔。鲍西娅及摩洛哥亲王各率侍从上。

鲍西娅　去把帐幕揭开，让这位尊贵的王子瞧瞧那几个匣子。现在请殿下自己选择吧。

摩洛哥亲王　第一只匣子是金的，上面刻着这几个字："谁选择了我，将要得到众人所希求的东西。"第二只匣子是银的，上面刻着这样的约许："谁选择了我，将要得到他所应得的东西。"第三只匣子是用沉重的铅

打成的，上面刻着像铅一样冷酷的警告："谁选择了我，必须准备把他
　　所有的一切作为牺牲。"我怎么可以知道我选得错不错呢？

鲍西娅　　这三只匣子中间，有一只里面藏着我的小像；您要是选中了那一
　　只，我就是属于您的了。

摩洛哥亲王　　求神明指示我！让我看；我且先把匣子上面刻着的字句再
　　推敲一遍。这一个铅匣子上面说些什么？"谁选择了我，必须准备把
　　他所有的一切作为牺牲。"必须准备牺牲；为什么？为了铅吗？为了
　　铅而牺牲一切吗？这匣子说的话儿倒有些吓人。人们为了希望得到
　　重大的利益，才会不惜牺牲一切；一颗贵重的心，决不会屈躬俯就鄙
　　贱的外表；我不愿为了铅的缘故而作任何的牺牲。那个色泽皎洁的
　　银匣子上面说些什么？"谁选择了我，将要得到他所应得的东西。"得
　　到他所应得的东西！且慢，摩洛哥，把你自己的价值作一下公正的估
　　计吧。照你自己判断起来，你应该得到很高的评价，可是也许凭着你
　　这几分长处，还不配娶到这样一位小姐；然而我要是疑心我自己不够
　　资格，那未免太小看自己了。得到我所应得的东西！当然那就是指
　　这位小姐而说的；讲到家世、财产、人品、教养，我在哪一点上配不上
　　她？可是超乎这一切之上，凭着我这一片深情，也就应该配得上她
　　了。那么我不必迟疑，就选了这一个匣子吧。让我再瞧瞧那金匣子
　　上说些什么话："谁选择了我，将要得到众人所希求的东西。"啊，那正
　　是这位小姐了；整个儿的世界都希求着她，他们从地球的四角迢迢而
　　来，顶礼这位尘世的仙真：赫堪尼亚的沙漠和广大的阿拉伯的辽阔的
　　荒野，现在已经成为各国王子们前来瞻仰美貌的鲍西娅的通衢大道；
　　把唾沫吐在天庭面上的傲慢不逊的海洋，也不能阻止外邦的远客，他
　　们越过汹涌的波涛，就像跨过一条小河一样，为了要看一看鲍西娅的
　　绝世姿容。在这三只匣子中间，有一只里面藏着她的天仙似的小像。

难道那铅匣子里会藏着她吗？想起这样一个卑劣的思想，就是一种
亵渎；就算这是个黑暗的坟，里面放的是她的寿衣，也都嫌罪过。那
么她是会藏在那价值只及纯金十分之一的银匣子里面吗？啊，罪恶
的思想！这样一颗珍贵的珠宝，决不会装在比金子低贱的匣子里。
英国有一种金子铸成的钱币，表面上刻着天使的形象；这儿的天使，
拿金子做床，却躲在黑暗里。把钥匙交给我；我已经选定了，但愿我
的希望能够实现！

鲍西娅　亲王，请您拿着这钥匙；要是这里边有我的小像，我就是您的了。

（摩洛哥亲王开金匣。）

摩洛哥亲王　哎哟，该死！这是什么？一个死人的骷髅，那空空的眼眶里
藏着一张有字的纸卷。让我读一读上面写着什么。

　　　发闪光的不全是黄金，

　　　古人的说话没有骗人；

　　　多少世人出卖了一生，

　　　不过看到了我的外形，

　　　蛆虫占据着镀金的坟。

　　　你要是又大胆又聪明，

　　　手脚壮健，见识却老成，

　　　就不会得到这样回音：

　　　再见，劝你冷却这片心。

　　　　冷却这片心；真的是枉费辛劳！

　　　　永别了，热情！欢迎，凛冽的寒飚！

　　　　再见，鲍西娅；悲伤塞满了心胸，

　　　　莫怪我这败军之将去得匆匆。（率侍从下；喇叭奏花腔。）

鲍西娅　他去得倒还知趣。把帐幕拉下。但愿像他一样肤色的人，都像

他一样选不中。（同下。）

第八场　威尼斯。街道

　　　　萨拉里诺及萨莱尼奥上。

萨拉里诺　啊,朋友,我看见巴萨尼奥开船,葛莱西安诺也跟他同船去;我
　　相信罗兰佐一定不在他们船里。

萨莱尼奥　那个恶犹太人大呼小叫地吵到公爵那儿去,公爵已经跟着他
　　去搜巴萨尼奥的船了。

萨拉里诺　他去迟了一步,船已经开出。可是有人告诉公爵,说他们曾经
　　看见罗兰佐跟他的多情的杰西卡在一艘平底船里;而且安东尼奥也
　　向公爵证明他们并不在巴萨尼奥的船上。

萨莱尼奥　那犹太狗像发疯似的,样子都变了,在街上一路乱叫乱跳乱
　　喊,"我的女儿! 啊,我的银钱! 啊,我的女儿! 跟一个基督徒逃走
　　啦! 啊,我的基督徒的银钱! 公道啊! 法律啊! 我的银钱,我的女
　　儿! 一袋封好的、两袋封好的银钱,给我的女儿偷去了! 还有珠宝!
　　两颗宝石,两颗珍贵的宝石,都给我的女儿偷去了! 公道啊! 把那女
　　孩子找出来! 她身边带着宝石,还有银钱。"

萨拉里诺　威尼斯城里所有的小孩子们,都跟在他背后,喊着:他的宝石
　　呀,他的女儿呀,他的银钱呀。

萨莱尼奥　安东尼奥应该留心那笔债款不要误了期,否则他要在他身上
　　报复的。

萨拉里诺　对了,你想起得不错。昨天我跟一个法国人谈天,他对我说
　　起,在英、法二国之间的狭隘的海面上,有一艘从咱们国里开出去的
　　满载着货物的船只出事了。我一听见这句话,就想起安东尼奥,但愿

那艘船不是他的才好。

萨莱尼奥　你最好把你听见的消息告诉安东尼奥；可是你要轻描淡写地说，免得害他着急。

萨拉里诺　世上没有一个比他更仁厚的君子。我看见巴萨尼奥跟安东尼奥分别，巴萨尼奥对他说他一定尽早回来，他就回答说，"不必，巴萨尼奥，不要为了我的缘故而误了你的正事，你等到一切事情圆满完成以后再回来吧；至于我在那犹太人那里签下的约，你不必放在心上，你只管高高兴兴，一心一意地进行着你的好事，施展你的全副精神，去博得美人的欢心吧。"说到这里，他的眼睛里已经噙着一包眼泪，他就回转身去，把他的手伸到背后，亲亲热热地握着巴萨尼奥的手；他们就这样分别了。

萨莱尼奥　我看他只是为了他的缘故才爱这世界的。咱们现在就去找他，想些开心的事儿替他解解愁闷，你看好不好？

萨拉里诺　很好很好。（同下。）

第九场　贝尔蒙特。鲍西娅家中一室

尼莉莎及一仆人上。

尼莉莎　赶快，赶快，扯开那帐幕；阿拉贡亲王已经宣过誓，就要来选匣子啦。

喇叭奏花腔。阿拉贡亲王及鲍西娅各率侍从上。

鲍西娅　瞧，尊贵的王子，那三个匣子就在这儿；您要是选中了有我的小像藏在里头的那一只，我们就可以立刻举行婚礼；可是您要是失败了的话，那么殿下，不必多言，您必须立刻离开这儿。

阿拉贡亲王　我已经宣誓遵守三项条件：第一，不得告诉任何人我所选的是哪一只匣子;第二,要是我选错了匣子,终身不得再向任何女子求婚;第三,要是我选不中,必须立刻离开此地。

鲍西娅　　为了我这微贱的身子来此冒险的人,没有一个不曾立誓遵守这几个条件。

阿拉贡亲王　　我已经有所准备了。但愿命运满足我的心愿! 一只是金的,一只是银的,还有一只是下贱的铅的。"谁选择了我,必须准备把他所有的一切作为牺牲。"你要我为你牺牲,应该再好看一点才是。那个金匣子上面说的什么? 哈! 让我来看吧:"谁选择了我,将要得到众人所希求的东西。"众人所希求的东西! 那"众人"也许是指那无知的群众,他们只知道凭着外表取人,信赖着一双愚妄的眼睛,不知道窥察到内心,就像燕子把巢筑在风吹雨淋的屋外的墙壁上,自以为可保万全,不想到灾祸就会接踵而至。我不愿选择众人所希求的东西,因为我不愿随波逐流,与庸俗的群众为伍。那么还是让我瞧瞧你吧,你这白银的宝库;待我再看一遍刻在你上面的字句:"谁选择了我,将要得到他所应得的东西。"说得好,一个人要是自己没有几分长处,怎么可以妄图非分? 尊荣显贵,原来不是无德之人所可以忝窃的。唉! 要是世间的爵禄官职,都能够因功授赏,不藉钻营,那么多少脱帽侍立的人将会高冠盛服,多少发号施令的人将会唯唯听命,多少卑劣鄙贱的渣滓可以从高贵的种子中间筛分出来,多少隐暗不彰的贤才异能,可以从世俗的糠粃中间剔选出来,大放它们的光泽! 闲话少说,还是让我考虑考虑怎样选择吧。"谁选择了我,将要得到他所应得的东西。"那么我就要取我分所应得的东西了。把这匣子上的钥匙给我,让我立刻打开藏在这里面的我的命运。(开银匣。)

鲍西娅　　您在这里面瞧见些什么? 怎么呆住了一声也不响?

阿拉贡亲王　　这是什么? 一个眯着眼睛的傻瓜的画像,上面还写着字句!

让我读一下看。唉！你跟鲍西娅相去得多么远！你跟我的希望，跟我所应得的东西又相去得多么远！"谁选择了我，将要得到他所应得的东西。"难道我只应该得到一副傻瓜的嘴脸吗？那便是我的奖品吗？我不该得到好一点的东西吗？

鲍西娅　毁谤和评判，是两件作用不同、性质相反的事。

阿拉贡亲王　这儿写着什么？

　　　　这银子在火里烧过七遍；

　　　　那永远不会错误的判断，

　　　　也必须经过七次的试炼。

　　　　有的人终身向幻影追逐，

　　　　只好在幻影里寻求满足。

　　　　我知道世上尽有些呆鸟，

　　　　空有着一个镀银的外表；

　　　　随你娶一个怎样的妻房，

　　　　摆脱不了这傻瓜的皮囊；

　　　　去吧，先生，莫再耽搁时光！

　　　　　我要是再留在这儿发呆，

　　　　　愈显得是个十足的蠢材；

　　　　　顶一颗傻脑袋来此求婚，

　　　　　带两个蠢头颅回转家门。

　　　　　别了，美人，我愿遵守誓言，

　　　　　默忍着心头愤怒的熬煎。（阿拉贡亲王率侍从下。）

鲍西娅　正像飞蛾在烛火里伤身，

　　　　这些傻瓜们自恃着聪明，

　　　　免不了被聪明误了前程。

尼莉莎　　古话说得好，上吊娶媳妇，

　　　　　都是一个人注定的天数。

鲍西娅　　来，尼莉莎，把帐幕拉下了。

　　　　　一仆人上。

仆　人　　小姐呢？

鲍西娅　　在这儿；尊驾有什么见教？

仆　人　　小姐，门口有一个年轻的威尼斯人，说是来通知一声，他的主人
　　　　　就要来啦；他说他的主人叫他先来向小姐致意，除了一大堆恭维的客
　　　　　套以外，还带来了几件很贵重的礼物。小的从来没有见过这么一位
　　　　　体面的爱神的使者；预报繁茂的夏季快要来临的四月的天气，也不及
　　　　　这个为主人先驱的俊仆温雅。

鲍西娅　　请你别说下去了吧；你把他称赞得这样天花乱坠，我怕你就要说
　　　　　他是你的亲戚了。来，来，尼莉莎，我倒很想瞧瞧这一位爱神差来的
　　　　　体面的使者。

尼莉莎　　爱神啊，但愿来的是巴萨尼奥！（同下。）

第 三 幕

第一场 威尼斯。街道

　　　　萨莱尼奥及萨拉里诺上。

萨莱尼奥　交易所里有什么消息？

萨拉里诺　他们都在那里说安东尼奥有一艘满装着货物的船在海峡里倾
　　　　覆了；那地方的名字好像是古德温，是一处很危险的沙滩，听说有许
　　　　多大船的残骸埋葬在那里，要是那些传闻之辞是确实可靠的话。

萨莱尼奥　我但愿那些谣言就像那些吃饱了饭没事做、嚼嚼生姜或者一
　　　　把鼻涕一把眼泪地假装为了她第三个丈夫死去而痛哭的那些婆子们
　　　　所说的鬼话一样靠不住。可是那的确是事实——不说啰哩啰唆的废
　　　　话，也不说枝枝节节的闲话——这位善良的安东尼奥，正直的安东尼
　　　　奥——啊，我希望我有一个可以充分形容他的好处的字眼！——

萨拉里诺　好了好了，别说下去了吧。

萨莱尼奥　嘿！你说什么！总归一句话，他损失了一艘船。

萨拉里诺　但愿这是他最末一次的损失。

萨莱尼奥　让我赶快喊"阿门"，免得给魔鬼打断了我的祷告，因为他已经
　　　　扮成一个犹太人的样子来啦。

夏洛克上。

萨莱尼奥　啊,夏洛克! 商人中间有什么消息?

夏洛克　有什么消息! 我的女儿逃走啦,这件事情是你比谁都格外知道得详细的。

萨拉里诺　那当然啦,就是我也知道她飞走的那对翅膀是哪一个裁缝替她做的。

萨莱尼奥　夏洛克自己也何尝不知道,她羽毛已长,当然要离开娘家啦。

夏洛克　她干出这种不要脸的事来,死了一定要下地狱。

萨拉里诺　倘然魔鬼做她的判官,那是当然的事情。

夏洛克　我自己的血肉跟我过不去!

萨莱尼奥　说什么,老东西,活到这么大年纪,还跟你自己过不去?

夏洛克　我是说我的女儿是我自己的血肉。

萨拉里诺　你的肉跟她的肉比起来,比黑炭和象牙还差得远;你的血跟她的血比起来,比红葡萄酒和白葡萄酒还差得远。可是告诉我们,你听没听见人家说起安东尼奥在海上遭到了损失?

夏洛克　说起他,又是我的一桩倒霉事情。这个败家精,这个破落户,他不敢在交易所里露一露脸;他平常到市场上来,穿着得多么齐整,现在可变成一个叫化子啦。让他留心他的借约吧;他老是骂我盘剥取利;让他留心他的借约吧;他是本着基督徒的精神,放债从来不取利息的;让他留心他的借约吧。

萨拉里诺　我相信要是他不能按约偿还借款,你一定不会要他的肉的;那有什么用处呢?

夏洛克　拿来钓鱼也好;即使他的肉不中吃,至少也可以出出我这一口气。他曾经羞辱过我,夺去我几十万块钱的生意,讥笑着我的亏蚀,挖苦着我的盈余,侮蔑我的民族,破坏我的买卖,离间我的朋友,煽动

我的仇敌;他的理由是什么? 只因为我是一个犹太人。难道犹太人
没有眼睛吗? 难道犹太人没有五官四肢、没有知觉、没有感情、没有
血气吗? 他不是吃着同样的食物,同样的武器可以伤害他,同样的医
药可以疗治他,冬天同样会冷,夏天同样会热,就像一个基督徒一样
吗? 你们要是用刀剑刺我们,我们不是也会出血的吗? 你们要是搔
我们的痒,我们不是也会笑起来的吗? 你们要是用毒药谋害我们,我
们不是也会死的吗? 那么要是你们欺侮了我们,我们难道不会复仇
吗? 要是在别的地方我们都跟你们一样,那么在这一点上也是彼此
相同的。要是一个犹太人欺侮了一个基督徒,那基督徒怎样表现他
的谦逊? 报仇。要是一个基督徒欺侮了一个犹太人,那么照着基督
徒的榜样,那犹太人应该怎样表现他的宽容? 报仇。你们已经把残
虐的手段教给我,我一定会照着你们的教训实行,而且还要加倍奉
敬哩。

　　　一仆人上。

仆　人　两位先生,我家主人安东尼奥在家里要请两位过去谈谈。

萨拉里诺　我们正在到处找他呢。

　　　杜伯尔上。

萨莱尼奥　又是一个他的族中人来啦;世上再也找不到第三个像他们这
　　　样的人,除非魔鬼自己也变成了犹太人。(萨莱尼奥、萨拉里诺及仆
　　　人下。)

夏洛克　啊,杜伯尔! 热那亚有什么消息? 你有没有找到我的女儿?

杜伯尔　我所到的地方,往往听见人家说起她,可是总找不到她。

夏洛克　哎呀,糟糕! 糟糕! 糟糕! 我在法兰克府出两千块钱买来的那
　　　颗金刚钻也丢啦! 咒诅到现在才降落到咱们民族头上;我到现在才
　　　觉得它的厉害。那一颗金刚钻就是两千块钱,还有别的贵重的珠宝。

我希望我的女儿死在我的脚下,那些珠宝都挂在她的耳朵上;我希望她就在我的脚下入土安葬,那些银钱都放在她的棺材里! 不知道他们的下落吗? 哼,我不知道为了寻访他们,又花去了多少钱。你这你这——损失上再加损失! 贼子偷了这么多走了,还要花这么多去寻访贼子,结果仍旧是一无所得,出不了这一口怨气。只有我一个人倒霉,只有我一个人叹气,只有我一个人流眼泪!

杜伯尔　　倒霉的不单是你一个人。我在热那亚听人家说,安东尼奥——

夏洛克　　什么? 什么? 什么? 他也倒了霉吗? 他也倒了霉吗?

杜伯尔　　——有一艘从特里坡利斯来的大船,在途中触礁。

夏洛克　　谢谢上帝! 谢谢上帝! 是真的吗? 是真的吗?

杜伯尔　　我曾经跟几个从那船上出险的水手谈过话。

夏洛克　　谢谢你,好杜伯尔。好消息,好消息! 哈哈! 什么地方? 在热那亚吗?

杜伯尔　　听说你的女儿在热那亚一个晚上花去八十块钱。

夏洛克　　你把一把刀戳进我心里! 我再也瞧不见我的银子啦! 一下子就是八十块钱! 八十块钱!

杜伯尔　　有几个安东尼奥的债主跟我同路到威尼斯来,他们肯定地说他这次一定要破产。

夏洛克　　我很高兴。我要摆布摆布他;我要叫他知道些厉害。我很高兴。

杜伯尔　　有一个人给我看一个指环,说是你女儿拿它向他买了一头猴子。

夏洛克　　该死该死! 杜伯尔,你提起这件事,真叫我心里难过;那是我的绿玉指环,是我的妻子莉娅在我们没有结婚的时候送给我的;即使人家把一大群猴子来向我交换,我也不愿把它给人。

杜伯尔　　可是安东尼奥这次一定完了。

夏洛克　　对了,这是真的,一点不错。去,杜伯尔,现在离开借约满期还有半个月，你先给我到衙门里走动走动，花费几个钱。要是他愆了约，我要挖出他的心来；只要威尼斯没有他，生意买卖全凭我一句话了。去，去，杜伯尔，咱们在会堂里见面。好杜伯尔，去吧；会堂里再见，杜伯尔。（各下。）

第二场　贝尔蒙特。鲍西娅家中一室

巴萨尼奥、鲍西娅、葛莱西安诺、尼莉莎及侍从等上。

鲍西娅　请您不要太急，停一两天再赌运气吧；因为要是您选得不对，咱们就不能再在一块儿，所以请您暂时缓一下吧。我心里仿佛有一种什么感觉——可是那不是爱情——告诉我我不愿失去您；您一定也知道，嫌憎是不会向人说这种话的。一个女孩儿家本来不该信口说话，可是唯恐您不能懂得我的意思，我真想留您在这儿住上一两个月，然后再让您为我冒险一试。我可以教您怎样选才不会有错；可是这样我就要违犯了誓言，那是断断不可的；然而那样您也许会选错，要是您选错了，您一定会使我起了一个有罪的愿望，懊悔我不该为了不敢背誓而忍心让您失望。顶可恼的是您这一双眼睛，它们已经瞧透了我的心，把我分成两半：半个我是您的，还有那半个我也是您的——不，我的意思是说那半个我是我的，可是既然是我的，也就是您的，所以整个儿的我都是您的。唉！都是这些无聊的世俗礼法，使人们不能享受他们合法的权利；所以我虽然是您的，却又不是您的。要是结果真是这样，造孽的是那命运，不是我。我说得太噜苏了，可是我的目的是要尽量拖延时间，不放您马上就去选择。

巴萨尼奥　让我选吧；我现在这样提心吊胆，才像给人拷问一样受罪呢。

鲍西娅　给人拷问，巴萨尼奥！那么您给我招认出来，在您的爱情之中，隐藏着什么奸谋?

巴萨尼奥　没有什么奸谋,我只是有点怀疑忧惧,但恐我的痴心化为徒劳;奸谋跟我的爱情正像冰炭一样,是无法相容的。

鲍西娅　嗯,可是我怕你是因为受不住拷问的痛苦,才说这样的话。一个人给绑上了刑床,还不是要他怎样讲就怎样讲?

巴萨尼奥　您要是答应赦我一死,我愿意招认真情。

鲍西娅　好,赦您一死,您招认吧。

巴萨尼奥　"爱"便是我所能招认的一切。多谢我的刑官,您教给我怎样免罪的答话了! 可是让我去瞧瞧那几个匣子,试试我的运气吧。

鲍西娅　那么去吧! 在那三个匣子中间,有一个里面锁着我的小像;您要是真的爱我,您会把我找出来的。尼莉莎,你跟其余的人都站开些。在他选择的时候,把音乐奏起来,要是他失败了,好让他像天鹅一样在音乐声中死去;把这譬喻说得更确当一些,我的眼睛就是他葬身的清流。也许他会胜利的;那么那音乐又像什么呢? 那时候音乐就像忠心的臣子俯伏迎迓新加冕的君王的时候所吹奏的号角,又像是黎明时分送进正在做着好梦的新郎的耳中,催他起来举行婚礼的甜柔的琴韵。现在他去了,他的沉毅的姿态,就像年轻的赫剌克勒斯奋身前去,在特洛亚人的呼叫声中,把他们祭献给海怪的处女拯救出来一样①,可是他心里却藏着更多的爱情;我站在这儿做牺牲,她们站在旁边,就像泪眼模糊的特洛亚妇女们,出来看这场争斗的结果。去吧,赫剌克勒斯! 我的生命悬在你手里,但愿你安然生还;我这观战的人心中比你上场作战的人还要惊恐万倍!

----

① 　希腊神话:特洛亚王答应向海怪献祭他的女儿赫西俄涅,最后希腊英雄赫剌克勒斯斩杀海怪,救出赫西俄涅。

巴萨尼奥独白时，乐队奏乐唱歌。

歌

告诉我爱情生长在何方？

还是在脑海？还是在心房？

它怎样发生？它怎样成长？

　　回答我，回答我。

爱情的火在眼睛里点亮，

凝视是爱情生活的滋养，

它的摇篮便是它的坟堂。

让我们把爱的丧钟鸣响，

　　　丁当！丁当！

　　　丁当！丁当！（众和）

巴萨尼奥　外观往往和事物的本身完全不符，世人却容易为表面的装饰所欺骗。在法律上，哪一件卑鄙邪恶的陈诉不可以用娓娓动听的言词掩饰它的罪状？在宗教上，哪一桩罪大罪极的过失不可以引经据典，文过饰非，证明它的确上合天心？任何彰明昭著的罪恶，都可以在外表上装出一副道貌岸然的样子。多少没有胆量的懦夫，他们的心其实软弱得就像下不去脚的流沙，他们的肝如果剖出来看一看，大概比乳汁还要白，可是他们的颊上却长着天神一样威武的须髯，人家只看着他们的外表，也就居然把他们当作英雄一样看待！再看那些世间所谓美貌吧，那是完全靠着脂粉装点出来的，愈是轻浮的女人，所涂的脂粉也愈重；至于那些随风飘扬像蛇一样的金丝鬈发，看上去果然漂亮，不知道却是从坟墓中死人的骷髅上借来的①。所以装饰

---

①　伊丽莎白时代妇女，有戴金色假发的风气。

不过是一道把船只诱进凶涛险浪的怒海中去的陷人的海岸，又像是遮掩着一个黑丑蛮女的一道美丽的面幕；总而言之，它是狡诈的世人用来欺诱智士的似是而非的真理。所以，你炫目的黄金，米达斯王的坚硬的食物①，我不要你；你惨白的银子，在人们手里来来去去的下贱的奴才，我也不要你；可是你，寒伧的铅，你的形状只能使人退走，一点没有吸引人的力量，然而你的质朴却比巧妙的言辞更能打动我的心，我就选了你吧，但愿结果美满！

鲍西娅　（旁白）一切纷杂的思绪；多心的疑虑、卤莽的绝望、战栗的恐惧、酸性的猜嫉，多么快地烟消云散了！爱情啊！把你的狂喜节制一下，不要让你的欢乐溢出界限，让你的情绪越过分寸；你使我感觉到太多的幸福，请你把它减轻几分吧，我怕我快要给快乐窒息而死了！

巴萨尼奥　这里面是什么？（开铅匣）美丽的鲍西娅的副本！这是谁的神化之笔，描画出这样一位绝世的美人？这双眼睛是在转动吗？还是因为我的眼球在转动，所以仿佛它们也在随着转动？她的微启的双唇，是因为她嘴里吐出来的甘美芳香的气息而分裂的；唯有这样甘美的气息才能分开这样甜蜜的朋友。画师在描画她的头发的时候，一定曾经化身为蜘蛛，织下了这么一个金丝的发网，来诱捉男子们的心；哪一个男子见了它，不会比飞蛾投入蛛网还快地陷下网罗呢？可是她的眼睛！他怎么能够睁着眼睛把它们画出来呢？他在画了一只眼睛以后，我想它的逼人的光芒一定会使他自己目眩神夺，再也描画不成其余的一只。可是瞧，我用尽一切赞美的字句，还不能充分形容出这一个画中幻影的美妙；然而这幻影跟它的实体比较起来，又是多

---

① 米达斯（Midas），弗里吉亚（Phrygia）王，祷神求点金术，神允之，触指成金，食物亦成金。

么望尘莫及！这儿是一纸手卷,宣判着我的命运。

　　你选择不凭着外表,

　　　果然给你直中鹄心!

　　胜利既已入你怀抱,

　　　你莫再往别处追寻。

　　这结果倘使你满意,

　　　就请接受你的幸运,

　　赶快回转你的身体,

　　　给你的爱深深一吻。

　　　温柔的纶音! 美人,请恕我大胆,(吻鲍西娅)

　　　我奉命来把彼此的深情交换。

　　　像一个夺标的健儿驰骋身手,

　　　耳旁只听见沸腾的人声如吼,

　　　虽然明知道胜利已在他手掌,

　　　却不敢相信人们在向他赞赏。

　　　绝世的美人,我现在神眩目晕,

　　　仿佛闯进了一场离奇的梦境;

　　　除非你亲口证明这一切是真,

　　　我再也不相信我自己的眼睛。

鲍西娅　　巴萨尼奥公子,您瞧我站在这儿,不过是这样的一个人。虽然为了我自己的缘故,我不愿妄想自己比现在的我更好一点;可是为了您的缘故,我希望我能够六十倍胜过我的本身,再加上一千倍的美丽,一万倍的富有;我但愿我有无比的贤德、美貌、财产和亲友,好让我在您的心目中占据一个很高的位置。可是我这一身却是一无所有,我只是一个不学无术、没有教养、缺少见识的女子;幸亏她的年纪还不是顶大，来得及发愤学习；她的天资也不是顶笨，可以加以教导；尤其大幸的，她有一颗柔顺的心灵，愿意把它奉献给您，听从您的指导，把您当作她的主人、她的统治者和她的君王。我自己以及我所有的一切，现在都变成您的所有了；刚才我还拥有着这一座华丽的大厦，我的仆人都听从着我的指挥，我是支配我自己的女王，可是就在现在，这屋子、这些仆人和这一个我，都是属于您的了，我的夫君。凭着这一个指环，我把这一切完全呈献给您；要是您让这指环离开您的身边，或者把它丢了，或者把它送给别人，那就预示着您的爱情的毁灭，我可以因此责怪您的。

巴萨尼奥　小姐，您使我说不出一句话来，只有我的热血在我的血管里跳动着向您陈诉。我的精神是在一种恍惚的状态中，正像喜悦的群众在听到他们所爱戴的君王的一篇美妙的演辞以后那种心灵眩惑的神情，除了口头的赞叹和内心的欢乐以外，一切的一切都混合起来，化成白茫茫的一片模糊。要是这指环有一天离开这手指，那么我的生命也一定已经终结；那时候您可以放胆地说，巴萨尼奥已经死了。

尼莉莎　姑爷，小姐，我们站在旁边，眼看我们的愿望成为事实，现在该让我们来道喜了。恭喜姑爷！恭喜小姐！

葛莱西安诺　巴萨尼奥大爷和我的温柔的夫人，愿你们享受一切的快乐！因为我敢说，你们享尽一切快乐，也剥夺不了我的快乐。我有一个请求，要是你们决定在什么时候举行嘉礼，我也想跟你们一起结婚。

巴萨尼奥　很好，只要你能够找到一个妻子。

葛莱西安诺　谢谢大爷，您已经替我找到一个了。不瞒大爷说，我这一双眼睛瞧起人来，并不比您大爷慢；您瞧见了小姐，我也看中了使女；您发生了爱情，我也发生了爱情。大爷，我的手脚并不比您慢啊。您的命运靠那几个匣子决定，我也是一样；因为我在这儿千求万告，身上

的汗出了一身又是一身,指天誓日地说到唇干舌燥,才算得到这位好
姑娘的一句回音,答应我要是您能够得到她的小姐,我也可以得到她
的爱情。

鲍西娅　这是真的吗,尼莉莎?

尼莉莎　是真的,小姐,要是您赞成的话。

巴萨尼奥　葛莱西安诺,你也是出于真心吗?

葛莱西安诺　是的,大爷。

巴萨尼奥　我们的喜宴有你们的婚礼添兴,那真是喜上加喜了。

葛莱西安诺　我们要跟他们打赌一千块钱,看谁先养儿子。

尼莉莎　什么,还要赌一笔钱?

葛莱西安诺　不,我们怕是赢不了的,还是不下赌注了吧。可是谁来啦?
　　罗兰佐和他的异教徒吗?什么!还有我那威尼斯老朋友萨莱尼奥?

　　　　罗兰佐、杰西卡及萨莱尼奥上。

巴萨尼奥　罗兰佐、萨莱尼奥,虽然我也是初履此地,让我僭用着这里主
　　人的名义,欢迎你们的到来。亲爱的鲍西娅,请您允许我接待我这几
　　个同乡朋友。

鲍西娅　我也是竭诚欢迎他们。

罗兰佐　谢谢。巴萨尼奥大爷,我本来并没有想到要到这儿来看您,因为
　　在路上碰见萨莱尼奥,给他不由分说地硬拉着一块儿来啦。

萨莱尼奥　是我拉他来,大爷,我是有理由的。安东尼奥先生叫我替他向
　　您致意。(给巴萨尼奥一信。)

巴萨尼奥　在我没有拆开这信以前,请你告诉我我的好朋友近来好吗?

萨莱尼奥　他没有病,除非有点儿心病;也并不轻松,除非打开了心结。
　　您看了他的信,就可以知道他的近况。

葛莱西安诺　尼莉莎,招待招待那位客人。把你的手给我,萨莱尼奥。威

尼斯有些什么消息？那位善良的商人安东尼奥怎样？我知道他听见
了我们的成功，一定会十分高兴；我们是两个伊阿宋，把金羊毛取了
来啦。

萨莱尼奥　我希望你们能够把他失去的金羊毛取了回来，那就好了。

鲍西娅　那信里一定有些什么坏消息，巴萨尼奥的脸色都变白了；多半是
一个什么好朋友死了，否则不会有别的事情会把一个堂堂男子激动
到这个样子的。怎么，越来越糟了！恕我冒渎，巴萨尼奥，我是您自
身的一半，这封信所带给您的任何不幸的消息，也必须让我分一
半去。

巴萨尼奥　啊，亲爱的鲍西娅！这信里所写的，是自有纸墨以来最悲惨的
字句。好小姐，当我初次向您倾吐我的爱慕之忱的时候，我坦白地告
诉您，我的高贵的家世是我仅有的财产，那时我并没有向您说谎；可
是，亲爱的小姐，单单把我说成一个两袖清风的寒士，还未免夸张过
分，因为我不但一无所有，而且还负着一身债务；不但欠了我的一个
好朋友许多钱，还累他为了我的缘故，欠了他仇家的钱。这一封信，
小姐，那信纸就像是我朋友的身体，上面的每一个字，都是一处血淋
淋的创伤。可是，萨莱尼奥，那是真的吗？难道他的船舶都一起遭难
了？竟没有一艘平安到港吗？从特里坡利斯、墨西哥、英国、里斯本、
巴巴里和印度来的船只，没有一艘能够逃过那些毁害商船的礁石的
可怕的撞击吗？

萨莱尼奥　一艘也没有逃过。而且即使他现在有钱还那犹太人，那犹太
人也不肯收他。我从来没有见过这种家伙，样子像人，却一心一意只
想残害他的同类；他不分昼夜地向公爵絮叨，说是他们倘不给他主持
公道，那么威尼斯根本不成其为自由邦。二十个商人、公爵自己、还
有那些最有名望的士绅，都曾劝过他，可是谁也不能叫他回心转意，

放弃他狠毒的控诉；他一口咬定，要求按照约文的规定，处罚安东尼

奥违约。

杰西卡　我在家里的时候，曾经听见他向杜伯尔和丘斯，他的两个同族的

人谈起，说他宁可取安东尼奥身上的肉，不愿收受比他的欠款多二十

倍的钱。要是法律和威权不能阻止他，那么可怜的安东尼奥恐怕难

逃一死了。

鲍西娅　遭到这样危难的人，是不是您的好朋友？

巴萨尼奥　我的最亲密的朋友，一个心肠最仁慈的人，热心为善，多情尚

义，在他身上存留着比任何意大利人更多的古代罗马的侠义精神。

鲍西娅　他欠那犹太人多少钱？

巴萨尼奥　他为了我的缘故，向他借了三千块钱。

鲍西娅　什么，只有这一点数目吗？还他六千块钱，把那借约毁了；两倍

六千块钱，或者照这数目再倍三倍都可以，可是万万不能因为巴萨尼

奥的过失，害这样一位好朋友损伤一根毛发。先和我到教堂里去结

为夫妇，然后你就到威尼斯去看你的朋友；鲍西娅决不让你抱着一颗

不安宁的良心睡在她的身旁。你可以带偿还这笔小小借款的二十倍

那么多的钱去；债务清了以后，就带你的忠心的朋友到这儿来。我的

侍女尼莉莎陪着我在家里，仍旧像未嫁的时候一样，守候着你们的归

来。来，今天就是你结婚的日子，大家快快乐乐，好好招待你的朋友

们。你既然是用这么大的代价买来的，我一定格外爱你。可是让我

听听你朋友的信。

巴萨尼奥　"巴萨尼奥挚友如握：弟船只悉数遇难，债主煎迫，家业荡然。

犹太人之约，业已愆期；履行罚则，殆无生望。足下前此欠弟债项，一

切勾销，惟盼及弟未死之前，来相临视。或足下燕婉情浓，不忍遽别，

则亦不复相强，此信置之可也。"

鲍西娅　啊,亲爱的,快把一切事情办好,立刻就去吧!

巴萨尼奥　既然蒙您允许,我就赶快收拾动身;可是——

此去经宵应少睡,长留魂魄系相思。(同下。)

第三场　威尼斯。街道

　　　　夏洛克、萨拉里诺、安东尼奥及狱吏上。

夏洛克　狱官,留心看住他;不要对我讲什么慈悲。这就是那个放债不取利息的傻瓜。狱官,留心看住他。

安东尼奥　再听我说句话,好夏洛克。

夏洛克　我一定要照约实行;你倘然想推翻这一张契约,那还是请你免开尊口的好。我已经发过誓,非得照约实行不可。你曾经无缘无故骂我狗,既然我是狗,那么你可留心着我的狗牙齿吧。公爵一定会给我主持公道的。你这糊涂的狱官,我真不懂你老是会答应他的请求,陪着他到外边来。

安东尼奥　请你听我说。

夏洛克　我一定要照约实行,不要听你讲什么鬼话;我一定要照约实行,所以请你闭嘴吧。我不像那些软心肠流眼泪的傻瓜们一样,听了基督徒的几句劝告,就会摇头叹气,懊悔屈服。别跟着我,我不要听你说话,我要照约实行。(下。)

萨拉里诺　这是人世间一头最顽固的恶狗。

安东尼奥　别理他;我也不愿再费无益的唇舌向他哀求了。他要的是我的命,我也知道他的原因。有好多次,人家落在他手里,还不出钱来,弄得走投无路,跑来向我呼吁,是我帮助他们解除他的压迫,所以他才恨我。

萨拉里诺　我相信公爵一定不会允许他执行这一种处罚。

安东尼奥　公爵不能变更法律的规定，因为威尼斯的繁荣，完全倚赖着各国人民的来往通商，要是剥夺了异邦人应享的权利，一定会使人对威尼斯的法治精神发生重大的怀疑。去吧，这些不如意的事情，已经把我搅得心力交瘁，我怕到明天身上也许剩不满一磅肉来，偿还我这位不怕血腥气的债主了。狱官，走吧。求上帝，让巴萨尼奥来亲眼看见我替他还债，我就死而无怨了！（同下。）

第四场　贝尔蒙特。鲍西娅家中一室

鲍西娅、尼莉莎、罗兰佐、杰西卡及鲍尔萨泽上。

罗兰佐　夫人，不是我当面恭维您，您的确有一颗高贵真诚、不同凡俗的仁爱的心；尤其像这次敦促尊夫就道，宁愿割舍儿女的私情，这一种精神毅力，真令人万分钦佩。可是您倘使知道受到您这种好意的是个什么人，您所救援的是怎样一个正直的君子，他对于尊夫的交情又是怎样深挚，我相信您一定会格外因为做了这一件好事而自傲，一件寻常的善举可不能让您得到那么大的快乐。

鲍西娅　我做了好事从来不后悔，现在也当然不会。因为凡是常在一块儿谈心游戏的朋友，彼此之间都有一重相互的友爱，他们在容貌上、风度上、习性上，也必定相去不远；所以在我想来，这位安东尼奥既然是我丈夫的心腹好友，他的为人一定很像我的丈夫。要是我的猜想果然不错，那么我把一个跟我的灵魂相仿的人从残暴的迫害下救赎出来，花了这一点儿代价，算得什么！可是这样的话，太近于自吹自擂了，所以别说了吧，还是谈些其他的事情。罗兰佐，在我的丈夫没有回来以前，我要劳驾您替我照管家里；我自己已经向天许下密誓，要在祈祷和默念中过着生活，只让尼莉莎一个人陪着我，直到我们两人的丈夫回来。在两哩路之外有一所修道院，我们就预备住在那儿。我向您提出这一个请求，不只是为了个人的私情，还有其他事实上的必要，请您不要拒绝我。

罗兰佐　夫人，您有什么吩咐，我无不乐于遵命。

鲍西娅　我的仆人们都已知道我的决心，他们会把您和杰西卡当作巴萨尼奥和我自己一样看待。后会有期，再见了。

罗兰佐　但愿美妙的思想和安乐的时光追随在您的身旁！

杰西卡　愿夫人一切如意！

鲍西娅　谢谢你们的好意，我也愿意用同样的愿望祝福你们。再见，杰西卡。（杰西卡、罗兰佐下）鲍尔萨泽，我一向知道你诚实可靠，希望你永远做一个诚实可靠的人。这一封信你给我火速送到帕度亚，交给我的表兄培拉里奥博士亲手收拆；要是他有什么回信和衣服交给你，你就赶快带着它们到码头上，乘公共渡船到威尼斯去。不要多说话，去吧；我会在威尼斯等你。

鲍尔萨泽　小姐，我尽快去就是了。（下。）

鲍西娅　来，尼莉莎，我现在还要干一些你没有知道的事情；我们要在我们的丈夫还没有想到我们之前去跟他们相会。

尼莉莎　我们要让他们看见我们吗？

鲍西娅　他们将会看见我们，尼莉莎，可是我们要打扮得叫他们认不出我们的本来面目。我可以拿无论什么东西跟你打赌，要是我们都扮成了少年男子，我一定比你漂亮点儿，带起刀子来也比你格外神气点儿；我会沙着喉咙讲话，就像一个正在发育的男孩子一样；我会把两个姗姗细步并成一个男人家的阔步；我会学着那些爱吹牛的哥儿们的样子，谈论一些击剑比武的玩意儿，再随口编造些巧妙的谎话，什么谁家的千金小姐爱上了我啦,我不接受她的好意,她害起病来死啦,我怎么心中不忍,后悔不该害了人家的性命啦,以及二十个诸如此类的无关紧要的谎话,人家听见了,一定以为我走出学校的门还不满一年。这些爱吹牛的娃娃们的鬼花样儿我有一千种在脑袋里,都可以搬出来应用。

尼莉莎　怎么,我们要扮成男人吗?

鲍西娅　为什么不?来,车子在林苑门口等着我们;我们上了车,我可以把我的整个计划一路告诉你。快去吧,今天我们要赶二十哩路呢。

　　（同下。）

第五场　同前。花园

　　　　朗斯洛特及杰西卡上。

朗斯洛特　真的,不骗您,父亲的罪恶是要子女承当的,所以我倒真的在替您捏着一把汗呢。我一向喜欢对您说老实话,所以现在我也老老实实把我心里所担忧的事情告诉您;您放心吧,我想您总免不了下地狱。只有一个希望也许可以帮帮您的忙,可是那也是个不大高妙的希望。

杰西卡　请问你,是什么希望呢?

朗斯洛特　嗯,您可以存着一半儿的希望,希望您不是您的父亲所生,不是这个犹太人的女儿。

杰西卡　这个希望可真的太不高妙啦;这样说来,我的母亲的罪恶又要降到我的身上来了。

朗斯洛特　那倒也是真的,您不是为您的父亲下地狱,就是为您的母亲下地狱;逃过了凶恶的礁石,逃不过危险的漩涡。好,您下地狱是下

　　定了。

杰西卡　我可以靠着我的丈夫得救;他已经使我变成一个基督徒了。

朗斯洛特　这就是他大大的不该。咱们本来已经有很多的基督徒,简直
　　快要挤都挤不下啦;要是再这样把基督徒一批一批制造出来,猪肉的
　　价钱一定会飞涨,大家吃起猪肉来,恐怕每人只好分到一片薄薄的咸
　　肉了。

杰西卡　朗斯洛特,你这样胡说八道,我一定要告诉我的丈夫。他来啦。

　　　　罗兰佐上。

罗兰佐　朗斯洛特,你要是再拉着我的妻子在壁角里说话,我真的要吃起
　　醋来了。

杰西卡　不,罗兰佐,你放心好了,我已经跟朗斯洛特翻脸啦。他老实不
　　客气地告诉我,上天不会对我发慈悲,因为我是一个犹太人的女儿;
　　他又说你不是国家的好公民,因为你把犹太人变成了基督徒,提高了
　　猪肉的价钱。

罗兰佐　要是政府向我质问起来,我自有话说。可是,朗斯洛特,你把那
　　黑人的女儿弄大了肚子,这该是什么罪名呢?

朗斯洛特　那个摩尔姑娘会失去理智,给人弄大肚子,固然是件严重的
　　事;可是如果她算不上是个规矩女人,那么我才是看错人啦。

罗兰佐　看,连傻瓜都会说起俏皮话来啦!照这样下去,连口才最好的才
　　子,也只好哑口无言了。到时候就只听见八哥在那儿咭咭呱呱出风
　　头!给我进去,小鬼,叫他们准备好开饭了。

朗斯洛特　先生,他们早已准备好了;他们都是有肚子的呢。

罗兰佐　老天爷,你的嘴真尖利!那么关照他们把饭菜准备起来。

朗斯洛特　饭和菜,他们也准备好了,大爷。您应当说:把饭菜端上来。

罗兰佐　那么就有劳尊驾吩咐下去:把饭菜端上来。

朗斯洛特　小的可没有这样大的气派,不敢这样使唤人啊。

罗兰佐　要怎样才能跟你讲得清楚!你可是打算把你的看家本领在今天一齐使出来?我求你啦——我是个老实人,不会跟你瞎扯。去对你那些同伴们说,桌子可以铺起来,饭菜可以端上来,我们要进来吃饭啦。

朗斯洛特　是,先生,我就去叫他们把饭菜铺起来,桌子端上来;至于您进不进来吃饭,那可悉随尊便。(下。)

罗兰佐　啊,看他心眼儿多么"尖巧",说话多么"合拍"!这个傻瓜,脑子里塞满了一大堆"动听的"字眼。我知道有好多傻瓜,地位比他高,跟他一样,"满腹锦绣",一件事扯到哪儿他不管,只是卖弄了再说。你好吗,杰西卡?亲爱的好人儿,现在告诉我,你对于巴萨尼奥的夫人有什么意见?

杰西卡　好到没有话说。巴萨尼奥大爷娶到这样一位好夫人,享尽了人世天堂的幸福,自然应该不会走上邪路了。要是有两个天神打赌,各自拿一个人间的女子做赌注,如其一个是鲍西娅,那么还有一个必须另外加上些什么,才可以彼此相抵,因为这一个寒伧的世界还不能产生一个跟她同样好的人来。

罗兰佐　他娶到了这么一个好妻子,你也嫁着了我这么一个好丈夫。

杰西卡　那可要先问问我的意见。

罗兰佐　可以可以,可是先让我们吃了饭再说。

杰西卡　不,让我趁着胃口没有倒之前,先把你恭维两句。

罗兰佐　不,你有话还是留到吃饭的时候说吧;那么不论你说得好说得坏,我都可以连着饭菜一起吞下去。

杰西卡　好,你且等着听我怎样说你吧。(同下。)

第 四 幕

第一场　威尼斯。法庭

　　　　公爵、众绅士、安东尼奥、巴萨尼奥、葛莱西安诺、萨拉里诺、萨莱尼奥
　　及余人等同上。

公　爵　安东尼奥有没有来？

安东尼奥　有，殿下。

公　爵　我很为你不快乐；你是来跟一个心如铁石的对手当庭质对，一个
　　　　不懂得怜悯、没有一丝慈悲心的不近人情的恶汉。

安东尼奥　听说殿下曾经用尽力量劝他不要过为已甚，可是他一味坚执，
　　　　不肯略作让步。既然没有合法的手段可以使我脱离他的怨毒的掌
　　　　握，我只有用默忍迎受他的愤怒，安心等待着他的残暴的处置。

公　爵　来人，传那犹太人到庭。

萨拉里诺　他在门口等着；他来了，殿下。

　　　　夏洛克上。

公　爵　大家让开些，让他站在我的面前。夏洛克，人家都以为——我也
　　　　是这样想——你不过故意装出一副凶恶的姿态，到了最后关头，就
　　　　会显出你的仁慈恻隐来，比你现在这种表面上的残酷更加出人意料；

现在你虽然坚持着照约处罚，一定要从这个不幸的商人身上割下一磅肉来，到了那时候，你不但愿意放弃这一种处罚，而且因为受到良心上的感动，说不定还会豁免他一部分的欠款。你看他最近接连遭逢的巨大损失，足以使无论怎样富有的商人倾家荡产，即使铁石一样的心肠，从来不知道人类同情的野蛮人，也不能不对他的境遇发生怜悯。犹太人，我们都在等候你一句温和的回答。

夏洛克　我的意思已经向殿下告禀过了；我也已经指着我们的圣安息日起誓，一定要照约执行处罚；要是殿下不准许我的请求，那就是蔑视宪章，我要到京城里去上告，要求撤销贵邦的特权。您要是问我为什么不愿接受三千块钱，宁愿拿一块腐烂的臭肉，那我可没有什么理由可以回答您，我只能说我欢喜这样，这是不是一个回答？要是我的屋子里有了耗子，我高兴出一万块钱叫人把它们赶掉，谁管得了我？这不是回答了您吗？有的人不爱看张开嘴的猪，有的人瞧见一头猫就要发脾气，还有人听见人家吹风笛的声音，就忍不住要小便；因为一个人的感情完全受着喜恶的支配，谁也做不了自己的主。现在我就这样回答您：为什么有人受不住一头张开嘴的猪，有人受不住一头有益无害的猫，还有人受不住咿咿唔唔的风笛的声音，这些都是毫无充分的理由的，只是因为天生的癖性，使他们一受到刺激，就会情不自禁地现出丑相来；所以我不能举什么理由，也不愿举什么理由，除了因为我对于安东尼奥抱着久积的仇恨和深刻的反感，所以才会向他进行这一场对于我自己并没有好处的诉讼。现在您不是已经得到我的回答了吗？

巴萨尼奥　你这冷酷无情的家伙，这样的回答可不能作为你的残忍的辩解。

夏洛克　我的回答本来不是为了讨你的欢喜。

巴萨尼奥　难道人们对于他们所不喜欢的东西，都一定要置之死地吗？

夏洛克　哪一个人会恨他所不愿意杀死的东西？

巴萨尼奥　初次的冒犯，不应该就引为仇恨。

夏洛克　什么！你愿意给毒蛇咬两次吗？

安东尼奥　请你想一想，你现在跟这个犹太人讲理，就像站在海滩上，叫那大海的怒涛减低它的奔腾的威力，责问豺狼为什么害母羊为了失去它的羔羊而哀啼，或是叫那山上的松柏，在受到天风吹拂的时候，不要摇头摆脑，发出谡谡的声音。要是你能够叫这个犹太人的心变软——世上还有什么东西比它更硬呢？——那么还有什么难事不可以做到？所以我请你不用再跟他商量什么条件，也不用替我想什么办法，让我爽爽快快受到判决，满足这犹太人的心愿吧。

巴萨尼奥　借了你三千块钱，现在拿六千块钱还你好不好？

夏洛克　即使这六千块钱中间的每一块钱都可以分做六份，每一份都可以变成一块钱，我也不要它们；我只要照约处罚。

公　爵　你这样一点没有慈悲之心，将来怎么能够希望人家对你慈悲呢？

夏洛克　我又不干错事，怕什么刑罚？你们买了许多奴隶，把他们当作驴狗骡马一样看待，叫他们做种种卑贱的工作，因为他们是你们出钱买来的。我可不可以对你们说，让他们自由，叫他们跟你们的子女结婚？为什么他们要在重担之下流着血汗？让他们的床铺得跟你们的床同样柔软，让他们的舌头也尝尝你们所吃的东西吧，你们会回答说：“这些奴隶是我们所有的。”所以我也可以回答你们：我向他要求的这一磅肉，是我出了很大的代价买来的；它是属于我的，我一定要把它拿到手里。您要是拒绝了我，那么你们的法律去见鬼吧！威尼斯城的法令等于一纸空文。我现在等候着判决，请快些回答我，我可不可以拿到这一磅肉？

公　爵　我已经差人去请培拉里奥，一位有学问的博士，来替我们审判这
　　　　件案子；要是他今天不来，我可以有权宣布延期判决。

萨拉里诺　殿下，外面有一个使者刚从帕度亚来，带着这位博士的书信，
　　　　等候着殿下的召唤。

公　爵　把信拿来给我；叫那使者进来。

巴萨尼奥　高兴起来吧，安东尼奥！喂，老兄，不要灰心！这犹太人可以
　　　　把我的肉、我的血、我的骨头、我的一切都拿去，可是我决不让你为了
　　　　我的缘故流一滴血。

安东尼奥　我是羊群里一头不中用的病羊，死是我的应分；最软弱的果子
　　　　最先落到地上，让我也就这样结束了我的一生吧。巴萨尼奥，我只要
　　　　你活下去，将来替我写一篇墓志铭，那你就是做了再好不过的事。

　　　　尼莉莎扮律师书记上。

公　爵　你是从帕度亚培拉里奥那里来的吗？

尼莉莎　是，殿下。培拉里奥叫我向殿下致意。（呈上一信。）

巴萨尼奥　你这样使劲儿磨着刀干吗？

夏洛克　从那破产的家伙身上割下那磅肉来。

葛莱西安诺　狠心的犹太人，你不是在鞋口上磨刀，你这把刀是放在你的
　　　　心口上磨；无论哪种铁器，就连刽子手的钢刀，都赶不上你这刻毒的
　　　　心肠一半的锋利。难道什么恳求都不能打动你吗？

夏洛克　不能，无论你说得多么婉转动听，都没有用。

葛莱西安诺　万恶不赦的狗，看你死后不下地狱！让你这种东西活在世
　　　　上，真是公道不生眼睛。你简直使我的信仰发生摇动，相信起毕达哥
　　　　拉斯①所说畜生的灵魂可以转生人体的议论来了；你的前生一定是

---

①　毕达哥拉斯（Pythagoras）为主张灵魂轮回说的古希腊哲学家。

一头豺狼,因为吃了人给人捉住吊死,它那凶恶的灵魂就从绞架上逃了出来,钻进了你那老娘的腌臜的胎里,因为你的性情正像豺狼一样残暴贪婪。

夏洛克　除非你能够把我这一张契约上的印章骂掉,否则像你这样拉开了喉咙直嚷,不过白白伤了你的肺,何苦来呢? 好兄弟,我劝你还是让你的脑子休息一下吧,免得它损坏了,将来无法收拾。我在这儿要求法律的裁判。

公　爵　培拉里奥在这封信上介绍一位年轻有学问的博士出席我们的法庭。他在什么地方?

尼莉莎　他就在这儿附近等着您的答复,不知道殿下准不准许他进来?

公　爵　非常欢迎。来,你们去三四个人,恭恭敬敬领他到这儿来。现在让我们把培拉里奥的来信当庭宣读。

书　记　(读)"尊翰到时,鄙人抱疾方剧;适有一青年博士鲍尔萨泽君自罗马来此,致其慰问,因与详讨犹太人与安东尼奥一案,遍稽群籍,折衷是非,遂恳其为鄙人庖代,以应殿下之召。凡鄙人对此案所具意见,此君已深悉无遗;其学问才识,虽穷极赞辞,亦不足道其万一,务希勿以其年少而忽之,盖如此少年老成之士,实鄙人生平所仅见也。倘蒙延纳,必能不辱使命。敬祈钧裁。"

公　爵　你们已经听到了博学的培拉里奥的来信。这儿来的大概就是那位博士了。

　　　　　鲍西娅扮律师上。

公　爵　把您的手给我。足下是从培拉里奥老前辈那儿来的吗?

鲍西娅　正是,殿下。

公　爵　欢迎欢迎;请上坐。您有没有明了今天我们在这儿审理的这件案子的两方面的争点?

鲍西娅　我对于这件案子的详细情形已经完全知道了。这儿哪一个是那
　　　　商人，哪一个是犹太人？

公　爵　安东尼奥，夏洛克，你们两人都上来。

鲍西娅　你的名字就叫夏洛克吗？

夏洛克　夏洛克是我的名字。

鲍西娅　你这场官司打得倒也奇怪，可是按照威尼斯的法律，你的控诉是
　　　　可以成立的。（向安东尼奥）你的生死现在操在他的手里，是不是？

安东尼奥　他是这样说的。

鲍西娅　你承认这借约吗？

安东尼奥　我承认。

鲍西娅　那么犹太人应该慈悲一点。

夏洛克　为什么我应该慈悲一点？把您的理由告诉我。

鲍西娅　慈悲不是出于勉强，它是像甘霖一样从天上降下尘世；它不但给
　　　　幸福于受施的人，也同样给幸福于施与的人；它有超乎一切的无上威
　　　　力，比皇冠更足以显出一个帝王的高贵：御杖不过象征着俗世的威
　　　　权，使人民对于君上的尊严凛然生畏；慈悲的力量却高出于权力之
　　　　上，它深藏在帝王的内心，是一种属于上帝的德性，执法的人倘能把
　　　　慈悲调剂着公道，人间的权力就和上帝的神力没有差别。所以，犹太
　　　　人，虽然你所要求的是公道，可是请你想一想，要是真的按照公道执
　　　　行起赏罚来，谁也没有死后得救的希望；我们既然祈祷着上帝的慈
　　　　悲，就应该按照祈祷的指点，自己做一些慈悲的事。我说了这一番
　　　　话，为的是希望你能够从你的法律的立场上作几分让步；可是如果你
　　　　坚持着原来的要求，那么威尼斯的法庭是执法无私的，只好把那商人
　　　　宣判定罪了。

夏洛克　我自己做的事，我自己当！我只要求法律允许我照约执行处罚。

鲍西娅　他是不是无力偿还这笔借款?

巴萨尼奥　不,我愿意替他当庭还清;照原数加倍也可以;要是这样他还不满足,那么我愿意签署契约,还他十倍的数目,拿我的手、我的头、我的心做抵押;要是这样还不能使他满足,那就是存心害人,不顾天理了。请堂上运用权力,把法律稍为变通一下,犯一次小小的错误,干一件大大的功德,别让这个残忍的恶魔逞他杀人的兽欲。

鲍西娅　那可不行,在威尼斯谁也没有权力变更既成的法律;要是开了这一个恶例,以后谁都可以借口有例可援,什么坏事情都可以干了。这是不行的。

夏洛克　一个但尼尔①来做法官了! 真的是但尼尔再世! 聪明的青年法官啊,我真佩服你!

鲍西娅　请你让我瞧一瞧那借约。

夏洛克　在这儿,可尊敬的博士;请看吧。

鲍西娅　夏洛克,他们愿意出三倍的钱还你呢。

夏洛克　不行,不行,我已经对天发过誓啦,难道我可以让我的灵魂背上毁誓的罪名吗? 不,把整个儿的威尼斯给我,我都不能答应。

鲍西娅　好,那么就应该照约处罚;根据法律,这犹太人有权要求从这商人的胸口割下一磅肉来。还是慈悲一点,把三倍原数的钱拿去,让我撕了这张约吧。

夏洛克　等他按照约中所载条款受罚以后,再撕不迟。您瞧上去像是一个很好的法官;您懂得法律,您讲的话也很有道理,不愧是法律界的中流砥柱,所以现在我就用法律的名义,请您立刻进行宣判,凭着我的灵魂起誓,谁也不能用他的口舌改变我的决心。我现在但等着执

---

①　但尼尔(Daniel),以色列人的著名士师,以善于折狱称。

行原约。

安东尼奥　我也诚心请求堂上从速宣判。

鲍西娅　好，那么就是这样：你必须准备让他的刀子刺进你的胸膛。

夏洛克　啊，尊严的法官！好一位优秀的青年！

鲍西娅　因为这约上所订定的惩罚，对于法律条文的涵义并无抵触。

夏洛克　很对很对！啊，聪明正直的法官！想不到你瞧上去这样年轻，见识却这么老练！

鲍西娅　所以你应该把你的胸膛袒露出来。

夏洛克　对了，"他的胸部"，约上是这么说的；——不是吗，尊严的法官？——"附近心口的所在"，约上写得明明白白的。

鲍西娅　不错，称肉的天平有没有预备好？

夏洛克　我已经带来了。

鲍西娅　夏洛克，去请一位外科医生来替他堵住伤口，费用归你负担，免得他流血而死。

夏洛克　约上有这样的规定吗？

鲍西娅　约上并没有这样的规定；可是那又有什么相干呢？肯做一件好事总是好的。

夏洛克　我找不到；约上没有这一条。

鲍西娅　商人，你还有什么话说吗？

安东尼奥　我没有多少话要说；我已经准备好了。把你的手给我，巴萨尼奥，再会吧！不要因为我为了你的缘故遭到这种结局而悲伤，因为命运对我已经特别照顾了：她往往让一个不幸的人在家产荡尽以后继续活下去，用他凹陷的眼睛和满是皱纹的额角去挨受贫困的暮年；这一种拖延时日的刑罚，她已经把我豁免了。替我向尊夫人致意，告诉她安东尼奥的结局；对她说我怎样爱你，又怎样从容就死；等到你把这一段故事讲完以后,再请她判断一句,巴萨尼奥是不是曾经有过一个真心爱他的朋友。不要因为你将要失去一个朋友而懊恨,替你还债的人是死而无怨的;只要那犹太人的刀刺得深一点,我就可以在一刹那的时间把那笔债完全还清。

巴萨尼奥　安东尼奥,我爱我的妻子,就像我自己的生命一样;可是我的生命、我的妻子以及整个的世界,在我的眼中都不比你的生命更为贵重;我愿意丧失一切,把它们献给这恶魔做牺牲,来救出你的生命。

鲍西娅　尊夫人要是就在这儿听见您说这样话,恐怕不见得会感谢您吧。

葛莱西安诺　我有一个妻子,我可以发誓我是爱她的;可是我希望她马上归天,好去求告上帝改变这恶狗一样的犹太人的心。

尼莉莎　幸亏尊驾在她的背后说这样的话,否则府上一定要吵得鸡犬不宁了。

夏洛克　这些便是相信基督教的丈夫!我有一个女儿,我宁愿她嫁给强盗的子孙,不愿她嫁给一个基督徒,别再浪费光阴了;请快些儿宣判吧。

鲍西娅　那商人身上的一磅肉是你的;法庭判给你,法律许可你。

夏洛克　公平正直的法官!

鲍西娅　你必须从他的胸前割下这磅肉来;法律许可你,法庭判给你。

夏洛克　博学多才的法官!判得好!来,预备!

鲍西娅　且慢,还有别的话哩。这约上并没有允许你取他的一滴血,只是写明着"一磅肉";所以你可以照约拿一磅肉去,可是在割肉的时候,要是流下一滴基督徒的血,你的土地财产,按照威尼斯的法律,就要全部充公。

葛莱西安诺　啊,公平正直的法官!听着,犹太人;啊,博学多才的法官!

夏洛克　法律上是这样说吗?

鲍西娅　你自己可以去查查明白。既然你要求公道，我就给你公道，而且比你所要求的更地道。

葛莱西安诺　啊，博学多才的法官！听着，犹太人；好一个博学多才的法官！

夏洛克　那么我愿意接受还款；照约上的数目三倍还我，放了那基督徒。

巴萨尼奥　钱在这儿。

鲍西娅　别忙！这犹太人必须得到绝对的公道。别忙！他除了照约处罚以外，不能接受其他的赔偿。

葛莱西安诺　啊，犹太人！一个公平正直的法官，一个博学多才的法官！

鲍西娅　所以你准备着动手割肉吧。不准流一滴血，也不准割得超过或是不足一磅的重量；要是你割下来的肉，比一磅略微轻一点或是重一点，即使相差只有一丝一毫，或者仅仅一根汗毛之微，就要把你抵命，你的财产全部充公。

葛莱西安诺　一个再世的但尼尔，一个但尼尔，犹太人！现在你可掉在我的手里了，你这异教徒！

鲍西娅　那犹太人为什么还不动手？

夏洛克　把我的本钱还我，放我去吧。

巴萨尼奥　钱我已经预备好在这儿，你拿去吧。

鲍西娅　他已经当庭拒绝过了；我们现在只能给他公道，让他履行原约。

葛莱西安诺　好一个但尼尔，一个再世的但尼尔！谢谢你，犹太人，你教会我说这句话。

夏洛克　难道我单单拿回我的本钱都不成吗？

鲍西娅　犹太人，除了冒着你自己生命的危险割下那一磅肉以外，你不能拿一个钱。

夏洛克　好，那么魔鬼保佑他去享用吧！我不打这场官司了。

鲍西娅　等一等，犹太人，法律上还有一点牵涉你。威尼斯的法律规定：
　　　　凡是一个异邦人企图用直接或间接手段，谋害任何公民，查明确有实
　　　　据者，他的财产的半数应当归受害的一方所有，其余的半数没入公
　　　　库，犯罪者的生命悉听公爵处置，他人不得过问。你现在刚巧陷入这
　　　　一条法网，因为根据事实的发展，已经足以证明你确有运用直接间接
　　　　手段，危害被告生命的企图，所以你已经遭逢着我刚才所说起的那种
　　　　危险了。快快跪下来，请公爵开恩吧。

葛莱西安诺　求公爵开恩，让你自己去寻死吧；可是你的财产现在充了
　　　　公，一根绳子也买不起啦，所以还是要让公家破费把你吊死。

公　　爵　让你瞧瞧我们基督徒的精神，你虽然没有向我开口，我自动饶恕
　　　　了你的死罪。你的财产一半划归安东尼奥，还有一半没入公库；要是
　　　　你能够诚心悔过，也许还可以减处你一笔较轻的罚款。

鲍西娅　这是说没入公库的一部分，不是说划归安东尼奥的一部分。

夏洛克　不，把我的生命连着财产一起拿了去吧，我不要你们的宽恕。你
　　　　们拿掉了支撑房子的柱子，就是拆了我的房子；你们夺去了我的养家
　　　　活命的根本，就是活活要了我的命。

鲍西娅　安东尼奥，你能不能够给他一点慈悲？

葛莱西安诺　白送给他一根上吊的绳子吧；看在上帝的面上，不要给他别
　　　　的东西！

安东尼奥　要是殿下和堂上愿意从宽发落，免予没收他的财产的一半，我
　　　　就十分满足了；只要他能够让我接管他的另外一半的财产，等他死了
　　　　以后，把它交给最近和他的女儿私奔的那位绅士；可是还要有两个附
　　　　带的条件：第一，他接受了这样的恩典，必须立刻改信基督教；第二，
　　　　他必须当庭写下一张文契，声明他死了以后，他的全部财产传给他的
　　　　女婿罗兰佐和他的女儿。

公　爵　他必须履行这两个条件，否则我就撤销刚才所宣布的赦令。

鲍西娅　犹太人，你满意吗？你有什么话说？

夏洛克　我满意。

鲍西娅　书记，写下一张授赠产业的文契。

夏洛克　请你们允许我退庭，我身子不大舒服。文契写好了送到我家里，我在上面签名就是了。

公　爵　去吧，可是临时变卦是不成的。

葛莱西安诺　你在受洗礼的时候，可以有两个教父；要是我做了法官，我一定给你请十二个教父①，不是领你去受洗，是送你上绞架。（夏洛克下。）

公　爵　先生，我想请您到舍间去用餐。

鲍西娅　请殿下多多原谅，我今天晚上要回帕度亚去，必须现在就动身，恕不奉陪了。

公　爵　您这样贵忙，不能容我略尽寸心，真是抱歉得很。安东尼奥，谢谢这位先生，你这回全亏了他。（公爵、众士绅及侍从等下。）

巴萨尼奥　最可尊敬的先生，我跟我这位敝友今天多赖您的智慧，免去了一场无妄之灾；为了表示我们的敬意，这三千块钱本来是预备还那犹太人的，现在就奉送给先生，聊以报答您的辛苦。

安东尼奥　您的大恩大德，我们是永远不忘记的。

鲍西娅　一个人做了心安理得的事，就是得到了最大的酬报；我这次帮两位的忙，总算没有失败，已经引为十分满足，用不着再谈什么酬谢了。但愿咱们下次见面的时候，两位仍旧认识我。现在我就此告辞了。

巴萨尼奥　好先生，我不能不再向您提出一个请求，请您随便从我们身上拿些什么东西去，不算是酬谢，只算是留个纪念。请您答应我两件事

---

①　当时法庭审判罪犯，由十二人组成陪审团。

儿:既不要推却,还要原谅我的要求。

鲍西娅　你们这样殷勤,倒叫我却之不恭了。(向安东尼奥)把您的手套送
　　　给我,让我戴在手上留个纪念吧;(向巴萨尼奥)为了纪念您的盛情,让
　　　我拿了这戒指去。不要缩回您的手,我不再向您要什么了;您既然是
　　　一片诚意,想来总也不会拒绝我吧。

巴萨尼奥　这指环吗,好先生?唉!它是个不值钱的玩意儿;我不好意思
　　　把这东西送给您。

鲍西娅　我什么都不要,就是要这指环;现在我想我非把它要来不可了。

巴萨尼奥　这指环的本身并没有什么价值,可是因为有其他的关系,我不
　　　能把它送人。我愿意搜访威尼斯最贵重的一枚指环来送给您,可是
　　　这一枚却只好请您原谅了。

鲍西娅　先生,您原来是个口头上慷慨的人;您先教我怎样伸手求讨,然
　　　后再教我懂得了一个叫化子会得到怎样的回答。

巴萨尼奥　好先生,这指环是我的妻子给我的;她把它套上我的手指的时
　　　候,曾经叫我发誓永远不把它出卖、送人或是遗失。

鲍西娅　人们在吝惜他们的礼物的时候,都可以用这样的话做推托的。
　　　要是尊夫人不是一个疯婆子,她知道了我对于这指环是多么受之无
　　　愧,一定不会因为您把它送掉了而跟您长久反目的。好,愿你们平
　　　安!(鲍西娅、尼莉莎同下。)

安东尼奥　我的巴萨尼奥少爷,让他把那指环拿去吧;看在他的功劳和我
　　　的交情分上,违犯一次尊夫人的命令,想来不会有什么要紧。

巴萨尼奥　葛莱西安诺,你快追上他们,把这指环送给他;要是可能的话,
　　　领他到安东尼奥的家里去。去,赶快!(葛莱西安诺下)来,我就陪着
　　　你到你府上;明天一早咱们两人就飞到贝尔蒙特去。来,安东尼奥。
　　　(同下。)

第二场　同前。街道

　　　　鲍西娅及尼莉莎上。

鲍西娅　打听打听这犹太人住在什么地方,把这文契交给他,叫他签了字。我们要比我们的丈夫先一天到家,所以一定得在今天晚上动身。罗兰佐拿到了这一张文契,一定高兴得不得了。

　　　　葛莱西安诺上。

葛莱西安诺　好先生,我好容易追上了您。我家大爷巴萨尼奥再三考虑之下,决定叫我把这指环拿来送给您,还要请您赏光陪他吃一顿饭。

鲍西娅　那可没法应命;他的指环我受下了,请你替我谢谢他。我还要请你给我这小兄弟带路到夏洛克老头儿的家里。

葛莱西安诺　可以可以。

尼莉莎　大哥,我要向您说句话儿。(向鲍西娅旁白)我要试一试我能不能把我丈夫的指环拿下来。我曾经叫他发誓永远不离手。

鲍西娅　你一定能够。我们回家以后,一定可以听听他们指天誓日,说他们是把指环送给男人的;可是我们要压倒他们,比他们发更厉害的誓。你快去吧,你知道我会在什么地方等你。

尼莉莎　来,大哥,请您给我带路。(各下。)

第 五 幕

第一场　贝尔蒙特。通至鲍西娅
　　　　　住宅的林荫路

罗兰佐及杰西卡上。

罗兰佐　好皎洁的月色！微风轻轻地吻着树枝,不发出一点声响;我想正
　　　是在这样一个夜里,特洛伊罗斯登上了特洛亚的城墙,遥望着克瑞西
　　　达所寄身的希腊人的营幕,发出他的深心中的悲叹。

杰西卡　正是在这样一个夜里,提斯柏心惊胆战地踩着露水,去赴她情人
　　　的约会,因为看见了一头狮子的影子,吓得远远逃走。

罗兰佐　正是在这样一个夜里,狄多手里执着柳枝,站在辽阔的海滨,招
　　　她的爱人回到迦太基来。

杰西卡　正是在这样一个夜里,美狄亚采集了灵芝仙草,使衰迈的埃宋返
　　　老还童。①

罗兰佐　正是在这样一个夜里,杰西卡从犹太富翁的家里逃了出来,跟着

---

① 埃宋(Aeson)即伊阿宋之父,得伊阿宋的妻子美狄亚(Medea)之灵药而返老还童。
　　故事见奥维德《变形记》第七章。

一个不中用的情郎从威尼斯一直走到贝尔蒙特。

杰西卡　正是在这样一个夜里,年轻的罗兰佐发誓说他爱她,用许多忠诚的盟言偷去了她的灵魂,可是没有一句话是真的。

罗兰佐　正是在这样一个夜里,可爱的杰西卡像一个小泼妇似的,信口毁谤她的情人,可是他饶恕了她。

杰西卡　倘不是有人来了,我可以搬弄出比你所知道的更多的夜的典故来。可是听! 这不是一个人的脚步声吗?

　　　　斯丹法诺上。

罗兰佐　谁在这静悄悄的深夜里跑得这么快?

斯丹法诺　一个朋友。

罗兰佐　一个朋友! 什么朋友? 请问朋友尊姓大名?

斯丹法诺　我的名字是斯丹法诺,我来向你们报个信,我家女主人在天明以前,就要到贝尔蒙特来了;她一路上看见圣十字架,便停步下来,长跪祷告,祈求着婚姻的美满。

罗兰佐　谁陪她一起来?

斯丹法诺　没有什么人,只是一个修道的隐士和她的侍女。请问我家主人有没有回来?

罗兰佐　他没有回来,我们也没有听到他的消息。可是,杰西卡,我们进去吧;让我们按照着礼节,准备一些欢迎这屋子的女主人的仪式。

　　　　朗斯洛特上。

朗斯洛特　索拉! 索拉! 哦哈呵! 索拉! 索拉!

罗兰佐　谁在那儿嚷?

朗斯洛特　索拉! 你看见罗兰佐大爷吗? 罗兰佐大爷! 索拉! 索拉!

罗兰佐　别嚷啦,朋友;他就在这儿。

朗斯洛特　索拉! 哪儿? 哪儿?

罗兰佐　这儿。

朗斯洛特　对他说我家主人差一个人带了许多好消息来了；他在天明以前就要回家来啦。（下。）

罗兰佐　亲爱的，我们进去，等着他们回来吧。不，还是不用进去。我的朋友斯丹法诺，请你进去通知家里的人，你们的女主人就要来啦，叫他们准备好乐器到门外来迎接。（斯丹法诺下）月光多么恬静地睡在山坡上！我们就在这儿坐下来，让音乐的声音悄悄送进我们的耳边；柔和的静寂和夜色，是最足以衬托出音乐的甜美的。坐下来，杰西卡。瞧，天宇中嵌满了多少灿烂的金钹；你所看见的每一颗微小的天体，在转动的时候都会发出天使般的歌声，永远应着嫩眼的天婴的妙唱。在永生的灵魂里也有这一种音乐，可是当它套上这一具泥土制成的俗恶易朽的皮囊以后，我们便再也听不见了。

　　　　　众乐工上。

罗兰佐　来啊！奏起一支圣歌来唤醒狄安娜女神；用最温柔的节奏倾注到你们女主人的耳中，让她被乐声吸引着回来。（音乐。）

杰西卡　我听见了柔和的音乐，总觉得有些惆怅。

罗兰佐　这是因为你有一个敏感的灵魂。你只要看一群不服管束的畜生，或是那野性未驯的小马，逞着它们奔放的血气，乱跳狂奔，高声嘶叫，倘然偶尔听到一声喇叭，或是任何乐调，就会一齐立定，它们狂野的眼光，因为中了音乐的魅力，变成温和的注视。所以诗人会造出俄耳甫斯用音乐感动木石、平息风浪的故事，因为无论怎样坚硬顽固狂暴的事物，音乐都可以立刻改变它们的性质；灵魂里没有音乐，或是听了甜蜜和谐的乐声而不会感动的人，都是擅于为非作恶、使奸弄诈的；他们的灵魂像黑夜一样昏沉，他们的感情像鬼域一样幽暗；这种人是不可信任的。听这音乐！

鲍西娅及尼莉莎自远处上。

鲍西娅 那灯光是从我家里发出来的。一枝小小的蜡烛，它的光照耀得多么远！一件善事也正像这枝蜡烛一样，在这罪恶的世界上发出广大的光辉。

尼莉莎 月光明亮的时候，我们就瞧不见灯光。

鲍西娅 小小的荣耀也正是这样给更大的光荣所掩。国王出巡的时候摄政的威权未尝不就像一个君主，可是一到国王回来，他的威权就归于乌有，正像溪涧中的细流注入大海一样。音乐！听！

尼莉莎 小姐，这是我们家里的音乐。

鲍西娅 没有比较，就显不出长处；我觉得它比在白天好听得多哪。

尼莉莎 小姐，那是因为晚上比白天静寂的缘故。

鲍西娅 如果没有人欣赏，乌鸦的歌声也就和云雀一样；要是夜莺在白天杂在群鹅的聒噪里歌唱，人家决不以为它比鹪鹩唱得更美。多少事情因为逢到有利的环境，才能够达到尽善的境界，博得一声恰当的赞赏！喂，静下来！月亮正在拥着她的情郎酣睡，不肯就醒来呢。（音乐停止。）

罗兰佐 要是我没有听错，这分明是鲍西娅的声音。

鲍西娅 我的声音太难听，所以一下子就给他听出来了，正像瞎子能够辨认杜鹃一样。

罗兰佐 好夫人，欢迎您回家来！

鲍西娅 我们在外边为我们的丈夫祈祷平安，希望他们能够因我们的祈祷而多福。他们已经回来了吗？

罗兰佐 夫人，他们还没有来；可是刚才有人来送过信，说他们就要来了。

鲍西娅 进去，尼莉莎，吩咐我的仆人们，叫他们就当我们两人没有出去过一样；罗兰佐，您也给我保守秘密；杰西卡，您也不要多说。（喇叭声。)

罗兰佐　您的丈夫来啦，我听见他的喇叭的声音。我们不是搬嘴弄舌的
　　　　人，夫人，您放心好了。

鲍西娅　这样的夜色就像一个昏沉的白昼，不过略微惨淡点儿；没有太阳
　　　　的白天，瞧上去也不过如此。

　　　　　巴萨尼奥、安东尼奥、葛莱西安诺及侍从等上。

巴萨尼奥　要是您在没有太阳的地方走路，我们就可以和地球那一面的
　　　　人共同享有着白昼。

鲍西娅　让我发出光辉，可是不要让我像光一样轻浮；因为一个轻浮的妻
　　　　子，是会使丈夫的心头沉重的，我决不愿意巴萨尼奥为了我而心头沉
　　　　重。可是一切都是上帝做主！欢迎您回家来，夫君！

巴萨尼奥　谢谢您，夫人。请您欢迎我这位朋友；这就是安东尼奥，我曾
　　　　经受过他无穷的恩惠。

鲍西娅　他的确使您受惠无穷，因为我听说您曾经使他受累无穷呢。

安东尼奥　没有什么，现在一切都已经圆满解决了。

鲍西娅　先生，我们非常欢迎您的光临；可是口头的空言不能表示诚意，
　　　　所以一切客套的话，我都不说了。

葛莱西安诺　（向尼莉莎）我凭着那边的月亮起誓，你冤枉了我；我真的把
　　　　它送给了那法官的书记。好人，你既然把这件事情看得这么重，那么
　　　　我但愿拿了去的人是个割掉了鸡巴的。

鲍西娅　啊！已经在吵架了吗？为了什么事？

葛莱西安诺　为了一个金圈圈儿，她给我的一个不值钱的指环，上面刻着
　　　　的诗句，就跟那些刀匠们刻在刀子上的差不多，什么"爱我毋相弃"。

尼莉莎　你管它什么诗句，什么值钱不值钱？我当初给你的时候，你曾经
　　　　向我发誓，说你要戴着它直到死去，死了就跟你一起葬在坟墓里；即

使不为我,为了你所发的重誓,你也应该把它看重,好好儿地保存着。送给一个法官的书记!呸!上帝可以替我判断,拿了这指环去的那个书记,一定是个脸上永远不会出毛的。

葛莱西安诺　他年纪长大起来,自然会出胡子的。

尼莉莎　一个女人也会长成男子吗?

葛莱西安诺　我举手起誓,我的确把它送给一个少年人,一个年纪小小、发育不全的孩子;他的个儿并不比你高,这个法官的书记。他是个多话的孩子,一定要我把这指环给他做酬劳,我实在不好意思不给他。

鲍西娅　恕我说句不客气的话,这是你的不对;你怎么可以把你妻子的第一件礼物随随便便给了人?你已经发过誓把它套在你的手指上,它就是你身体上不可分的一部分。我也曾经送给我的爱人一个指环,使他发誓永不把它抛弃;他现在就在这儿,我敢代他发誓,即使把世间所有的财富向他交换,他也不肯丢掉它或是把它从他的手指上取下来的。真的,葛莱西安诺,你太对不起你的妻子了;倘然是我的话,我早就发起脾气来啦。

巴萨尼奥　(旁白)嗳哟,我应该把我的左手砍掉了,那就可以发誓说,因为强盗要我的指环,我不肯给他,所以连手都给砍下来了。

葛莱西安诺　巴萨尼奥大爷也把他的指环给那法官了,因为那法官一定要向他讨那指环;其实他就是拿了指环去,也一点不算过分。那个孩子、那法官的书记,因为写了几个字,也就讨了我的指环去做酬劳。他们主仆两人什么都不要,就是要这两个指环。

鲍西娅　我的爷,您把什么指环送了人哪?我想不会是我给您的那一个吧?

巴萨尼奥　要是我可以用说谎来加重我的过失,那么我会否认的;可是您瞧我的手指上已没有指环;它已经没有了。

鲍西娅　正像您的虚伪的心里没有一丝真情一样。我对天发誓,除非等
　　　我见了这指环,我再也不跟您同床共枕。

尼莉莎　要是我看不见我的指环,我也再不跟你同床共枕。

巴萨尼奥　亲爱的鲍西娅,要是您知道我把这指环送给什么人,要是您知
　　　道我为了谁的缘故把这指环送人,要是您能够想到为了什么理由我
　　　把这指环送人,我又是多么舍不下这个指环,可是人家偏偏什么也不
　　　要,一定要这个指环,那时候您就不会生这么大的气了。

鲍西娅　要是您知道这指环的价值,或是识得了把这指环给您的那人的
　　　一半好处,或是懂得了您自己保存着这指环的光荣,您就不会把这指
　　　环抛弃。只要你肯稍微用诚恳的话向他解释几句,世上哪有这样不
　　　讲理的人,会好意思硬要人家留作纪念的东西?尼莉莎讲的话一点
　　　不错,我可以用我的生命赌咒,一定是什么女人把这指环拿去了。

巴萨尼奥　不,夫人,我用我的名誉、我的灵魂起誓,并不是什么女人拿
　　　去的,的确是送给那位法学博士的;他不接受我送给他的三千块钱,一
　　　定要讨这指环,我不答应,他就老大不高兴地去了。就是他救了我的
　　　好朋友的性命;我应该怎么说呢,好太太?我没有法子,只好叫人追
　　　上去送给他;人情和礼貌逼着我这样做,我不能让我的名誉沾上忘恩
　　　负义的污点。原谅我,好夫人;凭着天上的明灯起誓,要是那时候您
　　　也在那儿,我想您一定会恳求我把这指环送给这位贤能的博士的。

鲍西娅　让那博士再也不要走近我的屋子。他既然拿去了我所珍爱的宝
　　　物,又是您所发誓永远为我保存的东西,那么我也会像您一样慷慨;
　　　我会把我所有的一切都给他,即使他要我的身体,或是我的丈夫的眠
　　　床,我都不会拒绝他。我总有一天会认识他的,那是我完全有把握
　　　的;您还是一夜也不要离开家里,像个百眼怪物那样看守着我吧;否
　　　则我可以凭着我的尚未失去的贞操起誓,要是您让我一个人在家里,

我一定要跟这个博士睡在一床的。

尼莉莎 我也要跟他的书记睡在一床；所以你还是留心不要走开我的身边。

葛莱西安诺 好，随你的便，只要不让我碰到他；要是他给我捉住了，我就折断这个少年书记的那枝笔。

安东尼奥 都是我的不是，引出你们这一场吵闹。

鲍西娅 先生，这跟您没有关系；您来我们是很欢迎的。

巴萨尼奥 鲍西娅，饶恕我这一次出于不得已的错误，当着这许多朋友们的面前，我向您发誓，凭着您这一双美丽的眼睛，在它们里面我可以看见我自己——

鲍西娅 你们听他的话！我的左眼里也有一个他，我的右眼里也有一个他；您用您的两重人格发誓，我还能够相信您吗？

巴萨尼奥 不，听我说。原谅我这一次错误，凭着我的灵魂起誓，我以后再不违背对您发出的誓言。

安东尼奥 我曾经为了他的幸福，把我自己的身体向人抵押，倘不是幸亏那个把您丈夫的指环拿去的人，几乎送了性命；现在我敢再立一张契约，把我的灵魂作为担保，保证您的丈夫决不会再有故意背信的行为。

鲍西娅 那么就请您做他的保证人，把这个给他，叫他比上回那一个保存得牢一些。

安东尼奥 拿着，巴萨尼奥；请您发誓永远保存这一个指环。

巴萨尼奥 天哪！这就是我给那博士的那一个！

鲍西娅 我就是从他手里拿来的。原谅我，巴萨尼奥，因为凭着这个指环，那博士已经跟我睡过觉了。

尼莉莎 原谅我，我的好葛莱西安诺；就是那个发育不全的孩子，那个博士的书记，因为我问他讨这个指环，昨天晚上已经跟我睡在一起了。

葛莱西安诺　嗳哟,这就像是在夏天把铺得好好的道路重新翻造。嘿!我们就这样冤冤枉枉地做起忘八来了吗?

鲍西娅　不要说得那么难听。你们大家都有点莫名其妙;这儿有一封信,拿去慢慢地念吧,它是培拉里奥从帕度亚寄来的,你们从这封信里,就可以知道那位博士就是鲍西娅,她的书记便是这位尼莉莎。罗兰佐可以向你们证明,当你们出发以后,我就立刻动身;我回家来还没有多少时候,连大门也没有进去过呢。安东尼奥,我们非常欢迎您到这儿来;我还带着一个您所意料不到的好消息给您,请您拆开这封信,您就可以知道您有三艘商船,已经满载而归,马上要到港了。您再也想不出这封信怎么会那么巧地到了我的手里。

安东尼奥　我没有话说了。

巴萨尼奥　您就是那个博士,我还不认识您吗?

葛莱西安诺　你就是要叫我当忘八的那个书记吗?

尼莉莎　是的,可是除非那书记会长成一个男子,他再也不能叫你当忘八。

巴萨尼奥　好博士,你今晚就陪着我睡觉吧;当我不在的时候,您可以睡在我妻子的床上。

安东尼奥　好夫人,您救了我的命,又给了我一条活路;我从这封信里得到了确实的消息,我的船只已经平安到港了。

鲍西娅　喂,罗兰佐!我的书记也有一件好东西要给您哩。

尼莉莎　是的,我可以送给他,不收一些费用。这儿是那犹太富翁亲笔签署的一张授赠产业的文契,声明他死了以后,全部遗产都传给您和杰西卡,请你们收下吧。

罗兰佐　两位好夫人,你们像是散布玛哪①的天使,救济着饥饿的人们。

---

①　玛哪(manna),天粮,见《旧约·出埃及记》。

鲍西娅　天已经差不多亮了，可是我知道你们还想把这些事情知道得详
　　　细一点。我们大家进去吧；你们还有什么疑惑的地方，尽管再向我们
　　　发问，我们一定老老实实地回答一切问题。

葛莱西安诺　很好，我要我的尼莉莎宣誓答复的第一个问题，是现在离白
　　　昼只有两小时了，我们还是就去睡觉呢，还是等明天晚上再睡？正
　　　是——

　　　　　不惧黄昏近，但愁白日长；

　　　　　翩翩书记俊，今夕喜同床。

　　　　　金环束指间，灿烂自生光，

　　　　　唯恐娇妻骂，莫将弃道旁。（众下。）

无 事 生 非

朱生豪　译

方　平　校

剧 中 人 物

唐·彼德罗　阿拉贡亲王

唐·约翰　唐·彼德罗的庶弟

克劳狄奥　弗罗棱萨的少年贵族

培尼狄克　帕度亚的少年贵族

里奥那托　梅西那总督

安东尼奥　里奥那托之弟

鲍尔萨泽　唐·彼德罗的仆人

波拉契奥
康　拉　德　｝唐·约翰的侍从

道格培里　警吏

弗吉斯　警佐

法兰西斯神父

教堂司事

小童

希罗　里奥那托的女儿

贝特丽丝　里奥那托的侄女

玛格莱特
欧 苏 拉 } 希罗的侍女

使者、巡丁、侍从等

地 点

梅西那

第 一 幕

第一场　里奥那托住宅门前

里奥那托、希罗、贝特丽丝及一使者上。

里奥那托　这封信里说，阿拉贡的唐·彼德罗今晚就要到梅西那来了。

使　者　他马上要到了；我跟他分手的时候，他离这儿才不过八九哩路呢。

里奥那托　你们在这次战事里折了多少将士？

使　者　没有多少，有点名气的一个也没有。

里奥那托　得胜者全师而归，那是双重的胜利了。信上还说起唐·彼德罗十分看重一位叫做克劳狄奥的年轻的佛罗棱萨人。

使　者　他果然是一位很有才能的人，唐·彼德罗赏识得不错。他年纪虽然很轻，做的事情十分了得，看上去像一头羔羊，上起战场来却像一头狮子；他的确能够超过一般人对他的期望，我这张嘴也说不尽他的好处。

里奥那托　他有一个伯父在这儿梅西那，知道了一定会非常高兴。

使　者　我已经送信给他了，看他的样子十分快乐，快乐得甚至忍不住心酸起来。

里奥那托　他流起眼泪来了吗?

使　者　流了很多眼泪。

里奥那托　这是天性中至情的自然流露;这样的泪洗过的脸,是最真诚不过的。因为快乐而哭泣,比之看见别人哭泣而快乐,总要好得多啦!

贝特丽丝　请问你,那位剑客先生是不是也从战场上回来了?

使　者　小姐,这个名字我没有听见过;在军队里没有这样一个人。

里奥那托　侄女,你问的是什么人?

希　罗　姊姊说的是帕度亚的培尼狄克先生。

使　者　啊,他也回来了,仍旧是那么爱打趣的。

贝特丽丝　从前他在这儿梅西那的时候,曾经公开宣布,要跟爱神较量较量;我叔父的傻子听了他这些话,还拿着钝头箭替爱神出面,要跟他较量个高低。请问你,他在这次战事中间杀了多少人?吃了多少人?可是你先告诉我他杀了多少人,因为我曾经答应他,无论他杀死多少人,我都可以把他们吃下去。

里奥那托　真的,侄女,你把培尼狄克先生取笑得太过分了;我相信他一定会向你报复的。

使　者　小姐,他在这次战事里立下很大的功劳呢。

贝特丽丝　你们那些发霉的军粮,都是他一个人吃下去的;他是个著名的大饭桶,他的胃口好得很哩。

使　者　而且他也是个很好的军人,小姐。

贝特丽丝　他在小姐太太们面前是个很好的军人;可是在大爷们面前呢?

使　者　在大爷们面前,还是个大爷;在男儿们面前,还是个堂堂的男儿——充满了各种美德。

贝特丽丝　究竟他的肚子里充满了些什么,我们还是别说了吧;我们谁也不是圣人。

里奥那托　请你不要误会舍侄女的意思。培尼狄克先生跟她是说笑惯了的；他们一见面，总是舌剑唇枪，各不相让。

贝特丽丝　可惜他总是占不到便宜！在我们上次交锋的时候，他的五分才气倒有四分给我杀得狼狈逃走，现在他全身只剩一分了；要是他还有些儿才气留着，那么就让他保存起来，叫他跟他的马儿有个分别吧，因为这是使他可以被称为有理性动物的唯一的财产了。现在是谁做他的同伴了？听说他每个月都要换一位把兄弟。

使　者　有这等事吗？

贝特丽丝　很可能；他的心就像他帽子的式样一般，时时刻刻会起变化的。

使　者　小姐，看来这位先生的名字不曾注在您的册子上。

贝特丽丝　没有，否则我要把我的书斋都一起烧了呢。可是请问你，谁是他的同伴？总有那种轻狂的小伙子，愿意跟他一起鬼混的吧？

使　者　他跟那位尊贵的克劳狄奥来往得顶亲密。

贝特丽丝　天哪，他要像一场瘟疫一样缠住人家呢；他比瘟疫还容易传染，谁要是跟他发生接触，立刻就会变成疯子。上帝保佑尊贵的克劳狄奥！要是他给那个培尼狄克缠住了，一定要花上一千镑钱才可以把他赶走哩。

使　者　小姐，我愿意跟您交个朋友。

贝特丽丝　很好，好朋友。

里奥那托　侄女，你是永远不会发疯的。

贝特丽丝　不到大热的冬天，我是不会发疯的。

使　者　唐·彼德罗来啦。

　　　　唐·彼德罗、唐·约翰、克劳狄奥、培尼狄克、鲍尔萨泽等同上。

彼德罗　里奥那托大人，您是来迎接麻烦来了；一般人都只想避免耗费，您却偏偏自己愿意多事。

里奥那托　多蒙殿下枉驾，已是莫大的荣幸，怎么说是麻烦呢？麻烦去
　　了，可以使人如释重负；可是当您离开我的时候，我只觉得怅怅然若
　　有所失。

彼德罗　您真是太喜欢自讨麻烦啦。这位便是令嫒吧？

里奥那托　她的母亲好几次对我说她是我的女儿。

培尼狄克　大人，您问她的时候，是不是心里有点疑惑？

里奥那托　不，培尼狄克先生，因为那时候您还是个孩子哩。

彼德罗　培尼狄克，你也被人家挖苦了；这么说，我们可以猜想到你现在
　　长大了，是个怎么样的人。真的，这位小姐很像她的父亲。小姐，您
　　真幸福，因为您有这样一位高贵的父亲。

培尼狄克　要是里奥那托大人果然是她的父亲，就是把梅西那全城的财
　　富都给她，她也不愿意有他那样一副容貌的。

贝特丽丝　培尼狄克先生，您怎么还在那儿讲话呀？没有人听着您哩。

培尼狄克　嗳哟，我的傲慢的小姐！您还活着吗？

贝特丽丝　世上有培尼狄克先生那样的人，傲慢是不会死去的；顶有礼貌
　　的人，只要一看见您，也就会傲慢起来。

培尼狄克　那么礼貌也是个反复无常的小人了。可是除了您以外，无论
　　哪个女人都爱我，这一点是毫无疑问的；我希望我的心肠不是那么
　　硬，因为说句老实话，我实在一个也不爱她们。

贝特丽丝　那真是女人们好大的运气，要不然她们准要给一个讨厌的求
　　婚者麻烦死了。我感谢上帝和我自己冷酷的心，我在这一点上倒跟
　　您心情相合；与其叫我听一个男人发誓说他爱我，我宁愿听我的狗向
　　着一只乌鸦叫。

培尼狄克　上帝保佑您小姐永远怀着这样的心情吧！这样某一位先生就

可以逃过他命中注定的抓破脸皮的恶运了。

贝特丽丝　像您这样一副尊容，就是抓破了也不会变得比原来更难看的。

培尼狄克　好，您真是一位好鹦鹉教师。

贝特丽丝　像我一样会说话的鸟儿，比起像尊驾一样的畜生来，总要好得
　　　　多啦。

培尼狄克　我希望我的马儿能够跑得像您说起话来一样快，也像您的舌
　　　　头一样不知道疲倦。请您尽管说下去吧，我可要恕不奉陪啦。

贝特丽丝　您在说不过人家的时候，总是像一匹不听话的马儿一样，望岔
　　　　路里溜了过去；我知道您的老脾气。

彼德罗　那么就这样吧，里奥那托。克劳狄奥，培尼狄克，我的好朋友里
　　　　奥那托请你们一起住下来。我对他说我们至少要在这儿耽搁一个
　　　　月；他却诚心希望会有什么事情留住我们多住一些时候。我敢发誓
　　　　他不是一个假情假意的人，他的话都是从心里发出来的。

里奥那托　殿下，您要是发了誓，您一定不会背誓。（向唐·约翰）欢迎，大
　　　　人；您现在已经跟令兄言归于好，我应该向您竭诚致敬。

约　翰　谢谢；我是一个不会说话的人，可是我谢谢你。

里奥那托　殿下请了。

彼德罗　让我挽着您的手，里奥那托，咱们一块儿走吧。（除培尼狄克、克劳
　　　　狄奥外皆下。）

克劳狄奥　培尼狄克，你有没有注意到里奥那托的女儿？

培尼狄克　看是看见的，可是我没有对她注意。

克劳狄奥　她不是一位贞静的少女吗？

培尼狄克　您是规规矩矩地要我把老实话告诉您呢，还是要我照平常的
　　　　习惯，摆出一副统治女性的暴君面孔来发表我的意见？

克劳狄奥　不，我要你根据冷静的判断老实回答我。

培尼狄克　好，那么我说，她是太矮了点儿，不能给她太高的恭维；太黑了
　　　　点儿，不能给她太美的恭维；又太小了点儿，不能给她太大的恭维。
　　　　我所能给她的唯一的称赞，就是她倘不是像现在这样子，一定很不漂
　　　　亮；可是她既然不能再好看一点，所以我一点不喜欢她。

克劳狄奥　你以为我是在说着玩哩。请你老老实实告诉我，你觉得她
　　　　怎样。

培尼狄克　您这样问起她，是不是要把她买下来吗？

克劳狄奥　全世界所有的财富，可以买得到这样一块美玉吗？

培尼狄克　可以，而且还可以附送一只匣子把它藏起来。可是您说这样
　　　　的话，是一本正经的呢，还是随口胡说，就像说盲目的丘匹德是个猎
　　　　兔的好手、打铁的乌尔冈①是个出色的木匠一样？告诉我，您唱的歌
　　　　儿究竟是什么调子？

克劳狄奥　在我的眼睛里，她是我平生所见的最可爱的姑娘。

培尼狄克　我现在还可以不戴眼镜瞧东西，可是我却瞧不出来她有什么
　　　　可爱。她那个族姊就是脾气太坏了点儿，要是讲起美貌来，那就正像
　　　　一个是五月的春朝，一个是十二月的岁暮，比她好看得多啦。可是我
　　　　希望您不是要想做起丈夫来了吧？

克劳狄奥　即使我曾经立誓终身不娶，可是要是希罗肯做我的妻子，我也
　　　　没法相信自己了。

培尼狄克　事情已经到这个地步了吗？难道世界上的男子个个都愿意戴
　　　　上绿头巾，心里七上八下吗？难道我永远看不见一个六十岁的童男
　　　　子吗？好，要是你愿意把你的头颈伸进轭里去，那么你就把它套起
　　　　来，到星期日休息的日子自己怨命吧。瞧，唐·彼德罗回来找您了。

---

①　乌尔冈(Vulcan)，希腊罗马神话中司火与锻冶之神。

唐·彼德罗重上。

彼德罗　你们不跟我到里奥那托家里去,在这儿讲些什么秘密话儿?

培尼狄克　我希望殿下命令我说出来。

彼德罗　好,我命令你说出来。

培尼狄克　听着,克劳狄奥伯爵。我能够像哑子一样保守秘密,我也希望
　　您相信我不是一个搬嘴弄舌的人;可是殿下这样命令我,有什么办法
　　呢? 他是在恋爱了。跟谁呢? 这就应该殿下自己去问他了。注意他
　　的回答是多么短:他爱的是希罗,里奥那托的短短的女儿。

克劳狄奥　要是真有这一回事,那么他已经替我说出来了。

培尼狄克　正像老话说的,殿下,"既不是这么一回事,也不是那么一回
　　事,可是真的,上帝保佑不会有这么一回事。"

克劳狄奥　我的感情倘不是一下子就会起变化,我倒并不希望上帝改变
　　这事实。

彼德罗　阿门,要是你真的爱她;这位小姐是很值得你眷恋的。

克劳狄奥　殿下,您这样说是有意诱我吐露真情吗?

彼德罗　真的,我不过说我心里想到的话。

克劳狄奥　殿下,我说的也是我自己心里的话。

培尼狄克　凭着我的三心两意起誓,殿下,我说的也是我自己心里的话。

克劳狄奥　我觉得我真的爱她。

彼德罗　我知道她是位很好的姑娘。

培尼狄克　我可既不觉得为什么要爱她,也不知道她有什么好处;你们就
　　是用火刑烧死我,也不能使我改变这个意见。

彼德罗　你永远是一个排斥美貌的顽固的异教徒。

克劳狄奥　他这种不近人情的态度,都是违背了良心故意做作出来的。

培尼狄克　一个女人生下了我,我应该感谢她;她把我养大,我也要向她

表示至诚的感谢；可是要我为了女人的缘故而戴起一顶不雅的头巾来，或者无形之中，胸口挂了一个号筒，那么我只好敬谢不敏了。因为我不愿意对任何一个女人猜疑而使她受到委屈，所以宁愿对无论哪个女人都不信任，免得委屈了自己。总而言之，为了让我自己穿得漂亮一点起见，我愿意一生一世做个光棍。

彼德罗　我在未死之前，总有一天会看见你为了爱情而憔悴的。

培尼狄克　殿下，我可以因为发怒，因为害病，因为挨饿而脸色惨白，可是决不会因为爱情而憔悴；您要是能够证明有一天我因为爱情而消耗的血液在喝了酒后不能把它恢复过来，就请您用编造歌谣的人的那枝笔挖去我的眼睛，把我当做一个瞎眼的丘匹德，挂在妓院门口做招牌。

彼德罗　好，要是有一天你的决心动摇起来，可别怪人家笑话你。

培尼狄克　要是有那么一天，我就让你们把我像一头猫似的放在口袋里吊起来，叫大家用箭射我；谁把我射中了，你们可以拍拍他的肩膀，夸奖他是个好汉子。

彼德罗　好，咱们等着瞧吧；有一天野牛也会俯首就轭的。

培尼狄克　野牛也许会俯首就轭，可是有理性的培尼狄克要是也会钻上圈套，那么请您把牛角拔下来，插在我的额角上吧；我可以让你们把我涂上油彩，像人家写"好马出租"一样替我用大字写好一块招牌，招牌上这么说："请看结了婚的培尼狄克。"

克劳狄奥　要是真的把你这样，你一定要气得把你的一股牛劲儿都使出来了。

彼德罗　嘿，要是丘匹德没有把他的箭在威尼斯一起放完，他会叫你知道他的厉害的。

培尼狄克　那时候一定要天翻地覆啦。

彼德罗　好，咱们等着瞧吧。现在，好培尼狄克，请你到里奥那托那儿去，替我向他致意，对他说晚餐的时候我一定准时出席，因为他已经费了不少手脚在那儿预备呢。

培尼狄克　如此说来，我还有脑子办这件差使，所以我想敬请——

克劳狄奥　大安，自家中发——

彼德罗　七月六日，培尼狄克谨上。

培尼狄克　嗳，别开玩笑啦。你们讲起话来，老是这么支离破碎，不成片段，要是你们还要把这种滥调搬弄下去，请你们问问自己的良心吧，我可要失陪了。（下。）

克劳狄奥　殿下，您现在可以帮我一下忙。

彼德罗　咱们是好朋友，你有什么事尽管吩咐我；无论它是多么为难的事，我都愿意竭力帮助你。

克劳狄奥　殿下，里奥那托有没有儿子？

彼德罗　没有，希罗是他唯一的后嗣。你喜欢她吗，克劳狄奥？

克劳狄奥　啊，殿下，当我们向战场出发的时候，我用一个军人的眼睛望着她，虽然心中羡慕，可是因为有更艰巨的工作在我面前，来不及顾到儿女私情；现在我回来了，战争的思想已经离开我的脑中，代替它的是一缕缕的柔情，它们指点我年轻的希罗是多么美丽，对我说，我在出征以前就已经爱上她了。

彼德罗　看你样子快要像个恋人似的，动不动用长篇大论叫人听着腻烦了。要是你果然爱希罗，你就爱下去吧，我可以替你向她和她的父亲说去，一定叫你如愿以偿。你向我转弯抹角地说了这一大堆，不就是为了这个目的吗？

克劳狄奥　您这样鉴貌辨色，真是医治相思的妙手！可是人家也许以为我一见钟情，未免过于孟浪，所以我想还是慢慢儿再说吧。

彼德罗　造桥只要量着河身的阔度就成,何必过分铺张呢? 做事情也只要按照事实上的需要;凡是能够帮助你达到目的的,就是你所应该采取的手段。你现在既然害着相思,我可以给你治相思的药饵。我知道今晚我们将要有一个假面跳舞会;我可以化装一下冒充着你,对希罗说我是克劳狄奥,当着她的面前倾吐我的心曲,用动人的情话迷惑她的耳朵;然后我再替你向她的父亲传达你的意思,结果她一定会属你所有。让我们立刻着手进行吧。(同下。)

第二场　里奥那托家中一室

里奥那托及安东尼奥自相对方向上。

里奥那托　啊,贤弟! 我的侄儿,你的儿子呢? 他有没有把乐队准备好?

安东尼奥　他正在那儿忙着呢。可是,大哥,我可以告诉你一些新鲜的消息,你做梦也想不到的。

里奥那托　是好消息吗?

安东尼奥　那要看事情的发展而定;可是从外表上看起来,那是个很好的消息。亲王跟克劳狄奥伯爵刚才在我的花园里一条树荫浓密的小路上散步,他们讲的话给我的一个用人听见了许多:亲王告诉克劳狄奥,说他爱上了我的侄女,你的女儿,想要在今晚跳舞的时候向她倾吐衷情;要是她表示首肯,他就要抓住眼前的时机,立刻向你提起这件事情。

里奥那托　告诉你这个消息的家伙,是不是个有头脑的人?

安东尼奥　他是一个很机灵的家伙;我可以去叫他来,你自己问问他。

里奥那托　不,不,在事情没有证实以前,我们只能当它是场幻梦;可是我要先去通知我的女儿一声,万一真有那么一回事,她也好预先准备准

备怎样回答。你去告诉她吧。(若干人穿过舞台)各位侄儿,记好你们
分内的事。啊,对不起,朋友,跟我一块儿去吧,我还要仰仗您的大力
哩。贤弟,在大家手忙脚乱的时候,请你留心照看照看。(同下。)

第三场　里奥那托家中的另一室

　　唐·约翰及康拉德上。

康拉德　嗳哟,我的爷! 您为什么这样闷闷不乐?

约　翰　我的烦闷是茫无涯际的,因为不顺眼的事情太多啦。

康拉德　您应该听从理智的劝告才是。

约　翰　听从了理智的劝告,又有什么好处呢?

康拉德　即使不能立刻医好您的烦闷,至少也可以教您怎样安心忍耐。

约　翰　我真不懂像你这样一个自己说是土星照命的人①,居然也会用
　　　　道德的箴言来医治人家致命的沉疴。我不能掩饰我自己的为人:心
　　　　里不快活的时候,我就沉下脸来,决不会听了人家的嘲谑而赔着笑
　　　　脸;肚子饿了我就吃,决不理会人家是否方便;精神疲倦了我就睡,决
　　　　不管人家的闲事;心里高兴我就笑,决不去窥探人家的颜色。

康拉德　话是说得不错,可是您现在是在别人的约束之下,总不能完全照
　　　　着您自己的心意行事。最近您跟王爷闹过别扭,你们兄弟俩言归于
　　　　好还是不久的事,您要是不格外赔些小心,那么他现在对您的种种恩
　　　　宠,也是靠不住的;您必须自己造成一个机会,然后才可以达到您的
　　　　目的。

约　翰　我宁愿做一朵篱下的野花,不愿做一朵受他恩惠的蔷薇;与其逢

━━━━━━━━━━

① 　西方星相家的说法,谓土星照命的人,性格必阴沉忧郁。

迎献媚,偷取别人的欢心,宁愿被众人所鄙弃;我固然不是一个善于阿谀的正人君子,可是谁也不能否认我是一个正大光明的小人,人家用口套罩着我的嘴,表示对我信任,用木桩系住我的脚,表示给我自由;关在笼子里的我,还能够唱歌吗? 要是我有嘴,我就要咬人;要是我有自由,我就要做我欢喜做的事。现在你还是让我保持我的本来面目,不要设法改变它吧。

康拉德　您不能利用您的不平之气来干一些事情吗?

约　翰　我把它尽量利用着呢,因为它是我的唯一的武器。谁来啦?

　　　　　波拉契奥上。

约　翰　有什么消息,波拉契奥?

波拉契奥　我刚从那边盛大的晚餐席上出来,王爷受到了里奥那托十分隆重的款待;我还可以告诉您一件正在计划中的婚事的消息哩。

约　翰　我们可以在这上面出个主意跟他们捣乱捣乱吗? 那个愿意自讨麻烦的傻瓜是谁?

波拉契奥　他就是王爷的右手。

约　翰　谁? 那个最最了不得的克劳狄奥吗?

波拉契奥　正是他。

约　翰　好家伙! 那个女的呢? 他看中了哪一个?

波拉契奥　里奥那托的女儿和继承人希罗。

约　翰　一只早熟的小母鸡! 你怎么知道的?

波拉契奥　他们叫我去用香料把屋子熏一熏,我正在那儿熏一间发霉的房间,亲王跟克劳狄奥两个人手搀手走了进来,郑重其事地在商量着什么事情;我就把身子闪到屏风后面,听见他们约定由亲王出面去向希罗求婚,等她答应以后,就把她让给克劳狄奥。

约　翰　来,来,咱们到那边去;也许我可以借此出出我的一口怨气。自从我失势以后,那个年轻的新贵出足了风头;要是我能够叫他受些挫折,也好让我拍手称快。你们两人都愿意帮助我,不会变心吗?

康　拉　德　　我们愿意誓死为爵爷尽忠。
波拉契奥

约　　翰　让我们也去参加那盛大的晚餐吧;他们看见我的屈辱,一定格外高兴。要是厨子也跟我抱着同样的心理就好了! 我们要不要先计划一下怎样着手进行?

波拉契奥　我们愿意侍候您的旨意。(同下。)

第 二 幕

第一场　里奥那托家中的厅堂

里奥那托、安东尼奥、希罗、贝特丽丝及余人等同上。

里奥那托　约翰伯爵有没有在这儿吃晚饭？

安东尼奥　我没有看见他。

贝特丽丝　那位先生的面孔多么阴沉！我每一次看见他，总要有一个时辰心里不好过。

希　罗　他有一种很忧郁的脾气。

贝特丽丝　要是把他跟培尼狄克折衷一下，那就是个顶好的人啦：一个太像泥塑木雕似的，老是一言不发；一个却像骄纵惯了的小少爷，咭咧呱喇地吵个不停。

里奥那托　那么把培尼狄克先生的半条舌头放在约翰伯爵的嘴里，把约翰伯爵的半副心事面孔装在培尼狄克先生脸上——

贝特丽丝　叔叔，再加上一双好腿，一对好脚，袋里有几个钱，这样一个男人，世上无论哪个女人都愿意嫁给他的——要是他能够得到她的欢心的话。

里奥那托　真的，侄女，你要是说话这样刻薄，我看你一辈子也嫁不出去的。

安东尼奥　可不是,她这张嘴尖利得过了分。

贝特丽丝　尖利过了分就算不得尖利,那么"尖嘴姑娘嫁一个矮脚郎"这句话可落不到我头上来啦。

里奥那托　那是说,上帝干脆连一个"矮脚郎"都不送给你啦。

贝特丽丝　谢天谢地!我每天早晚都在跪求上帝,我说主啊!叫我嫁给一个脸上出胡子的丈夫,我是怎么也受不了的,还是让我睡在毛毯里吧!

里奥那托　你可以拣一个没有胡子的丈夫。

贝特丽丝　我要他来做什么呢?叫他穿起我的衣服来,让他做我的侍女吗?有胡子的人年纪一定不小了,没有胡子的人,算不得须眉男子;我不要一个老头子做我的丈夫,也不愿意嫁给一个没有丈夫气的男人。人家说,老处女死了要在地狱里牵猴子;所以还是让我把六便士的保证金交给动物园里的看守,把他的猴子牵下地狱去吧。

里奥那托　好,那么你决心下地狱吗?

贝特丽丝　不,我刚走到门口,头上出角的魔鬼就像个老忘八似的,出来迎接我,说,"您到天上去吧,贝特丽丝,您到天上去吧;这儿不是你们姑娘家住的地方。"所以我就把猴子交给他,到天上去见圣彼得了;他指点我单身汉在什么地方,我们就在那儿快快乐乐地过日子。

安东尼奥　（向希罗）好,侄女,我相信你一定听你父亲的话。

贝特丽丝　是的,我的妹妹应该懂得规矩,先行个礼儿,说,"父亲,您看怎么办,就怎么办吧。"可是虽然这么说,妹妹,他一定要是个漂亮的家伙才好,否则你还是再行个礼儿,说,"父亲,这可要让我自己作主了。"

里奥那托　好,侄女,我希望看见你有一天嫁到一个丈夫。

贝特丽丝　男人都是泥做的，我不要。一个女人要把她的终身付托给一
　　　块顽固的泥土，还要在他面前低头伏小，岂不倒霉！不，叔叔，亚当的
　　　儿子都是我的兄弟，跟自己的亲族结婚是一件罪恶哩。

里奥那托　女儿，记好我对你说的话；要是亲王真的向你提出那样的请
　　　求，你知道你应该怎样回答他。

贝特丽丝　妹妹，要是对方向你求婚求得不是时候，那毛病一定出在音乐
　　　里了——要是那亲王太冒失，你就对他说，什么事情都应该有个节
　　　拍；你就拿跳舞作为回答。听我说，希罗，求婚、结婚和后悔，就像是
　　　苏格兰急舞、慢步舞和五步舞一样：开始求婚的时候，正像苏格兰急
　　　舞一样狂热，迅速而充满幻想；到了结婚的时候，循规蹈矩的，正像慢
　　　步舞一样，拘泥着仪式和虚文；于是接着来了后悔，拖着疲乏的脚腿，
　　　开始跳起五步舞来，愈跳愈快，一直跳到精疲力尽，倒在坟墓里为止。

里奥那托　侄女，你的观察倒是十分深刻。

贝特丽丝　叔叔，我的眼光很不错哩——我能够在大白天看清一座教
　　　堂呢。

里奥那托　贤弟，跳舞的人进来了，咱们让开吧。

　　　　　唐·彼德罗、克劳狄奥、培尼狄克、鲍尔萨泽、唐·约翰、波拉契奥、玛
　　　格莱特、欧苏拉及余人等各戴假面上。

彼德罗　姑娘，您愿意陪着您的朋友走走吗？

希　罗　您要是轻轻儿走，态度文静点儿，也不说什么话，我就愿意奉陪；
　　　尤其是当我要走出去的时候。

彼德罗　您要不要我陪着您一块儿出去呢？

希　罗　我要是心里高兴，我可以这样说。

彼德罗　您什么时候才高兴这样说呢？

希　罗　当我看见您的相貌并不讨厌的时候；但愿上帝保佑琴儿不像琴

　　　　囊一样难看！

彼德罗　我的脸罩就像菲利蒙的草屋，草屋里面住着天神乔武。①

希　罗　那么您的脸罩上应该盖起茅草来才是。

彼德罗　讲情话要低声点儿。（拉希罗至一旁。）

鲍尔萨泽　好，我希望您欢喜我。

玛格莱特　为了您的缘故，我倒不敢这样希望，因为我有许多缺点哩。

鲍尔萨泽　可以让我略知一二吗？

玛格莱特　我念起祷告来，总是提高了嗓门。

鲍尔萨泽　那我更加爱您了；高声念祷告，人家听见了就可以喊阿门。

玛格莱特　求上帝赐给我一个好舞伴！

鲍尔萨泽　阿门！

玛格莱特　求上帝，等到跳完舞，让我再也不要看见他！您怎么不说话了
　　　　呀，执事先生？

鲍尔萨泽　别多讲啦，执事先生已经得到他的答复了。

欧苏拉　我认识您；您是安东尼奥老爷。

安东尼奥　干脆一句话，我不是。

欧苏拉　我瞧您摇头摆脑的样子，就知道是您啦。

安东尼奥　老实告诉你吧，我是学着他的样子的。

欧苏拉　您倘不是他，决不会把他那种怪样子学得这么惟妙惟肖。这一
　　　　只干瘪的手不正是他的？您一定是他，您一定是他。

安东尼奥　干脆一句话，我不是。

欧苏拉　算啦算啦，像您这样能言善辩，您以为我不能一下子就听出来，

――――――――――

　①　菲利蒙（Philemon）是弗里吉亚（Phrygia）的一个穷苦老人，天神乔武（Jove）乔装凡
　　　人，遨游世间，借宿在他的草屋里，菲利蒙和他的妻子招待尽礼，天神乃将其草屋
　　　变成殿宇。

除了您没有别人吗？一个人有了好处，难道遮掩得了吗？算了吧，别
多话了，您正是他，不用再抵赖了。

贝特丽丝　您不肯告诉我谁对您说这样的话吗？

培尼狄克　不，请您原谅我。

贝特丽丝　您也不肯告诉我您是谁吗？

培尼狄克　现在不能告诉您。

贝特丽丝　说我目中无人，说我的俏皮话儿都是从笑话书里偷下来的；
哼，这一定是培尼狄克说的话。

培尼狄克　他是什么人？

贝特丽丝　我相信您一定很熟悉他的。

培尼狄克　相信我，我不认识他。

贝特丽丝　他没有叫您笑过吗？

培尼狄克　请您告诉我，他是什么人？

贝特丽丝　他呀，他是亲王手下的弄人，一个语言无味的傻瓜；他的唯一
的本领，就是捏造一些无稽的谣言。只有那些胡调的家伙才会喜欢
他，可是他们并不赏识他的机智，只是赏识他的奸刁；他一方面会讨
好人家，一方面又会惹人家生气，所以他们一面笑他，一面打他。我
想他一定在人丛里；我希望他会碰到我！

培尼狄克　等我认识了那位先生以后，我可以把您说的话告诉他。

贝特丽丝　很好，请您一定告诉他。他听见了顶多不过把我侮辱两句；要
是人家没有注意到他的话，或者听了笑也不笑，他就要郁郁不乐，这
样就可以有一块鹧鸪的翅膀省下来啦，因为这傻瓜会气得不吃晚饭
的。（内乐声）我们应该跟随领队的人。

培尼狄克　一个人万事都该跟着人家走。

贝特丽丝　不，要是领头的先不懂规矩，那么到下一个转弯，我就把他摔

掉了。

　　　　跳舞。除唐·约翰、波拉契奥及克劳狄奥外皆下。

约　翰　　我的哥哥真的给希罗迷住啦；他已经拉着她的父亲，去把他的意思告诉他了。女人们都跟着她去了，只有一个戴假面的人留着。

波拉契奥　　那是克劳狄奥；我从他的神气上认得出来。

约　翰　　您不是培尼狄克先生吗？

克劳狄奥　　您猜得不错，我正是他。

约　翰　　先生，您是我的哥哥亲信的人，他现在迷恋着希罗，请您劝劝他打断这一段痴情，她是配不上他这样家世门第的；您要是肯这样去劝他，才是尽一个朋友的正道。

克劳狄奥　　您怎么知道他爱着她？

约　翰　　我听见他发过誓申说他的爱情了。

波拉契奥　　我也听见；他刚才发誓说要跟她结婚。

约　翰　　来，咱们喝酒去吧。（约翰、波拉契奥同下。）

克劳狄奥　　我这样冒认着培尼狄克的名字，却用克劳狄奥的耳朵听见了这些坏消息。事情一定是这样；亲王是为他自己求婚的。友谊在别的事情上都是可靠的，在恋爱的事情上却不能信托；所以恋人们都是用他们自己的唇舌。谁生着眼睛，让他自己去传达情愫吧，总不要请别人代劳；因为美貌是一个女巫，在她的魔力之下，忠诚是会在热情里溶解的。这是一个每一个时辰里都可以找到证明的例子，毫无怀疑的余地。那么永别了，希罗！

　　　　培尼狄克重上。

培尼狄克　　是克劳狄奥伯爵吗？

克劳狄奥　　正是。

培尼狄克　　来，您跟着我来吧。

克劳狄奥　到什么地方去?

培尼狄克　到最近的一棵杨柳树底下去①,伯爵,为了您自己的事。您欢
　　喜把花圈怎样戴法? 是把它套在您的头颈上,像盘剥重利的人套着
　　的锁链那样呢,还是把它串在您的胳膊底下,像一个军官的肩带那
　　样? 您一定要把它戴起来,因为您的希罗已经给亲王夺去啦。

克劳狄奥　我希望他姻缘美满!

培尼狄克　嗳哟,听您说话的神气,简直好像一个牛贩子卖掉了一匹牛似
　　的。可是您想亲王会这样对待您吗?

克劳狄奥　请你让我一个人呆在这儿吧。

培尼狄克　哈! 现在您又变成一个不问是非的瞎子了;小孩子偷了您的
　　肉去,您却去打一根柱子。

克劳狄奥　你要是不肯走开,那么我走了。(下。)

培尼狄克　唉,可怜的受伤的鸟儿! 现在他要爬到芦苇里去了。可是想
　　不到咱们那位贝特丽丝小姐居然会见了我认不出来! 亲王的弄人!
　　嘿? 也许因为人家瞧我喜欢说笑,所以背地里这样叫我;可是我要是
　　这样想,那就是自己看轻自己了;不,人家不会这样叫我,这都是贝特
　　丽丝凭着她那下流刻薄的脾气,把自己的意见代表着众人,随口编造
　　出来毁谤我的。好,我一定要向她报复此仇。

　　　　唐·彼德罗重上。

彼德罗　培尼狄克,伯爵呢? 你看见他了吗?

培尼狄克　不瞒殿下说,我已经做过一个搬弄是非的长舌妇了。我看见
　　他像猎围里的一座小屋似的,一个人孤零零地在这儿发呆,我就对他
　　说——我想我对他说的是真话——您已经得到这位姑娘的芳心了。

---

①　杨柳树是悲哀和失恋的象征。

　　我说我愿意陪着他到一株杨柳树底下去；或者给他编一个花圈，表示
　　被弃的哀思；或者给他扎起一条藤鞭来，因为他有该打的理由。

彼德罗　该打！他做错了什么事？

培尼狄克　他犯了一个小学生的过失，因为发现了一窠小鸟，高兴非常，
　　指点给他的同伴看见，让他的同伴把它偷去了。

彼德罗　你把信任当做一种过失吗？偷的人才是有罪的。

培尼狄克　可是他把藤鞭和花圈扎好，总是有用的；花圈可以给他自己
　　戴，藤鞭可以赏给您。照我看来，您就是把他那窠小鸟偷去的人。

彼德罗　我不过是想教它们唱歌，教会了就把它们归还原主。

培尼狄克　那么且等它们唱的歌儿来证明您的一片好心吧。

彼德罗　贝特丽丝小姐在生你的气；陪她跳舞的那位先生告诉她你说了
　　她许多坏话。

培尼狄克　啊，她才把我侮辱得连一块顽石都要气得直跳起来呢！一株
　　秃得只剩一片青叶子的橡树，也会忍不住跟她拌嘴；就是我的脸罩也
　　差不多给她骂活了，要跟她对骂一场哩。她不知道在她面前的就是
　　我自己，对我说，我是亲王的弄人，我比融雪的天气还要无聊；她用一
　　连串恶毒的讥讽，像乱箭似的向我射了过来，我简直变成了一个箭垛
　　啦。她的每一句话都是一把钢刀，每一个字都刺到人心里；要是她嘴
　　里的气息跟她的说话一样恶毒，那一定无论什么人走近她身边都不
　　能活命的；她的毒气会把北极星都熏坏了。即使亚当把他没有犯罪
　　以前的全部家产传给她，我也不愿意娶她做妻子；她会叫赫剌克勒
　　斯①给她烤肉，把他的棍子劈碎了当柴烧的。好了，别讲她了。她就
　　是母夜叉的变相，但愿上帝差一个有法力的人来把她一道咒赶回地

————————

　　①　赫剌克勒斯（Hercules），希腊神话中著名英雄。

狱里去,因为她一天留在这世上,人家就会觉得地狱里简直清静得像一座洞天福地,大家为了希望下地狱,都会故意犯起罪来,所以一切的混乱、恐怖、纷扰,都跟着她一起来了。

彼德罗　瞧,她来啦。

克劳狄奥、贝特丽丝、希罗及里奥那托重上。

培尼狄克　殿下有没有什么事情要派我到世界的尽头去?我现在愿意到地球的那一边去,给您干无论哪一件您所能想得到的最琐细的差使:我愿意给您从亚洲最远的边界上拿一根牙签回来;我愿意给您到埃塞俄比亚去量一量护法王约翰的脚有多少长;我愿意给您去从蒙古大可汗的脸上拔下一根胡须,或者到侏儒国里去办些无论什么事情;可是我不愿意跟这妖精谈三句话儿。您没有什么事可以给我做吗?

彼德罗　没有,我要请你陪着我。

培尼狄克　啊,殿下,这是强人所难了;我可受不住咱们这位尖嘴的小姐。(下。)

彼德罗　来,小姐,来,你伤了培尼狄克先生的心啦。

贝特丽丝　是吗,殿下?开头儿,他为了开心,把心里话全都"开诚布公";承蒙他好意,我就不好意思不加上旧欠,算上利息,回算他一片心,叫他"开心"之后加倍"双"心;所以您说他"伤"心,可也有道理。

彼德罗　你把他按下去了,小姐,你算把他按下去了。

贝特丽丝　我能让他来把我按倒吗,殿下?我能让一群傻小子来叫我傻大娘吗?您叫我去找克劳狄奥伯爵来,我已经把他找来了。

彼德罗　啊,怎么,伯爵!你为什么这样不高兴?

克劳狄奥　没有什么不高兴,殿下。

彼德罗　那么害病了吗?

克劳狄奥　也不是,殿下。

贝特丽丝　这位伯爵无所谓高兴不高兴，也无所谓害病不害病；您瞧他皱着眉头，也许他吃了一只酸橘子，心里头有一股酸溜溜的味道。

彼德罗　真的，小姐，我想您把他形容得很对；可是我可以发誓，要是他果然有这样的心思，那就错了。来，克劳狄奥，我已经替你向希罗求过婚，她已经答应了；我也已经向她的父亲说起，他也表示同意了；现在你只要选定一个结婚的日子，愿上帝给你快乐！

里奥那托　伯爵，从我手里接受我的女儿，我的财产也随着她一起传给您了。这门婚事多仗殿下鼎力，一定能够得到上天的嘉许！

贝特丽丝　说呀，伯爵，现在要轮到您开口了。

克劳狄奥　静默是表示快乐的最好的方法；要是我能够说出我的心里多么快乐，那么我的快乐只是有限度的。小姐，您现在既然已经属于我，我也就是属于您的了；我把我自己跟您交换，我要把您当作瓊宝一样珍爱。

贝特丽丝　说呀，妹妹；要是你不知道说些什么话好，你就用一个吻堵住他的嘴，让他也不要说话。

彼德罗　真的，小姐，您真会说笑。

贝特丽丝　是的，殿下；也幸亏是这样，我这可怜的傻子才从来不知道有什么心事。我那妹妹附着他的耳朵，在那儿告诉他她的心里有着他呢。

克劳狄奥　她正是这么说，姊姊。

贝特丽丝　天哪，真好亲热！人家一个个嫁了出去，只剩我一个人年老珠黄；我还是躲在壁角里，哭哭自己的没有丈夫吧！

彼德罗　贝特丽丝小姐，我来给你找一个吧。

贝特丽丝　要是我来给自己挑一个，我愿意做您的老太爷的儿子的媳妇儿。难道殿下没有个兄弟长得就跟您一个模样的？他老人家的儿子才是理想的丈夫——可惜女孩儿不容易接近他们。

彼德罗　您愿意嫁给我吗,小姐?

贝特丽丝　不,殿下,除非我可以再有一个家常用的丈夫;因为您是太贵重啦,只好留着在星期日装装场面。可是我要请殿下原谅,我这一张嘴是向来胡说惯的,没有一句正经。

彼德罗　您要是不声不响,我才要恼哪;这样说说笑笑,正是您的风趣本色。我想您一定是在一个快乐的时辰里出世的。

贝特丽丝　不,殿下,我的妈哭得才苦呢;可是那时候刚巧有一颗星在跳舞,我就在那颗星底下生下来了。妹妹,妹夫,愿上帝给你们快乐!

里奥那托　侄女,你肯不肯去把我对你说起过的事情办一办?

贝特丽丝　对不起,叔叔。殿下,恕我失陪了。(下。)

彼德罗　真是一个快乐的小姐。

里奥那托　殿下,她身上找不出一丝丝的忧愁;除了睡觉的时候,她从来不曾板起过脸孔;就是在睡觉的时候,她也还是嘻嘻哈哈的,因为我曾经听见小女说起,她往往会梦见什么淘气的事情,把自己笑醒来。

彼德罗　她顶不喜欢听见人家向她谈起丈夫。

里奥那托　啊,她听都不要听;向她求婚的人,一个个都给她嘲笑得退缩回去啦。

彼德罗　要是把她配给培尼狄克,倒是很好的一对。

里奥那托　哎哟! 殿下,他们两人要是结了婚一个星期,准会吵疯了呢。

彼德罗　克劳狄奥伯爵,你预备什么时候上教堂?

克劳狄奥　就是明天吧,殿下;在爱情没有完成它的一切仪式以前,时间总是走得像一个扶着拐杖的跛子一样慢。

里奥那托　那不成,贤婿,还是等到星期一吧,左右也不过七天工夫;要是把事情办得一切都称我的心,这几天日子还嫌太局促了些。

彼德罗　好了，别这么摇头长叹啦；克劳狄奥，包在我身上，我们要把这段
　　　　日子过得一点也不沉闷。我想在这几天内干一件非常艰辛的工作；
　　　　换句话说，我要叫培尼狄克先生跟贝特丽丝小姐彼此热恋起来。我
　　　　很想把他们两人配成一对；要是你们三个人愿意听我的吩咐，帮着我
　　　　一起进行这件事情，那是一定可以成功的。

里奥那托　殿下，我愿意全力赞助，即使叫我十个晚上不睡觉都可以。

克劳狄奥　我也愿意出力，殿下。

彼德罗　温柔的希罗，您也愿意帮帮忙吗？

希　罗　殿下，我愿意尽我的微力，帮助我的姊姊得到一位好丈夫。

彼德罗　培尼狄克并不是一个没有出息的丈夫。至少我可以为他说这几
　　　　句好话：他的家世是高贵的；他的勇敢、他的正直，都是大家所公认
　　　　的。我可以教您用怎样的话打动令姊的心，叫她对培尼狄克发生爱
　　　　情；再靠着你们两位的合作，我只要向培尼狄克略施小计，凭他怎样
　　　　刁钻古怪，不怕他不爱上贝特丽丝。要是我们能够把这件事情做成
　　　　功，丘匹德也可以不用再射他的箭啦；他的一切的光荣都要属于我
　　　　们，因为我们才是真正的爱神。跟我一块儿进去，让我把我的计划告
　　　　诉你们。（同下。）

第二场　里奥那托家中的另一室

　　　　　唐·约翰及波拉契奥上。

约　翰　果然是这样，克劳狄奥伯爵要跟里奥那托的女儿结婚了。

波拉契奥　是，爵爷；可是我有法子破坏他们。

约　翰　无论什么破坏、阻挠、捣乱的手段，都可以替我消一消心头的闷
　　　　气；我把他恨得什么似的，只要能够打破他的恋爱的美梦，什么办法

我都愿意采取。你想怎样破坏他们的婚姻呢？

波拉契奥　不是用正当的手段，爵爷；可是我会把事情干得十分周密，让
　　　人家看不出破绽来。

约　翰　把你的计策简单告诉我一下。

波拉契奥　我想我在一年以前，就告诉过您我跟希罗的侍女玛格莱特相
　　　好了。

约　翰　我记得。

波拉契奥　我可以约她在夜静更深的时候，在她小姐闺房里的窗口等
　　　着我。

约　翰　这是什么用意？怎么就可以把他们的婚姻破坏了呢？

波拉契奥　毒药是要您自己配合起来的。您去对王爷说，他不该叫克劳
　　　狄奥这样一位赫赫有名的人物——您可以拼命抬高他的身价——去
　　　跟希罗那样一个下贱的女人结婚；您尽管对他说，这一次的事情对于
　　　他的名誉一定大有影响。

约　翰　我有什么证据可以提出呢？

波拉契奥　有，有，一定可以使亲王受骗，叫克劳狄奥懊恼，毁坏了希罗的
　　　名誉，把里奥那托活活气死：这不正是您所希望得到的结果吗？

约　翰　为了发泄我对他们这批人的气愤，什么事情我都愿意试一试。

波拉契奥　那么很好，找一个适当的时间，您把亲王跟克劳狄奥拉到一处
　　　没有旁人的所在，告诉他们说您知道希罗跟我很要好；您可以假意装
　　　出一副对亲王和他的朋友的名誉十分关切的样子，因为这次婚姻是
　　　亲王一手促成，现在克劳狄奥将要娶到一个已非完璧的女子，您不忍
　　　坐视他们受人之愚，所以不能不把您所知道的告诉他们。他们听了
　　　这样的话，当然不会就此相信；您就向他们提出真凭实据，把他们带
　　　到希罗的窗下，让他们看见我站在窗口，听我把玛格莱特叫做希罗，

听玛格莱特叫我波拉契奥。就在预定的婚期的前一个晚上,您带着他们看一看这幕把戏,我可以预先设法把希罗调开;他们见到这种似乎是千真万确的事实,一定会相信希罗果真是一个不贞的女子,在妒火中烧的情绪下决不会作冷静的推敲,这样他们的一切准备就可以全部推翻了。

约　翰　不管它会引起怎样不幸的后果,我要把这计策实行起来。你给我用心办理,我赏你一千块钱。

波拉契奥　您只要一口咬定,我的诡计是不会失败的。

约　翰　我就去打听他们的婚期。(同下。)

第三场　里奥那托的花园

培尼狄克上。

培尼狄克　童儿!

小童上。

小　童　大爷叫我吗?

培尼狄克　我的寝室窗口有一本书,你去给我拿到这儿花园里来。

小　童　大爷,您瞧,我不是已经来了吗?

培尼狄克　我知道你来啦,可是我要你先到那边走一遭之后再来呀。(小童下)我真不懂一个人明明知道沉迷在恋爱里是一件多么愚蠢的事,可是在讥笑他人的浅薄无聊以后,偏偏会自己打自己的耳光,照样跟人家闹起恋爱来;克劳狄奥就是这种人。从前我认识他的时候,战鼓和军笛是他的唯一的音乐;现在他却宁愿听小鼓和洞箫了。从前他会跑十哩路去看一身好甲胄;现在他却会接连十个晚上不睡觉,为了设计一身新的紧身衣的式样。从前他说起话来,总是直接爽快,像个老老实实的军人;现在他却变成了个老学究,满嘴都是些希奇古怪的话儿。我会不会眼看自己也变得像他一样呢?我不知道;我想不至于。我不敢说爱情不会叫我变成一个牡蛎;可是我可以发誓,在它没有把我变成牡蛎以前,它一定不能叫我变成这样一个傻瓜。好看的女人,聪明的女人,贤惠的女人,我都碰见过,可是我还是个原来的我;除非在一个女人身上能够集合一切女人的优点,否则没有一个女人会中我的意的。她一定要有钱,这是不用说的;她必须聪明,不然我就不要;她必须贤惠,不然我也不敢领教;她必须美貌,不然我看也不要看她;她必须温柔,否则不要叫她走近我的身;她必须有高贵的人品,否则我不愿花十先令把她买下来;她必须会讲话,精音乐,而且她的头发必须是天然的颜色。哈!亲王跟咱们这位多情种子来啦!让我到凉亭里去躲他一躲。(退后。)

　　唐·彼德罗、里奥那托、克劳狄奥同上;鲍尔萨泽及众乐工随上。

彼德罗　来,我们要不要听听音乐?

克劳狄奥　好的,殿下。暮色是多么沉寂,好像故意静下来,让乐声格外显得谐和似的!

彼德罗　你们看见培尼狄克躲在什么地方吗?

克劳狄奥　啊,看得很清楚,殿下;等音乐停止了,我们要叫这小狐狸钻进我们的圈套。

彼德罗　来,鲍尔萨泽,我们要把那首歌再听一遍。

鲍尔萨泽　啊,我的好殿下,像我这样的坏嗓子,把好好的音乐糟蹋了一次,也就够了,不要再叫我献丑了吧!

彼德罗　越是本领超人一等,越是口口声声不满意自己的才能。请你唱起来吧,别让我向你再三求告了。

鲍尔萨泽　既蒙殿下如此错爱,我就唱了。有许多求婚的人,在开始求婚

的时候,虽然明知道他的恋人没有什么可爱,仍旧会把她恭维得天花
乱坠,发誓说他真心爱着她的。

彼德罗　好了好了,请你别说下去了;要是你还想发表什么意见,就放在
歌里边唱出来吧。

鲍尔萨泽　在我未唱以前,先要声明一句:我唱的歌儿是一句也不值得你
们注意的。

彼德罗　他在那儿净说些不值得注意的废话。（音乐。）

培尼狄克　（旁白)啊,神圣的曲调! 现在他的灵魂要飘飘然起来了! 几根
羊肠绷起来的弦线,会把人的灵魂从身体里抽了出来,真是不可思
议! 其实说到底,还是吹号子最配我的胃口。

鲍尔萨泽　（唱）

　　　不要叹气,姑娘,不要叹气,

　　　　男人们都是些骗子,

　　　一脚在岸上,一脚在海里,

　　　　他天性里朝三暮四。

　　　不要叹息,让他们去,

　　　　你何必愁眉不展?

　　　收起你的哀丝怨绪,

　　　　唱一曲清歌婉转。

　　　莫再悲吟,姑娘,莫再悲吟,

　　　　停住你沉重的哀音;

　　　哪一个夏天不绿叶成荫?

　　　　哪一个男子不负心?

　　　不要叹息,让他们去,

　　　　你何必愁眉不展?

     收起你的哀丝怨绪，

      唱一曲清歌婉转。

彼德罗 真是一首好歌。

鲍尔萨泽 可是唱歌的人太不行啦，殿下。

彼德罗 哈，不，不，真的，你唱得总算过得去。

培尼狄克 （旁白）倘然他是一头狗叫得这样子，他们一定把他吊死啦；求上帝别让他的坏喉咙预兆着什么灾殃！与其听他唱歌，我宁愿听夜里的乌鸦叫，不管有什么祸事会跟着它一起来。

彼德罗 好，你听见了没有，鲍尔萨泽？请你给我们预备些好音乐，因为明天晚上我们要在希罗小姐的窗下弹奏。

鲍尔萨泽 我一定尽力办去，殿下。

彼德罗 很好，再见。（鲍尔萨泽及乐工等下）过来，里奥那托。您今天对我怎么说，说是令侄女贝特丽丝在恋爱着培尼狄克吗？

克劳狄奥 啊！是的。（向彼德罗旁白）小心，小心，鸟儿正在那边歇着呢。——我再也想不到那位小姐会爱上什么男人的。

里奥那托 我也是出于意料之外；尤其想不到的是她竟会对培尼狄克这样一往情深，照外表上看起来，总像她把他当作冤家对头似的。

培尼狄克 （旁白）有这样的事吗？风会吹到那个角里去吗？

里奥那托 真的，殿下，这件事情简直使我莫名其妙；我只知道她爱得他像发狂一般。谁也万万想象不到会有这样的怪事。

彼德罗 也许她是假装着骗人的。

克劳狄奥 嗯，那倒也有几分可能。

里奥那托 上帝啊！假装出来的！我从来没有见过谁能把热情假装得像她这样逼真。

彼德罗 啊，那么她是怎样表示她的热情的呢？

克劳狄奥　（旁白）好好儿把钓钩放下去,鱼儿就要吞饵了。

里奥那托　怎样表示,殿下? 她会一天到晚坐着出神;（向克劳狄奥）你听
　　　见过我的女儿怎样告诉你的。

克劳狄奥　她是这样告诉过我的。

彼德罗　怎么? 怎么? 你们说呀。你们让我奇怪死了;我以为像她那样
　　　的性格,是无论如何不会受到爱情袭击的。

里奥那托　殿下,我也可以跟人家赌咒说决不会有这样的事,尤其是对于
　　　培尼狄克。

培尼狄克　（旁白）倘不是这白须老头儿说的话,我一定会把它当作一场诡
　　　计;可是诡计是不会藏在这样庄严的外表之下的。

克劳狄奥　（旁白）他已经上了钩了,别让他溜走。

彼德罗　她有没有把她的衷情向培尼狄克表示出来?

里奥那托　不,她发誓说一定不让他知道;这是使她痛苦的最大原因。

克劳狄奥　对了,我听令嫒说她说过这样的话:“我当着他的面前屡次把
　　　他讥笑,难道现在却要写信给他,说我爱他吗?”

里奥那托　她每次提起笔来要想写信给他,便这样自言自语;一个夜里她
　　　总要起来二十次,披了一件衬衫,写满了一张纸再睡下去。这都是小
　　　女告诉我们的。

克劳狄奥　您说起一张纸,我倒记起令嫒告诉我的一个有趣的笑话来了。

里奥那托　啊! 是不是说她写好了信,把它读了一遍,发现“培尼狄克”跟
　　　“贝特丽丝”两个名字刚巧写在一块儿?

克劳狄奥　正是。

里奥那托　啊! 她把那封信撕成了一千片,把她自己痛骂了一顿,说她不
　　　应该这样不知羞耻,写信给一个她知道一定会把她嘲笑的人。她说,
　　　“我根据自己的脾气推想他;要是他写信给我,即使我心里爱他,我也

还是要嘲笑他的。"

克劳狄奥　于是她跪在地上，痛哭流涕，捶着她的心，扯着她的头发，一面
　　　　祈祷一面咒诅："啊，亲爱的培尼狄克！上帝呀，给我忍耐吧！"

里奥那托　她真是这样；小女就是这样说的。她这种疯疯癫癫、如醉如痴
　　　　的神气，有时候简直使小女提心吊胆，恐怕她会对自己闹出些什么不
　　　　顾死活的事情来呢。这些都是千真万确的。

彼德罗　要是她自己不肯说，那么叫别人去告诉培尼狄克知道也好。

克劳狄奥　有什么用处呢？他不过把它当作一桩笑话，叫这个可怜的姑
　　　　娘格外难堪罢了。

彼德罗　他要是真的这样，那么吊死他也是一件好事。她是个很好的可
　　　　爱的姑娘；她的品行也是无可疵议的。

克劳狄奥　而且她是个绝世聪明的人儿。

彼德罗　她什么都聪明，就是在爱培尼狄克这件事上不大聪明。

里奥那托　啊，殿下！智慧和感情在这么一个娇嫩的身体里交战，十之八
　　　　九感情会得到胜利的，我是她的叔父和保护人，瞧着她这样子，心里
　　　　真是难受。

彼德罗　我倒希望她把这样的痴情用在我身上；我一定会不顾一切，娶她
　　　　做我的妻子。依我看来，你们还是去告诉培尼狄克，听他怎么说。

里奥那托　您想这样会有用处吗？

克劳狄奥　希罗相信她迟早活不下去：因为她说要是他不爱她，她一定会
　　　　死；可是她宁死也不愿让他知道她爱他；即使他来向她求婚，她也宁
　　　　死不愿把她平日那种倔强的态度改变一丝一毫。

彼德罗　她的意思很对。要是她向他呈献了她的一片深情，多半反而要
　　　　遭他奚落；因为你们都知道，这个人的脾气是非常骄傲的。

克劳狄奥　他是一个很漂亮的人。

彼德罗　他的确有一副很好的仪表。

克劳狄奥　凭良心说,他也很聪明。

彼德罗　他的确有几分小聪明。

里奥那托　我看他也很勇敢。

彼德罗　他是个大英雄哩;可是在碰到打架的时候,你就可以看到他的聪明所在,因为他总是小心翼翼地躲开,万一脱身不了,也是战战兢兢,像个好基督徒似的。

里奥那托　他要是敬畏上帝,当然应该跟人家和和气气;万一闹翻了,自然要惴惴不安的。

彼德罗　他正是这样;这家伙虽然一张嘴胡说八道,可是他倒的确敬畏上帝。好,我对于令侄女非常同情。我们要不要去找培尼狄克,把她的爱情告诉他?

克劳狄奥　别告诉他,殿下;还是让她好好地想一想,把这段痴心慢慢地淡下去吧。

里奥那托　不,那是不可能的;等到她觉悟过来,她的心早已碎了。

彼德罗　好,我们慢慢再等着听令嫒报告消息吧,现在暂时不用多讲了。我很欢喜培尼狄克;我希望他能够平心静气反省一下,看看他自己多么配不上这么一位好姑娘。

里奥那托　殿下,请吧。晚饭已经预备好了。

克劳狄奥　(旁白)要是他听见了这样的话,还不会爱上她,我以后再不相信我自己的预测。

彼德罗　(旁白)咱们还要给她设下同样的圈套,那可要请令嫒跟她的侍女多多费心了。顶有趣的一点,就是让他们彼此以为对方在恋爱着自己,其实却根本没有这么一回事儿;这就是我所希望看到的一幕哑剧。让我们叫她来请他进去吃饭吧。(彼德罗、克劳狄奥、里奥那托同下。）

培尼狄克 （自凉亭内走出）这不会是诡计；他们谈话的神气是很严肃的；他们从希罗嘴里听到了这一件事情，当然不会有假。他们好像很同情这姑娘；她的热情好像已经涨到最高度。爱我！哎哟，我一定要报答她才是。我已经听见他们怎样批评我，他们说要是我知道了她在爱我，我一定会摆架子；他们又说她宁死也不愿把她的爱情表示出来。结婚这件事我倒从来没有想起过。我一定不要摆架子；一个人知道了自己的短处，能够改过自新，就是有福的。他们说这姑娘长得漂亮，这是真的，我可以为他们证明；说她品行很好，这也是事实，我不能否认；说她除了爱我以外，别的地方都是很聪明的，其实这一件事情固然不足表示她的聪明，可是也不能因此反证她的愚蠢，因为就是我也要从此为她颠倒哩。也许人家会向我冷嘲热讽，因为我一向都是讥笑着结婚的无聊；可是难道一个人的口味是不会改变的吗？年轻的时候喜欢吃肉，也许老来一闻到肉味道就要受不住。难道这种不关痛痒的舌丸唇弹，就可以把人吓退，叫他放弃他的决心吗？不，人类是不能让它绝种的。当初我说我要一生一世做个单身汉，那是因为我没有想到我会活到结婚的一天。贝特丽丝来了。天日在上，她是个美貌的姑娘！我可以从她脸上看出她几分爱我的意思来。

　　　　贝特丽丝上。

贝特丽丝 他们叫我来请您进去吃饭，可是这是违反我自己的意志的。

培尼狄克 好贝特丽丝，有劳枉驾，辛苦您啦，真是多谢。

贝特丽丝 我并没什么辛苦可以领受您的谢意，就像您这一声多谢并没有辛苦了您。要是这是一件辛苦的事，我也不会来啦。

培尼狄克 那么您是很乐意来叫我的吗？

贝特丽丝 是的，这乐意的程度可以让您在刀尖儿上挑得起来，可以塞进乌鸦的嘴里梗死它。您肚子不饿吧，先生？ 再见。（下。）

培尼狄克　哈！"他们叫我来请您进去吃饭，可是这是违反我自己的意志的，"这句话里含着双关的意义。"我并没什么辛苦可以领受您的谢意，就像您这一声多谢并没有辛苦了您。"那等于说，我无论给您做些什么辛苦的事，都像说一声谢谢那样不费事。要是我不可怜她，我就是个混蛋；要是我不爱她，我就是个犹太人。我要向她讨一幅小像去。（下。）

第 三 幕

第一场　里奥那托的花园

　　　　希罗、玛格莱特及欧苏拉上。

希　罗　好玛格莱特，你快跑到客厅里去，我的姊姊贝特丽丝正在那儿跟亲王和克劳狄奥讲话；你在她的耳边悄悄地告诉她，说我跟欧苏拉在花园里谈天，我们所讲的话都是关于她的事情；你说说我们的谈话让你听到了，叫她偷偷地溜到给金银花藤密密地纠绕着的凉亭里；在那儿，繁茂的藤萝受着太阳的煦养，成长以后，却不许日光进来，正像一般凭藉主子的势力作威作福的宠臣，一朝羽翼既成，却看不起那栽培他的恩人；你就叫她躲在那个地方，听我们说些什么话。这是你的事情，你好好地做去，让我们两个人在这儿。

玛格莱特　我一定叫她立刻就来。（下。）

希　罗　欧苏拉，我们就在这条路上走来走去；一等贝特丽丝来了，我们必须满嘴都讲的是培尼狄克：我一提起他的名字，你就把他恭维得好像走遍天下也找不到他这样一个男人似的；我就告诉你他怎样为了贝特丽丝害相思。我们就是这样用谎话造成丘匹德的一枝利箭，凭着传闻的力量射中她的心。

贝特丽丝自后上。

希　罗　　现在开始吧;瞧贝特丽丝像一只田凫似的,缩头缩脑地在那儿听我们谈话了。

欧苏拉　　钓鱼最有趣的时候,就是瞧那鱼儿用她的金桨拨开银浪,贪馋地吞那陷人的美饵;我们也正是这样引诱贝特丽丝上钩。她现在已经躲在金银花藤的浓荫下面了。您放心吧,我一定不会讲错了话。

希　罗　　那么让我们走近她些,好让她的耳朵一字不漏地把我们给她安排下的诱人的美饵吞咽下去。(二人走近凉亭)不,真的,欧苏拉,她太高傲啦;我知道她的脾气就像山上的野鹰一样倔强豪放。

欧苏拉　　可是您真的相信培尼狄克这样一心一意地爱着贝特丽丝吗?

希　罗　　亲王跟我的未婚夫都是这么说的。

欧苏拉　　他们有没有叫您告诉她知道,小姐?

希　罗　　他们请我把这件事情告诉她;可是我劝他们说,要是他们把培尼狄克当做他们的好朋友,就应该希望他从爱情底下挣扎出来,无论如何不要让贝特丽丝知道。

欧苏拉　　您为什么对他们这样说呢? 难道这位绅士就配不上贝特丽丝小姐吗?

希　罗　　爱神在上,我也知道像他这样的人品是值得享受世间一切至美至好的事物的;可是造物造下的女人的心,没有一颗比得上像贝特丽丝那样骄傲冷酷的;轻蔑和讥嘲在她的眼睛里闪耀着,把她所看见的一切贬得一文不值,她因为自恃才情,所以什么都不放在她的眼里。她不会恋爱,也从来不想到有恋爱这件事;她是太自命不凡了。

欧苏拉　　不错,我也是这样想;所以还是不要让她知道他对她的爱情,免得反而遭到她的讥笑。

希　罗　　是呀,你说得很对。无论怎样聪明、高贵、年轻、漂亮的男子,她总要把他批评得体无完肤；要是他面孔长得白净，她就发誓说这位先生应当做她的妹妹；要是他皮肤黑了点儿，她就说上帝在打一个小花脸的图样的时候，不小心涂上了一大块墨渍；要是他是个高个儿，他就是柄歪头的长枪；要是他是个矮子，他就是块刻坏了的玛瑙坠子；要是他多讲了几句话，他就是个随风转的风标；要是他一声不响，他就是块没有知觉的木头。她这样指摘着每一个人的短处，至于他的纯朴的德性和才能，她却绝口不给它们应得的赞赏。

欧苏拉　真的，这种吹毛求疵可不敢恭维。

希　罗　是呀，像贝特丽丝这样古怪得不近人情，真叫人不敢恭维。可是谁敢去对她这样说呢？要是我对她说了，她会把我讥笑得无地自容，用她的俏皮话儿把我揶揄死呢！所以还是让培尼狄克像一堆盖在灰里的火一样，在叹息中熄灭了他的生命的残焰吧；与其受人讥笑而死——这就像痒得要死那样难熬——还是不声不响地闷死了好。

欢苏拉　可是告诉了她，听听她说些什么也好。

希　罗　不，我想还是去劝劝培尼狄克，叫他努力斩断这一段痴情。真的，我想捏造一些关于我这位姊姊的谣言，一方面对她的名誉没有什么损害，一方面却可以冷了他的心；谁也不知道一句诽谤的话，会多么中伤人们的感情！

欧苏拉　啊！不要做这种对不起您姊姊的事。人家都说她心窍玲珑，她决不会糊涂到这个地步，会拒绝培尼狄克先生那样一位难得的绅士。

希　罗　除了我的亲爱的克劳狄奥以外，全意大利找不到第二个像他这样的人来。

欧苏拉　小姐，请您别生气，照我看起来，培尼狄克先生无论在外表上，在风度上，在智力和勇气上，都可以在意大利首屈一指。

希　罗　是的，他有一个很好的名誉。

欧苏拉　　这也是因为他果然有过人的才德，所以才会得到这样的名誉。

　　　　小姐，您的大喜在什么时候？

希　罗　　就在明天。来，进去吧；我要给你看几件衣服，你帮我决定明天

　　　　最好穿哪一件。

欧苏拉　　（旁白）她已经上了钩了；小姐，我们已经把她捉住了。

希　罗　　（旁白）要是果然这样，那么恋爱就是一个偶然的机遇；有的人被

　　　　爱神用箭射中，有的人却自己跳进网罗。（希罗、欧苏拉同下。）

贝特丽丝　（上前）我的耳朵里怎么火一般热？果然会有这种事吗？难道

　　　　我就让他们这样批评我的骄傲和轻蔑吗？去你的吧，那种狂妄！再

　　　　会吧，处女的骄傲！人家在你的背后，是不会说你好话的。培尼狄

　　　　克，爱下去吧，我一定会报答你；我要把这颗狂野的心收束起来，呈献

　　　　在你温情的手里。你要是真的爱我，我的转变过来的温柔的态度，一

　　　　定会鼓励你把我们的爱情用神圣的约束结合起来。人家说你值得我

　　　　的爱，可是我比人家更知道你的好处。（下。）

第二场　里奥那托家中一室

　　　　　唐·彼德罗、克劳狄奥、培尼狄克、里奥那托同上。

彼德罗　　我等你结了婚，就到阿拉贡去。

克劳狄奥　殿下要是准许我，我愿意伴送您到那边。

彼德罗　　不，你正在新婚燕尔的时候，这不是太杀风景了吗？把一件新衣

　　　　服给孩子看了，却不许他穿起来，那怎么可以呢？我只要培尼狄克愿

　　　　意跟我作伴就行了。他这个人从头顶到脚跟，没有一点心事；他曾经

　　　　两三次割断了丘匹德的弓弦，现在这个小东西再也不敢射他啦。他

　　　　那颗心就像一只好钟一样完整无缺，他的一条舌头就是钟舌；心里一

　　　　想到什么，便会打嘴里说出来。

培尼狄克　哥儿们，我已经不再是从前的我啦。

里奥那托　我也是这样说；我看您近来好像有些心事似的。

克劳狄奥　我希望他是在恋爱了。

彼德罗　哼，这没有调教的家伙，他的腔子里没有一丝真情，怎么会真的

　　　　恋爱起来？要是他有了心事，那一定是因为没有钱用。

培尼狄克　我牙痛。

彼德罗　拔掉它呀。

培尼狄克　去他妈的吧！

克劳狄奥　你要去他妈的，先得拔掉它呀。

彼德罗　啊！为了牙齿痛才这样长吁短叹吗？

里奥那托　只是因为出了点脓水，或者一个小虫儿在作怪吗？

培尼狄克　算了吧，痛在别人身上，谁都会说风凉话的。

克劳狄奥　可是我说，他是在恋爱了。

彼德罗　他一点也没有痴痴癫癫的样子，就是喜欢把自己打扮得奇形怪

　　　　状：今天是个荷兰人，明天是个法国人；有时候同时做了两个国家的

　　　　人，下半身是个套着灯笼裤的德国人，上半身是个不穿紧身衣的西班

　　　　牙人。除了这一股无聊的傻劲儿以外，他并没有什么反常的地方，可

　　　　以证明像你说的那样是在恋爱。

克劳狄奥　要是他没有爱上什么女人，那么古来的看法也都是靠不住的

　　　　了。他每天早上刷他的帽子，这表示什么呢？

彼德罗　有人见过他上理发店没有？

克劳狄奥　没有，可是有人看见理发匠跟他在一起；他那脸蛋上的几根装

　　　　饰品，都已经拿去塞网球去了。

里奥那托　他剃了胡须，瞧上去的确年轻了点儿。

彼德罗　他还用麝香擦他的身子哩；你们闻不出来这一股香味吗？

克劳狄奥　那等于说，这一个好小子在恋爱了。

彼德罗　他的忧郁是他的最大的证据。

克劳狄奥　几时他曾经用香水洗过脸？

彼德罗　对了，我听人家说他还搽粉哩。

克劳狄奥　还有他那爱说笑话的脾气，现在也已经钻进了琴弦里，给音栓
　　管住了哪。

彼德罗　不错，那已经充分揭露了他的秘密。总而言之，他是在恋爱了。

克劳狄奥　噢，可是我知道谁爱着他。

彼德罗　我也很想知道知道；我想一定是个不大熟悉他的人。

克劳狄奥　哪里，还深切知道他的坏脾气呢；可是人家却愿意为他而死。

彼德罗　等她将来被人"活埋"的时光，一定是脸儿朝天的了。

培尼狄克　你们这样胡说八道，不能叫我的牙齿不痛呀。老先生，陪我走
　　走；我已经想好了八九句聪明的话儿，要跟您谈谈，可是一定不能让
　　这些傻瓜们听见。（培尼狄克、里奥那托同下。）

彼德罗　我可以打赌，他一定是向他说起贝特丽丝的事。

克劳狄奥　正是。希罗和玛格莱特大概也已经把贝特丽丝同样捉弄过
　　啦；现在这两匹熊碰见了，总不会再彼此相咬了吧。

　　　　唐·约翰上。

约　翰　上帝保佑您，王兄！

彼德罗　你好，贤弟。

约　翰　您要是有工夫的话，我想跟您谈谈。

彼德罗　不能让别人听见吗？

约　翰　是；不过克劳狄奥伯爵不妨让他听见，因为我所要说的话，是对
　　他很有关系的。

彼德罗　是什么事？

约　翰　（向克劳狄奥）大人预备在明天结婚吗？

彼德罗　那你早就知道了。

约　翰　要是他知道了我所知道的事，那就难说了。

克劳狄奥　倘然有什么妨碍，请您明白告诉我。

约　翰　您也许以为我对您有点儿过不去，那咱们等着瞧吧；我希望您听了我现在将要告诉您的话以后，可以把您对我的意见改变过来。至于我这位兄长，我相信他是非常看重您的；他为您促成了这一门婚事，完全是他的一片好心；可惜看错了追求的对象，这一番心思气力，花得好不冤枉！

彼德罗　啊，是怎么一回事？

约　翰　我就是来告诉你们的；也不必多噜嗦，这位姑娘是不贞洁的，人家久已在那儿讲她的闲话了。

克劳狄奥　谁？希罗吗？

约　翰　正是她；里奥那托的希罗，您的希罗，大众的希罗。

克劳狄奥　不贞洁吗？

约　翰　不贞洁这一个字眼，还是太好了，不够形容她的罪恶；她岂止不贞洁而已！您要是能够想得到一个更坏的名称，她也可以受之而无愧。不要吃惊，等着看事实的证明吧：您只要今天晚上跟我去，就可以看见在她结婚的前一晚，还有人从窗里走进她的房间里去。您看见这种情形以后，要是仍旧爱她，那么明天就跟她结婚吧；可是为了您的名誉起见，还是把您的决心改变一下的好。

克劳狄奥　有这等事吗？

彼德罗　我想不会的。

约　翰　要是你们看见了真凭实据还不敢相信自己的眼睛，那么就不要承认你们所知道的事。你们只要跟我去,我一定可以叫你们看一个明白;等你看饱听饱以后,再决定怎么办吧。

克劳狄奥　要是今天晚上果然有什么事情给我看到,那我明天一定不跟她结婚;我还要在举行婚礼的教堂里当众羞辱她呢。

彼德罗　我曾经代你向她求婚,我也要帮着你把她羞辱。

约　翰　我也不愿多说她的坏话,横竖你们自己会替我证明的。现在大家不用声张,等到半夜时候再看究竟吧。

彼德罗　真扫兴的日子!

克劳狄奥　真倒霉的事情!

约　翰　等会儿你们就要说,幸亏发觉得早,真好的运气!(同下。)

第三场　街　　道

道格培里、弗吉斯及巡丁等上。

道格培里　你们都是老老实实的好人吗?

弗吉斯　是啊,否则他们的肉体灵魂不一起上天堂,那才可惜哩。

道格培里　不,他们当了王爷的巡丁,要是有一点忠心的话,这样的刑罚还嫌太轻啦。

弗吉斯　好,道格培里伙计,把他们应该做的事吩咐他们吧。

道格培里　第一,你们看来谁是顶不配当巡丁的人?

巡丁甲　回长官,修·奥凯克跟乔治·西可尔,因为他们俩都会写字念书。

道格培里　过来,西可尔伙计。上帝赏给你一个好名字;一个人长得漂亮是偶然的运气,会写字念书才是天生的本领。

巡丁乙　巡官老爷,这两种好处——

道格培里　你都有；我知道你会这样说。好，朋友，讲到你长得漂亮，那么你谢谢上帝，自己少卖弄卖弄；讲到你会写字念书，那么等到用不着这种玩意儿的时候，再显显你自己的本领吧。大家公认你是这儿最没有头脑、最配当一个班长的人，所以你拿着这盏灯笼吧。听好我的吩咐：你要是看见什么流氓无赖，就把他抓了；你可以用王爷的名义叫无论什么人站住。

巡丁甲　要是他不肯站住呢？

道格培里　那你就不用理他，让他去好了；你就立刻召集其余的巡丁，谢谢上帝免得你们受一个混蛋的麻烦。

弗吉斯　要是喊他站住他不肯站住，他就不是王爷的子民。

道格培里　对了，不是王爷的子民，就可以不用理他们。你们也不准在街上大声吵闹；因为巡丁们要是哗啦哗啦谈起天来，那是最叫人受得住也是最不可宽恕的事。

巡丁乙　我们宁愿睡觉，不愿说话；我们知道一个巡丁的责任。

道格培里　啊，你说得真像一个老练的安静的巡丁，睡觉总是不会得罪人的；只要留心你们的钩镰枪别给人偷去就行啦。好，你们还要到每一家酒店去查看，看见谁喝醉了，就叫他回去睡觉。

巡丁甲　要是他不愿意呢？

道格培里　那么让他去，等他自己醒过来吧；要是他不好好地回答你，你可以说你看错了人啦。

巡丁甲　是，长官。

道格培里　要是你们碰见一个贼，按着你们的职分，你们可以疑心他不是个好人；对于这种家伙，你们越是少跟他们多事，越可以显出你们都是规矩的好人。

巡丁乙　要是我们知道他是个贼，我们要不要抓住他呢？

道格培里　按着你们的职分，你们本来是可以抓住他的；可是我想谁把手伸进染缸里，总要弄脏自己的手；为了省些麻烦起见，要是你们碰见了一个贼，顶好的办法就是让他使出他的看家本领来，偷偷地溜走了事。

弗吉斯　伙计，你一向是个出名的好心肠人。

道格培里　是呀，就是一条狗我也不忍把它勒死，何况是个还有几分天良的人，自然更加不在乎啦。

弗吉斯　要是你们听见谁家的孩子晚上啼哭，你们必须去把那奶妈子叫醒，叫她止住他的啼哭。

巡丁乙　要是那奶妈子睡熟了，听不见我们叫喊呢？

道格培里　那么你们就一声不响地走开去，让那孩子把她吵醒好了；因为母羊要是听不见她自己小羊的啼声，她怎么会回答一头小牛的叫喊呢？

弗吉斯　你说得真对。

道格培里　完了。你们当巡丁的，就是代表着王爷本人；要是你们在黑夜里碰见王爷，你们也可以叫他站住。

弗吉斯　哎哟，圣母娘娘呀！我想那是不可以的。

道格培里　谁要是懂得法律，我可以用五先令跟他打赌一先令，他可以叫他站住；当然啰，那还要看王爷自己愿不愿意；因为巡丁是不能得罪人的，叫一个不愿意站住的人站住，那是要得罪人的。

弗吉斯　对了，这才说得有理。

道格培里　哈哈哈！好，伙计们，晚安！倘然有要紧的事，你们就来叫我起来；什么事大家彼此商量商量。再见！来，伙计。

巡丁乙　好，弟兄们，我们已经听见长官吩咐我们的话；让我们就在这儿教堂门前的凳子上坐下来，等到两点钟的时候，大家回去睡觉吧。

道格培里　好伙计们，还有一句话。请你们留心留心里奥那托老爷的门
　　口；因为他家里明天有喜事，今晚十分忙碌，怕有坏人混进去。再见，
　　千万留心点儿。（道格培里、弗吉斯同下。）

　　　　波拉契奥及康拉德上。

波拉契奥　喂，康拉德！

巡丁甲　（旁白）静！别动！

波拉契奥　喂，康拉德！

康拉德　这儿，朋友，我就在你的身边哪。

波拉契奥　他妈的！怪不得我身上痒，原来有一颗癞疥疮在我身边。

康拉德　等会儿再跟你算账；现在还是先讲你的故事吧。

波拉契奥　那么你且站在这儿屋檐下面，天在下着毛毛雨哩；我可以像一
　　个醉汉似的，把什么话儿都告诉你。

巡丁甲　（旁白）弟兄们，一定是些什么阴谋；可是大家站着别动。

波拉契奥　告诉你吧，我从唐·约翰那儿拿到了一千块钱。

康拉德　干一件坏事的价钱会这样高吗？

波拉契奥　你应该这样问：难道坏人就这样有钱吗？有钱的坏人需要没
　　钱的坏人帮忙的时候，没钱的坏人当然可以漫天讨价。

康拉德　我可有点不大相信。

波拉契奥　这就表明你是个初出茅庐的人。你知道一套衣服、一顶帽子
　　的式样时髦不时髦，对于一个人本来是没有什么相干的。

康拉德　是的，那不过是些章身之具而已。

波拉契奥　我说的是式样的时髦不时髦。

康拉德　对啦，时髦就是时髦，不时髦就是不时髦。

波拉契奥　呸！那简直就像说，傻子就是傻子。可是你不知道这个时髦
　　是个多么坏的贼吗？

巡丁甲　（旁白）我知道有这么一个坏贼,他已经做了七年老贼了;他在街
　　　上走来走去,就像个绅士的模样。我记得有这么一个家伙。

波拉契奥　你没听见什么人在讲话吗?

康拉德　没有,只有屋顶上风标转动的声音。

波拉契奥　我说,你不知道这个时髦是个多么坏的贼吗? 他会把那些从
　　　十四岁到三十五岁的血气未定的年轻人搅昏头,有时候把他们装扮
　　　得活像那些烟熏的古画上的埃及法老的兵士,有时候又像漆在教堂
　　　窗上的异教邪神的祭司,有时候又像织在污旧虫蛀的花毡上的薙光
　　　了胡须的赫刺克勒斯,裤裆里的那话儿瞧上去就像他的棍子一样又
　　　粗又重。

康拉德　这一切我都知道;我也知道往往一件衣服没有穿旧,流行的式样
　　　已经变了两三通。可是你是不是也给时髦搅昏了头,所以不向我讲
　　　你的故事,却来讨论起时髦问题来呢?

波拉契奥　那倒不是这样说。好,我告诉你吧,我今天晚上已经去跟希罗
　　　小姐的侍女玛格莱特谈过情话啦;我叫她做希罗,她靠在她小姐卧室
　　　的窗口,向我说了一千次晚安——我把这故事讲得太坏,我应当先告
　　　诉你,那亲王和克劳狄奥怎样听了我那主人唐·约翰的话,三个人预
　　　先站在花园里远远的地方,瞧见我们这一场幽会。

康拉德　他们都以为玛格莱特就是希罗吗?

波拉契奥　亲王跟克劳狄奥是这样想的;可是我那个魔鬼一样的主人知
　　　道她是玛格莱特。一则因为他言之凿凿,使他们受了他的愚弄;二则
　　　因为天色昏黑,蒙过了他们的眼睛;可是说来说去,还是全亏我的诡
　　　计多端,证实了唐·约翰随口捏造的谣言,惹得那克劳狄奥一怒而
　　　去,发誓说他要在明天早上,按着预定的钟点,到教堂里去见她的面,
　　　把他晚上所见的情形当众宣布出来,出出她的丑,叫她仍旧回去做一

　　　　　个没有丈夫的女人。

巡丁甲　我们用亲王的名义命令你们站住！

巡丁乙　去叫巡官老爷起来。一件最危险的奸淫案子给我们破获了。

巡丁甲　他们同伙的还有一个坏贼，我认识他，他头发上打着"爱人结"。

康拉德　列位朋友们！

巡丁乙　告诉你们吧，这个坏贼是一定要叫你们交出来的。

康拉德　列位——

巡丁甲　别说话，乖乖地跟我们去。

波拉契奥　他们把我们抓了去，倒是捞到了一批好货。

康拉德　少不得还要受一番检查呢。来，我们服从你们。（同下。）

第四场　里奥那托家中一室

　　　　　　希罗、玛格莱特及欧苏拉上。

希　罗　好欧苏拉，你去叫醒我的姊姊贝特丽丝，叫她快点儿起身。

欧苏拉　是，小姐。

希　罗　请她过来一下子。

欧苏拉　好的。（下。）

玛格莱特　真的，我想还是那一个绉领好一点。

希　罗　不，好玛格莱特，我要戴这一个。

玛格莱特　这一个真的不是顶好；您的姊姊也一定会这样说的。

希　罗　我的姊姊是个傻子；你也是个傻子，我偏要戴这一个。

玛格莱特　我很欢喜这一顶新的发罩，要是头发的颜色再略微深一点儿
　　　　就好了。您的长袍的式样真是好极啦。人家把米兰公爵夫人那件袍
　　　　子称赞得了不得，那件衣服我也见过。

希　罗　啊！他们说它好得很哩。

玛格莱特　不是我胡说，那一件比起您这一件来，简直只好算是一件睡
　　　衣：金线织成的缎子，镶着银色的花边，嵌着珍珠，有垂袖，有侧袖，圆
　　　圆的衣裾，缀满了带点儿淡蓝色的闪光箔片；可是要是讲到式样的优
　　　美雅致，齐整漂亮，那您这一件就可以抵得上她十件。

希　罗　上帝保佑我快快乐乐地穿上这件衣服，因为我的心里重得好像
　　　压着一块石头似的！

玛格莱特　等到一个男人压到您身上，它还要重得多哩。

希　罗　啐！你不害臊吗？

玛格莱特　害什么臊呢，小姐？因为我说了句老实话吗？就是对一个叫
　　　化子来说，结婚不也是光明正大的事吗？难道不曾结婚，就不许提起
　　　您的姑爷吗？我想您也许要我这样说："对不起，说句不中听的粗话：
　　　一个丈夫。"只要说话有理，就不怕别人的歪曲。不是我有意跟人家
　　　抬杠，不过，"等到有了丈夫，那份担子压下来，可更重啦，"这话难道
　　　有什么要不得吗？只要大家是明媒正娶的，那有什么要紧？否则倒
　　　不能说是重，只好说是轻狂了。您要是不相信，去问贝特丽丝小姐
　　　吧；她来啦。

　　　　贝特丽丝上。

希　罗　早安，姊姊。

贝特丽丝　早安，好希罗。

希　罗　嗳哟，怎么啦！你怎么说话这样懒洋洋的？

贝特丽丝　我的心曲乱得很呢。

玛格莱特　快唱一曲《妹妹心太活》吧，这是不用男低音伴唱的；你唱，我
　　　来跳舞。

贝特丽丝　大概你的一对马蹄子，就跟你的"妹妹"的一颗心那样，太灵活

　　　　　了吧。将来哪个丈夫娶了你，快替他养一马房马驹子吧。

玛格莱特　嗳呀，真是牛头不对马嘴！我把它们一脚踢开了。

贝特丽丝　快要五点钟啦，妹妹；你该快点儿端整起来了。真的，我身子
　　　　　怪不舒服。唉——呵！

玛格莱特　是您的肚肠里有了牵挂，还是得了心病、肝病？

贝特丽丝　我浑身说不出的不舒服。

玛格莱特　哼，您倘然没有变了一个人，那么航海的人也不用看星啦。

贝特丽丝　这傻子在那儿说些什么？

玛格莱特　我没有说什么；但愿上帝保佑每一个人如愿以偿！

希　罗　这双手套是伯爵送给我的，上面熏着很好的香料。

贝特丽丝　我的鼻子塞住啦，妹妹，我闻不出来。

玛格莱特　好一个塞住了鼻子的姑娘！今年的伤风可真流行。

贝特丽丝　啊，老天快帮个忙吧！你几时变得这样精灵的呀。

玛格莱特　自从您变得那样糊涂之后。我说俏皮话真来得，是不是？

贝特丽丝　可惜还不够招摇，最好把你的俏皮劲儿顶在头上，那才好呢。
　　　　　真的，我得病了。

冯格莱特　您的心病是要心药来医治的。

希　罗　你这一下子可刺进她心眼儿里去了。

贝特丽丝　怎么，干吗要"心药"？你这句话是什么意思？

玛格莱特　意思！不，真的，我一点没有什么意思。您也许以为我想您在
　　　　　恋爱啦；可是不，我不是那么一个傻子，会高兴怎么想就怎么想；我也
　　　　　不愿意想到什么就想什么；老实说，就是想空了我的心，我也决不会
　　　　　想到您是在恋爱，或者您将要恋爱，或者您会跟人家恋爱。可是培尼
　　　　　狄克起先也跟您一样，现在他却变了个人啦；他曾经发誓决不结婚，
　　　　　现在可死心塌地地做起爱情的奴隶来啦。我不知道您会变成个什么

样子；可是我觉得您现在瞧起人来的那种神气，也有点跟别的女人差不多啦。

贝特丽丝　你的一条舌头滚来滚去的，在说些什么呀？

玛格莱特　反正不是说的瞎话。

　　　　　欧苏拉重上。

欧苏拉　小姐，进去吧；亲王、伯爵、培尼狄克先生、唐·约翰，还有全城的公子哥儿们，都来接您到教堂里去了。

希　罗　好姊姊，好玛格莱特，好欧苏拉，快帮我穿戴起来吧。（同下。）

第五场　里奥那托家中的另一室

　　　　　里奥那托偕道格培里、弗吉斯同上。

里奥那托　朋友，你有什么事要对我说？

道格培里　呃，老爷，我有点事情要来向您告禀，这件事情对于您自己是很有关系的。

里奥那托　那么请你说得简单一点，因为你瞧，我现在忙得很哪。

道格培里　呃，老爷，是这么一回事。

弗吉斯　是的，老爷，真的是这么一回事。

里奥那托　是怎么一回事呀，我的好朋友们？

道格培里　老爷，弗吉斯是个好人，他讲起话来总是有点儿缠夹不清；他年纪老啦，老爷，他的头脑已经没有从前那么糊涂，上帝保佑他！可是说句良心话，他是个老实不过的好人，瞧他的眉尖心就可以明白啦。①

---

① 古时有在犯人的眉尖心烙印的刑法，使人一望而知不是好人。

弗吉斯　是的,感谢上帝,我就跟无论哪一个跟我一样老,也不比我更老
　　　实的人一样老实。

道格培里　不要比这个比那个,叫人家听着心烦啦;少说些废话,弗吉斯
　　　伙计。

里奥那托　两位老乡,你们缠绕的本领可真不小啊。

道格培里　承蒙您老爷好说,不过咱们都是可怜的公爵手下的巡官。可
　　　是说真的,拿我自个儿来说,要是我的缠绕的本领跟皇帝老子那样
　　　大,我一定舍得拿来一古脑儿全传给您老爷。

里奥那托　呃,拿你的缠绕的本领全传给我?

道格培里　对啊,哪怕再加上一千个金镑的价值,我也决不会舍不得。因
　　　为我听到的关于您老爷的报告是挺好的,不比这儿城里哪个守本分
　　　的人们差,我虽然是个老粗,听了也非常满意。

弗吉斯　我也同样满意。

里奥那托　我最满意的是你们有话就快说出来。

弗吉斯　呃,老爷,我们的巡丁今天晚上捉到了梅西那地方两个顶坏的坏
　　　人——当然不包括您老爷在内。

道格培里　老爷,他是个很好的老头子,就是喜欢多话;人家说的,年纪一
　　　老,人也变糊涂啦。上帝保佑我们! 这世上新鲜的事情可多着呢!
　　　说得好,真的,弗吉斯伙计。好,上帝是个好人;两个人骑一匹马,总
　　　有一个人在后面。真的,老爷,他是个老实汉子,天地良心;可是我们
　　　应该敬重上帝,世上有好人也就有坏人。唉! 好伙计。

旦奥那托　可不,老乡,他跟你差远了。

道格培里　这也是上帝的恩典。

旦奥那托　我可要少陪了。

道格培里　就是一句话,老爷;我们的巡丁真的捉住了两个形迹可疑的

人，我们想在今天当着您面前把他们审问一下。

里奥那托　你们自己去审问吧，审问明白以后，再来告诉我；我现在忙得

　　　不得了，你们也一定可以看得出来的。

道格培里　那么就这么办吧。

里奥那托　你们喝点儿酒再走；再见。

　　　　　一使者上。

使　者　老爷，他们都在等着您去主持婚礼。

里奥那托　我就来；我已经预备好了。（里奥那托及使者下。）

道格培里　去，好伙计，把法兰西斯·西可尔找来；叫他把他的笔和墨水

　　　壶带到监牢里，我们现在就要审问这两个家伙。

弗吉斯　我们一定要审问得非常聪明。

道格培里　是的，我们一定要尽量运用我们的智慧，叫他们狡赖不了。你

　　　就去找一个有学问的念书人来给我们记录口供；咱们在监牢里会面

　　　吧。（同下。）

第 四 幕

第一场　教 堂 内 部

　　　唐·彼德罗、唐·约翰、里奥那托、法兰西斯神父、克劳狄奥、培尼狄克、希罗、贝特丽丝等同上。

里奥那托　来，法兰西斯神父，简单一点；只要给他们行一行结婚的仪式，以后再把夫妇间应有的责任仔细告诉他们吧。

神　父　爵爷，您到这儿来是要跟这位小姐举行婚礼的吗？

克劳狄奥　不。

里奥那托　神父，他是来跟她结婚的；您才是给他们举行婚礼的人。

神　父　小姐，您到这儿来是要跟这位伯爵结婚吗？

希　罗　是的。

神　父　要是你们两人中间有谁知道有什么秘密的阻碍，使你们不能结为夫妇，那么为了免得你们的灵魂受到责罚，我命令你们说出来。

克劳狄奥　希罗，你知道有没有？

希　罗　没有，我的主。

神　父　伯爵，您知道有没有？

里奥那托　我敢替他回答，没有。

克劳狄奥　啊！人们敢做些什么！他们会做些什么出来！他们每天都在
　　　做些什么，却不知道他们自己在做些什么！

培尼狄克　怎么！发起感慨来了吗？那么让我来大笑三声吧，哈！
　　　哈！哈！

克劳狄奥　神父，请你站在一旁。老人家，对不起，您愿意这样慷慨地把
　　　这位姑娘，您的女儿，给我吗？

里奥那托　是的，贤婿，正像上帝把她给我的时候一样慷慨。

克劳狄奥　我应当用什么来报答您，它的价值可以抵得过这一件贵重的
　　　礼物呢？

彼德罗　用什么都不行，除非把她仍旧还给他。

克劳狄奥　好殿下，您已经教会我表示感谢的最得体的方法了。里奥那
　　　托，把她拿回去吧；不要把这只坏橘子送给你的朋友，她只是外表上
　　　像一个贞洁的女人罢了。瞧！她那害羞的样子，多么像是一个无邪
　　　的少女！啊，狡狯的罪恶多么善于用真诚的面具遮掩它自己！她脸
　　　上现起的红晕，不是正可以证明她的贞静纯朴吗？你们大家看见她
　　　这种表面上的做作，不是都会发誓说她是个处女吗？可是她已经不
　　　是一个处女了，她已经领略过枕席上的风情；她的脸红是因为罪恶，
　　　不是因为羞涩。

里奥那托　爵爷，您这是什么意思？

克劳狄奥　我不要结婚，不要把我的灵魂跟一个声名狼藉的淫妇结合在
　　　一起。

里奥那托　爵爷，要是照您这样说来，您因为她年幼可欺，已经破坏了她
　　　的贞操——

克劳狄奥　我知道你会这么说：要是我已经跟她发生了关系，你就会说她
　　　不过是委身于她的丈夫，所以不能算是一件不可恕的过失。不，里奥

那托,我从来不曾用一句游辞浪语向她挑诱;我对她总是像一个兄长对待他的弱妹一样,表示着纯洁的真诚和合礼的情爱。

希　罗　您看我对您不也正是这样吗?

克劳狄奥　不要脸的!正是这样!我看你就像是月亮里的狄安娜女神一样纯洁,就像是未开放的蓓蕾一样无瑕;可是你却像维纳斯一样放荡,像纵欲的禽兽一样无耻!

希　罗　我的主病了吗?怎么他会讲起这种荒唐的话来?

里奥那托　好殿下,您怎么不说句话儿?

彼德罗　叫我说些什么呢?我竭力替我的好朋友跟一个淫贱的女人撮合,我自己的脸也丢尽了。

里奥那托　这些话是从你们嘴里说出来的呢,还是我在做梦?

约　翰　老人家,这些话是从他们嘴里说出来的;这些事情都是真的。

培尼狄克　这简直不成其为婚礼啦。

希　罗　真的!啊,上帝!

克劳狄奥　里奥那托,我不是站在这儿吗?这不是亲王吗?这不是亲王的兄弟吗?这不是希罗的面孔吗?我们不是大家生着眼睛的吗?

里奥那托　这一切都是事实;可是您这样说是什么意思呢?

克劳狄奥　让我只问你女儿一个问题,请你用你做父亲的天赋权力,叫她老实回答我。

里奥那托　我命令你从实答复他的问题,因为你是我的孩子。

希　罗　啊,上帝保佑我!我要给他们逼死了!这算是什么审问呀?

克劳狄奥　我们要从你自己的嘴里听到你的实在的回答。

希　罗　我不是希罗吗?谁能够用公正的谴责玷污这一个名字?

克劳狄奥　嘿,那就要问希罗自己了;希罗自己可以玷污希罗的名节。昨天晚上在十二点钟到一点钟之间,在你的窗口跟你谈话的那个男人是谁? 要是你是个处女,请你回答这一个问题吧。

希　罗　爵爷,我在那个时候不曾跟什么男人谈过话。

彼德罗　哼,你还要抵赖! 里奥那托,我很抱歉要让你知道这一件事:凭着我的名誉起誓,我自己、我的兄弟和这位受人欺骗的伯爵,昨天晚上在那个时候的的确确看见她,也听见她在她卧室的窗口跟一个混账东西谈话;那个荒唐的家伙已经亲口招认,这样不法的幽会,他们已经有过许多次了。

约　翰　啧! 啧! 王兄,那些话还是不要说了吧,说出来也不过污了大家的耳朵。美貌的姑娘,你这样不知自重,我真替你可惜!

克劳狄奥　啊,希罗! 要是把你外表上的一半优美分给你的内心,那你将会是一个多么好的希罗! 可是再会吧,你这最下贱、最美好的人! 你这纯洁的淫邪,淫邪的纯洁,再会吧! 为了你我要锁闭一切爱情的门户,让猜疑停驻在我的眼睛里,把一切美色变成不可亲近的蛇蝎,永远失去它诱人的力量。

里奥那托　这儿谁有刀子可以借给我,让我刺在我自己的心里?(希罗晕倒。)

贝特丽丝　嗳哟,怎么啦,妹妹! 你怎么倒下去啦?

约　翰　来,我们去吧。她因为隐事给人揭发,一时羞愧交集,所以昏过去了。(彼德罗、约翰、克劳狄奥同下。)

培尼狄克　这姑娘怎么啦?

贝特丽丝　我想是死了! 叔叔,救命! 希罗! 嗳哟,希罗! 叔叔! 培尼狄克先生! 神父!

里奥那托　命运啊,不要松了你的沉重的手! 对于她的羞耻,死是最好的遮掩。

贝特丽丝　希罗妹妹,你怎么啦!

神　父　小姐，您宽心吧。

里奥那托　你的眼睛又睁开了吗？

神　父　是的，为什么她不可以睁开眼睛来呢？

里奥那托　为什么！不是整个世界都在斥责她的无耻吗？她可以否认已经刻下在她血液里的这一段丑事吗？不要活过来，希罗，不要睁开你的眼睛；因为要是你不能快快地死去，要是你的灵魂里载得下这样的羞耻，那么我在把你痛责以后，也会亲手把你杀死的。你以为我只有你这一个孩子，我会因为失去你而悲伤吗？我会埋怨造化的吝啬，不肯多给我几个子女吗？啊，像你这样的孩子，一个已经太多了！为什么我要有这么一个孩子呢？为什么你在我的眼睛里是这么可爱呢？为什么我不曾因为一时慈悲心起，在门口收养了一个叫化的孩子，那么要是她长大以后干下这种丑事，我还可以说，"她的身上没有一部分是属于我的；这一种羞辱是她从不知名的血液里传下来的"？可是我自己亲生的孩子，我所钟爱的、我所赞美的、我所引为骄傲的孩子，为了爱她的缘故，我甚至把她看得比我自己还重；她——啊！她现在落下了污泥的坑里，大海的水也洗不净她的污秽，海里所有的盐也不够解除她肉体上的腐臭。

培尼狄克　老人家，您安心点儿吧。我瞧着这一切，简直是莫名其妙，不知道应该说些什么话才好。

贝特丽丝　啊！我敢赌咒，我的妹妹是给他们冤枉的！

培尼狄克　小姐，您昨天晚上跟她睡在一个床上吗？

贝特丽丝　那倒没有；虽然在昨晚以前，我跟她已经同床睡了一年啦。

里奥那托　证实了！证实了！啊，本来就是铁一般的事实，现在又加上一重证明了！亲王兄弟两人是会说谎的吗？克劳狄奥这样爱着她，讲到她的丑事的时候，也会忍不住流泪，难道他也是会说谎的吗？别理她！让她死吧！

神　父　听我讲几句话。我刚才在这儿静静地旁观着这一件意外的变故，我也在留心观察这位小姐的神色：我看见无数羞愧的红晕出现在她的脸上，可是立刻有无数冰霜一样皎洁的惨白把这些红晕驱走，显示出她的含冤蒙屈的清贞；我更看见在她的眼睛里射出一道火一样的光来，似乎要把这些贵人们加在她身上的无辜的诬蔑烧掉。要是这位温柔的小姐不是遭到重大的误会，要是她不是一个清白无罪的人，那么你们尽管把我叫做傻子，再不要相信我的学问、我的见识、我的经验，也不要重视我的年龄、我的身份或是我的神圣的职务吧。

里奥那托　神父，不会有这样的事的。你看她虽然做出这种丧尽廉耻的事来，可是她还有几分天良未泯，不愿在她的深重的罪孽之上再加上一重欺罔的罪恶；她并没有否认。事情已经是这样明显了，你为什么还要替她辩护呢？

神　父　小姐，他们说你跟什么人私通？

希　罗　他们这样说我，他们一定知道；我可不知道。要是我违背了女孩儿家应守的礼法，跟任何不三不四的男人来往，那么让我的罪恶不要得到宽恕吧！啊，父亲！您要是能够证明有哪个男人在可以引起嫌疑的时间里跟我谈过话，或者我在昨天晚上曾经跟别人交换过言语，那么请您斥逐我、痛恨我、用酷刑处死我吧！

神　父　亲王们一定有了些误会。

培尼狄克　他们中间有两个人是正人君子；要是他们这次受了人家的欺骗，一定是约翰那个私生子弄的诡计，他是最喜欢设阱害人的。

里奥那托　我不知道。要是他们说的关于她的话果然是事实，我要亲手把她杀死；要是他们无中生有，损害她的名誉，我要跟他们中间最尊贵的一个人拼命去。时光不曾干涸了我的血液，年龄也不曾侵蚀了我的智慧,我的家财不曾因为逆运而消耗,我的朋友也不曾因为我的行为不检而走散;他们要是看我可欺,我就叫他们看看我还有几分精力,还会转转念头,也不是无财无势,也不是无亲无友,尽可对付得了他们的。

神　父　且慢,在这件事情上,请您还是听从我的劝告。亲王们离开这儿的时候,以为您的小姐已经死了;现在不妨暂时叫她深居简出,就向外面宣布说她真的已经死了,再给她举办一番丧事,在贵府的坟地上给她立起一方碑铭,一切丧葬的仪式都不可缺少。

里奥那托　为什么要这样呢? 这样有什么好处呢?

神　父　要是照这样好好地做去,就可以使诬蔑她的人不禁哀怜她的不幸,这也未始不是好事;可是我提起这样奇怪的办法,却另有更大的用意。人家听说她一听到这种诽谤立刻身死,一定都会悲悼她、可怜她,从而原谅她。我们往往在享有某一件东西的时候,一点不看重它的好处;等到失掉它以后,却会格外夸张它的价值,发现当它还在我们手里的时候所看不出来的优点。克劳狄奥一定也会这样:当他听到了他的无情的言语,已经致希罗于死地的时候,她生前可爱的影子一定会浮起在他的想象之中,她的生命中的每一部分都会在他的心目中变得比活在世上的她格外值得珍贵,格外优美动人,格外充满生命;要是爱情果然打动过他的心,那时他一定会悲伤哀恸,即使他仍旧以为他所指斥她的确是事实,他也会后悔不该给她这样大的难堪。您就照这么办吧,它的结果一定会比我所能预料的还要美满。即使退一步说,它并不能收到理想中的效果,至少也可以替她把这场羞辱掩盖过去,您不妨把她隐藏在什么僻静的地方,让她潜心修道,远离世人的耳目,隔绝任何的诽谤损害;对于名誉已受创伤的她,这是一个最适当的办法。

培尼狄克　里奥那托大人,听从这位神父的话吧。虽然您知道我对于亲王和克劳狄奥都有很深的交情,可是我愿意凭着我的名誉起誓,在这件事情上,我一定抱着公正的态度,保持绝对的秘密。

里奥那托　我已经伤心得毫无主意了,你们用一根顶细的草绳都可以牵着我走。

神　父　好,那么您已经答应了;立刻去吧,非常的病症是要用非常的药饵来疗治的。来,小姐,您必须死里求生;今天的婚礼也许不过是暂时的延期,您耐心忍着吧。(神父、希罗及里奥那托同下。)

培尼狄克　贝特丽丝小姐,您一直在哭吗?

贝特丽丝　是的,我还要哭下去哩。

培尼狄克　我希望您不要这样。

贝特丽丝　您有什么理由?这是我自己愿意这样呀。

培尼狄克　我相信令妹一定受了冤枉。

贝特丽丝　唉!要是有人能够替她伸雪这场冤枉,我才愿意跟他做朋友。

培尼狄克　有没有可以表示这一种友谊的方法?

贝特丽丝　方法是有,而且也是很直接爽快的,可惜没有这样的朋友。

培尼狄克　可以让一个人试试吗?

贝特丽丝　那是一个男子汉做的事情,可不是您做的事情。

培尼狄克　您是我在这世上最爱的人——这不是很奇怪吗?

贝特丽丝　就像我所不知道的事情一样奇怪。我也可以说您是我在这世上最爱的人——可是别信我——可是我没有说假话——我什么也不承认,什么也不否认——我只是为我的妹妹伤心。

培尼狄克　贝特丽丝,凭着我的宝剑起誓,你是爱我的。

贝特丽丝　发了这样的誓,是不能反悔的。

培尼狄克　我愿意凭我的剑发誓你爱着我;谁要是说我不爱你,我就叫他吃我一剑。

贝特丽丝　您不会食言而肥吗？

培尼狄克　无论给它调上些什么油酱，我都不愿把我今天说过的话吃下去。我发誓我爱你。

贝特丽丝　那么上帝恕我！

培尼狄克　亲爱的贝特丽丝，你犯了什么罪过？

贝特丽丝　您刚好打断了我的话头，我正要说我也爱着您呢。

培尼狄克　那么就请你用整个的心说出来吧。

贝特丽丝　我用整个心儿爱着您，简直分不出一部分来向您诉说。

培尼狄克　来，吩咐我给你做无论什么事吧。

贝特丽丝　杀死克劳狄奥。

培尼狄克　喔！那可办不到。

贝特丽丝　您拒绝了我，就等于杀死了我。再见。

培尼狄克　等一等，亲爱的贝特丽丝。

贝特丽丝　我的身子就算在这儿，我的心也不在这儿。您一点没有真情。哎哟，请您还是放我走吧。

培尼狄克　贝特丽丝——

贝特丽丝　真的，我要去啦。

培尼狄克　让我们先言归于好。

贝特丽丝　您愿意跟我做朋友，却不敢跟我的敌人决斗。

培尼狄克　克劳狄奥是你的敌人吗？

贝特丽丝　他不是已经充分证明是一个恶人，把我的妹妹这样横加诬蔑，信口毁谤，破坏她的名誉吗？啊！我但愿自己是一个男人！嘿！不动声色地搀着她的手，一直等到将要握手成礼的时候，才翻过脸来，当众宣布他的恶毒的谣言！——上帝啊，但愿我是个男人！我要在市场上吃下他的心。

培尼狄克　　听我说,贝特丽丝——

贝特丽丝　　跟一个男人在窗口讲话! 说得真好听!

培尼狄克　　可是,贝特丽丝——

贝特丽丝　　亲爱的希罗! 她负屈含冤,她的一生从此完了!

培尼狄克　　贝特——

贝特丽丝　　什么亲王! 什么伯爵! 好一个做见证的亲王! 好一个甜言蜜语的风流伯爵! 啊,为了他的缘故,我但愿自己是一个男人;或者我有什么朋友愿意为了我的缘故,做一个堂堂男子! 可是人们的丈夫气概,早已消磨在打恭作揖里,他们的豪侠精神,早已丧失在逢迎阿谀里了;他们已经变得只剩下一条善于拍马吹牛的舌头;谁会造最大的谣言,而且拿谣言来赌咒,谁就是个英雄好汉。我既然不能凭着我的愿望变成一个男子,所以我只好做一个女人在伤心中死去。

培尼狄克　　等一等,好贝特丽丝。我举手为誓,我爱你。

贝特丽丝　　您要是真的爱我,那么把您的手用在比发誓更有意义的地方吧。

培尼狄克　　凭着你的良心,你以为克劳狄奥伯爵真的冤枉了希罗吗?

贝特丽丝　　是的,正像我知道我有思想有灵魂一样毫无疑问。

培尼狄克　　够了! 一言为定,我要去向他挑战。让我在离开你以前,吻一吻你的手。我凭你这只手起誓,克劳狄奥一定要得到一次重大的教训。请你等候我的消息,把我放在你的心里。去吧,安慰安慰你的妹妹;我必须对他们说她已经死了。好,再见。(各下。)

第二场　监　　狱

道格培里、弗吉斯及教堂司事各穿制服上;巡丁押康拉德及波拉契奥随上。

道格培里　咱们这一伙儿都到齐了吗?

弗吉斯　啊!端一张凳子和垫子来给教堂司事先生坐。

教堂司事　哪两个是被告?

道格培里　呃,那就是我跟我的伙计。

弗吉斯　不错,我们是来审案子的。

教堂司事　可是哪两个是受审判的犯人? 叫他们到巡官老爷面前来吧。

道格培里　对,对,叫他们到我面前来。朋友,你叫什么名字?

波拉契奥　波拉契奥。

道格培里　请写下波拉契奥。小子,你呢?

康拉德　长官,我是个绅士,我的名字叫康拉德。

道格培里　写下绅士康拉德先生。两位先生,你们都敬奉上帝吗?

康　拉　德
　　　　　是,长官,我们希望我们是敬奉上帝的。
波拉契奥

道格培里　写下他们希望敬奉上帝;留心把上帝写在前面,因为要是让这
　　　些混蛋的名字放在上帝前面,上帝一定要生气。两位先生,你们已
　　　经被证明是两个比奸恶的坏人好不了多少的家伙,大家也就要这样
　　　看待你们了。你们自己有什么辩白没有?

康拉德　长官,我们说我们不是坏人。

道格培里　好一个乖巧的家伙;可是我会诱他说出真话来。过来,小子,
　　　让我在你的耳边说一句话:先生,我对您说,人家都以为你们是奸恶
　　　的坏人。

波拉契奥　长官,我对你说,我们不是坏人。

道格培里　好,站在一旁。天哪,他们都是老早商量好了说同样的话的。
　　　你有没有写下来,他们不是坏人吗?

教堂司事　巡官老爷,您这样审问是审问不出什么结果来的;您必须叫那控诉他们的巡丁上来问话。

道格培里　对,对,这是最迅速的方法。叫那巡丁上来。弟兄们,我用亲王的名义,命令你们控诉这两个人。

巡丁甲　禀长官,这个人说亲王的兄弟唐·约翰是个坏人。

道格培里　写下约翰亲王是个坏人。嗳哟,这简直是犯的伪证罪,把亲王的兄弟叫做坏人!

波拉契奥　巡官先生——

道格培里　闭住你的嘴,家伙;我讨厌你的面孔。

教堂司事　你们还听见他说些什么?

巡丁乙　呃,他说他因为捏造了中伤希罗小姐的谣言,唐·约翰给了他一千块钱。

道格培里　这简直是未之前闻的窃盗罪。

弗吉斯　对了,一点不错。

教堂司事　还有些什么话?

巡丁甲　他说克劳狄奥伯爵听了他的话,准备当着众人的面前把希罗羞辱,不再跟她结婚。

道格培里　嗳哟,你这该死的东西!你干下这种恶事,要一辈子不会下地狱啦。

教堂司事　还有什么?

巡丁乙　没有什么了。

教堂司事　两位先生,就是这一点,你们也没有法子抵赖了。约翰亲王已经在今天早上逃走;希罗已经这样给他们羞辱过,克劳狄奥也已经拒绝跟她结婚,她因为伤心过度,已经突然身死了。巡官老爷,把这两个人绑起来,带到里奥那托家里去;我先走一步,把我们审问的结果告诉他。（下。）

道格培里　来，把他们铐起来。

弗吉斯　把他们交给——

秉拉德　滚开，蠢货！

道格培里　他妈的！教堂司事呢？叫他写下：亲王的官吏是个蠢货。来，
　　把他们绑了。你这该死的坏东西！

康拉德　滚开，你是头驴子，你是头驴子！

道格培里　你难道瞧不起我的地位吗？你难道瞧不起我这一把年纪吗？
　　啊，但愿他在这儿，给我写下我是头驴子！可是列位弟兄们，记住我
　　是头驴子；虽然这句话没有写下来，可是别忘记我是头驴子。你这恶
　　人，你简直是目中无人，这儿大家都可以做见证的。老实告诉你吧，
　　我是个聪明人；而且是个官；而且是个有家小的人；再说，我的相貌也
　　比得上梅西那地方无论哪一个人；我懂得法律，那可以不去说它；我
　　身边老大有几个钱，那也可以不去说它；我不是不曾碰到过坏运气，
　　可是我还有两件袍子，无论到什么地方去总还是体体面面的。把他
　　带下去！啊，但愿他给我写下我是一头驴子！（同下。）

第 五 幕

第一场　里奥那托家门前

里奥那托及安东尼奥上。

安东尼奥　您要是老是这样，那不过气坏了您自己的身体；帮着忧伤摧残
　　您自己，那未免太不聪明吧。

里奥那托　请你停止你的劝告；把这些话送进我的耳中，就像把水倒在筛
　　里一样毫无用处。不要劝我；也不要让什么人安慰我，除非他也遭到
　　跟我同样的不幸。给我找一个像我一样溺爱女儿的父亲，他那做父
　　亲的欢乐，跟我一样完全给粉碎了，叫他来劝我安心忍耐；把他的悲
　　伤跟我的悲伤两两相较，必须铢两悉称，毫发不爽，从外表、形象到细
　　枝末节，都没有区别；要是这样一个人能够拈弄他的胡须微笑，把一
　　切懊恼的事情放在脑后，用一些老生常谈自宽自解，忘却了悲叹，反
　　而若无其事地干咳嗽，借着烛光，钻在书堆里，再也想不起自己的不
　　幸——那么叫他来见我吧，我也许可以从他那里学到些忍耐的方法。
　　可是世上不会有这样的人；因为，兄弟，人们对于自己并不感觉到的
　　痛苦，是会用空洞的话来劝告慰藉的，可是他们要是自己尝到了这种
　　痛苦的滋味，他们的理性就会让感情来主宰了，他们就会觉得他们给

人家服用的药饵,对自己也不会发生效力;极度的疯狂,是不能用一根丝线把它拴住的,就像空话不能止痛一样。不,不,谁都会劝一个在悲哀的重压下辗转呻吟的人安心忍耐,可是谁也没有那样的修养和勇气,能够叫自己忍受同样的痛苦。所以不要给我劝告,我的悲哀的呼号会盖住劝告的声音。

安东尼奥　人们就是在这种地方,跟小孩子没有分别。

里奥那托　请你不必多说。我只是个血肉之躯的凡人;就是那些写惯洋洋洒洒的大文的哲学家们,尽管他们像天上的神明一样,蔑视着人生的灾难痛苦,一旦他们的牙齿痛起来,也是会忍受不住的。

安东尼奥　可是您也不要一味自己吃苦;您应该叫那些害苦了您的人也吃些苦才是。

里奥那托　你说得有理;对了,我一定要这样。我心里觉得希罗一定是受人诬谤;我要叫克劳狄奥知道他的错误,也要叫亲王跟那些破坏她的名誉的人知道他们的错误。

安东尼奥　亲王跟克劳狄奥急匆匆地来了。

　　　　唐·彼德罗及克劳狄奥上。

彼德罗　早安,早安。

克劳狄奥　早安,两位老人家。

里奥那托　听我说,两位贵人——

彼德罗　里奥那托,我们现在没有工夫。

里奥那托　没有工夫,殿下! 好,回头见,殿下;您现在这样忙吗?——好,那也不要紧。

彼德罗　嗳哟,好老人家,别跟我们吵架。

安东尼奥　要是吵了架可以报复他的仇恨,咱们中间总有一个人会送命的。

克劳狄奥　谁得罪他了？

里奥那托　嘿，就是你呀，你，你这假惺惺的骗子！怎么，你要拔剑吗？我
　　　　　可不怕你。

克劳狄奥　对不起，那是我的手不好，害得您老人家吓了一跳；其实它并
　　　　　没有要拔剑的意思。

里奥那托　哼，朋友！别对我扮鬼脸取笑。我不像那些倚老卖老的傻老
　　　　　头儿一般，只会向人吹吹我在年轻时候怎么了不得，要是现在再年轻
　　　　　了几岁，一定会怎么怎么。告诉你，克劳狄奥，你冤枉了我的清白的
　　　　　女儿，把我害得好苦，我现在忍无可忍，只好不顾我这一把年纪，凭着
　　　　　满头的白发和这身久历风霜的老骨头，向你挑战，看究竟谁是谁非。
　　　　　我说你冤枉了我的清白的女儿；你的信口的诽谤已经刺透了她的心，
　　　　　她现在已经跟她的祖先长眠在一起了；啊，想不到我的祖先清白传
　　　　　家，到了她身上却落下一个污名，这都是因为你的万恶的手段！

克劳狄奥　我的手段？

里奥那托　是的，克劳狄奥，我说是你的万恶的手段。

彼德罗　老人家您说错了。

里奥那托　殿下，殿下，要是他有胆量，我愿意用武力跟他较量出一个是
　　　　　非曲直来；虽然他击剑的本领不坏，练习得又勤，又是年轻力壮，可是
　　　　　我不怕他。

克劳狄奥　走开！我不要跟你胡闹。

里奥那托　你会这样推开我吗？你已经杀死了我的孩子；要是你把我也
　　　　　杀死了，孩子，才算你是个汉子。

安东尼奥　他要把我们两人一起杀死了，才算是个汉子；可是让他先杀死
　　　　　一个吧，让他跟我较量一下，看他能不能把我取胜。来，跟我来，孩
　　　　　子；来，哥儿，来，跟我来。哥儿，我要把你杀得无招架之功！我大丈

夫说出来的话就算数。

里奥那托　兄弟——

安东尼奥　您宽心吧。上帝知道我爱我的侄女；她现在死了，给这些恶人们造的谣言气死了。他们只会欺负一个弱女子，可是叫他们跟一个男子汉决斗，却像叫他们从毒蛇嘴里拔出舌头来一样没有胆量。这些乳臭小儿，只会说大话，诓人的猴子，不中用的懦夫！

里奥那托　安东尼贤弟——

安东尼奥　您不要说话。干什么，好人儿！我看透了他们，知道他们的骨头一共有多少分量；这些胡闹的、寡廉鲜耻的纨袴公子们，就会说谎骗人，造谣生事，打扮得奇奇怪怪，装出一副吓唬人的样子，说几句假威风的言语，扬言他们要怎样打击敌人，假使他们有这胆量；这就是他们的全副本领！

里奥那托　可是，安东尼贤弟——

安东尼奥　不，这点小事您不用管，让我来对付他们。

彼德罗　两位老先生，我们不愿意冒犯你们。令嫒的死实在使我非常抱憾；可是凭着我的名誉发誓，我们对她说的话都是绝对确实，而且有充分的证据。

里奥那托　殿下，殿下——

彼德罗　我不要听你的话。

里奥那托　不要听我的话？好，兄弟，我们去吧。总有人会听我的话的——

安东尼奥　不要听也得听，否则咱们就拼个你死我活。（里奥那托、安东尼奥同下。）

　　　　　培尼狄克上。

彼德罗　瞧，瞧，我们正要去找的那个人来啦。

克劳狄奥　啊,老兄,什么消息?

培尼狄克　早安,殿下。

彼德罗　欢迎,培尼狄克;你来迟了一步,我们刚才险些儿打起来呢。

克劳狄奥　我们的两个鼻子险些儿没给两个没有牙齿的老头子咬下来。

彼德罗　里奥那托跟他的兄弟。你看怎么样?要是我们真的打起来,那我们跟他们比起来未免太年轻点儿了。

培尼狄克　强弱异势,胜了也没有光彩。我是来找你们两个人的。

克劳狄奥　我们到处找着你,因为我们一肚子都是烦恼,想设法把它排遣排遣。你给我们讲个笑话吧。

培尼狄克　我的笑话就在我的剑鞘里,要不要拔出来给你们瞧瞧?

彼德罗　你是把笑话随身佩带的吗?

克劳狄奥　只听见把人笑破"肚皮",可还没听说把笑话插在"腰"里。请你把它"拔"出来,就像乐师从他的琴囊里拿出他的乐器来一样,给我们弹奏弹奏解解闷吧。

彼德罗　嗳哟,他的脸色怎么这样白得怕人!你病了吗?还是在生气?

克劳狄奥　喂,放出勇气来,朋友!虽然忧能伤人,可是你是个好汉子,你会把忧愁赶走的。

培尼狄克　爵爷,您要是想用您的俏皮话儿挖苦我,那我是很可以把您对付得了的。请您换一个题目好不好?

克劳狄奥　好,他的枪已经弯断了,给他换一枝吧。

彼德罗　他的脸色越变越难看了;我想他真的在生气哩。

克劳狄奥　要是他真的在生气,那么他总知道刀子就挂在他身边。

培尼狄克　可不可以让我在您的耳边说句话?

克劳狄奥　上帝保佑我不要是挑战!

培尼狄克　(向克劳狄奥旁白)你是个坏人,我不跟你开玩笑:你敢用什么

方式,凭着什么武器,在什么时候跟我决斗,我一定从命;你要是不接

受我的挑战,我就公开宣布你是一个懦夫。你已经害死了一位好好

的姑娘,她的阴魂一定会缠绕在你的身上。请你给我一个回音。

克劳狄奥　好,我一定奉陪就是了;让我也可以借此消消闷儿。

彼德罗　怎么,你们打算喝酒去吗?

克劳狄奥　是的,谢谢他的好意;他请我去吃一个小牛头,吃一只阉鸡,我

要是不把它切得好好的,就算我的刀子不中用。说不定我还能吃到

一只呆鸟吧。

培尼狄克　您的才情真是太好啦,出口都是俏皮话儿。

彼德罗　让我告诉你那天贝特丽丝怎样称赞你的才情。我说你的才情很

不错;"是的,"她说,"他有一点琐碎的小聪明。""不,"我说,"他有很

大的才情;""对了,"她说,"他的才情是大而无当的。""不,"我说,"他

有很善的才情;""正是,"她说,"因为太善了,所以不会伤人。""不,"

我说,"这位绅士很聪明;""啊,"她说,"好一位聪明的绅士!""不,"我

说,"他有一条能言善辩的舌头;""我相信您的话,"她说,"因为他在

星期一晚上向我发了一个誓,到星期二早上又把那个誓毁了;他不止

有一条舌头,他是有两条舌头哩。"这样她用足足一点钟的工夫,把你

的长处批评得一文不值;可是临了她却叹了口气,说你是意大利最漂

亮的一个男人。

克劳狄奥　因此她伤心得哭了起来,说她一点不放在心上。

彼德罗　正是这样;可是说是这么说,她倘不把他恨进骨髓里去,就会把

他爱到心窝儿里。那老头子的女儿已经完全告诉我们了。

克劳狄奥　全都说了——而且,当他躲在园里的时候,上帝就看见他。①

---

① 此句出自《旧约·创世记》。

彼德罗　可是我们什么时候把那野牛的角儿插在有理性的培尼狄克的头
　　　上呢？

克劳狄奥　对了，还要在头颈下面挂着一块招牌，"请看结了婚的培尼
　　　狄克！"

培尼狄克　再见，哥儿；你已经知道我的意思。现在我让你一个人去唠唠
　　　叨叨说话吧；谢谢上帝，你讲的那些笑话正像只会说说大话的那些懦
　　　夫们的刀剑一样伤不了人。殿下，一向蒙您知遇之恩，我是十分地感
　　　谢，可是现在我不能再跟您继续来往了。您那位令弟已经从梅西那
　　　逃走；你们几个人已经合伙害死了一位纯洁无辜的姑娘。至于我们
　　　那位白脸公子，我已经跟他约期相会了；在那个时候以前，我愿他平
　　　安。（下。）

彼德罗　他果然认起真来了。

克劳狄奥　绝对地认真；我告诉您，他这样一本至诚，完全是为了贝特丽
　　　丝的爱情。

彼德罗　他向你挑战了吗？

克劳狄奥　他非常诚意地向我挑战了。

彼德罗　一个衣冠楚楚的人，会这样迷塞了心窍，真是可笑！

克劳狄奥　像他这样一个人，讲外表也许比一头猴子神气得多，可是他的
　　　聪明还不及一头猴子哩。

彼德罗　且慢，让我静下来想一想；糟了！他不是说我的兄弟已经逃走
　　　了吗？

　　　　　道格培里、弗吉斯及巡丁押康拉德、波拉契奥同上。

道格培里　你来，朋友；要是法律管不了你，那简直可以用不到什么法律
　　　了。不，你本来是个该死的伪君子，总得好好地看待看待你。

彼德罗　怎么！我兄弟手下的两个人都给绑起来啦！一个是波拉契奥！

克劳狄奥　殿下,您问问他们犯的什么罪。

彼德罗　巡官,这两个人犯了什么罪?

道格培里　禀王爷,他们乱造谣言;而且他们说了假话;第二点,他们信口
　　诽谤;末了第六点,他们冤枉了一位小姐;第三点,他们做假见证;总
　　而言之,他们是说谎的坏人。

彼德罗　第一点,我问你,他们干了些什么事? 第三点,我问你,他们犯的
　　什么罪? 末了第六点,我问你,他们为什么被捕? 总而言之,你控诉
　　他们什么罪状?

克劳狄奥　问得很好,而且完全套着他的口气,把一个意思用各种不同的
　　方式表达了出来。

彼德罗　你们两人得罪了谁,所以才给他们抓了起来问罪? 这位聪明的
　　巡官讲的话儿太奥妙了,我听不懂。你们犯了什么罪?

波拉契奥　好殿下,我向您招认一切以后,请您不必再加追问,就让这位
　　伯爵把我杀死了吧。我已经当着您的眼前把您欺骗;您的智慧所观
　　察不到的,却让这些蠢货们揭发出来了。他们在晚上听见我告诉这
　　个人您的兄弟唐·约翰怎样唆使我毁坏希罗小姐的名誉;你们怎样
　　听了他的话到花园里去,瞧见我在那儿跟打扮做希罗样子的玛格莱
　　特昵昵情话;以及你们怎样在举行婚礼的时候把她羞辱。我的罪恶
　　已经给他们记录下来;我现在但求一死,不愿再把它重新叙述出来,
　　增加我的惭愧。那位小姐是受了我跟我的主人诬陷而死的;总之,我
　　不求别的,只请殿下处我应得之罪。

彼德罗　他的这一番话,不是像一柄利剑刺进了你的心坎吗?

克劳狄奥　我听他说话,就像是吞下了毒药。

彼德罗　可是果真是我的兄弟指使你做这种事的吗?

波拉契奥　是的,他还给了我很大的酬劳呢。

彼德罗　他是个奸恶成性的家伙,现在一定是为了阴谋暴露,所以逃
　　　走了。

克劳狄奥　亲爱的希罗! 现在你的形象又回复到我最初爱你的时候那样
　　　纯洁美好了!

道格培里　来,把这两个原告带下去。咱们那位司事先生现在一定已经
　　　把这件事情告诉里奥那托老爷知道了。弟兄们,要是碰上机会,你们
　　　可别忘了替我证明我是头驴子。

弗吉斯　啊,里奥那托老爷来了,司事先生也来了。

　　　　里奥那托、安东尼奥及教堂司事重上。

里奥那托　这个恶人在哪里? 让我把他的面孔认认清楚,以后看见跟他
　　　长得模样差不多的人,就可以远而避之。两个人中哪一个是他?

波拉契奥　您倘要知道谁是害苦了您的人,就请瞧着我吧。

里奥那托　就是你这奴才用你的鬼话害死了我的清白的孩子吗?

波拉契奥　是的,那全是我一个人干的事。

里奥那托　不,恶人,你错了;这儿有一对正人君子,还有第三个已经逃走
　　　了,他们都是有分的。两位贵人,谢谢你们害死了我的女儿;你们干
　　　了这一件好事,是应该在青史上大笔特书的。你们自己想一想,这一
　　　件事情干得多光彩。

克劳狄奥　我不知道应该怎样向您请求原谅,可是我不能不说话。您爱
　　　怎样处置我就怎样处置我吧,我愿意接受您所能想得到的无论哪一
　　　种惩罚;虽然我所犯的罪完全是出于误会的。

彼德罗　凭着我的灵魂起誓,我也犯下了无心的错误;可是为了消消这位
　　　好老人家的气起见,我也愿意领受他的任何重罚。

里奥那托　我不能叫你们把我的女儿救活过来,那当然是不可能的事;可
　　　是我要请你们两位向这儿梅西那所有的人宣告她死得多么清白。要

是您的爱情能够鼓动您写些什么悲悼的诗歌,请您就把它悬挂在她的墓前,向她的尸骸歌唱一遍;今天晚上您就去歌唱这首挽歌。明天早上您再到我家里来;您既然不能做我的子婿,那么就做我的侄婿吧。舍弟有一个女儿,她跟我去世的女儿长得一模一样,现在她是我们兄弟两人唯一的嗣息;您要是愿意把您本来应该给她姊姊的名分转给她,那么我这口气也就消下去了。

克劳狄奥　啊,可敬的老人家,您的大恩大德,真使我感激涕零! 我不敢不接受您的好意;从此以后,不才克劳狄奥愿意永远听从您的驱使。

里奥那托　那么明天早上我等您来;现在我要告别啦。这个坏人必须叫他跟玛格莱特当面质对;我相信她也一定受到令弟的贿诱,参加这阴谋的。

波拉契奥　不,我可以用我的灵魂发誓,她并不知情;当她向我说话的时候,她也不知道她已经做了些什么不应该做的事;照我平常所知道,她一向都是规规矩矩的。

道格培里　而且,老爷,这个原告,这个罪犯,还叫我做驴子;虽然这句话没有写下来,可是请您在判罪的时候不要忘记。还有,巡丁听见他们讲起一个坏贼,到处用上帝的名义向人借钱,借了去永不归还,所以现在人们的心肠都变得硬起来,不再愿意看在上帝的面上借给别人半个子儿了。请您在这一点上也要把他仔细审问审问。

里奥那托　谢谢你这样细心,这回真的有劳你啦。

道格培里　您老爷说得真像一个知恩感德的小子,我为您赞美上帝!

里奥那托　这儿是你的辛苦钱。

道格培里　上帝保佑,救苦救难!

里奥那托　去吧,你的罪犯归我发落,谢谢你。

道格培里　我把一个大恶人交在您手里;请您自己把他处罚,给别人做个

榜样。上帝保佑您老爷！愿老爷平安如意，无灾无病！后会无期，小
的告辞了！来，伙计。（道格培里、弗吉斯同下。）

里奥那托　两位贵人，咱们明天早上再见。

安东尼奥　再见；我们明天等着你们。

彼德罗　我们一定准时奉访。

克劳狄奥　今晚我就到希罗坟上哀吊去。（彼德罗、克劳狄奥同下。）

里奥那托　（向巡丁）把这两个家伙带走。我们要去问一问玛格莱特，她怎
么会跟这个下流的东西来往。（同下。）

第二场　里奥那托的花园

培尼狄克及玛格莱特自相对方向上。

培尼狄克　好玛格莱特姑娘，请你帮帮忙替我请贝特丽丝出来说话。

玛格莱特　我去请她出来了，您肯不肯写一首诗歌颂我的美貌呢？

培尼狄克　我一定会写一首顶高雅的、哪一个男子别想高攀得上的诗送
给你。凭着最讨人喜欢的真理起誓，你真配。

玛格莱特　再没哪个男子能够高攀得上！那我只好一辈子"落空"啦？

培尼狄克　你这张嘴说起俏皮话来，就像猎狗那样会咬人。

玛格莱特　您的俏皮话就像一把练剑用的钝刀头子，怎样使也伤不了人。

培尼狄克　这才叫大丈夫，他不肯伤害女人。玛格莱特，请你快去叫贝特
丽丝来吧——我服输啦，我向你缴械，盾牌也不要啦。

玛格莱特　盾牌我们自己有，把剑交上来。

培尼狄克　这可不是好玩儿的，玛格莱特，这家伙才叫危险，只怕姑娘降
不住他。

玛格莱特　好，我就去叫贝特丽丝出来见您；我想她自己也生腿的。

培尼狄克　所以一定会来。（玛格莱特下。）

> 恋爱的神明，
>
> 高坐在天庭，
>
> 知道我，知道我，
>
> 多么的可怜！——

我的意思是说，我的歌喉是多么糟糕得可怜；可是讲到恋爱，那么那位游泳好手里昂德，那位最初发明请人拉纤的特洛伊罗斯，以及那一大批载在书上的古代的风流才子们，他们的名字至今为骚人墨客所乐道，谁也没有像可怜的我这样真的为情颠倒了。可惜我不能把我的热情用诗句表示出来；我曾经搜索枯肠，可是找来找去，可以跟"姑娘"押韵的，只有"儿郎"两个字，一个孩子气的韵！可以跟"羞辱"押韵的，只有"甲壳"两个字，一个硬绷绷的韵！可以跟"学校"押韵的，只有"呆鸟"两个字，一个混账的韵！这些韵脚都不大吉利。不，我想我命里没有诗才，我也不会用那些风花雪月的话儿向人求爱。

> 贝特丽丝上。

培尼狄克　亲爱的贝特丽丝，我一叫你你就出来了吗？

贝特丽丝　是的，先生；您一叫我走，我也就会去的。

培尼狄克　不，别走，再呆一会儿。

贝特丽丝　"一会儿"已经呆过了，那么再见吧——可是在我未去以前，让我先问您一个明白，您跟克劳狄奥说过些什么话？我原是为这事才来的。

培尼狄克　我已经骂过他了；所以给我一个吻吧。

贝特丽丝　骂人的嘴是不干净的；不要吻我，让我去吧。

培尼狄克　你真会强辞夺理。可是我必须明白告诉你，克劳狄奥已经接受了我的挑战，要是他不就给我一个回音，我就公开宣布他是个懦

夫。现在我要请你告诉我，你究竟为了我哪一点坏处而开始爱起我
来呢？

贝特丽丝　为了您所有的坏处，它们朋比为奸，尽量发展它们的恶势力，
不让一点好处混杂在它们中间。可是您究竟为了我哪一点好处，才
对我害起相思来呢？

培尼狄克　"害起相思来"，好一句话！我真的给相思害了，因为我爱你是
违反我的本心的。

贝特丽丝　那么您原来是在跟您自己的心作对。唉，可怜的心！你既然
为了我的缘故而跟它作对，那么我也要为了您的缘故而跟它作对了；
因为我的朋友要是讨厌它，我当然再也不会欢喜它的。

培尼狄克　咱们两个人都太聪明啦，总不会安安静静地讲几句情话。

贝特丽丝　照您这样说法，恐怕未必如此；真的聪明人是不会自称自
赞的。

培尼狄克　这是一句老生常谈，贝特丽丝，在从前世风淳厚、大家能够赏
识他邻人的好处的时候，未始没有几分道理。可是当今之世，谁要是
不乘他自己未死之前预先把墓志铭刻好，那么等到丧钟敲过，他的寡
妇哭过几声以后，谁也不会再记得他了。

贝特丽丝　您想那要经过多少时间呢？

培尼狄克　问题就在这里，左右也不过钟鸣一小时，泪流一刻钟而已。所
以一个人只要问心无愧，把自己的好处自己宣传宣传，就像我对于我
自己这样，实在是再聪明不过的事。我可以替我自己作证，我这个人
的确不坏。现在已经自称自赞得够了——我敢给自己担保，我这个
人完全值得称赞——请你告诉我，你的妹妹怎样啦？

贝特丽丝　她现在憔悴不堪。

培尼狄克　你自己呢？

贝特丽丝　我也是憔悴不堪。

培尼狄克　敬礼上帝,尽心爱我,你的身子就可以好起来。现在我应该去
　　啦;有人慌慌张张地找你来了。

　　　　欧苏拉上。

欧苏拉　小姐,快到您叔叔那儿去。他们正在那儿议论纷纷:希罗小姐已
　　经证明受人冤枉,亲王跟克劳狄奥上了人家一个大大的当;唐·约翰
　　是罪魁祸首,他已经逃走了。您就来吗?

贝特丽丝　先生,您也愿意去听听消息吗?

培尼狄克　我愿意活在你的心里,死在你的怀里,葬在你的眼里;我也愿
　　意陪着你到你叔叔那儿去。(同下。)

第三场　教　堂　内　部

　　　　唐·彼德罗、克劳狄奥及侍从等携乐器蜡烛上。

克劳狄奥　这儿就是里奥那托家的坟堂吗?

一侍从　正是,爵爷。

克劳狄奥　(展手卷朗诵)"青蝇玷玉,谗口铄金,嗟吾希罗,月落星沉!生
　　蒙不虞之毁,死播百世之馨;惟令德之昭昭,斯虽死而犹生。"我将你
　　悬在坟上,当我不能说话时候,你仍在把她赞扬! 现在奏起音乐来,
　　歌唱你们的挽诗吧。

歌

　　　　惟兰蕙之幽姿兮,

　　　　遽一朝而摧焚;

　　　　风云怫郁其变色兮,

　　　　月姊掩脸而似嗔;

语月姊兮毋嗔，

　听长歌兮当哭；

绕墓门而逡巡兮，

　岂百身之可赎！

风瑟瑟兮云漫漫，

　纷助予之悲叹；

安得起重泉之白骨兮，

　及长夜之未旦！

克劳狄奥　幽明从此音尘隔，岁岁空来祭墓人。永别了，希罗！

彼德罗　早安，列位朋友，把你们的火把熄了。豺狼已经觅食回来；瞧，熹微的晨光在日轮尚未出现之前，已经在欲醒未醒的东方缀上鱼肚色的斑点了。劳驾你们，现在你们可以回去了；再会。

克劳狄奥　早安，列位朋友；大家各走各的路吧。

彼德罗　来，我们也去换好衣服，再到里奥那托家里去。

克劳狄奥　但愿许门有灵，这一回赐给我好一点的运气！（同下。）

第四场　里奥那托家中一室

里奥那托、安东尼奥、培尼狄克、贝特丽丝、玛格莱特、欧苏拉、法兰西斯神父及希罗同上。

神　父　我不是对您说她是无罪的吗？

里奥那托　亲王跟克劳狄奥怎样凭着莫须有的罪名冤诬她，您是听见的，他们误信人言，也不能责怪他们；可是玛格莱特在这件事情上也有几分不是，虽然照盘问和调查的结果看起来，她的行动并不是出于本意。

安东尼奥　好，一切事情总算圆满收场，我很高兴。

培尼狄克　我也很高兴，因为否则我有誓在先，非得跟克劳狄奥那小子算
　　　　账不可。

里奥那托　好，女儿，你跟各位姑娘进去一会；等我叫你们出来的时候，大
　　　　家戴上面罩出来。亲王跟克劳狄奥约定在这个时候来看我的。（众女
　　　　下）兄弟，你知道你应该做些什么事；你必须做你侄女的父亲，把她许
　　　　婚给克劳狄奥。

安东尼奥　我一定会扮演得神气十足。

培尼狄克　神父，我想我也要有劳您一下。

神　父　先生，您要我做些什么事？

培尼狄克　替我加上一层束缚，或者替我解除独身主义的约束吧。里奥
　　　　那托大人，不瞒您说，好老人家，令侄女对我很是另眼相看。

里奥那托　不错，她这一只另外的眼睛是我的女儿替她装上去的。

培尼狄克　为了报答她的眷顾，我也已经把我的一片痴心呈献给她。

里奥那托　您这一片痴心，我想是亲王、克劳狄奥跟我三个人替您安放进
　　　　去的。可是请问有何见教？

培尼狄克　大人，您说的话太玄妙了。可是讲到我的意思，那么我是希望得到
　　　　您的许可，让我们就在今天正式成婚；好神父，这件事情我要有劳您啦。

里奥那托　我竭诚赞成您的意思。

神　父　我也愿意效劳。亲王跟克劳狄奥来啦。

　　　　　唐·彼德罗、克劳狄奥及侍从等上。

彼德罗　早安，各位朋友。

里奥那托　早安，殿下；早安，克劳狄奥。我们正在等着你们呢。您今天
　　　　仍旧愿意娶我的侄女吗？

克劳狄奥　即使她长得像黑炭一样，我也决不反悔。

里奥那托　兄弟，你去叫她出来；神父已经等在这儿了。(安东尼奥下。)

彼德罗　早安，培尼狄克。啊，怎么，你的面孔怎么像严冬一样难看，堆满了霜雪风云？

克劳狄奥　他大概想起了那头野牛。呸！怕什么，朋友！我们要用金子镶在你的角上，整个的欧罗巴都会欢喜你，正像从前欧罗巴欢喜那因为爱情而变成一头公牛的乔武一样。

培尼狄克　乔武老牛叫起来声音很是好听；大概也有那么一头野牛看中了令尊大人那头母牛，结果才生下了像老兄一样的一头小牛来，因为您的叫声也跟他差不多，倒是家学渊源哩。

克劳狄奥　我暂时不跟你算账；这儿来了我一笔待清的债务。

安东尼奥率众女戴面罩重上。

克劳狄奥　哪一位姑娘我有福握住她的手？

安东尼奥　就是这一个，我现在把她交给您了。

克劳狄奥　啊，那么她就是我的了。好人，让我瞻仰瞻仰您的芳容。

里奥那托　不，在您没有搀着她的手到这位神父面前宣誓娶她为妻以前，不能让您瞧见她的面孔。

克劳狄奥　把您的手给我；当着这位神父之前，我愿意娶您为妻，要是您不嫌弃我的话。

希　罗　当我在世的时候，我是您的另一个妻子；(取下面罩)当您爱我的时候，您是我的另一个丈夫。

克劳狄奥　又是一个希罗！

希　罗　一点不错；一个希罗已经蒙垢而死，但我以清白之身活在人间。

彼德罗　就是从前的希罗！已经死了的希罗！

里奥那托　殿下，当谗言流传的时候，她才是死的。

神　父　我可以替你们解释一切；等神圣的仪式完毕以后，我会详细告诉你们希罗逝世的一段情节。现在暂时把这些怪事看做不足为奇，让我们立刻到教堂里去。

培尼狄克　慢点儿，神父。贝特丽丝呢？

贝特丽丝　（取下面罩）我就是她。您有什么见教？

培尼狄克　您不是爱我吗？

贝特丽丝　啊，不，我不过照着道理对待您罢了。

培尼狄克　这样说来，那么您的叔父、亲王跟克劳狄奥都受了骗啦；因为他们发誓说您爱我的。

贝特丽丝　您不是爱我吗？

培尼狄克　真的，不，我不过照着道理对待您罢了。

贝特丽丝　这样说来，那么我的妹妹、玛格莱特跟欧苏拉都大错而特错啦；因为她们发誓说您爱我的。

培尼狄克　他们发誓说您为了我差不多害起病来啦。

贝特丽丝　她们发誓说您为了我差不多活不下去啦。

培尼狄克　没有这回事。那么您不爱我吗？

贝特丽丝　不，真的，咱们不过是两个普通的朋友。

里奥那托　好了好了，侄女，我可以断定你是爱着这位绅士的。

克劳狄奥　我也可以赌咒他爱着她；因为这儿就有一首他亲笔写的歪诗，是他从自己的枯肠里搜索出来，歌颂着贝特丽丝的。

希　罗　这儿还有一首诗，是我姊姊的亲笔，从她的口袋里偷出来的；这上面申诉着她对于培尼狄克的爱慕。

培尼狄克　怪事怪事！我们自己的手会写下跟我们心里的意思完全不同的话。好，我愿意娶你；可是天日在上，我是因为可怜你才娶你的。

贝特丽丝　我不愿拒绝您；可是天日在上，我只是因为却不过人家的劝告，一方面也是因为要救您的性命，才答应嫁给您的；人家告诉我您在一天天瘦下去呢。

培尼狄克　别多话！让我堵住你的嘴。（吻贝特丽丝。）

彼德罗　结了婚的培尼狄克，请了！

培尼狄克　殿下，我告诉你吧，就是一大伙鼓唇弄舌的家伙向我鸣鼓而攻，我也决不因为他们的讥笑而放弃我的决心。你以为我会把那些冷嘲热讽的话儿放在心上吗？不，要是一个人这么容易给人家用空话打倒，他根本不配穿体面的衣服。总之，我既然立志结婚，那么无论世人说些什么闲话，我都不会去理会他们；所以你们也不必因为我从前说过反对结婚的话而把我取笑，因为人本来是个出尔反尔的东西，这就是我的结论了。至于讲到你，克劳狄奥，我倒很想把你打一顿；可是既然你就要做我的亲戚了，那么就让你保全皮肉，好好地爱我的小姨吧。

克劳狄奥　我倒很希望你会拒绝贝特丽丝，这样我就可以用棍子打你一顿，打得你不敢再做光棍了。我就担心你这家伙不大靠得住；我的大姨应该把你监管得紧一点才好。

培尼狄克　得啦得啦，咱们是老朋友。现在我们还是趁没有举行婚礼之前，大家跳一场舞，让我们的心跟我们妻子的脚跟一起飘飘然起来吧。

里奥那托　还是结过婚再跳舞吧。

培尼狄克　不，我们先跳舞再结婚；奏起音乐来！殿下，你好像有些什么心事似的；娶个妻子吧，娶个妻子吧。世上再没有比那戴上一顶绿帽子的丈夫更受人敬重了。

　　　　一使者上。

使　者　殿下，您的在逃的兄弟约翰已经在路上给人抓住，现在由武装的兵士把他押回到梅西那来了。

培尼狄克　现在不要想起他，明天再说吧；我可以给你设计一些最巧妙的惩罚他的方法。吹起来，笛子！（跳舞。众下。）

温莎的风流娘儿们

朱生豪　译

方　平　校

剧 中 人 物

约翰·福斯塔夫爵士

范顿　少年绅士

夏禄　乡村法官

斯兰德　夏禄的侄儿

福德 ⎤
　　　⎬温莎的两个绅士
培琪 ⎦

威廉·培琪　培琪的幼子

休·爱文斯师傅　威尔士籍牧师

卡厄斯医生　法国籍医生

嘉德饭店的店主

巴道夫 ⎤
　　　　⎬福斯塔夫的从仆
毕斯托尔 ⎥
　　　　⎦
尼　　姆

罗宾　福斯塔夫的侍童

辛普儿　斯兰德的仆人

勒格比　卡厄斯医生的仆人

福德大娘

培琪大娘

安·培琪　培琪的女儿，与范顿相恋

快嘴桂嫂　卡厄斯医生的女仆

培琪、福德两家的仆人及其他

地　点

温莎及其附近

第 一 幕

第一场　温莎。培琪家门前

夏禄、斯兰德及爱文斯上。

夏　　禄　休师傅，别劝我，我一定要告到御前法庭去；就算他是二十个约
　　　　　翰·福斯塔夫爵士，他也不能欺侮夏禄老爷。

斯兰德　夏禄老爷是葛罗斯特郡的治安法官，而且还是个探子呢。

夏　　禄　对了，侄儿，还是个"推事"呢。

斯兰德　对了，还是个"瘫子"呢；牧师先生，我告诉您吧，他出身就是个绅
　　　　　士，签起名来，总是要加上"大人"两个字，无论什么公文、笔据、账单、
　　　　　契约，写起来总是"夏禄大人"。

夏　　禄　对了，这三百年来，一直都是这样。

斯兰德　他的子孙在他以前就是这样写了，他的祖宗在他以后也可以这
　　　　　样写；他们家里那件绣着十二条白梭子鱼的外套可以作为证明。

夏　　禄　那是一件古老的外套。

爱文斯　一件古老的外套上有着十二条白虱子，那真是相得益彰了；白虱
　　　　　是人类的老朋友，也是亲爱的象征。

夏　　禄　不是白虱子，是淡水河里的"白梭子"鱼，我那古老的外套上，古

老的纹章上，都有十二条白梭子鱼。

斯兰德　这十二条鱼我都可以"借光"，叔叔。

夏　禄　你可以，你结了婚之后可以借你妻家的光。①

爱文斯　家里的钱财都让人借个光，这可坏事了。

夏　禄　没有的事儿。

爱文斯　可坏事呢，圣母娘娘。要是你有四条裙子，让人"借光"了，那你
就一条也不剩了。可是闲话少说，要是福斯塔夫爵士有什么地方得
罪了您，我是个出家人，方便为怀，很愿意尽力替你们两位和解和解。

夏　禄　我要把这事情告到枢密院去，这简直是暴动。

爱文斯　不要把暴动的事情告诉枢密院，暴动是不敬上帝的行为。枢密
院希望听见人民个个敬畏上帝，不喜欢听见有什么暴动；您还是考虑
考虑吧。

夏　禄　嘿！他妈的！要是我再年轻点儿，一定用刀子跟他解决。

爱文斯　冤家宜解不宜结，还是大家和和气气的好。我脑子里还有一个
计划，要是能够成功，倒是一件美事。培琪大爷有一位女儿叫安，她
是一个标致的姑娘。

斯兰德　安小姐吗？她有一头棕色的头发，说起话来细声细气，像个娘儿
们似的。

爱文斯　正是这位小姐，没有错的，这样的人儿你找不出第二个来。她的
爷爷临死的时候——上帝接引他上天堂享福！——留给她七百镑
钱，还有金子银子，等她满了十七岁，这笔财产就可以到她手里。我
们现在还是把那些吵吵闹闹的事情搁在一旁，想法子替斯兰德少爷

----

① "借光"，原文"quarter"，是纹章学中的术语。欧洲封建贵族都各有代表族系的纹
章；把妻家纹章中的图形移入自己的纹章，称为"quarter"。

　　　　和安·培琪小姐作个媒吧。

夏　禄　她的爷爷留给她七百镑钱吗？

爱文斯　是的，还有她父亲给她的钱。

夏　禄　这姑娘我也认识，她的人品倒不错。

爱文斯　七百镑钱还有其他的妆奁，那还会错吗？

夏　禄　好，让我们去瞧瞧培琪大爷吧。福斯塔夫也在里边吗？

爱文斯　我能向您说谎吗？我顶讨厌的就是说谎的人，正像我讨厌说假
　　　　话的人或是不老实的人一样。约翰爵士是在里边，请您看在大家朋
　　　　友分上，忍着点儿吧。让我去打门。（敲门）喂！有人吗？上帝祝福你
　　　　们这一家！

培　琪　（在内）谁呀？

爱文斯　上帝祝福你们，是您的朋友，还有夏禄法官和斯兰德少爷，我们
　　　　要跟您谈些事情，也许您听了会高兴的。

　　　　　　　培琪上。

培　琪　我很高兴看见你们各位的气色都这样好。夏禄老爷，我还要谢
　　　　谢您的鹿肉呢！

夏　禄　培琪大爷，我很高兴看见您，您心肠好，福气一定也好！这鹿是
　　　　给人乱刀杀死的，所以鹿肉弄得实在不成样子，您别见笑。嫂夫人好
　　　　吗？——我从心坎里谢谢您！

培　琪　我才要谢谢您哪。

夏　禄　我才要谢谢您；干脆一句话，我谢谢您。

培　琪　斯兰德少爷，我很高兴看见您。

斯兰德　培琪大叔，您那头黄毛的猎狗怎么样啦？听说它在最近的赛狗
　　　　会上跑不过人家，有这回事吗？

培　琪　那可不能这么说。

斯兰德　您还不肯承认，您还不肯承认。

夏　禄　他当然不肯承认的；这倒是很可惜的事，这倒是很可惜的事。那是一头好狗哩。

培　琪　是一头不中用的畜生。

夏　禄　不，它是一头好狗，很漂亮的狗；那还用说吗？它又好又漂亮。福斯塔夫爵士在里边吗？

培　琪　他在里边；我很愿意给你们两位彼此消消气。

爱文斯　真是一个好基督徒说的话。

夏　禄　培琪大爷，他侮辱了我。

培　琪　是的，他自己也有几分认错。

夏　禄　认了错不能就算完事呀，培琪大爷，您说是不是？他侮辱了我；真的，他侮辱了我；一句话，他侮辱了我；你们听着，夏禄老爷说，他被人家侮辱了。

培　琪　约翰爵士来啦。

福斯塔夫、巴道夫、尼姆、毕斯托尔上。

福斯塔夫　喂，夏禄老爷，您要到王上面前去告我吗？

夏　禄　爵士，你打了我的用人，杀了我的鹿，闯进我的屋子里。

福斯塔夫　可是没有吻过你家看门人女儿的脸吧？

夏　禄　他妈的，什么话！我一定要跟你算账。

福斯塔夫　明人不做暗事，这一切事都是我干的。现在我回答了你啦。

夏　禄　我要告到枢密院去。

福斯塔夫　我看你还是告到后门口去吧，也免得人家笑话你。

爱文斯　少说几句吧，约翰爵士；大家好言好语不好吗？

福斯塔夫　好言好语！我倒喜欢好酒好肉呢。斯兰德，我要捶碎你的头；你也想跟我算账吗？

斯兰德　呃,爵士,我也想跟您还有您那几位专欺兔崽子的流氓跟班,巴道夫、尼姆和毕斯托尔,算一算账呢。他们带我到酒店里去,把我灌了个醉,偷了我的钱袋。

巴道夫　你这又酸又臭的干酪!

斯兰德　好,随你说吧。

毕斯托尔　喂,枯骨鬼!

斯兰德　好,随你说吧。

尼　姆　喂,风干肉片! 这别号我给你取得好不好?

斯兰德　我的跟班辛普儿呢? 叔叔,您知道吗?

爱文斯　请你们大家别闹,让我们来看:关于这一场争执,我知道已经有了三位公证人,第一位是培琪大爷,第二位是我自己,第三位也就是最后一位,是嘉德饭店的老板。

培　琪　咱们三个人要听一听两方面的曲直,替他们调停出一个结果来。

爱文斯　很好,让我先在笔记簿上把要点记下来,然后我们可以仔细研究出一个方案来。

福斯塔夫　毕斯托尔!

毕斯托尔　他用耳朵听见了。

爱文斯　见他妈的鬼! 这算什么话,"他用耳朵听见了"? 嘿,这简直是矫揉造作。

福斯塔夫　毕斯托尔,你有没有偷过斯兰德少爷的钱袋?

斯兰德　凭着我这双手套起誓,他偷了我七个六便士的锯边银币,还有两个爱德华时代的银币,我用每个两先令两便士的价钱换来的。倘然我冤枉了他,我就不叫斯兰德。

福斯塔夫　毕斯托尔,这是真事吗?

爱文斯　不,扒人家的口袋是见不得人的事。

毕斯托尔　嘿,你这个威尔士山地的生番!——我的主人约翰爵士,我要
　　跟这把锈了的"小刀子"拼命。你这两片嘴唇说的全是假话! 全是假
　　话! 你这不中用的人渣,你在说谎!

斯兰德　那么我赌咒一定是他。

尼　姆　说话留点儿神吧,朋友,大家客客气气。你要是想在太岁头上动
　　土,咱老子可也不是好惹的。我要说的话就是这几句。

斯兰德　凭着这顶帽子起誓,那么一定是那个红脸的家伙偷的。我虽然
　　不记得我给你们灌醉以后做了些什么事,可是我还不是一头十足的
　　驴子哩。

福斯塔夫　你怎么说,红脸儿?

巴道夫　我说,这位先生一定是喝酒喝昏了胆子啦。

爱文斯　应该是喝酒喝昏了"头";呸,可见得真是无知!

巴道夫　他喝得昏昏沉沉,于是就像人家所说的,"破了财",结果倒怪到
　　我头上来了。

斯兰德　那天你还说着拉丁文呢;好,随你们怎么说吧,我这回受了骗,以
　　后再不喝醉了;我要是喝酒,一定跟规规矩矩敬重上帝的人在一起
　　喝,决不再跟这种坏东西在一起喝了。

爱文斯　好一句有志气的话!

福斯塔夫　各位先生,你们听他什么都否认了,你们听。

　　　　安·培琪持酒具,及福德大娘、培琪大娘同上。

培　琪　不,女儿,你把酒拿进去,我们就在里面喝酒。(安·培琪下。)

斯兰德　天啊! 这就是安小姐。

培　琪　您好,福德嫂子!

福斯塔夫　福德大娘,我今天能够碰见您,真是三生有幸;恕我冒昧,好嫂
　　子。(吻福德大娘。)

培　琪　娘子,请你招待招待各位客人。来,我们今天烧好一盘滚热的鹿肉馒头,要请诸位尝尝新。来,各位朋友,我希望大家一杯在手,旧怨全忘。(除夏禄、斯兰德、爱文斯外皆下。)

斯兰德　我宁愿要一本诗歌和十四行集,即使现在有人给我四十个先令。

　　　　辛普儿上。

斯兰德　啊,辛普儿,你到哪儿去了? 难道我必须自己服侍自己吗? 你有没有把那本猜谜的书带来?

辛普儿　猜谜的书! 怎么,您不是在上一次万圣节时候,米迦勒节的前两个星期,把它借给矮铎铎艾丽丝了吗?

夏　禄　来,侄儿;来,侄儿,我们等着你呢。侄儿,我有句话要对你说,是这样的,侄儿,刚才休师傅曾经隐约提起过这么一个意思;你懂得我的意思吗?

斯兰德　嗯,叔叔,我是个好说话的人;只要是合理的事,我总是愿意的。

夏　禄　不,你听我说。

斯兰德　我在听着您哪,叔叔。

爱文斯　斯兰德少爷,听清他的意思;您要是愿意的话,我可以把这件事情向您解释。

斯兰德　不,我的夏禄叔叔叫我怎么做,我就怎么做。请您原谅,他是个治安法官,谁人不知,哪个不晓?

爱文斯　不是这个意思,我们现在所要谈的,是关于您的婚姻问题。

夏　禄　对了,就是这一回事。

爱文斯　就是这一回事,我们要给您跟培琪小姐作个媒。

斯兰德　噢,原来是这么一回事,只要条件合理,我总可以答应娶她的。

爱文斯　可是您能不能喜欢这一位姑娘呢? 我们必须从您自己嘴里——或者从您自己的嘴唇里——有些哲学家认为嘴唇就是嘴的一部

分——知道您的意思，所以请您明明白白地回答我们，您能不能对这位姑娘发生好感呢？

夏　禄　斯兰德贤侄，你能够爱她吗？

斯兰德　叔叔，我希望我总是照着道理去做。

爱文斯　嗳哟，天上的爷爷奶奶们！您一定要讲得明白点儿，您想不想要她？

夏　禄　你一定要明明白白地讲。要是她有很丰盛的妆奁，你愿意娶她吗？

斯兰德　叔叔，您叫我做的事，只要是合理的，比这更重大的事我也会答应下来。

夏　禄　不，你得明白我的意思，好侄儿；我所做的事，完全是为了你的幸福。你能够爱这姑娘吗？

斯兰德　叔叔，您叫我娶她，我就娶她；也许在起头的时候彼此之间没有多大的爱情，可是结过了婚以后，大家慢慢地互相熟悉起来，日久生厌，也许爱情会自然而然地一天不如一天。可是只要您说一声"跟她结婚"，我就跟她结婚，这是我的反复无常的决心。

爱文斯　这是一个很明理的回答，虽然措辞有点不妥，应该说"不可动摇"才对。他的意思是很好的。

夏　禄　嗯，我的侄儿的意思是很好的。

斯兰德　要不然的话，我就是个该死的畜生了！

夏　禄　安小姐来了。

　　　　安·培琪重上。

夏　禄　安小姐，为了您的缘故，我但愿自己再年轻起来。

安　　　酒菜已经预备好了，家父叫我来请各位进去。

夏　禄　我愿意奉陪，好安小姐。

爱文斯　嗳哟！念起餐前祈祷来，我可不能缺席哩。（夏禄、爱文斯下。）

安　　　斯兰德世兄，您也请进吧。

斯兰德　不，谢谢您，真的，托福托福。

安　　　大家都在等着您哪。

斯兰德　我不饿，我真的谢谢您。喂，你虽然是我的跟班，还是进去侍候我的夏禄叔叔吧。（辛普儿下）一个治安法官有时候也要仰仗他的朋友，借他的跟班来伺候自己。现在家母还没有死，我随身只有三个跟班一个童儿，可是这算得上什么呢？我的生活还是过得一点也不舒服。

安　　　您要是不进去，那么我也不能进去了；他们都要等您到了才坐下来呢。

斯兰德　真的，我不要吃什么东西；可是我多谢您的好意。

安　　　世兄，请您进去吧。

斯兰德　我还是在这儿走走的好，我谢谢您。我前天跟一个击剑教师比赛刀剑，三个回合赌一碟蒸熟的梅子，结果把我的胫骨也弄伤了；不瞒您说，从此以后，我闻到烧热的肉的味道就受不了。你家的狗为什么叫得这样厉害？城里有熊吗？

安　　　我想是有的，我听见人家说过。

斯兰德　逗着熊玩儿是很有意思的，不过我也像别的英国人一样反对这玩意儿。您要是看见关在笼子里的熊逃了出来，您怕不怕？

安　　　我怕。

斯兰德　我现在可把它当作家常便饭一样，不觉得什么稀罕了。我曾经看见花园里那头著名的萨克逊大熊逃出来二十次，我还亲手拉住它的链条。可是我告诉您吧，那些女人们一看见了，就哭呀叫呀地闹得天翻地覆；实在说起来，也难怪她们受不了，那些畜生都是又难看又粗暴的家伙。

　　　　　培琪重上。

培　琪　来,斯兰德少爷,来吧,我们等着您呢。

斯兰德　我不要吃什么东西,我谢谢您。

培　琪　这怎么可以呢? 您不吃也得吃,来,来。

斯兰德　那么您先请吧。

培　琪　您先请。

斯兰德　安小姐,还是您先请。

安　　　不,您别客气了。

斯兰德　真的,我不能走在你们前面;真的,那不是太无礼了吗?

安　　　您何必这样客气呢?

斯兰德　既然这样,与其让你们讨厌,还是失礼的好。你们可不能怪我放
　　　　肆呀。(同下。)

第二场　同　　前

　　　　　爱文斯及辛普儿上。

爱文斯　你去打听打听,有一个卡厄斯大夫住在哪儿;他的家里有一个叫
　　　　做快嘴桂嫂的,是他的看护,或者是他的保姆,或者是他的厨娘,或者
　　　　是帮他洗洗衣服的女人。

辛普儿　好的,师傅。

爱文斯　慢着,还有更要紧的话哩。你把这封信交给她,因为她跟培琪家
　　　　小姐是很熟悉的,这封信里的意思,就是要请她代你的主人向培琪家
　　　　小姐传达他的爱慕之忱。请你快点儿去吧,我饭还没有吃完,还有一
　　　　道苹果跟干酪在后头呢。(各下。)

第三场　嘉德饭店中一室

福斯塔夫、店主、巴道夫、尼姆、毕斯托尔及罗宾上。

福斯塔夫　店主东!

店　主　怎么说,我的老狐狸? 要说得像有学问的人、像个聪明人。

福斯塔夫　不瞒你说,我要辞掉一两个跟班啦。

店　主　好,我的巨人,叫他们滚蛋,滚蛋! 滚蛋!

福斯塔夫　尽是坐着吃饭,我一个星期也要花上十镑钱。

店　主　当然啰,你就像个皇帝,像个凯撒,像个土耳其宰相。我可以把
　　　　巴道夫收留下来,让他做个酒保,你看好不好,我的大英雄?

福斯塔夫　老板,那好极啦。

店　主　那么就这么办,叫他跟我来吧。(向巴道夫)让我看到你会把酸酒
　　　　当做好酒卖。我不多说了;跟我来吧。(下。)

福斯塔夫　巴道夫,跟他去。酒保也是一种很好的行业。旧外套可以改
　　　　做新褂子;一个不中用的跟班,也可以变成一个出色的酒保。去吧,
　　　　再见。

巴道夫　这种生活我正是求之不得,我一定会从此交运。

毕斯托尔　哼,没出息的东西! 你要去开酒桶吗?(巴道夫下。)

尼　姆　这个糊涂爷娘生下来的窝囊废! 我这随口而出的话妙不妙?

福斯塔夫　我很高兴把这火种这样打发走了;他的偷窃太公开啦,他在偷
　　　　偷摸摸的时候,就像一个不会唱歌的人一样,一点不懂得轻重快慢。

尼　姆　做贼的唯一妙诀,是看准下手的时刻。

毕斯托尔　聪明的人把它叫做"不告而取"。"做贼"! 呸! 好难听的
　　　　话儿!

福斯塔夫　孩子们,我快要穷得鞋子都没有后跟啦。

毕斯托尔　好,那么就让你的脚跟上长起老大的冻疮来吧。

福斯塔夫　没有法子,我必须想个办法,捞一些钱来。

毕斯托尔　小乌鸦们不吃东西也是不行的呀。

福斯塔夫　你们有谁知道本地有一个叫福德的家伙?

毕斯托尔　我知道那家伙,他很有几个钱。

福斯塔夫　我的好孩子们,现在我要把我肚子里的计划怎么长怎么短都告诉你们。

毕斯托尔　你这肚子两码都不止吧。

福斯塔夫　休得取笑,毕斯托尔!我这腰身的确在两码左右,可是谁跟你谈我的大腰身来着,我倒是想谈谈人家的小腰身呢——这一回,我谈的是进账,不是出账。说得干脆些,我想去吊福德老婆的膀子。我觉得她对我很有几分意思;她跟我讲话的那种口气,她向我卖弄风情的那种姿势,还有她那一瞟一瞟的脉脉含情的眼光,都好像在说,"我的心是福斯塔夫爵士的。"

毕斯托尔　你果然把她的心理研究得非常透彻,居然把它一个字一个字地解释出来啦。

尼　姆　抛锚抛得好深啊;我这随口而出的话好不好?

福斯塔夫　听说她丈夫的钱都是她一手经管的;他有数不清的钱藏在家里。

毕斯托尔　财多招鬼忌,咱们应该去给他消消灾;我说,向她进攻吧!

尼　姆　我的劲头儿上来了;很好,快拿金钱来给我消灾吧。

福斯塔夫　我已经写下一封信在这儿预备寄给她;这儿还有一封,是写给培琪老婆的,她刚才也向我眉目传情,她那双水汪汪的眼睛一霎不霎地望着我身上的各部分,一会儿瞧瞧我的脚,一会儿瞧瞧我的大肚子。

毕斯托尔　正好比太阳照在粪堆上。

尼　姆　这个譬喻打得好极了!

福斯塔夫　啊!她用贪馋的神气把我从上身望到下身,她的眼睛里简直要喷出火来炙我。这一封信是给她的。她也经管着钱财,她就像是一座取之不竭的金矿。我要去接管她们两人的全部富源,她们两人便是我的两个国库;她们一个是东印度,一个是西印度,我就在这两地之间开辟我的生财大道。你给我去把这信送给培琪大娘;你给我去把这信送给福德大娘。孩子们,咱们从此可以有舒服日子过啦!

毕斯托尔　我身边佩着钢刀,是个军人,你倒要我给你拉皮条吗?鬼才干这种事!

尼　姆　这种龌龊的事情我也不干;把这封宝贝信拿回去吧。我的名誉要紧。

福斯塔夫　(向罗宾)来,小鬼,你给我把这两封信送去,小心别丢了。你就像我的一艘快船一样,赶快开到这两座金山的脚下去吧。(罗宾下)你们这两个混蛋,一起给我滚吧!再不要让我看见你们的影子!像狗一样爬得远远的,我这里容不了你们。滚!这年头儿大家都要讲究个紧缩,福斯塔夫也要学学法国人的算计,留着一个随身的童儿,也就够了。(下。)

毕斯托尔　让饿老鹰把你的心肝五脏一起抓了去!你用假骰子到处诈骗人家,看你作孽到几时!等你有一天穷得袋里一个子儿都没有的时候,再瞧瞧老子是不是一定要靠着你才得活命,这万恶不赦的老贼!

尼　姆　我心里正在转着一个念头,我要复仇。

毕斯托尔　你要复仇吗?

尼　姆　天日在上,此仇非报不可!

毕斯托尔　用计策还是用武力？

尼　姆　两样都要用；我先去向培琪报告，有人正在勾搭他的老婆。

毕斯托尔　我就去叫福德加倍留神，

　　　　　说福斯塔夫，那混账东西，

　　　　　想把他的财产一口侵吞，

　　　　　还要占夺他的美貌娇妻。

尼　姆　我的脾气是想到就做，我要去煽动培琪，让他心里充满了醋意，叫他用毒药毒死这家伙。谁要是对我不起，让他知道咱老子也不是好惹的；这就是我生来的脾气。

毕斯托尔　你就是个天煞星，我愿意跟你合作，走吧。（同下。）

第四场　卡厄斯医生家中一室

快嘴桂嫂及辛普儿上。

桂　嫂　喂，勒格比！

勒格比上。

桂　嫂　请你到窗口去瞧瞧看，咱们这位东家来了没有；要是他来了，看见屋子里有人，一定又要给他用蹩脚的伦敦官话，把我昏天黑地骂一顿。

勒格比　好，我去看看。

桂　嫂　去吧，今天晚上等我们烘罢了火，我请你喝杯酒。（勒格比下）他是一个老实、听话又和善的家伙，你找不到第二个像他这样的仆人；他又不会说长道短，也不会搬弄是非；他唯一的缺点，就是太喜欢祷告了，他祷告起来，简直像个呆子，可是谁都有几分错处，那也不用说它了。你说你的名字叫辛普儿吗？

辛普儿　是,人家就这样叫我。

桂　嫂　斯兰德少爷就是你的主人吗?

辛普儿　正是。

桂　嫂　他不是留着一大把胡须,像手套商的削皮刀吗?

辛普儿　不,他只有一张小小的、白白的脸,略微有几根黄胡子。

桂　嫂　他是一个很文弱的人,是不是?

辛普儿　是的,可是在那个地段里,真要比起力气来,他也不怕人家;他曾
　　　　经跟看守猎苑的人打过架呢。

桂　嫂　你怎么说?——啊,我记起来啦! 他不是走起路来大摇大摆,把
　　　　头抬得高高的吗?

辛普儿　对了,一点不错,他正是这样子。

桂　嫂　好,天老爷保佑培琪小姐嫁到这样一位好郎君吧! 你回去对休
　　　　牧师先生说,我一定愿意尽力帮你家少爷的忙。安是个好孩子,我但
　　　　愿——

　　　　　　勒格比重上。

勒格比　不好了,快出去,我们老爷来啦!

桂　嫂　咱们大家都要挨一顿臭骂了。这儿来,好兄弟,赶快钻到这个壁
　　　　橱里去。(将辛普儿关在壁橱内)他一会儿就要出去的。喂,勒格比!
　　　　喂,你在哪里? 勒格比,你去瞧瞧老爷去,他现在还不回来,不知道人
　　　　好不好。(勒格比下,桂嫂唱歌)

　　　　得儿郎当,得儿郎当……

　　　　　　卡厄斯上。

卡厄斯　你在唱些什么? 我讨厌这种玩意儿。请你快给我到壁橱里去,
　　　　把一只匣子,一只绿的匣子,给我拿来;听见我的话吗? 一只绿的
　　　　匣子。

桂　嫂　好，好，我就去给您拿来。（旁白）谢天谢地他没有自己去拿，要是给他看见了壁橱里有一个小伙子，他一定要暴跳如雷了。

卡厄斯　快点，快点！天气热得很哪。我有要紧的事，就要到宫廷里去。

桂　嫂　是这一个吗，老爷？

卡厄斯　对了，给我放在口袋里，快点。勒格比那个混蛋呢？

桂　嫂　喂，勒格比！勒格比！

　　　　　勒格比重上。

勒格比　有，老爷。

卡厄斯　勒格比，把剑拿来，跟我到宫廷里去。

勒格比　剑已经放在门口了，老爷。

卡厄斯　我已经耽搁得太久了。——该死！我又忘了！壁橱里还有点儿药草，一定要带去。

桂　嫂　（旁白）糟了！他看见了那个小子，一定要发疯哩。

卡厄斯　见鬼！见鬼！什么东西在我的壁橱里？——混蛋！狗贼！（将辛普儿拖出）勒格比，把我的剑拿来！

桂　嫂　好老爷，请您息怒吧！

卡厄斯　我为什么要息怒？嘿！

桂　嫂　这个年轻人是个好人。

卡厄斯　是好人躲在我的壁橱里干什么？躲在我的壁橱里，就不是好人。

桂　嫂　请您别发这么大的脾气。老实告诉您吧，是休牧师叫他来找我的。

卡厄斯　好。

辛普儿　正是，休牧师叫我来请这位大娘——

桂　嫂　你不要说话。

卡厄斯　闭住你的嘴！——你说吧。

辛普儿　请这位大娘替我家少爷去向培琪家小姐说亲。

桂　嫂　真的，只是这么一回事。可是我才不愿多管这种闲事，把手指头伸到火里去呢；跟我又没有什么相干。

卡厄斯　是休牧师叫你来的吗？——勒格比，拿张纸来。你再等一会儿。

（写信。）

桂　嫂　我很高兴他今天这么安静，要是他真的动起怒来，那才会吵得日月无光呢。可是别管他，我一定尽力帮你家少爷的忙；不瞒你说，这个法国医生，我的主人——我可以叫他做我的主人，因为你瞧，我替他管屋子，还给他洗衣服、酿酒、烘面包、扫地擦桌、烧肉烹茶、铺床叠被，什么都是我一个人做的——

辛普儿　一个人做这么多事，真太辛苦啦。

桂　嫂　你替我想想，真把人都累死了，天一亮就起身，老晚才睡觉；可是这些话也不用说了，让我悄悄地告诉你，你可不许对人家说，我那个东家他自己也爱着培琪家小姐；可是安的心思我是知道的，她的心既不在这儿也不在那儿。

卡厄斯　猴崽子，你去把这封信交给休牧师，这是一封挑战书，我要在林苑里割断他的喉咙；我要教训教训这个猴崽子的牧师，问他以后还多管闲事不管。你去吧，你留在这儿没有好处。哼，我要把他那两颗睾丸一起割下来，连一颗也不剩。（辛普儿下。）

桂　嫂　唉！他也不过帮他朋友说句话罢了。

卡厄斯　我可不管；你不是对我说安·培琪一定会嫁给我的吗？哼，我要是不把那个狗牧师杀掉，我就不是个人；我要叫嘉德饭店的老板替我们做公证人。哼，我要是不娶安·培琪为妻，我就不是个人。

桂　嫂　老爷，那姑娘喜欢您哩，包您万事如意。大家高兴嚼嘴嚼舌，就让他们去嚼吧。真是哩！

卡厄斯　勒格比,跟我到宫廷去。哼,要是我娶不到安·培琪为妻,我不把你赶出门,我就不是个人。跟我来,勒格比。(卡厄斯、勒格比下。)

桂　嫂　呸!做你的梦!安的心思我是知道的;在温莎地方,谁也没有像我一样明白安的心思了;谢天谢地,她也只肯听我的话,别人的话她才不理呢。

范　顿　(在内)里面有人吗?喂!

桂　嫂　谁呀?进来吧。

　　　　　范顿上。

范　顿　啊,大娘,你好哇?

桂　嫂　多承大爷问起,托福托福。

范　顿　有什么消息?安小姐近来好吗?

桂　嫂　凭良心说,大爷,她真是一位又标致、又端庄、又温柔的好姑娘;范顿大爷,我告诉您吧,她很佩服您哩,谢天谢地。

范　顿　你看起来我有几分希望吗?我的求婚不会失败吗?

桂　嫂　真的,大爷,什么事情都是天老爷注定了的;可是,范顿大爷,我可以发誓她是爱您的。您的眼皮上不是长着一颗小疙瘩吗?

范　顿　是有颗疙瘩,那便怎样呢?

桂　嫂　噢,这上面就有一段话呢。真的,我们这位小安就像换了个人似的,我们讲那颗疙瘩足足讲了一个钟点。人家讲的笑话一点不好笑,那姑娘讲的笑话才叫人打心窝里笑出来呢。可是我可以跟无论什么人打赌,她是个顶规矩的姑娘。她近来也实在太喜欢一个人发呆了,老像在想着什么心事似的。至于讲到您——那您尽管放心吧。

范　顿　好,我今天要去看她。这几个钱请你收下,多多拜托你帮我说句好话。要是你比我先看见她,请你替我向她致意。

桂　嫂　那还用说吗？下次要是有机会，我还要给您讲起那个疙瘩哩；我也可以告诉您还有些什么人在转她的念头。

范　顿　好，回头见；我现在还有要事，不多谈了。

桂　嫂　回头见，范顿大爷。（范顿下）这人是个规规矩矩的绅士，可是安并不爱他，谁也不及我更明白安的心思了。该死！我又忘了什么啦？（下。）

第 二 幕

第一场　培琪家门前

　　培琪大娘持书信上。

培琪大娘　什么！我在年轻貌美的时候，都不曾收到过什么情书，现在倒有人写起情书来给我了吗？让我来看："不要问我为什么爱你；因为爱情虽然会用理智来作疗治相思的药饵，它却是从来不听理智的劝告的。你并不年轻，我也是一样；好吧，咱们同病相怜。你爱好风流，我也是一样；哈哈，那尤其是同病相怜。你喜欢喝酒，我也是一样；咱们俩岂不是天生的一对？要是一个军人的爱可以使你满足，那么培琪大娘，你也可以心满意足了，因为我已经把你爱上了。我不愿意说，可怜我吧，因为那不是一个军人所应该说的话；可是我说，爱我吧。愿意为你赴汤蹈火的，你忠心的骑士，约翰·福斯塔夫上。"好一个胆大妄为的狗贼！嗳哟，万恶的万恶的世界！一个快要老死了的家伙，还要自命风流！真是见鬼！这个酒鬼究竟从我的谈话里抓到了什么出言不检的地方，竟敢用这种话来试探我？我还没有见过他三次面呢！我应该怎样对他说呢？那个时候，上帝饶恕我！我也只是说说笑笑罢了。哼，我要到议会里去上一个条陈，请他们把那班男人一概格杀勿论。我应该怎样报复他呢？我这一口气非出不可，这是不用问的，就像他的肠子都是用布丁做的一样。

福德大娘上。

福德大娘　培琪嫂子！我正要到您府上来呢。

培琪大娘　我也正要到您家里去呢。您脸色可不大好看呀。

福德大娘　那我可不信，我应该满面红光才是呢。

培琪大娘　说真的，我觉得您脸色可不大好看。

福德大娘　好吧，就算不大好看吧；可是我得说，我本来可以让您看到满面红光的。啊，培琪嫂子！您给我出个主意吧。

培琪大娘　什么事，大姊？

福德大娘　啊，大姊，我倘不是因为觉得这种事情太不好意思，我就可以富贵起来啦！

培琪大娘　大姊，管他什么好意思不好意思，富贵起来不好吗？是怎么一回事？——别理会什么不好意思；是怎么一回事？

福德大娘　我只要高兴下地狱走一趟，我就可以封爵啦。

培琪大娘　什么？你在胡说。爱丽·福德爵士！现在这种爵士满街都是，你还是不用改变你的头衔吧。

福德大娘　废话少说，你读一读这封信；你瞧了以后，就可以知道我怎样可以封起爵来。从此以后，只要我长着眼睛，还看得清男人的模样儿，我就要永远瞧不起那些胖子。可是他当着我们的面，居然不曾咒天骂地，居然赞美贞洁的女人，居然装出那么正经的样子，自称从此再也不干那种种荒唐的事了；我还真想替他发誓，他说这话是真心诚意的；谁知他说的跟他做的根本碰不到一块儿，就像圣洁的赞美诗和下流的小曲儿那样天差地别。是哪一阵暴风把这条肚子里装着许多吨油的鲸鱼吹到了温莎的海岸上来？我应该怎样报复他呢？我想最

好的办法是假意敷衍他,却永远不让他达到目的,直等罪恶的孽火把
他熔化在他自己的脂油里。你有没有听见过这样的事情?

培琪大娘　你有一封信,我也有一封信,就是换了个名字!你不用只管揣
摩,怎么会让人家把自己看得这样轻贱;请你大大地放心,瞧吧,这是
你那封信的孪生兄弟——不过还是让你那封信做老大,我的信做老
二好了,我决不来抢你的地位。我敢说,他已经写好了一千封这样的
信,只要在空白的地方填下了姓名,就可以寄给人家;也许还不止一
千封,咱们的已经是再版的了。他一定会把这种信刻成版子印起来
的,因为他会把咱们两人的名字都放上去,可见他无论刻下了些什么
乱七八糟的东西,都会一样不在乎。我要是跟他在一起睡觉,还是让
一座山把我压死了吧。嘿,你可以找到二十只贪淫的乌龟,却不容易
找到一个规规矩矩的男人。

福德大娘　嗳哟,这两封信简直是一个印版里印出来的,同样的笔迹,同
样的字句。他到底把我们看做什么人啦?

培琪大娘　那我可不知道;我看见了这样的信,真有点自己不相信自己起
来了。以后我一定得留心察看自己的行动,因为他要是不在我身上
看出了一点我自己也不知道的不大规矩的地方,一定不会毫无忌惮
到这个样子。

福德大娘　你说他毫无忌惮?哼,我一定要叫他知道厉害。

培琪大娘　我也是这个主意。要是我让他欺到我头上来,我从此不做人
了。我们一定要向他报复。让我们约他一个日子相会,把他哄骗得
心花怒放,然后我们采取长期诱敌的计策,只让他闻到鱼儿的腥气,
不让他尝到鱼儿的味道,逗得他馋涎欲滴,饿火雷鸣,吃尽当光,把他
的马儿都变卖给嘉德饭店的老板为止。

福德大娘　好,为了作弄这个坏东西,我什么恶毒的事情都愿意干,只要

对我自己的名誉没有损害。啊，要是我的男人见了这封信，那还了得！他那股醋劲儿才大呢。

培琪大娘　嗳哟，你瞧，他来啦，我的那个也来啦；他是从来不吃醋的，我也从来不给他一点可以使他吃醋的理由；我希望他永远不吃醋才好。

福德大娘　那你的运气比我好得多啦。

培琪大娘　我们再商量商量怎样对付这个好色的骑士吧。过来。（二人退后。）

　　　　　福德、毕斯托尔、培琪、尼姆同上。

福　德　我希望不会有这样的事。

毕斯托尔　希望在有些事情上是靠不住的。福斯塔夫在转你老婆的念头哩。

福　德　我的妻子年纪也不小了。

毕斯托尔　他玩起女人来，不论贵贱贫富老少，在他都是一样；只要是女人都配他的胃口。福德，你可留点神吧。

福　德　爱上我的妻子！

毕斯托尔　他心里火一样的热呢。你要是不赶快防备，只怕将来你头上会长什么东西出来，你会得到一个不雅的头衔。

福　德　什么头衔？

毕斯托尔　头上出角的忘八哪。再见。偷儿总是乘着黑夜行事的，千万留心门户；否则只怕夏天还没到，郭公就在枝头对你叫了。走吧，尼姆伍长！培琪，他说的都是真话，你不可不信。（下。）

福　德　（旁白）我必须忍耐一下，把这事情调查明白。

尼　姆　（向培琪）这是真的，我不喜欢撒谎。他在许多地方对不起我。他本来叫我把那鬼信送给她，可是我就是真没有饭吃，也可以靠我的剑过日子。总而言之一句话，他爱你的老婆。我的名字叫做尼姆伍长，我说的话全是真的；我的名字叫尼姆，福斯塔夫爱你的老婆。天天让我吃那份儿面包干酪，我才没有那么好的胃口呢；我有什么胃口说什么话。再见。（下。）

培　琪　（旁白）"有什么胃口说什么话，"这家伙夹七夹八的，不知在讲些什么东西！

福　德　我要去找那福斯塔夫。

培　琪　我从来没有听见过这样一个噜里噜苏、装腔作势的家伙。

福　德　要是给我发觉了，哼。

培　琪　我就不相信这种狗东西的话，虽然城里的牧师还说他是个好人。

福　德　他的话说得倒很有理，哼。

培　琪　啊，娘子！

培琪大娘　官人，你到哪儿去？——我对你说。

福德大娘　嗳哟，我的爷！你有了什么心事啦？

福　德　我有什么心事！我有什么心事？你回家去吧，去吧。

福德大娘　真的，你一定又在转着些什么古怪的念头。培琪嫂子，咱们去吧。

培琪大娘　好，你先请。官人，你今天回来吃饭吗。（向福德大娘旁白）瞧，那边来的是什么人？咱们可以叫她去带信给那个下流的骑士。

福德大娘　我刚才还想起了她，叫她去是再好没有了。

　　　　　快嘴桂嫂上。

培琪大娘　你是来瞧我的女儿安的吗？

桂　嫂　正是呀，请问我们那位好安小姐好吗？

培琪大娘　你跟我们一块儿进去瞧瞧她吧；我们还有很多话要跟你讲哩。

　　　（培琪大娘、福德大娘及桂嫂同下。）

培　琪　福德大爷，您怎么啦？

福　德　你听见那家伙告诉我的话没有？

培　琪　我听见了；还有那个家伙告诉我的话，你听见了没有？

福　德　你想他们说的话靠得住靠不住？

培　琪　理他呢，这些狗东西！那个骑士固然不是好人，可是这两个说他
　　　　意图勾引你、我妻子的人，都是他的革退的跟班，现在没有事做了，什
　　　　么坏话都会说得出来的。

福　德　他们都是他的跟班吗？

培　琪　是的。

福　德　那倒很好。他住在嘉德饭店里吗？

培　琪　正是。他要是真想勾搭我的妻子，我可以假作痴聋，给他一个下
　　　　手的机会，看他除了一顿臭骂之外，还会从她身上得到什么好处。

福　德　我并不疑心我的妻子，可是我也不放心让她跟别个男人在一起。
　　　　一个男人太相信他的妻子，也是危险的。我不愿戴头巾，这事情倒不
　　　　能就这样一笑置之。

培　琪　瞧，咱们那位爱吵闹的嘉德饭店的老板来了。他瞧上去这样高
　　　　兴，倘不是喝醉了酒，一定是袋里有了几个钱——

　　　　　店主及夏禄上。

培　琪　老板，您好？

店　主　啊，老狐狸！你是个好人。喂，法官先生！

夏　禄　我在这儿，老板，我在这儿。晚安，培琪大爷！培琪大爷，您跟我
　　　　们一块儿去好吗？我们有新鲜的玩意儿看呢。

店　主　告诉他，法官先生；告诉他，老狐狸。

夏　禄　那个威尔士牧师休·爱文斯跟那个法国医生卡厄斯要有一场
　　　　决斗。

福　德　老板，我跟您讲句话儿。

店　主　你怎么说，我的老狐狸？（二人退立一旁。）

夏　禄　（向培琪）您愿意跟我们一块儿瞧瞧去吗？我们这位淘气的店主
　　　　已经替他们把剑较量过了，而且我相信已经跟他们约好了两个不同
　　　　的地方，因为我听人家说那牧师是个非常认真的家伙。来，我告诉
　　　　您，我们将要有怎样一场玩意儿。（二人退立一旁。）

店　主　客人先生，你不是跟我的骑士有点儿过不去吗？

福　德　不，绝对没有。我愿意送给您一瓶烧酒，请您让我去见见他，对
　　　　他说我的名字是白罗克，那不过是跟他开开玩笑而已。

店　主　很好，我的好汉；你可以自由出入，你说好不好？你的名字就叫
　　　　白罗克。他是个淘气的骑士哩。诸位，咱们走吧。

夏　禄　好，老板，请你带路。

培　琪　我听人家说，这个法国人的剑术很不错。

夏　禄　这算得了什么！我在年轻时候，也着实来得一手呢。从前这种
　　　　讲究剑法的，一个站在这边，一个站在那边，你这么一刺，我这么一
　　　　挥，还有各式各样的名目，我记也记不清楚；可是培琪大爷，顶要紧的
　　　　毕竟还要看自己有没有勇气。不瞒您说，我从前凭着一把长剑，就可
　　　　以叫四个高大的汉子抱头鼠窜哩。

店　主　喂，孩子们，来！咱们该走了！

培　琪　好，你先请吧。我倒不喜欢看他们真的打起来，宁愿听他们吵一
　　　　场嘴。（店主、夏禄、培琪同下。）

福　德　培琪是个胆大的傻瓜，他以为他的老婆一定不会背着他偷汉子，
　　　　可是我却不能把事情看得这样大意。我的女人在培琪家的时候，他
　　　　也在那儿，他们两人捣过什么鬼我也不知道。好，我还要仔细调查一
　　　　下；我要先假扮了去试探试探福斯塔夫。要是侦察的结果，她并没有
　　　　做过不规矩的事情，那我也可以放下心来；不然的话，也可以不至于

给这一对男女蒙在鼓里。（下。）

第二场　嘉德饭店中一室

福斯塔夫及毕斯托尔上。

福斯塔夫　我一个子儿也不借给你。

毕斯托尔　那么我要凭着我的宝剑，去打出一条生路来了。你要是答应借给我，我将来一定如数奉还，决不拖欠。

福斯塔夫　一个子儿也没有。我让你把我的面子丢尽，从来不曾跟你计较过；我曾经不顾人家的讨厌，替你和你那个同伙尼姆一次两次三次向人家求情说项，否则你们早已像一对大猩猩一样，给他们抓起来关在铁笼子里了。我不惜违背良心，向我那些有身份的朋友们发誓说你们都是很好的军人，堂堂的男子；白律治太太丢了她的扇柄，我还用我的名誉替你辩护，说你没有把它偷走。

毕斯托尔　你不是也分到好处吗？我不是给你十五便士吗？

福斯塔夫　混蛋，一个人总要讲理呀；我难道白白地出卖良心吗？一句话，别尽缠我了，我又不是你的绞刑架，吊在我身边干什么？去吧；一把小刀一堆人！① 快给我滚回你的贼窠里去吧！你不肯替我送信，你这混蛋！你的名誉要紧！哼，你这死不要脸的东西！连我要保牢我的名誉也谈何容易！就说我自己吧，有时为了没有办法，也只好昧了良心，把我的名誉置之不顾，去干一些偷偷摸摸的勾当；可是像你这样一个衣衫褴褛、野猫一样的面孔，满嘴醉话，动不动赌咒骂人的家伙，却也要讲起什么名誉来了！你不肯替我送信，好，你这混蛋！

---

①　意即钻到人堆里去做扒手的勾当。

毕斯托尔　我现在认错了,难道还不够吗?

　　　　　罗宾上。

罗　宾　爵爷,外面有一个妇人要见您说话。

福斯塔夫　叫她进来。

　　　　　快嘴桂嫂上。

桂　嫂　爵爷,您好?

福斯塔夫　你好,大嫂。

桂　嫂　请爵爷别这么称呼我。

福斯塔夫　那么称呼你大姑娘。

桂　嫂　我可以给你发誓,当初我刚出娘胎倒是个姑娘——在这一点上我不愧是我妈妈的女儿。

福斯塔夫　人家发了誓,我还有什么不信的。你有什么事见我?

桂　嫂　我可以跟爵爷讲一两句话吗?

福斯塔夫　好女人,你就是跟我讲两千句话,我也愿意听。

桂　嫂　爵爷,有一位福德娘子,——请您再过来点儿;我自己是住在卡厄斯大夫家里的。

福斯塔夫　好,你说下去吧,你说那位福德娘子——

桂　嫂　爵爷说得一点不错——请您再过来点儿。

福斯塔夫　你放心吧。这儿没有外人,都是自家人,都是自家人。

桂　嫂　真的吗?上帝保佑他们,收留他们做他的仆人!

福斯塔夫　好,你说吧,那位福德娘子——

桂　嫂　嗳哟,爵爷,她真是个好人儿。天哪,天哪!您爵爷是个风流的人儿!但愿天老爷饶恕您,也饶恕我们众人吧!

福斯塔夫　福德娘子,说呀,福德娘子——

桂　嫂　好,干脆一句话,她一见了您,说来也叫人不相信,简直就给您迷住啦;就是女王驾幸温莎的时候,那些头儿脑儿顶儿尖儿的官儿们,也没有您这样中她的意。不瞒您说,那些乘着大马车的骑士们、老爷子们、数一数二的绅士们,去了一辆马车来了一辆马车,一封接一封的信,一件接一件的礼物,他们的身上都用麝香熏得香喷喷的,穿着用金线绣花的绸缎衣服,满口都是文绉绉的话儿,还有顶好的酒、顶好的糖,无论哪个女人都会给他们迷醉的,可是天地良心,她向他们眼睛也不曾眨过一眨。不瞒您说,今天早上人家还想塞给我二十块钱哩,可是我不要这种人家所说的不明不白的钱。说句老实话,就是叫他们中间坐第一把交椅的人来,也休想叫她陪他喝一口酒;可是尽有那些伯爵们呀,女王身边的随从们呀,一个一个在转她的念头;可是天地良心,她一点不把他们放在眼里。

福斯塔夫　可是她对我说些什么话? 说简单一点,我的好牵线人。

桂　嫂　她要我对您说,您的信她接到啦,她非常感激您的好意;她叫我通知您,她的丈夫在十点到十一点钟之间不在家。

福斯塔夫　十点到十一点钟之间?

桂　嫂　对啦,一点不错;她说,您可以在那个时候来瞧瞧您所知道的那幅画像,她的男人不会在家里的。唉! 说起她的那位福德大爷来,也真叫人气恨,一位好好的娘子,跟着他才真是倒楣;他是个妒心很重的男人,老是无缘无故跟她寻事。

福斯塔夫　十点到十一点钟之间。大嫂,请你替我向她致意,我一定不失约。

桂　嫂　嗳哟,您说得真好。可是我还有一个信要带给您,培琪娘子也叫我问候您。让我悄悄地告诉您吧,在这儿温莎地方,她也好算得是一位贤惠端庄的好娘子,清早晚上从来不忘记祈祷。她要我对您说,她的丈夫在家的日子多,不在家的日子少,可是她希望总会找到一个机

　　会。我从来不曾看见过一个女人会这么喜欢一个男人；我想您一定

　　有迷人的魔力，真的。

福斯塔夫　哪儿的话，我不过略有一些讨人喜欢的地方而已，怎么会有什

　　么迷人的魔力？

桂　嫂　您真是太客气啦。

福斯塔夫　可是我还要问你一句话，福德家的和培琪家的两位娘子有没

　　有让彼此知道她们两个人都爱着我一个人？

桂　嫂　那真是笑话了！她们怎么会这样不害羞地把这种事情告诉人

　　呢？要是真有那样的事，才笑死人哩！可是培琪娘子要请您把您那

　　个小童儿送给她，因为她的丈夫很喜欢那个小厮；天地良心，培琪大

　　爷是个好人。在温莎地方，谁也不及培琪大娘那样享福啦；她爱做什

　　么，就做什么，爱说什么，就说什么，要什么有什么，不愁吃，不愁穿，

　　高兴睡就睡，高兴起来就起来，什么都称她的心；可是天地良心，也是

　　她自己做人好，才会有这样的好福气，在温莎地方，她是位心肠再好

　　不过的娘子了。您千万要把您那童儿送给她，谁都不能不依她。

福斯塔夫　好，那一定可以。

桂　嫂　一定这样办吧，您看，他可以在你们两人之间来来去去传递消息；

　　要是有不便明言的事情，你们可以自己商量好了一个暗号，只有你们两

　　人自己心里明白，不必让那孩子懂得，因为小孩子们是不应该知道这些

　　坏事情的，不比上了年纪的人，懂得世事，识得是非，那就不要紧了。

福斯塔夫　再见，请你替我向她们两位多多致意。这几个钱你先拿去，我

　　以后还要重谢你哩。——孩子，跟这位大娘去吧。（桂嫂、罗宾同下）

　　这消息倒害得我心乱如麻。

毕斯托尔　这雌儿是爱神手下的传书鸽，待我追上前去，拉满弓弦，把她

　　一箭射下，岂不有趣！（下。）

福斯塔夫　老家伙，你说竟会有这等事吗？真有你的！从此以后，我要格外喜欢你这副老皮囊了。人家真的还会看中你吗？你花费了这许多本钱以后，现在才发起利市来了吗？好皮囊，谢谢你。人家嫌你长得太胖，只要胖得有样子，再胖些又有什么关系！

　　　　巴道夫持酒杯上。

巴道夫　爵爷，下面有一位白罗克大爷要见您说话，他说很想跟您交个朋友，特意送了一瓶白葡萄酒来给您解解渴。

福斯塔夫　他的名字叫白罗克吗？

巴道夫　是，爵爷。

福斯塔夫　叫他进来。（巴道夫下）只要有酒喝，管他什么白罗克不白罗克，我都一样欢迎。哈哈！福德大娘，培琪大娘，你们果然给我钓上了吗？很好！很好！

　　　　巴道夫偕福德化装重上。

福　德　您好，爵爷！

福斯塔夫　您好，先生！您有什么话要对我说吗？

福　德　素昧平生，就这样前来打搅您，实在冒昧得很。

福斯塔夫　不必客气。请问有何见教？——酒保，你去吧。（巴道夫下。）

福　德　爵爷，贱名是白罗克，我是一个素来喜欢随便花钱的绅士。

福斯塔夫　久仰久仰！白罗克大爷，我很希望咱们以后常常来往。

福　德　倘蒙爵爷不弃下交，真是三生有幸；可我决不敢要您破费什么。不瞒爵爷说，我现在总算身边还有几个钱，您要是需要的话，随时问我拿好了。人家说的，有钱路路通，否则我也不敢大胆惊动您啦。

福斯塔夫　不错，金钱是个好兵士，有了它就可以使人勇气百倍。

福　德　不瞒您说，我现在带着一袋钱在这儿，因为嫌它拿着太累赘了，想请您帮帮忙，不论是分一半去也好，完全拿去也好，好让我走路也轻松一点。

福斯塔夫　白罗克大爷,我怎么可以无功受禄呢?

福　德　您要是不嫌烦琐,请您耐心听我说下去,就可以知道我还要多多仰仗大力哩。

福斯塔夫　说吧,白罗克大爷,凡有可以效劳之处,我一定愿意为您出力。

福　德　爵爷,我一向听说您是一位博学明理的人,今天一见之下,果然名不虚传,我也不必向您多说废话了。我现在所要对您说的事,提起来很是惭愧,因为那等于宣布了我自己的弱点;可是爵爷,当您一面听着我供认我的愚蠢的时候,一面也要请您反躬自省一下,那时您就可以知道一个人是多么容易犯这种过失,也就不会过分责备我了。

福斯塔夫　很好,请您说下去吧。

福　德　本地有一个良家妇女,她的丈夫名叫福德。

福斯塔夫　嗯。

福　德　我已经爱得她很久了,不瞒您说,在她身上我也花过不少钱;我用一片痴心追求着她,千方百计找机会想见她一面;不但买了许多礼物送给她,并且到处花钱打听她喜欢人家送给她什么东西。总而言之,我追逐她就像爱情追逐我一样,一刻都不肯放松;可是费了这许多心思力气的结果,一点不曾得到什么报酬,偌大的代价,只换到了一段痛苦的经验,正所谓"痴人求爱,如形捕影,瞻之在前,即之已冥"。

福斯塔夫　她从来不曾有过什么答应您的表示吗?

福　德　从来没有。

福斯塔夫　您也从来不曾缠住她要她有一个答应的表示吗?

福　德　从来没有。

福斯塔夫　那么您的爱究竟是怎样一种爱呢?

福　德　就像是建筑在别人地面上的一座华厦,因为看错了地位方向,使我的一场辛苦完全白费。

福斯塔夫　您把这些话告诉我,是什么用意呢?

福　德　请您再听我说下去,您就可以完全明白我今天的来意了。有人说,她虽然在我面前装模作样,好像是十分规矩,可是在别的地方,她却是非常放荡,已经引起不少人的闲话了。爵爷,我的用意是这样的:我知道您是一位教养优良、谈吐风雅、交游广阔的绅士,无论在地位上人品上都是超人一等,您的武艺、您的礼貌、您的学问,不论谁都是佩服的。

福斯塔夫　您太过奖啦!

福　德　您知道我说的都是真话。我这儿有的是钱,您尽管用吧,把我的钱全用完了都可以,只要请您分出一部分时间来,去把这个福德家的女人弄上了手,尽量发挥您的风流解数,把她征服下来。这件事情请您去办,一定比谁都要便当得多。

福斯塔夫　您把您心爱的人让给我去享用,那不会使您心里难过吗?我觉得老兄这样的主意,未免太不近情理啦。

福　德　啊,请您明白我的意思。她靠着她冰清玉洁的名誉做掩护,我虽有一片痴心,却不敢妄行非礼;她的光彩过于耀目了,使我不敢向她抬头仰望。可是假如我能够抓住她的一个把柄,知道她并不是神圣不可侵犯的,我就可以放大胆子,去实现我的愿望了;什么贞操、名誉、有夫之妇以及诸如此类的她的一千种振振有词的借口,到了那个时候便可以完全推翻了。爵爷,您看怎么样?

福斯塔夫　白罗克大爷,第一,我要老实不客气收下您的钱;第二,让我握您的手;第三,我要用我自己的身份向您担保,只要您下定决心,不怕福德的老婆不到您的手里。

福　德　嗳哟,您真是太好了!

福斯塔夫　我说她一定会到您手里的。

福　德　不要担心没有钱用,爵爷,一切都在我身上。

福斯塔夫　不要担心福德大娘会拒绝您,白罗克大爷,一切都在我身上。不瞒您说,刚才她还差了个人来约我跟她相会呢;就在您进来的时候,替她送信的人刚刚出去。十点到十一点钟之间,我就要看她去,因为在那个时候,她那吃醋的混蛋男人不在家里。您今晚再来看我吧,我可以让您知道我进行得顺利不顺利。

福　德　能够跟您结识,真是幸运万分。您认不认识福德?

福斯塔夫　哼,这个没造化的死乌龟! 谁跟这种东西认识? 可是我说他"没造化",真是委屈了他,人家说这个爱吃醋的忘八倒很有钱呢,所以我才高兴去勾搭他的老婆;我可以用她做钥匙,去打开这个忘八的钱箱,这才是我真正的目的。

福　德　我很希望您认识那个福德,因为您要是认识他,看见他的时候也可以躲避躲避。

福斯塔夫　哼,这个靠手艺吃饭、卖咸黄油的混蛋! 我只要向他瞪一瞪眼,就会把他吓坏了。我要用棍子降伏他,并且把我的棍子挂在他的绿帽子上作为他的克星。白罗克大爷,您放心吧,这种家伙不在我的眼里,您一定可以跟他的老婆睡觉。天一晚您就来。福德是个混蛋,可是白罗克大爷,您瞧着我吧,我会给他加上一重头衔,混蛋而兼忘八,他就是个混账忘八蛋了。今夜您早点来吧。(下。)

福　德　好一个万恶不赦的淫贼! 我的肚子都几乎给他气破了。谁说这是我的瞎疑心? 我的老婆已经寄信给他,约好钟点和他相会了。谁想得到会有这种事情? 娶了一个不贞的妻子,真是倒楣! 我的床要给他们弄脏了,我的钱要给他们偷了,还要让别人在背后讥笑我;这样害苦我不算,还要听那奸夫当着我的面辱骂我! 骂我别的名字倒也罢了,魔鬼夜叉,都没有什么关系,偏偏口口声声的乌龟忘八! 乌龟! 忘八! 这种名字就是魔鬼听了也要摇头的。培琪是个呆子,是个粗心的呆子,他居然会相信他的妻子,他不吃醋! 哼,我可以相信猫儿不会偷荤,我可以相信我们那位威尔士牧师休师傅不爱吃干酪,我可以把我的烧酒瓶交给一个爱尔兰人,我可以让一个小偷把我的马儿拖走,可是我不能放心让我的妻子一个人待在家里;让她一个人在家里,她就会千方百计地要起花样来,她们一想到要做什么事,简直可以什么都不顾,非把它做到了决不罢休。感谢上帝赐给我这一副爱吃醋的脾气! 他们约定在十一点钟会面,我要去打破他们的好事,侦察我妻子的行动,向福斯塔夫出出我胸头这一口冤气,还要把培琪取笑一番。我马上就去,宁可早三点钟,不可迟一分钟。哼! 哼! 乌龟! 忘八! (下。)

第三场　　温莎附近的野地

卡厄斯及勒格比上。

卡厄斯　勒格比!

勒格比　有,老爷。

卡厄斯　勒格比,现在几点钟了?

勒格比　老爷,休师傅约好的时间已经过去了。

卡厄斯　哼,他不来,便宜了他的狗命;他在念《圣经》做祷告,所以他不来。哼,勒格比,他要是来了,早已一命呜呼了。

勒格比　老爷,这是他的聪明,他知道他要是来了,一定会给您杀死的。

卡厄斯　哼,我要是不把他杀死,我就不是个人。勒格比,拔出你的剑来,我要告诉你我怎样杀死他。

勒格比　嗳哟,老爷! 我可不会使剑呢。

卡厄斯　狗才,拔出你的剑来。

勒格比　慢慢,有人来啦。

　　　　　店主、夏禄、斯兰德及培琪上。

店　主　你好,老头儿!

夏　禄　卡厄斯大夫,您好!

培　琪　您好,大夫!

斯兰德　早安,大夫!

卡厄斯　你们一个、两个、三个、四个,来干什么?

店　主　瞧你斗剑,瞧你招架,瞧你回手;瞧你这边一跳,瞧你那边一闪;
　　　　瞧你仰冲俯刺,旁敲侧击,进攻退守。他死了吗,我的黑家伙? 他死
　　　　了吗,我的法国人? 哈,好家伙! 怎么说,我的罗马医神? 我的希腊
　　　　大医师? 我的老交情? 哈,他死了吗,我的冤大头? 他死了吗?

卡厄斯　哼,他是个没有种的狗牧师;他不敢到这儿来露脸。

店　主　你是粪缸里的元帅,希腊的大英雄,好家伙!

卡厄斯　你们大家给我证明,我已经等了他六七个钟头、两个钟头、三个
　　　　钟头,他还是没有来。

夏　禄　大夫,这是他的有见识之处;他给人家医治灵魂,您给人家医治
　　　　肉体,要是你们打起架来,那不是违反了你们行当的宗旨了吗? 培琪
　　　　大爷,您说我这话对不对?

培　琪　夏禄老爷,您现在喜欢替人家排难解纷,从前却也是一名打架的
　　　　好手哩。

夏　禄　可不是吗? 培琪大爷,我现在虽然老了,人也变得好说话了,可
　　　　是看见人家拔出刀剑来,我的手指还是觉得痒痒的。培琪大爷,我们
　　　　虽然做了法官,做了医生,做了教士,总还有几分年轻人的血气;我们

都是女人生下来的呢,培琪大爷。

培　琪　正是正是,夏禄老爷。

夏　禄　培琪大爷,您看吧,我的话是不会错的。卡厄斯大夫,我想来送您回家去。我是一向主张什么事情都可以和平解决的。您是一个明白道理的好医生,休师傅是一个明白道理很有涵养的好教士,大家何必伤了和气。卡厄斯大夫,您还是跟我一起回去吧。

店　主　对不起,法官先生。——跟你说句话,尿先生。①

卡厄斯　刁!这是什么玩意儿?

店　主　"尿",在我们英国话中就是"有种"的意思,好人儿。

卡厄斯　老天,这么说,我跟随便哪一个英国人比起来也一样的"刁"——发臭的狗牧师!老天,我要割掉他的耳朵。

店　主　他要把你揍个扁呢,好人儿。

卡厄斯　"揍个扁"!这是什么意思?

店　主　这是说,他要给你赔不是。

卡厄斯　老天,我看他不把我"揍个扁"也不成哪;老天,我就要他把我揍个扁。

店　主　我要"挑拨"他一番,叫他这么办,否则让他走!

卡厄斯　费心了,我谢谢你。

店　主　再说,好人儿——(向夏禄等旁白)你跟培琪大爷和斯兰德少爷从大路走,先到弗劳莫去。

培　琪　休师傅就在那里吗?

店　主　是的,你们去看看他在那里发些什么牢骚,我再领着这个医生从小路也到那里。你们看这样好不好?

————————

①　当时医生治病,先验病人小便,所以店主用"尿"讥笑卡厄斯医生。

夏　禄　很好。

培　琪

夏　禄　卡厄斯大夫，我们先走一步，回头见。（下。）

斯兰德

卡厄斯　哼，我要是不杀死这个牧师，我就不是个人；谁叫他多事，替一个
　　　　猴崽子向安·培琪说亲。

店　主　这种人让他死了也好。来，把你的怒气平一平，跟我在田野里走
　　　　走，我带你到弗劳莫去，安·培琪小姐正在那里一家乡下人家吃酒，
　　　　你可以当面向她求婚。你说我这主意好不好？

卡厄斯　谢谢你，谢谢你，你是我的好朋友。我一定要介绍许多好主顾给
　　　　你，那些阔佬大官，我都看过他们的病。

店　主　你这样帮我忙，我一定"阻挠"你娶到安·培琪。我说得好不好？

卡厄斯　很好很好，好得很。

店　主　那么咱们走吧。

卡厄斯　跟我来，勒格比。（同下。）

第 三 幕

第一场　弗劳莫附近的野地

　　　　爱文斯及辛普儿上。

爱文斯　斯兰德少爷的尊价，辛普儿我的朋友，我叫你去看看那个自称为
　　　医生的卡厄斯大夫究竟来不来，请问你是到哪一条路上去看他的？

辛普儿　师傅，我每一条路上都去看过了，就是那条通到城里去的路上没
　　　有去看过。

爱文斯　千万请你再到那一条路上去看一看。

辛普儿　好的，师傅。（下。）

爱文斯　祝福我的灵魂！我气得心里在发抖。我倒希望他欺骗我。真的
　　　气死我也！我恨不得把他的便壶摔在他那狗头上。祝福我的
　　　灵魂！（唱）

　　　　众鸟嘤鸣其相和兮，

　　　　　临清流之潺湲，

　　　　展蔷薇之芳茵兮，

　　　　　缀百花以为环。

　　上帝可怜我！我真的要哭出来啦。（唱）

　　　　　众鸟嘤鸣其相和兮，

　　　　　　余独处乎巴比伦，

　　　　　缀百花以为环兮，

　　　　　　临清流——

　　　　辛普儿重上。

辛普儿　他就要来了，在这一边，休师傅。

爱文斯　他来得正好。（唱）

　　　　　临清流之潺湲——

　　　上帝保佑好人！——他拿着什么家伙？

辛普儿　他没有带什么家伙，师傅。我家少爷，还有夏禄老爷和另外一位

　　　　大爷，也跨过梯磴，从那边一条路上来了。

爱文斯　请你把我的道袍给我；不，还是你给我拿在手里吧。（读书。）

　　　　培琪、夏禄及斯兰德上。

夏　禄　啊，牧师先生，您好？又在用功了吗？真的是赌鬼手里的骰子，

　　　　学士手里的书本，夺也夺不下来的。

斯兰德　（旁白）啊，可爱的安·培琪！

培　琪　您好，休师傅！

爱文斯　上帝祝福你们！

夏　禄　啊，怎么，一手宝剑，一手经典！牧师先生，难道您竟然是才兼文

　　　　武吗？

培　琪　在这样阴寒的天气，您这样短衣长袜，外套也不穿一件，精神倒

　　　　着实不比年轻人坏哩！

爱文斯　这都是有缘故的。

培　琪　牧师先生，我们是来给您做一件好事的。

爱文斯　很好，是什么事？

培　琪　我们刚才碰见一位很有名望的绅士,大概是受了什么人的委屈,
　　　　在那儿大发脾气。

夏　禄　我活了八十多岁了,从来不曾听见过一个像他这样有地位、有学
　　　　问、有气派的人,会这样忘记自己的身份。

爱文斯　他是谁?

培　琪　我想您也一定认识他的,就是那位著名的法国医生卡厄斯大夫。

爱文斯　嗳哟,气死我也! 你们向我提起他的名字,还不如向我提起一块
　　　　烂糨糊。

培　琪　为什么?

爱文斯　他懂得什么医经药典! 他是个坏蛋,一个十足没有种的坏蛋!

培　琪　您跟他打起架来,才知道他厉害呢。

斯兰德　(旁白)啊,可爱的安·培琪!

夏　禄　看样子也是这样,他手里拿着武器呢。卡厄斯大夫来了,别让他
　　　　们碰在一起。

　　　　　　店主、卡厄斯及勒格比上。

培　琪　不,好牧师先生,把您的剑收起来吧。

夏　禄　卡厄斯大夫,您也收起来吧。

店　主　把他们的剑夺下来,由着他们对骂一场;让他们保全了皮肉,只
　　　　管把英国话撕个粉碎吧。

卡厄斯　请你让我在你的耳边问你一句话,你为什么失约不来?

爱文斯　(向卡厄斯旁白)不要生气,有话慢慢讲。

卡厄斯　哼,你是个懦夫,你是个狗东西猴崽子!

爱文斯　(向卡厄斯旁白)别人在寻我们的开心,我们不要上他们的当,伤
　　　　了各人的和气,我愿意和你交个朋友,我以后补报你好啦。(高声)我
　　　　要把你的便壶摔在你的狗头上,谁叫你约了人家自己不来!

卡厄斯　他妈的！勒格比——老板，我没有等他来送命吗？我不是在约
　　　　定的地方等了他好久吗？

爱文斯　我是个相信耶稣基督的人，我不会说假话，这儿才是你约定的地
　　　　方，我们这位老板可以替我证明。

店　主　我说，你这位法国大夫，你这位威尔士牧师，一个替人医治身体，
　　　　一个替人医治灵魂，你也不要吵，我也不要闹，大家算了吧！

卡厄斯　嗯，那倒是很好，好极了！

店　主　我说，大家静下来，听我店主说话。你们看我的手段巧不巧？主
　　　　意高不高？计策妙不妙？咱们少得了这位医生吗？少不了，他要给
　　　　我开方服药。咱们少得了这位牧师，这位休师傅吗？少不了，他要给
　　　　我念经讲道。来，一位在家人，一位出家人，大家跟我握握手。好，老
　　　　实告诉你们吧，你们两个人都给我骗啦，我叫你们一个人到这儿，一
　　　　个人到那儿，大家扑了个空。现在我们已经知道你们两位都是好汉，
　　　　谁的身上也不曾伤了一根毛，落得喝杯酒，大家讲和了吧。来，把他
　　　　们的剑拿去当了。来，孩子们，大家跟我来。

夏　禄　真是一个疯老板！——各位，大家跟着他去吧。

斯兰德　（旁白）啊，可爱的安·培琪！（夏禄、斯兰德、培琪及店主同下。）

卡厄斯　嘿！有这等事！你把我们当做傻瓜了吗？嘿！嘿！

爱文斯　好得很，他简直拿我们开玩笑。我说，咱们还是言归于好，大家
　　　　商量出个办法，来向这个欺人的坏家伙，这个嘉德饭店的老板，报复
　　　　一下吧。

卡厄斯　很好，我完全赞成。他答应带我来看安·培琪，原来也是句骗人
　　　　的话，他妈的！

爱文斯　好，我要打破他的头。咱们走吧。（同下。）

第二场　温莎街道

培琪大娘及罗宾上。

培琪大娘　走慢点儿,小滑头;你一向都是跟在人家屁股后面跑的,现在倒要抢上人家前头啦。我问你,你愿意我跟着你走呢,还是你愿意跟着主人走?

罗　宾　我愿意像一个男子汉那样在您前头走,不愿意像一个小鬼那样跟着他走。

培琪大娘　唷!你倒真是个小油嘴,我看你将来很可以到宫廷里去呢。

福德上。

福　德　培琪嫂子,咱们碰见得巧极啦。您上哪儿去?

培琪大娘　福德大爷,我正要去瞧您家嫂子哩。她在家吗?

福　德　在家,她因为没有伴,正闷得发慌。照我看来,要是你们两人的男人都死掉了,你们两人大可以结为夫妻呢。

培琪大娘　您不用担心,我们各人会再去嫁一个男人的。

福　德　您这个可爱的小鬼头是哪儿来的?

培琪大娘　我总记不起把他送给我丈夫的那个人叫什么名字。喂,你说你那个骑士姓甚名谁?

罗　宾　约翰·福斯塔夫爵士。

福　德　约翰·福斯塔夫爵士!

培琪大娘　对了,对了,正是他;我顶不会记人家的名字。他跟我的丈夫非常要好。您家嫂子真的在家吗?

福　德　真的在家。

培琪大娘　那么,少陪了,福德大爷,我巴不得立刻就看见她呢。(培琪大娘及罗宾下。）

福　德　培琪难道没有脑子吗？他难道一点都看不出，一点不会思想吗？哼，他的眼睛跟脑子一定都睡着了，因为他就是生了它们也不会去用的。嘿，这孩子可以送一封信到二十英里外的地方去，就像炮弹从炮口开到二百四十步外去一样容易。他放纵他的妻子，让她想入非非，为所欲为；现在她要去瞧我的妻子，还带着福斯塔夫的小厮！一个聪明人难道看不出苗头来吗？还带着福斯塔夫的小厮！好计策！他们已经完全布置好了；我们两家不贞的妻子，已经通同一气，一块儿去干这种不要脸的事啦。好，让我先去捉住那家伙，再去教训教训我的妻子，把这位假正经的培琪大娘的假面具揭下来，让大家知道培琪是个冥顽不灵的忘八。我干了这一番轰轰烈烈的事情，人家一定会称赞我。（钟鸣）时间已经到了，事不宜迟，我必须马上就去；我相信一定可以把福斯塔夫找到。人家都会称赞我，不会讥笑我，因为福斯塔夫一定跟我妻子在一起，就像地球是结实的一样毫无疑问。我就去。

　　　　培琪、夏禄、斯兰德、店主、爱文斯、卡厄斯及勒格比上。

培　琪
　　　等　福德大爷，咱们遇见得巧极啦。
夏　禄

福　德　真是来了大队人马。我正要请各位到舍间去喝杯酒呢。

夏　禄　福德大爷，我有事不能奉陪，请您原谅。

斯兰德　福德大叔，我也要请您原谅，我们已经约好到安小姐家里吃饭，人家无论给我多少钱，也不能使我失她的约。

夏　禄　我们打算替培琪家小姐跟我这位斯兰德贤侄攀一门亲事，今天就可以得到回音。

斯兰德　培琪大叔，我希望您不会拒绝我。

培　琪　我是一定答应的，斯兰德少爷；可是卡厄斯大夫，我的内人却看中您哩。

卡厄斯　嗯，是的，而且那姑娘也爱着我，我家那个快嘴桂嫂已经这样告诉我了。

店　主　您觉得那位年轻的范顿怎样？他会跳跃，他会舞蹈，他的眼睛里闪耀着青春，他会写诗，他会说漂亮话，他的身上有春天的香味；他一定会成功的，他一定会成功的。他好像已经到了手、放进了口袋、连扣子都扣上了；他一定会成功的。

培　琪　可是他要是不能得到我的允许，就不会成功。这位绅士没有家产，他常常跟那位胡闹的王子①他们在一起厮混，他的地位太高，他所知道的事情也太多啦。不，我的财产是不能让他染指的。要是他跟她结婚，就让他把她空身娶了过去；我这份家私要归我自己做主，我可不能答应让他分了去。

福　德　请你们中间无论哪几位赏我一个面子，到舍间吃便饭；除了酒菜之外，还有新鲜的玩意儿，我有一头怪物要拿出来给你们欣赏欣赏。卡厄斯大夫，您一定要去；培琪大爷，您也去；还有休师傅，您也去。

夏　禄　好，那么再见吧；你们去了，我们到培琪大爷家里求起婚来，说话也可以方便一些。（夏禄、斯兰德下。）

卡厄斯　勒格比，你先回家去，我就来。（勒格比下。）

店　主　回头见，我的好朋友们；我要回去陪我的好骑士福斯塔夫喝酒去。（下。）

福　德　（旁白）对不起。我要先让他出一场丑哩。——列位，请了。

众　人　请了，我们倒要瞧瞧那个怪物去。（同下。）

―――――――――――

　　①　指亨利四世的太子，后为亨利五世。

第三场　福德家中一室

福德大娘及培琪大娘上。

福德大娘　喂,约翰! 喂,劳勃!

培琪大娘　赶快,赶快! ——那个盛脏衣服的篓子呢?

福德大娘　已经预备好了。喂,罗宾!

二仆携篓上。

培琪大娘　来,来,来。

福德大娘　这儿,放下来。

培琪大娘　你吩咐他们怎样做,干干脆脆几句话就得了。

福德大娘　好,约翰和劳勃,我早就对你们说过了,叫你们在酿酒房的近旁等着不要走开,我一叫你们,你们就跑来,马上把这篓子扛了出去,跟着那些洗衣服的人一起到野地里去,跑得越快越好,一到那里,就把它扔在泰晤士河旁边的烂泥沟里。

培琪大娘　听见了没有?

福德大娘　我已经告诉过他们好几次了,他们不会弄错的。快去,我一叫你们,你们就来。(二仆下。)

培琪大娘　小罗宾来了。

罗宾上。

福德大娘　啊,我的小鹰儿! 你带什么信息来了?

罗　宾　福德奶奶,我家主人约翰爵士已经从您的后门进来了,他要跟您谈几句话。

培琪大娘　你这小鬼,你有没有在你主人面前搬嘴弄舌?

罗　宾　我可以发誓,我的主人不知道您也在这儿;他还向我说,要是我把他到这儿来的事情告诉了您,他一定要把我撵走。

培琪大娘　这才是个好孩子,你嘴巴闭得紧,我一定替你做一身新衣服穿。现在我先去躲起来。

福德大娘　好的。你去告诉你的主人,说屋子里只有我一个人。(罗宾下)培琪嫂子,你别忘了你的戏。

培琪大娘　你放心吧,我要是这场戏演不好,你尽管喝倒彩好了。(下。)

福德大娘　好,让我们教训教训这个肮脏的脓包,这个满肚子臭水的胖冬瓜,叫他知道鸽子和老鸦的分别。

　　　　　福斯塔夫上。

福斯塔夫　我的天上的明珠,你果然给我捉到了吗?我已经活得很长久了,现在让我死去吧,因为我的心愿已经完全达到了。啊,这幸福的时辰!

福德大娘　嗳哟,好爵爷!

福斯塔夫　好娘子,我不会说话,那些口是心非的好听话,我一句也不会。我现在心里正在起着一个罪恶的念头,但愿你的丈夫早早死了,我一定要娶你回去,做我的夫人。

福德大娘　我做您的夫人!唉,爵爷!那我怎么做得像呢?

福斯塔夫　在整个法兰西宫廷里也找不出像你这样一位漂亮的夫人。瞧你的眼睛比金刚钻还亮;你的秀美的额角,戴上无论哪一种威尼斯流行的新式帽子,都是一样合适的。

福德大娘　爵爷,像我这样的村婆娘,只好用青布包包头,能够不给人家笑话,也就算了,哪里配得上讲什么打扮。

福斯塔夫　嗳哟,你说这样话,未免太侮辱了你自己啦。你要是到宫廷里去,一定可以大出风头;你那端庄的步伐,穿起圆圆的围裙来,一定走一步路都是仪态万方。命运虽然不曾照顾你,造物却给了你绝世的姿容，你就是有意把它遮掩，也是遮掩不了的。

福德大娘　您太过奖啦，我怎么有这样的好处呢？

福斯塔夫　那么我为什么爱你呢？这就可以表明在你的身上，的确有一点与众不同的地方。我不会像那些油头粉面、一身骚气的轻薄少年一样，说你是这样、那样，把你捧上天去；可是我爱你，我爱的只是你，你是值得我爱的。

福德大娘　别骗我啦，爵爷，我怕您爱着培琪嫂子哩。

福斯塔夫　难道我放着大门不走，偏偏要去走那倒楣的、黑魆魆的旁门吗？

福德大娘　好，天知道我是怎样爱着您，您总有一天会明白我的心的。

福斯塔夫　希望你永远不要变心，我总不会有负于你。

福德大娘　我怎么也得向您表明我的心迹，您别叫我在您身上白用了我的心呀；要不然我就不肯费这番心思了。

罗　宾　（在内）福德奶奶！福德奶奶！培琪奶奶在门口，她满头是汗，气都喘不上来，慌慌张张的，一定要立刻跟您说话。

福斯塔夫　别让她看见我；我就躲在帐幕后面吧。

福德大娘　好，您快躲起来吧，她是个多嘴多舌的女人。（福斯塔夫匿幕后。）

　　　　　培琪大娘及罗宾重上。

福德大娘　什么事？怎么啦？

培琪大娘　嗳哟，福德嫂子！你干了什么事啦？你的脸从此丢尽，你再也不能做人啦！

福德大娘　什么事呀，好嫂子？

培琪大娘　嗳哟，福德嫂子！你嫁了这么一位好丈夫，为什么要让他对你起疑心？

福德大娘　　对我起什么疑心？

培琪大娘　　起什么疑心！算了，别装傻啦！总算我看错了人。

福德大娘　　唉，到底是怎么一回事呀？

培琪大娘　　我的好奶奶，你那汉子带了温莎城里所有的捕役，就要到这儿
　　　　　　来啦；他说有一个男人在这屋子里，是你趁着他不在家的时候约来
　　　　　　的，他们要来捉这奸夫哩。这回你可完啦！

福德大娘　　（旁白）说响一点。——嗳哟，不会有这种事吧？

培琪大娘　　谢天谢地，但愿你这屋子里没有男人！可是半个温莎城里的
　　　　　　人都跟在你丈夫背后，要到这儿来搜寻这么一个人，这件事情却是千
　　　　　　真万确的。我抢先一步来通知你，要是你没有做过亏心事，那自然最
　　　　　　好；倘然你真的有一个朋友在这儿，那么赶快带他出去吧。别怕，镇
　　　　　　静一点。你必须保全你的名誉，不然你的一生从此完啦。

福德大娘　　我怎么办呢？果然有一位绅士在这儿，他是我的好朋友；我自
　　　　　　己丢脸倒还不要紧，只怕连累了他，要是能够把他弄出这间屋子，叫
　　　　　　我损失一千镑钱我都愿意。

培琪大娘　　要命！你的汉子就要来啦，你还尽说废话！想想办法吧，这屋
　　　　　　子里是藏不了他的。唉，我还当你是个好人！瞧，这儿有一个篓子，
　　　　　　他要是不太高大，倒可以钻进去躲一下，再用些龌龊衣服堆在上面，
　　　　　　让人家看见了，当做一篓预备送出去漂洗的衣服——啊，对了，就叫
　　　　　　你家的两个仆人把他连篓一起抬了出去，岂不一干二净？

福德大娘　　他太胖了，恐怕钻不进去，怎么好呢？

福斯塔夫　　（自幕后出）让我看，让我看，啊，让我看！我进去，我进去。就
　　　　　　照你朋友的话吧；我进去。

培琪大娘　　啊，福斯塔夫爵士！原来是你吗？你给我的信上怎么说的？

福斯塔夫　　我爱你，我只爱你一个人；帮我离开这屋子；让我钻进去。我

再也不——（钻入篓内，二妇以污衣覆其上。）

培琪大娘　孩子，你也来帮着把你的主人遮盖遮盖。福德嫂子，叫你的仆
　　　人进来吧。好一个欺人的骑士！

福德大娘　喂，约翰！劳勃！约翰！（罗宾下。）

　　　　　二仆重上。

福德大娘　赶快把这一篓衣服抬起来。杠子在什么地方？嗳哟，瞧你们
　　　这样慢手慢脚的！把这些衣服送到洗衣服的那里去；快点！快点！

　　　　　福德、培琪、卡厄斯及爱文斯同上。

福　德　各位请过来；要是我的疑心全无根据，你们尽管把我取笑好了。
　　　让我成为你们的笑柄；是我活该如此。啊！这是什么？你们把这篓
　　　子抬到哪儿去？

仆　人　抬到洗衣服的那里去。

福德大娘　咦，他们把它抬到什么地方，跟你有什么相干？你就是爱多管
　　　闲事，人家洗衣服，你也要问长问短的。

福　德　哼，洗衣服！我倒希望把这屋子也洗洗干净呢，什么野畜生都可
　　　以跑进跑出——还是一头交配时期的野畜生！（二仆抬篓下）各位
　　　朋友，昨天晚上我做了一个梦，让我把这个梦告诉你们听。这儿是我
　　　的钥匙，请你们跟我到房间里来搜一下，我相信我们一定会捉到那头
　　　狐狸的。让我先把这门锁上了。好，咱们捉狐狸去。

培　琪　福德大爷，有话好讲，何必急成这个样子，让人家瞧着笑话。

福　德　对啦，培琪大爷。各位上去吧，你们马上就有新鲜的把戏看了；
　　　大家跟我来。（下。）

爱文斯　这种吃醋简直是无理取闹。

卡厄斯　我们法国就没有这种事，法国人是不兴吃醋的。

培　琪　咱们还是跟他上去吧，瞧他搜出什么来。（培琪、卡厄斯、爱文斯

同下。）

培琪大娘　咱们这计策岂不是一举两得？

福德大娘　我不知道愚弄我的丈夫跟愚弄福斯塔夫，比较起来哪一件事更使我高兴。

培琪大娘　你的丈夫问那篓子里有什么东西的时候，他一定吓得要命。

福德大娘　我想他是应该洗个澡了，把他扔在水里，对于他也是有好处的。

培琪大娘　该死的骗人的坏蛋！我希望像他那一类的人都要得到这种报应。

福德大娘　我觉得我的丈夫有点知道福斯塔夫在这儿；我从来没有见过他像今天这样的一股醋劲。

培琪大娘　让我想个计策把他试探试探。福斯塔夫那家伙虽然已经受到一次教训，可是像他那样荒唐惯了的人，一服药吃下去未必见效，我们应当让他多知道些厉害才是。

福德大娘　我们要不要再叫快嘴桂嫂那个傻女人到他那儿去，对他说这次把他扔在水里，实在是一时疏忽，并非故意，请他原谅，再约他一个日期，好让我们再把他作弄一次？

培琪大娘　一定那么办；我们叫他明天八点钟来，替他压惊。

　　　　　福德、培琪、卡厄斯及爱文斯重上。

福　德　我找不到他；这混蛋也许只会吹牛，他自己知道这种事情是办不到的。

培琪大娘　（向福德大娘旁白）你听见吗？

福德大娘　（向培琪大娘旁白）嗯，别说话。——福德大爷，您待我真是太好了，是不是？

福　德　是，是，是。

福德大娘　上帝保佑您以后再不要用这种龌龊心思猜疑人家!

福　德　阿门!

培琪大娘　福德大爷,您真太对不起您自己啦。

福　德　是,是,是我不好。

爱文斯　这屋子里、房间里、箱子里、壁橱里,要是找得出一个人来,那么上帝在最后审判的日子饶恕我的罪恶吧!

卡厄斯　我也找不出来,一个人也没有。

培　琪　啧!啧!福德大爷!您不害羞吗?什么鬼附在您身上,叫您想起这种事情来呢?我希望您以后再不要发这种精神病了。

福　德　培琪大爷,这都是我不好,自取其辱。

爱文斯　这都是您良心不好的缘故,尊夫人是一位大贤大德的娘子,五千个女人里头也挑不出像她这样的一个;不,就是五百个里也挑不出呢。

卡厄斯　她真的是一个规矩女人。

福　德　好,我说过我请你们来吃饭。来,来,咱们先到公园里走走吧。请诸位多多原谅,我以后会告诉你们今天我有这一番举动的缘故。来,娘子。来,培琪嫂子。请你们原谅我,今天实在吵得太不像话了,请不要见怪!

培　琪　列位,咱们进去吧,可是今天一定要把他大大地取笑一番。明天早晨我请你们到舍间吃一顿早饭,吃过早饭,就去打鸟去;我有一只很好的猎鹰,要请你们赏识赏识它的本领。诸位以为怎样?

福　德　一定奉陪。

爱文斯　要是只有一个人去,我就是第二个。

卡厄斯　要是只有一个、两个人去,我就是第三个。

福　德　培琪大爷,请了。

爱文斯　请你明天不要忘记嘉德饭店老板那个坏家伙。

卡厄斯　很好，我一定不忘记。

爱文斯　这坏家伙，专爱开人家的玩笑！（同下。）

第四场　培琪家中一室

　　　　范顿、安·培琪及快嘴桂嫂上；桂嫂立一旁。

范　顿　我知道我得不到你父亲的欢心，所以你别再叫我去跟他说话了，
　　　　亲爱的小安。

安　　　唉！那么怎么办呢？

范　顿　你应当自己做主才是。他反对我的理由，是说我的门第太高，又说
　　　　我因为家产不够挥霍，想要靠他的钱来弥补弥补；此外他又举出种种理
　　　　由，说我过去的行为太放荡，说我结交的都是一班胡闹的朋友；他老实
　　　　不客气地对我说，我所以爱你，不过是把你看作一注财产而已。

安　　　他说的话也许是对的。

范　顿　不，我永远不会有这样的存心！安，我可以向你招认，我最初来
　　　　向你求婚的目的，的确是为了你父亲的财产；可是自从我认识了你以
　　　　后，我就觉得你的价值远超过一切的金银财富；我现在除了你美好的
　　　　本身以外，再没有别的希求。

安　　　好范顿大爷，您还是去向我父亲说说吧，多亲近亲近他吧。要是
　　　　机会和最谦卑的恳求都不能使您达到目的，那么——您过来，我对您
　　　　说。（二人在一旁谈话。）

　　　　　夏禄及斯兰德上。

夏　禄　桂嫂，打断他们的谈话，让我的侄子自己去向她求婚。

斯兰德　成功失败，在此一试。

夏　禄　不要慌。

斯兰德　不，她不会使我发慌，我才不放在心上呢；可是我有点胆怯。

桂　嫂　安，斯兰德少爷要跟你讲句话哩。

安　　　我就来。（旁白）这是我父亲中意的人。唉！有了一年三百镑的收入，顶不上眼的伧夫也就变成俊汉了。

桂　嫂　范大爷，您好？请您过来说句话。

夏　禄　她来了；侄儿，你上去吧。孩子，你要记得你有过父亲！

斯兰德　安小姐，我有过父亲，我的叔父可以告诉您许多关于他的很有趣的笑话。叔父，请您把我的父亲怎样从人家篱笆里偷了两只鹅的那个笑话讲给安小姐听吧，好叔父。

夏　禄　安小姐，我的侄儿很爱您。

斯兰德　对了，正像我爱葛罗斯特郡的无论哪一个女人一样。

夏　禄　他愿意像贵妇人一样地供养您。

斯兰德　这是一定的事，不管来的是什么人，尽管身份比我们乡绅人家要低。

夏　禄　他愿意在他的财产里划出一百五十镑钱来归在您的名下。

安　　　夏禄老爷，他要求婚，还是让他自己说吧。

夏　禄　啊，谢谢您，我真感谢您的好意。侄儿，她叫你哩；我让你们两个人谈谈吧。

安　　　斯兰德世兄。

斯兰德　是，好安小姐？

安　　　您对我有什么高见？

斯兰德　我有什么高见？老天爷的心肝哪！真是的，这玩笑开得多么妙！我从来也没有过什么高见；我才不是那种昏头昏脑的家伙，我赞美上天。

安　　　我是说,斯兰德世兄,你有什么话要跟我说?

斯兰德　实实在在说,我自己本来一点没有什么话要跟您说,都是令尊跟家叔两个人的主张。要是我有这运气,那固然很好,不然的话,就让别人来享受这个福分吧!他们可以告诉您许多我自己不会说的话,您还是去问您的父亲吧;他来了。

　　　　培琪及培琪大娘上。

培　琪　啊,斯兰德少爷!安,你爱他吧。咦,怎么!范顿大爷,您到这儿来有什么事?我早就对您说过了,我的女儿已经有了人家;您还是一趟一趟地到我家里来,这不是太不成话了吗?

范　顿　啊,培琪大爷,您别生气。

培琪大娘　范顿大爷,您以后别再来看我的女儿了。

培　琪　她是不会嫁给您的。

范　顿　培琪大爷,请您听我说。

培　琪　不,范顿大爷,我不要听您说话。来,夏禄老爷;来,斯兰德贤婿,咱们进去吧。范顿大爷,我不是没有跟您说明白,您实在太不讲理啦。(培琪、夏禄、斯兰德同下。)

桂　嫂　向培琪大娘说去。

范　顿　培琪大娘,我对于令嫒的一片至诚,天日可表,一切的阻碍、谴责和世俗的礼法,都不能使我灰心后退;我希望能够得到您的同意。

安　　　好妈妈,别让我跟那个傻瓜结婚。

培琪大娘　我是不愿让你嫁给他;我会替你找一个好一点的丈夫。

桂　嫂　那就是我的主人卡厄斯大夫。

安　　　唉!要是叫我嫁给那个医生,我宁愿让你们把我活埋了!

培琪大娘　算了,别自寻烦恼啦。范顿大爷,我不愿帮您忙,也不愿跟您作梗,让我先去问问我的女儿,看她究竟对您有几分意思,慢慢地再

　　　　说吧。现在我们失陪了，范顿大爷；她要是再不进去，她的父亲一定
　　　　又要发脾气了。

范　顿　再见，培琪大娘。再见，小安。（培琪大娘及安·培琪下。）

桂　嫂　瞧，这都是我帮您的忙。我说，"您愿意把您的孩子随随便便嫁
　　　　给一个傻瓜，一个医生吗？瞧范顿大爷多好！"这都是我帮您的忙。

范　顿　谢谢你；这一个戒指，请你今天晚上送给我亲爱的小安。这几个
　　　　钱是赏给你的。

桂　嫂　天老爷赐给您好福气！（范顿下）他的心肠真好，一个女人碰见这
　　　　样好心肠的人，就是为他到火里水里去也甘心。可是我倒希望我的
　　　　主人娶到了安小姐；我也希望斯兰德少爷能够娶到她；天地良心，我
　　　　也希望范顿大爷娶到她。我要替他们三个人同样出力，因为我已经
　　　　答应过他们，说过的话总是要作准的；可是我要替范顿大爷特别出
　　　　力。啊，两位奶奶还要叫我到福斯塔夫那儿去一趟呢，该死，我怎么
　　　　还在这儿拉拉扯扯的！（下。）

第五场　嘉德饭店中一室

　　　　　　福斯塔夫及巴道夫上。

福斯塔夫　喂，巴道夫！

巴道夫　有，爵爷。

福斯塔夫　给我倒一碗酒来，放一块面包在里面。（巴道夫下）想不到我活
　　　　到今天，却给人装在篓子里抬出去，像一车屠夫切下来的肉骨肉屑一
　　　　样倒在泰晤士河里！好，要是我再上人家这样一次当，我一定把我的
　　　　脑髓敲出来，涂上牛油丢给狗吃。这两个混账东西把我扔在河里，简
　　　　直就像淹死一只瞎眼老母狗的一窠小狗一样，不当一回事。你们瞧

我这样胖大的身体,就可以知道我沉下水里去,是比别人格外快的,即使河底深得像地狱一样,我也会一下子就沉下去,要不是水浅多沙,我早就淹死啦;我最怕的就是淹死,因为一个人淹死了尸体会发胀,像我这样的人要是发起胀来,那还成什么样子! 不是要变成一堆死人山了吗?

　　　　　巴道夫携酒重上。

巴道夫　爵爷,桂嫂要见您说话。

福斯塔夫　来,我一肚子都是泰晤士河里的水,冷得好像欲火上升的时候吞下了雪块一样,让我倒下些酒去把它温一温吧。叫她进来。

巴道夫　进来,妇人。

　　　　　快嘴桂嫂上。

桂　嫂　爵爷,您好? 早安,爵爷!

福斯塔夫　把这些酒杯拿去了,再给我好好地煮一壶酒来。

巴道夫　要不要放鸡蛋?

福斯塔夫　什么也别放;我不要小母鸡下的蛋放在我的酒里。(巴道夫下)
　　　　　怎么?

桂　嫂　呃,爵爷,福德娘子叫我来看看您。

福斯塔夫　别向我提起什么"福德"大娘啦! 我"浮"在水面上"浮"够了;要不是她,我怎么会给人丢在河里,灌满了一肚子的水。

桂　嫂　嗳哟! 那怎么怪得了她? 那两个仆人把她气死了,谁想得到他们竟误会了她的意思。

福斯塔夫　我也是气死了,会去应一个傻女人的约。

桂　嫂　爵爷,她为了这件事,心里说不出地难过呢;看见了她那种伤心的样子,谁都会心软的。她的丈夫今天一早就去打鸟去了,她请您在八点到九点之间,再到她家里去一次。我必须赶快把她的话向您交代清楚。您放心好了,这一回她一定会好好地补报您的。

福斯塔夫　好,你回去对她说,我一定来;叫她想一想哪一个男人不是朝三暮四,像我这样的男人,可是不容易找到的。

桂　嫂　我一定这样对她说。

福斯塔夫　去说给她听吧。你说是在九点到十点之间吗?

桂　嫂　八点到九点之间,爵爷。

福斯塔夫　好,你去吧,我一定来就是了。

桂　嫂　再会了,爵爷。(下。)

福斯塔夫　白罗克到这时候还不来,倒有些奇怪;他寄信来叫我等在这儿不要出去的。我很喜欢他的钱。啊!他来啦。

　　　　福德上。

福　德　您好,爵爷!

福斯塔夫　啊,白罗克大爷,您是来探问我到福德老婆那儿去的经过吗?

福　德　我正是要来问您这件事。

福斯塔夫　白罗克大爷,我不愿对您撒谎,昨天我是按照她约定的时间到她家里去的。

福　德　那么您进行得顺利不顺利呢?

福斯塔夫　不必说起,白罗克大爷。

福　德　怎么?难道她又变卦了吗?

福斯塔夫　那倒不是,白罗克大爷,都是她的丈夫,那只贼头贼脑的死乌龟,一天到晚见神见鬼地疑心他的妻子;我跟她抱也抱过了,嘴也亲过了,誓也发过了,一本喜剧刚刚念好引子,他就疯疯癫癫地带了一大批狐群狗党,气势汹汹地说是要到家里来捉奸。

福　德　啊!那时候您正在屋子里吗?

福斯塔夫　那时候我正在屋子里。

福　德　他没有把您搜到吗？

福斯塔夫　您听我说下去。总算我命中有救，来了一位培琪大娘，报告我
　　们福德就要来了的消息；福德家的女人吓得毫无主意，只好听了她的
　　计策，把我装进一只盛脏衣服的篓子里去。

福　德　盛脏衣服的篓子！

福斯塔夫　正是一只盛脏衣服的篓子！把我跟那些脏衬衫、臭袜子、油腻
　　的手巾，一股脑儿塞在一起；白罗克大爷，您想想这股气味叫人可受
　　得了？

福　德　您在那篓子里待多久？

福斯塔夫　别急，白罗克大爷，您听我说下去，就可以知道我为了您的缘
　　故去勾引这个妇人，吃了多少苦。她们把我这样装进了篓子以后，就
　　叫两个混蛋仆人把我当做一篓脏衣服，抬到洗衣服的那里去；他们刚
　　把我抬上肩走到门口，就碰见他们的主人，那个醋天醋地的家伙，问
　　他们这里面装的是什么东西；我怕这个疯子真的要搜起篓子来，吓得
　　浑身乱抖，可是命运注定他要做一个忘八，居然他没有搜；好，于是他
　　就到屋子里去搜查，我也就冒充着脏衣服出去啦。可是白罗克大爷，
　　您听着，还有下文呢。我一共差不多死了三次；第一次，因为碰在这
　　个吃醋的、带着一批喽啰的忘八羔子手里，把我吓得死去活来；第二
　　次，我让他们把我塞在篓里，像一柄插在鞘子里的宝剑一样，头朝地，
　　脚朝天，再用那些油腻得恶心的衣服把我闷起来，您想，像我这样胃
　　口的人，本来就是像牛油一样遇到了热气会溶化的，不闷死总算是傲
　　天之幸；到末了，脂油跟汗水把我煎得半熟以后，这两个混蛋仆人就
　　把我像一个滚热的出笼包子似的，向泰晤士河里丢了下去，白罗克大
　　爷，您想，我简直像一块给铁匠打得通红的马蹄铁，放下水里，连河水
　　都嗞啦嗞啦地叫起来呢！

福　德　爵爷,您为我受了这许多苦,我真是抱歉万分。这样看来,我的
　　　　希望是永远达不到的了,您未必会再去一试吧?

福斯塔夫　白罗克大爷,别说他们把我扔在泰晤士河里,就是把我扔到火
　　　　山洞里,我也不会就此把她放手的。她的男人今天早上打鸟去了,我
　　　　已经又得到了她的信,约我八点到九点之间再去。

福　德　现在八点钟已经过了,爵爷。

福斯塔夫　真的吗?那么我要去赴约了。您有空的时候再来吧,我一定
　　　　会让您知道我进行得怎样;总而言之,她一定会到您手里的。再见,
　　　　白罗克大爷,您一定可以得到她;白罗克大爷,您一定可以叫福德做
　　　　一个大忘八。(下。)

福　德　哼!嘿!这是一场梦景吗?我在做梦吗?我在睡觉吗?福德,
　　　　醒来!醒来!你的最好的外衣上有了一个窟窿了,福德大爷!这就
　　　　是娶了妻子的好处!这就是脏衣服篓子的用处!好,我要让他知道
　　　　我究竟是什么人;我要现在就去把这奸夫捉住,他在我的家里,这回
　　　　一定不让他逃走,他一定逃不了。也许魔鬼会帮助他躲起来,这回我
　　　　一定要把无论什么稀奇古怪的地方都一起搜到,连放小钱的钱袋、连
　　　　胡椒瓶子都要倒出来看看,看他能躲到哪里去。忘八虽然已经做定
　　　　了,可是我不能就此甘心呀;我要叫他们看看,忘八也不是好欺侮的。
　　　　(下。)

第 四 幕

第一场 街 道

　　　　培琪大娘、快嘴桂嫂及威廉上。

培琪大娘　你想他现在是不是已经在福德家了？

桂　嫂　这时候他一定已经去了，或者就要去了。可是他因为给人扔在
　　　河里，很生气哩。福德大娘请您快点过去。

培琪大娘　等我把这孩子送上学，我就去。瞧，他的先生来了，今天大概
　　　又是放假。

　　　　爱文斯上。

培琪大娘　啊，休师傅！今天不上课吗？

爱文斯　不上课，斯兰德少爷放孩子们一天假。

桂　嫂　真是个好人！

培琪大娘　休师傅，我的丈夫说，我这孩子一点儿也念不进书；请你出几
　　　个拉丁文文法题目考考他吧。

爱文斯　走过来，威廉；把头抬起来；来吧。

培琪大娘　喂，走过去；把头抬起来，回答老师的问题，别害怕。

爱文斯　威廉，名词有几个"数"？

威　廉　两个①。

桂　嫂　说真的,恐怕还得加上一个"数",不是老听人家说:"算数!"

爱文斯　少噜苏!"美"是怎么说的,威廉?

威　廉　"标致"。

桂　嫂　婊子!比"婊子"更美的东西还有的是呢。

爱文斯　你真是个头脑简单的女人,闭上你的嘴吧。"lapis"解释什么,威廉?

威　廉　石子。

爱文斯　"石子"又解释什么,威廉?

威　廉　岩石。

爱文斯　不,是"Lapis";请你把这个记住。

威　廉　Lapis。

爱文斯　真是个好孩子。威廉,"冠词"是从什么地方借来的?

威　廉　"冠词"是从"代名词"借来的,有这样几个变格——"单数""主格"是:hic, haec, hoc。

爱文斯　"主格":hig, hag, hog;②请你听好——"所有格":hujus。好吧,"对格"你怎么说?

威　廉　"对格":hinc。

爱文斯　请你记住了,孩子;"对格":hung, hang, hog。③

桂　嫂　"hang hog"就是拉丁文里的"火腿",我跟你说,错不了。④

爱文斯　少来唠叨,你这女人。"称呼格"是怎么变的,威廉?

---

①　即"少数"和"多数"。

②③　休牧师是威尔士人,发音重浊,把"c"念成"g"。

④　火腿要挂起来风干;"hang hog"在英语中听来像"挂猪肉",所以桂嫂猜想是"火腿"。

威　廉　噢——"称呼格",噢——

爱文斯　记住,威廉;"称呼格"曰"无"。①

桂　嫂　"胡"萝卜的根才好吃呢。

爱文斯　你这女人,少开口。

培琪大娘　少说话!

爱文斯　最后的"复数属格"该怎么说,威廉?

威　廉　复数属格!

爱文斯　对。

威　廉　属格——horum, harum, horum。

桂　嫂　珍妮的人格! 她是个婊子,孩子,别提她的名字。

爱文斯　你这女人,太不知羞耻了!

桂　嫂　你教孩子念这样一些字眼儿才太邪门儿了——教孩子念"嫖呀"
　　　　"喝呀",他们没有人教,一眨巴眼也就学会吃喝嫖赌了——什么"嫖
　　　　呀""喝呀",亏你说得出口!

爱文斯　女人,你可是个疯婆娘? 你一点儿不懂得你的"格",你的"数",
　　　　你的"性"吗? 天下哪儿去找像你这样的蠢女人。

培琪大娘　请你少说话吧。

爱文斯　威廉,说给我听,代名词的几种变格。

威　廉　嗳哟,我忘了。

爱文斯　那是 qui, quæ, quod;要是你把你的 quis 忘了,quæs 忘了,quods
　　　　忘了,小心你的屁股吧。现在去玩儿吧,去吧。

培琪大娘　我怕他不肯用功读书,他倒还算好。

————————

　　① 拉丁文指示代名词共有五格,而无"称呼格";所以休牧师用拉丁文提醒威廉:"曰
　　　'无'"。拉丁文"无"(caret)近似英语中的"胡萝卜"(carrot),因此又引起桂嫂的一
　　　番插话。

爱文斯　他记性好，一下子就记住了。再见，培琪大娘。

培琪大娘　再见，休师傅。（休师傅下）孩子，你先回家去。来，我们已经耽
　　　搁得太久了。（同下。）

第二场　福德家中一室

　　　　　福斯塔夫及福德大娘上。

福斯塔夫　娘子，你的懊恼已经使我忘记了我身受的种种痛苦。你既然
　　　这样一片真心对待我，我也决不会有丝毫亏负你；我不仅要跟你恩爱
　　　一番，还一定会加意奉承，格外讨好，管保叫你心满意足就是了。可
　　　是你相信你的丈夫这回一定不会再来了吗？

福德大娘　好爵爷，他打鸟去了，一定不会早回来的。

培琪大娘　（在内）喂！福德嫂子！喂！

福德大娘　爵爷，您进去一下。（福斯塔夫下。）

　　　　　培琪大娘上。

培琪大娘　啊，心肝！你屋子里还有什么人吗？

福德大娘　没有，就是自己家里几个人。

培琪大娘　真的吗？

福德大娘　真的。（向培琪大娘旁白）大声一点说。

培琪大娘　真的没有什么人，那我就放心啦。

福德大娘　为什么？

培琪大娘　为什么，我的奶奶，你那汉子的老毛病又发作啦。他正在那儿
　　　拉着我的丈夫，痛骂那些有妻子的男人，不分青红皂白地咒骂着天下
　　　所有的女人，还把拳头捏紧了敲着自己的额角，嚷道："快把绿帽子戴
　　　上吧，快把绿帽子戴上吧！"无论什么疯子狂人，比起他这种疯狂的样

子来,都会变成顶文雅顶安静的人了。那个胖骑士不在这儿,真是运气!

福德大娘　怎么,他又说起他吗?

培琪大娘　不说起他还说起谁?他发誓说上次他来搜他的时候,他是给装在篓子里抬出去的;他一口咬定说他现在就在这儿,一定要叫我的丈夫和同去的那班人停止了打鸟,陪着他再来试验一次他疑心得对不对。我真高兴那骑士不在这儿,这回他该明白他自己的傻气了。

福德大娘　培琪嫂子,他离开这儿有多远?

培琪大娘　只有一点点路,就在街的尽头,一会儿就来了。

福德大娘　完了!那骑士正在这儿呢。

培琪大娘　那么你的脸要丢尽,他的命也保不住啦。你真是个宝货!快打发他走吧!快打发他走吧!丢脸还是小事,弄出人命案子来可不是玩的。

福德大娘　叫他到哪儿去呢?我怎样把他送出去呢?还是把他装在篓子里吗?

福斯塔夫重上。

福斯塔夫　不,我再也不躲在篓子里了。还是让我趁他没有来,赶快出去吧。

培琪大娘　唉!福德的三个弟兄手里拿着枪,把守着门口,什么人都不让出去;否则您倒可以溜出去的。可是您干吗又到这儿来呢?

福斯塔夫　那么我怎么办呢?还是让我钻到烟囱里去吧。

福德大娘　他们平常打鸟回来,鸟枪里剩下的子弹都是往烟囱里放的。

培琪大娘　还是灶洞里倒可以躲一躲。

福斯塔夫　在什么地方?

福德大娘　他一定会找到那个地方的。他已经把所有的柜啦、橱啦、板箱啦、废箱啦、铁箱啦、井啦、地窖啦，以及诸如此类的地方，一起记在笔记簿上，只要照着单子一处处搜寻，总会把您搜到的。

福斯塔夫　那么我还是出去。

培琪大娘　爵爷，您要是就照您的本来面目跑出去，那您休想活命。除非化装一下——

福德大娘　我们把他怎样化装起来呢？

培琪大娘　唉！我不知道。哪里找得到一身像他那样身材的女人衣服？否则叫他戴上一顶帽子，披上一条围巾，头上罩一块布，也可以混了出去。

福斯塔夫　好心肝，乖心肝，替我想想法子。只要安全无事，什么丢脸的事我都愿意干。

福德大娘　我家女用人的姑母，就是那个住在勃伦府的胖婆子，倒有一件罩衫在这儿楼上。

培琪大娘　对了，那正好给他穿，她的身材是跟他一样大的；而且她的那顶粗呢帽和围巾也在这儿。爵爷，您快奔上去吧。

福德大娘　去，去，好爵爷；让我跟培琪嫂子再给您找一方包头的布儿。

培琪大娘　快点，快点！我们马上就来给您打扮，您先把那罩衫穿上再说。（福斯塔夫下。）

福德大娘　我希望我那汉子能够瞧见他扮成这个样子；他一见这个勃伦府的老婆子就眼中冒火，他说她是个妖妇，不许她走进我们家里，说是一看见她就要打她。

培琪大娘　但愿上天有眼，让他尝一尝你丈夫的棍棒的滋味！但愿那棍棒落在他身上的时候，有魔鬼附在你丈夫的手里！

福德大娘　可是我那汉子真的就要来了吗？

培琪大娘　真的,他直奔而来;他还在说起那篓子呢,也不知道他哪里得来的消息。

福德大娘　让我们再试他一下。我仍旧去叫我的仆人把那篓子抬到门口,让他看见,就像上一次一样。

培琪大娘　可是他立刻就要来啦,还是先去把他装扮做那个勃伦府的巫婆吧。

福德大娘　我先去吩咐我的仆人,叫他们把篓子预备好了。你先上去,我马上就把他的包头布带上来。(下。)

培琪大娘　该死的狗东西!这种人就是作弄他一千次也不算罪过。

　　　　　　不要看我们一味胡闹,

　　　　　　　这蠢猪是他自取其殃;

　　　　　　我们要告诉世人知道,

　　　　　　　风流娘们不一定轻狂。(下。)

　　　　　　福德大娘率二仆重上。

福德大娘　你们再把那篓子抬出去;大爷快要到门口了,他要是叫你们放下来,你们就听他的话放下来。快点,马上就去。(下。)

仆　甲　来,来,把它抬起来。

仆　乙　但愿这篓子里不要再装满了爵士才好。

仆　甲　我也希望不再像前次一样;抬一篓的铅都没有那么重哩。

　　　　福德、培琪、夏禄、卡厄斯及爱文斯同上。

福　德　不错,培琪大爷,可是要是真有这回事,您还有法子替我洗去污名吗?狗才,把这篓子放下来;又有人来拜访过我的妻子了。把年轻的男人装在篓子里抬进抬出!你们这两个混账的家伙也不是好东西!你们都是串通了一气来算计我的。现在这个鬼可要叫他出丑了。喂,我的太太,你出来!瞧瞧你给他们洗些什么好衣服!

培　琪　这真太过分了！福德大爷，您要是再这样疯下去，我们真要把您铐起来了，免得闹出什么乱子来。

爱文斯　嗳哟，这简直是发疯！像疯狗一样发疯！

夏　禄　真的，福德大爷，这真有点儿不大好。

福　德　我也是这样说哩。——

　　　　　福德大娘重上。

福　德　过来，福德大娘，咱们这位贞洁的妇人，端庄的妻子，贤德的人儿，可惜嫁给了一个爱吃醋的傻瓜！娘子，是我无缘无故瞎起疑心吗？

福德大娘　天日为证，你要是疑心我有什么不规矩的行为，那你的确太会多心了。

福　德　说得好，不要脸的东西！你尽管嘴硬吧。过来，狗才！（翻出篓中衣服。）

培　琪　这真太过分了！

福德大娘　你好意思吗？别去翻那衣服了。

福　德　我就会把你的秘密揭穿的。

爱文斯　这简直是岂有此理。还不把你妻子的衣服拿起来吗？去吧，去吧。

福　德　把这篓子倒空了！

福德大娘　为什么呀，傻子，为什么呀？

福　德　培琪大爷，不瞒您说，昨天就有一个人装在这篓子里从我的家里抬出去，谁知道今天他不会仍旧在这里面？我相信他一定在我家里，我的消息是绝对可靠的，我的疑心是完全有根据的。给我把这些衣服一起拿出来。

福德大娘　你要是在这里面找出一个男人来，就把他当个虱子掐死好了。

培　琪　没有什么人在这里面。

夏　禄　福德大爷，这真太不成话了，真太不成话了。

爱文斯　福德大爷，您应该常常祷告，不要随着自己的心一味胡思乱想；吃醋也没有这样吃法。

福　德　好，他没有躲在这里面。

培　琪　除了在您自己脑子里以外，您根本就找不到这样一个人。（二仆将篓抬下。）

福　德　帮我再把我的屋子搜一回，要是再找不到我所要找的人，你们尽管把我嘲笑得体无完肤好了；让我永远做你们餐席上谈笑的资料，要是人家提起吃醋的男人来，就把我当做一个现成的例子，因为我会在一枚空的核桃壳里找寻妻子的情人。请你们再帮我这一次忙，替我搜一下，好让我死了心。

福德大娘　喂，培琪嫂子！您陪着那位老太太下来吧；我的丈夫要上楼来了。

福　德　老太太！哪里来的老太太？

福德大娘　就是我家女仆的姑妈，住在勃伦府的那个老婆子。

福　德　哼，这妖妇，这贼老婆子！我不是不许她走进我的屋子里吗？她又是给什么人带信来的，是不是？我们都是头脑简单的人，不懂得求神问卜这些玩意儿；什么画符、念咒、起课这一类鬼把戏，我们全不懂得。快给我滚下来，你这妖妇，鬼老太婆！滚下来！

福德大娘　不，我的好大爷！列位大爷，别让他打这可怜的老婆子。

　　　　　培琪大娘偕福斯塔夫女装重上。

培琪大娘　来，普拉老婆婆；来，搀着我的手。

福　德　我要"泼辣辣"地揍她一顿呢。——（打福斯塔夫）滚出去，你这妖妇，你这贱货，你这臭猫，你这鬼老太婆！滚出去！滚出去！我要请你去见神见鬼呢,我要给你算算命呢。(福斯塔夫下。)

培琪大娘　你羞不羞? 这可怜的老妇人差不多给你打死了。

福德大娘　欺负一个苦老太婆,真有你的!

福　德　该死的妖妇!

爱文斯　我想这妇人的确是一个妖妇;我不喜欢长胡须的女人,我看见她的围巾下面露出几根胡须呢。

福　德　列位,请你们跟我来好不好? 看看我究竟是不是瞎起疑心。要是我完全无理取闹,请你们以后再不要相信我的话。

培　琪　咱们就再顺顺他的意思吧。各位,大家都来。(福德、培琪、夏禄、卡厄斯、爱文斯同下。)

培琪大娘　他把他打得真可怜。

福德大娘　这一顿打才打得痛快呢。

培琪大娘　我想把那棒儿放在祭坛上供奉起来,它今天立下了很大的功劳。

福德大娘　我倒有一个意思,不知道你以为怎样? 我们横竖名节无亏,问心无愧,索性一不做,二不休,再把他作弄一番好不好?

培琪大娘　他吃过了这两次苦头,一定把他的色胆都吓破了;除非魔鬼盘据在他心里,大概他不会再来冒犯我们了。

福德大娘　我们要不要把我们怎样作弄他的情形告诉我们的丈夫知道?

培琪大娘　很好,这样也可以点破你那汉子的疑心。要是他们认为这个荒唐的胖爵士还有应加惩处的必要,那么仍旧可以委托我们全权办理的。

福德大娘　我想他们一定要让他当着众人出一次丑;我们这一个笑话也一定要这样才可以告一段落。

培琪大娘　好,那么我们就去商量办法吧;我的脾气是想到就做,不让事情耽搁下去的。(同下。)

第三场　嘉德饭店中一室

　　　店主及巴道夫上。

巴道夫　老板,那几个德国人要问您借三匹马;公爵明天要上朝来了,他
　　　们要去迎接他。

店　主　什么公爵来得这样秘密?我不曾在宫廷里听见人家说起。让我
　　　去跟那几个客人谈谈。他们会说英国话吗?

巴道夫　会说的,老板;我去叫他们来。

店　主　马可以借给他们,可是我不能让他们白骑,世上没有这样便宜的
　　　事情。他们已经住了我的房子一个星期了,我已经为了他们回绝了
　　　多少别的客人;我可不能跟他们客气,这笔损失是一定要叫他们赔偿
　　　的。来。(同下。)

第四场　福德家中一室

　　　培琪、福德、培琪大娘、福德大娘及爱文斯上。

爱文斯　女人家有这样的心思,难得难得!

培　琪　他是同时寄信给你们两个人的吗?

培琪大娘　我们在一刻钟内同时接到。

福　德　娘子,请你原谅我。从此以后,我一切听任你;我宁愿疑心太阳
　　　失去了热力,不愿疑心你有不贞的行为。你已经使一个对于你的贤
　　　德缺少信心的人,变成你的一个忠实的信徒了。

培　琪　好了,好了,别说下去了。太冒冒失失固然不好,太服服帖帖可

也不对。我们还是来商量计策吧；让我们的妻子为了给大家解解闷，再跟这个胖老头子约好一个时间，到了那时候，我们就去捉住他，把他羞辱一顿。

福　德　她们刚才说起的那个办法，再好没有了。

培　琪　怎么？约他在半夜里到林苑里去相会吗？嘿！他再也不会来的。

爱文斯　你们说他已经给丢在河里，还给人当做一个老婆子痛打了一顿，我想他一定吓怕了，不会再来了；他的肉体已经受到责罚，他一定不敢再起欲念了。

培　琪　我也这样想。

福德大娘　你们只要商量商量等他来了怎样对付他，我们两人自会想法子叫他来的。

培琪大娘　有一个古老的传说，说是曾经在这儿温莎地方做过管林子的猎夫赫恩，鬼魂常常在冬天的深夜里出现，绕着一株橡树兜圈子，头上还长着又粗又大的角，手里摇着一串链子，发出怕人的声音；他一出来，树木就要枯黄，牲畜就要害病，乳牛的乳汁会变成血液。这一个传说从前代那些迷信的人们嘴里流传下来，就好像真有这回事一样，你们各位也都听见过的。

培　琪　是呀，有许多人不敢在深夜里经过这株赫恩的橡树呢。可是你为什么要提起它呢？

福德大娘　这就是我们的计策：我们要叫福斯塔夫头上装了两只大角，扮作赫恩的样子，在那橡树的旁边等着我们。

培　琪　好，就算他听着你们这样打扮着来了，你们预备把他怎么样呢？你有什么妙计呢？

培琪大娘　那我们也已经想好了：我们先叫我的女儿安和我的小儿子，还有三四个跟他们差不多大的孩子,大家打扮成一队精灵的样子,穿着绿色的和白色的衣服,各人头上顶着一圈蜡烛,手里拿着响铃,埋伏在树旁的土坑里;等福斯塔夫跟我们相会的时候,他们就一拥而出,嘴里唱着各色各样的歌儿;我们一看见他们出来,就假装吃惊逃走了,然后让他们把他团团围住,把这醒醒的爵士你拧一把,我刺一下,还要质问他为什么在这仙人们游戏的时候,胆敢装扮做那种秽恶的形状,闯进神圣的地方来。

福德大娘　这些假扮的精灵们要把他拧得遍体鳞伤,还用蜡烛烫他的皮肤,直等他招认一切为止。

培琪大娘　等他招认以后,我们大家就一起出来,摔下他的角,把他一路取笑着回家。

福　德　孩子们倒要叫他们练习得熟一点,否则会露出破绽来的。

爱文斯　我可以教这些孩子们怎样做;我自己也要扮做一个猴崽子,用蜡烛去烫这爵士哩。

福　德　那好极啦。我去替他们买些面具来。

培琪大娘　我的小安要扮做一个仙后,穿着很漂亮的白袍子。

培　琪　我去买缎子来给她做衣服。(旁白)到了那个时候,我可以叫斯兰德把安偷走,到伊登去跟她结婚。——你们马上就派人到福斯塔夫那里去吧。

福　德　不,我还要用白罗克的名字去见他一次,他会把什么话都告诉我。他一定会来的。

培琪大娘　不怕他不来。我们这些精灵们的一切应用的东西和饰物,也该赶快预备起来了。

爱文斯　我们就去办起来吧;这是个很好玩的玩意儿,而且也是光明正大的恶作剧。(培琪、福德、爱文斯同下。)

培琪大娘　福德嫂子,你就去找桂嫂,叫她到福斯塔夫那里去,探探他的意思。(福德大娘下)我现在要到卡厄斯大夫那里去,他是我看中的人,除了他谁也不能娶我的小安。那个斯兰德虽然有家私,却是一个呆子,我的丈夫偏偏喜欢他。这医生又有钱,他的朋友在宫廷里又有势力,只有他才配做她的丈夫,即使有二万个更了不得的人来向她求婚,我也不给他们。(下。)

第五场　嘉德饭店中一室

店主及辛普儿上。

店　主　你要干吗,乡下佬,蠢东西? 说吧,讲吧,干干脆脆的。

辛普儿　呃,老板,是斯兰德少爷叫我来跟约翰·福斯塔夫爵士说话的。

店　主　那边就是他的房间、他的公馆、他的床铺,你瞧门上新画着浪子回家故事的就是。只要你去敲敲门,喊他一声,他就会跟你胡说八道。去敲他的门吧。

辛普儿　刚才有一个胖大的老妇人跑进他的房间里去,请您让我在这儿等她下来吧;我本来是要跟她说话的。

店　主　哈! 一个胖女人! 也许是来偷东西的,让我叫他一声。喂,骑士! 好爵爷! 你在房间里吗? 使劲回答我,你的店主东——你的老朋友在叫你哪。

福斯塔夫　(在上)什么事,老板?

店　主　这儿有一个流浪的鞑靼人等着你的胖婆娘下来。叫她下来,好家伙,叫她下来;我的屋子是干干净净的,不能让你们干那些鬼鬼祟祟的勾当。哼,不要脸!

　　　　福斯塔夫上。

福斯塔夫　老板,刚才是有一个胖老婆子在我这儿,可是现在她已经
　　　走了。

辛普儿　请问一声,爵爷,她就是勃伦府那个算命的女人吗?

福斯塔夫　对啦,螺蛳精;你问她干吗?

辛普儿　爵爷,我家主人斯兰德少爷因为瞧见她在街上走过,所以叫我来
　　　问问她,他有一串链子给一个叫做尼姆的骗去了,不知道那链子还在
　　　不在那尼姆的手里。

福斯塔夫　我已经跟那老婆子讲起过这件事了。

辛普儿　请问爵爷,她怎么说呢?

福斯塔夫　呃,她说,那个从斯兰德手里把那链子骗去的人,就是偷他链
　　　子的人。

辛普儿　我希望我能够当面跟她谈谈;我家少爷还叫我问她别的事情哩。

福斯塔夫　什么事情? 说出来听听看。

店　主　对了,快说。

辛普儿　爵爷,我家少爷吩咐我要保守秘密呢。

店　主　你要是不说出来,就叫你死。

辛普儿　啊,实在没有什么事情,不过是关于培琪家小姐的事情,我家少
　　　爷叫我来问问看,他命里能不能娶她做妻子。

福斯塔夫　那可要看他的命运怎样了。

辛普儿　您怎么说?

福斯塔夫　娶得到是他的命,娶不到也是他的命。你回去告诉主人,就说
　　　那老妇人这样对我说的。

辛普儿　我可以这样告诉他吗?

福斯塔夫　是的,乡下佬,你尽管这样说好了。

辛普儿　多谢爵爷；我家少爷听见了这样的消息，一定会十分高兴的。
（下。）

店　主　你真聪明，爵爷，你真聪明。真有一个算命的婆子在你房间
里吗？

福斯塔夫　是的，老板，她刚才还在我这儿；她教给我许多我一生从来没
有学过的智慧，我不但没有花半个钱的学费，而且她反倒给我酬
劳呢。

巴道夫上。

巴道夫　嗳哟，老板，不好了！又是骗子，尽是些骗子！

店　主　我的马呢？蠢奴才，好好地对我说。

巴道夫　都跟着那些骗子们跑掉啦；一过了伊登，他们就把我从马上推下
来，把我丢在一个烂泥潭里，他们就像三个德国鬼子似的，策马加鞭，
飞也似的去了。

店　主　狗才，他们是去迎接公爵去的。别说他们逃走，德国人都是规规
矩矩的。

爱文斯上。

爱文斯　老板在哪儿？

店　主　师傅，什么事？

爱文斯　留心你的客人。我有一个朋友到城里来，他告诉我有三个德国
骗子，一路上骗人家的马匹金钱；里亭、梅登海、科白路，各家旅店都
上了他们的当。我是一片好心来通知你，你当心些吧；你是个很乖巧
的人，专爱开人家的玩笑，要是你也被人家骗了，那未免太笑话啦。
再见。（下。）

卡厄斯上。

卡厄斯　店主东呢？

店　主　卡厄斯大夫，我正在这儿心乱如麻呢。

卡厄斯　我不懂你的意思；可是人家告诉我，你正在准备着隆重地招待一个德国的公爵，可是我不骗你，我在宫廷里就不知道有什么公爵要来。我是一片好心来通知你。再见。（下。）

店　主　狗才，快去喊人去捉贼！骑士，帮帮我忙，我这回可完了！狗才，快跑，捉贼！完了！完了！（店主及巴道夫下。）

福斯塔夫　我但愿全世界的人都受骗，因为我自己也受了骗，而且还挨了打。要是宫廷里的人听见了我怎样一次次地化身，给人当衣服洗，用棍子打，他们一定会把我身上的油一滴一滴溶下来，去擦渔夫的靴子；他们一定会用俏皮话把我挖苦得像一只干瘪的梨一样丧气。自从那一次赖了赌债以后，我一直交着坏运。好，要是我在临终以前还来得及念祷告，我一定要忏悔。

　　　　快嘴桂嫂上。

福斯塔夫　啊，又是谁叫你来的？

桂　嫂　除了那两个人还有谁？

福斯塔夫　让魔鬼跟他的老娘把那两个人抓了去吧！趁早把她们这样打发了吧。我已经为了她们吃过多少苦，男人本来是容易变心的，谁受得了这样的欺负！

桂　嫂　您以为她们没有吃苦吗？说来才叫人伤心哪，尤其是那位福德娘子，天可怜见的，给她的汉子打得身上一块青一块黑的，简直找不出一处白净的地方。

福斯塔夫　什么一块青一块黑的，我自己给他打得五颜六色，浑身挂彩呢；我还差一点给他们当做勃伦府的妖妇抓了去。要不是我急中生智，把一个老太婆的举动装扮得活灵活现，我早已给混蛋官差们锁上脚镣，办我一个妖言惑众的罪名了。

桂　嫂　爵爷，让我到您房间里去跟您说话，您就会明白一切，而且包在我身上，一定会叫您满意的。这儿有一封信，您看了就知道了。天哪！把你们拉拢在一起，真麻烦死了！你们中间一定有谁得罪了天，所以才这样颠颠倒倒的。

福斯塔夫　那么你跟我上楼，到我的房间里来吧。（同下。）

第六场　嘉德饭店中另一室

　　　　　范顿及店主上。

店　主　范顿大爷，别跟我说话，我一肚子都是闷气，我想索性这桩生意也不做了。

范　顿　可是你听我说。我要你帮我做一件事，事成之后，我不但赔偿你的全部损失，而且还愿意送给你黄金百镑，作为酬谢。

店　主　好，范顿大爷，您说吧。我不知道我能不能帮您的忙，可是至少我不会泄漏秘密。

范　顿　我曾经屡次告诉你我对于培琪家安小姐的深切的爱情；她对我也已经表示默许了，要是她自己做得了主，我一定可以如愿以偿的。刚才我收到了她一封信，信里所说起的事情，你要是知道了，一定会拍手称奇；原来她给我出了个好主意，而这主意又是跟一个笑料分不开的，要说到我们的事儿，就得提到那个笑料，要给你讲那个笑料，就得说一说我们的事儿。那胖骑士福斯塔夫不免要给他们捉弄，受一番惊吓了；究竟要开什么玩笑，我一五一十都跟你说了吧。（指信）听着，我的好老板，今夜十二点钟到一点钟之间，在赫恩橡树的近旁，我亲爱的小安要扮成仙后的样子，为什么要这样打扮，这儿写得很明白。她父亲叫她趁着大家开玩笑开得乱哄哄的时候，就穿着这身服

装,跟斯兰德悄悄地溜到伊登去结婚,她已经答应他了。可是她母亲
竭力反对她嫁给斯兰德,决意把她嫁给卡厄斯,她也已经约好那个医
生,叫他也趁着人家忙得不留心的时候,用同样的方式把她带到教长
家里去,请一个牧师替他们立刻成婚;她对于她母亲的这个计策,也
已经假装服从的样子,答应了那医生了。他们的计划是这样的:她的
父亲要她全身穿着白的衣服,以便认识,斯兰德看准了时机,就搀着
她的手,叫她跟着走,她就跟着他走;她的母亲为了让那医生容易辨
认起见,——因为他们大家都是戴着面具的——却叫她穿着宽大的
浅绿色的袍子,头上系着飘扬的丝带,那医生一看有了下手的机会,
便上去把她的手捏一把,这一个暗号便是叫她跟着他走的。

店　主　她预备欺骗她的父亲呢,还是欺骗她的母亲?

范　顿　我的好老板,她要把他们两人一起骗了,跟我一块儿溜走。所以
我要请你费心去替我找一个牧师,十二点钟到一点钟之间在教堂里
等着我,为我们举行正式的婚礼。

店　主　好,您去实行您的计划吧,我一定给您找牧师去。只要把那位姑
娘带来,牧师是不成问题的。

范　顿　多谢多谢,我一定永远记住你的恩德,而且我马上就会报答你
的。(同下。)

第 五 幕

第一场　嘉德饭店中一室

　　　　福斯塔夫及快嘴桂嫂上。

福斯塔夫　请你别再噜里噜苏了，去吧，我一定不失约就是了。这已经是
　　　　第三次啦，我希望单数是吉利的。去吧，去吧！人家说单数是用来占
　　　　卜生、死、机缘的。去吧！

桂　嫂　我去给您弄一根链子来，再去设法找一对角来。

福斯塔夫　好，去吧；别耽搁时间了。抬起你的头来，扭扭屁股走吧。（桂
　　　　嫂下。）

　　　　福德上。

福斯塔夫　啊，白罗克大爷！白罗克大爷，事情成功不成功，今天晚上就可以
　　　　知道。请您在半夜时候，到赫恩橡树那儿去，就可以看见新鲜的事儿。

福　德　您昨天不是对我说过，要到她那儿去赴约吗？

福斯塔夫　白罗克大爷，我昨天到她家里去的时候，正像您现在看见我一
　　　　样，是个可怜的老头儿；可是白罗克大爷，我从她家里出来的时候，却变
　　　　成一个苦命的老婆子了。白罗克大爷，她的丈夫，福德那个混蛋，简直
　　　　是个疯狂的吃醋鬼投胎。他欺我是个女人，把我没头没脑一顿打；可
　　　　是，白罗克大爷，要是我穿着男人的衣服，别说他是个福德，就算他是个

身长丈二的天神,拿着一根千斤重的梁柱向我打来,我也不怕他。我现在还有要事,请您跟我一路走吧,白罗克大爷,我可以把一切的事情完全告诉您。自从我小时候偷鹅、赖学、抽陀螺挨打以后,直到现在才重新尝到挨打的滋味。跟我来,我要告诉您关于这个叫做福德的混蛋的古怪事儿;今天晚上我就可以向他报复,我一定会把他的妻子送到您的手里。跟我来。白罗克大爷,您就有新鲜事儿看了!跟我来。(同下。)

第二场　温莎林苑

　　　　培琪、夏禄及斯兰德上。

培　琪　来,来,咱们就躲在这座古堡的壕沟里,等我们那班精灵们的火光出现以后再出来。斯兰德贤婿,记着我的女儿。

斯兰德　好,一定记着;我已经跟她当面谈过,约好了用什么口号互相通知。我看见她穿着白衣服,就上去对她说"嗨",她就回答我"不见得",这样我们就不会认错啦。

夏　禄　那也好,可是何必嚷什么"嗨"哩,什么"不见得"哩,你只要看定了穿白衣服的人就行啦。钟已经敲十点了。

培　琪　天乌沉沉的,精灵和火光在这时候出现,再好没有了。愿上天保佑我们的游戏成功!除了魔鬼以外,谁都没有恶意;我们只要看谁的头上有角,就知道他是魔鬼。去吧,大家跟我来。(同下。)

第三场　温莎街道

　　　　培琪大娘、福德大娘及卡厄斯上。

培琪大娘　大夫,我的女儿是穿绿的;您看时机一到,便过去搀她的手,带

她到教长家里去,赶快把事情办了。现在您一个人先到林苑里去,我
们两个人是要一块儿去的。

卡厄斯　我知道我应当怎么办。再见。

培琪大娘　再见,大夫。(卡厄斯下)我的丈夫把福斯塔夫羞辱过了以后,
知道这医生已经跟我的女儿结婚,一定会把一场高兴,化作满腔怒
火的;可是管他呢,与其让他害得我将来心碎,宁可眼前挨他一顿
臭骂。

福德大娘　小安和她的一队精灵现在在什么地方? 还有那个威尔士鬼子
休牧师呢?

培琪大娘　他们都把灯遮得暗暗的,躲在赫恩橡树近旁的一个土坑里;一
等到福斯塔夫跟我们会见的时候,他们就立刻在黑夜里出现。

福德大娘　那一定会叫他大吃一惊的。

培琪大娘　要是吓不倒他,我们也要把他讥笑一番;要是他果然吓倒了,
我们还是要讥笑他的。

福德大娘　咱们这回不怕他不上圈套。

培琪大娘　像他这种淫棍,欺骗他、教训他也是好事。

福德大娘　时间快到啦,到橡树底下去,到橡树底下去!(同下。)

第四场　温 莎 林 苑

爱文斯化装率扮演精灵的一群上。

爱文斯　跑,跑,精灵们,来;别忘了你们各人的词句。大家放大胆子,跟
我跑下这土坑里,等我一发号令,就照我吩咐你们的做起来。来,来;
跑,跑。(同下。)

第五场　林苑中的另一部分

福斯塔夫顶公鹿头扮赫恩上。

福斯塔夫　温莎的钟已经敲了十二点，时间快到了。好色的天神们，照顾照顾我吧！记着，乔武大神，你曾经为了你的情人欧罗巴①的缘故，化身做一头公牛，爱情使你头上生角。强力的爱啊！它会使畜生变成人类，也会使人类变成畜生。而且，乔武大神，你为了你心爱的勒达②，还化身做过一只天鹅呢。万能的爱啊！你差一点儿把天神的尊容变得像一只蠢鹅！这真是罪过哪：首先不该变成一头畜生——啊，老天，这罪过可没有一点人气味！接着又不该变做了一头野禽——想想吧，老天，这可真是禽兽一般的罪过！既然天神们也都这样贪淫，我们可怜的凡人又有什么办法呢？至于讲到我，那么我是这儿温莎地方的一匹公鹿；在这树林子里，也可以算得上顶胖的了。天神，让我过一个凉快的交配期吧，否则谁能责备我不该排泄些脂肪呢。——谁来啦？我的母鹿吗？

福德大娘及培琪大娘上。

福德大娘　爵爷，你在这儿吗，我的公鹿？我的亲爱的公鹿？

福斯塔夫　我的黑尾巴的母鹿！让天上落下马铃薯般大的雨点来吧，让它配着淫曲儿的调子响起雷来吧，让糖梅子、春情草像冰雹雪花般落下来吧，只要让我躲在你的怀里，什么泼辣的大风大雨我都不怕。

（拥抱福德大娘。）

---

①　欧罗巴（Europa），希腊罗马神话中的美女，为天神乔武所爱，乔武化为公牛载之而去。

②　勒达（Leda），希腊罗马神话中斯巴达王后，天神乔武化为天鹅将她占有。

福德大娘　　培琪嫂子也跟我一起来了呢，好人儿。

福斯塔夫　　那么你们把我当做偷来的公鹿一般切开来，各人分一条大腿
　　　　　去，留下两块肋条肉给我自己，肩膀肉赏给那看园子的，还有这两只
　　　　　角，送给你们的丈夫做个纪念品吧。哈哈！你们瞧我像不像猎人赫
　　　　　恩？丘匹德是个有良心的孩子，现在他让我尝到甜头了。我用鬼魂
　　　　　的名义欢迎你们！（内喧声。）

培琪大娘　　嗳哟！什么声音？

福德大娘　　天老爷饶恕我们的罪过吧！

福斯塔夫　　又是什么事情？

福德大娘
　　　　　快逃！快逃！（二人奔下。）
培琪大娘

福斯塔夫　　我想多半是魔鬼不愿意让我下地狱，因为我身上的油太多啦，恐
　　　　　怕在地狱里惹起一场大火来，否则他不会这样一次一次地跟我捣蛋。

　　　　　　爱文斯乔装山羊神萨特①，毕斯托尔扮小妖，安·培琪扮仙后，威廉及
　　　　若干儿童各扮精灵侍从，头插小蜡烛，同上。

安　　　　　黑的，灰的，绿的，白的精灵们，

　　　　　　月光下的狂欢者，黑夜里的幽魂，

　　　　　　你们是没有父母的造化的儿女，

　　　　　　不要忘记了你们各人的职务。

　　　　　　传令的小妖，替我向众精灵宣告。

毕斯托尔　　众精灵，静听召唤，不许喧吵！

　　　　　　蟋蟀儿，你去跳进人家的烟囱，

　　　　　　看他们炉里的灰屑有没有扫空；

――――――――――

①　萨特(Satyr)，希腊罗马神话中人身马尾、遨游山林的怪物。

　　　　我们的仙后最恨贪懒的婢子，

　　　　看见了就把她拧得浑身青紫。

福斯塔夫　他们都是些精灵，谁要是跟他们说话，就不得活命；让我闭上

　　眼睛趴下来吧，神仙们的事情是不许凡人窥看的。（俯伏地上。）

爱文斯　比德在哪里？你去看有谁家的姑娘，

　　　　念了三遍祈祷方才睡上眠床，

　　　　你就悄悄地替她把妄想收束，

　　　　让她睡得像婴儿一样甜熟；

　　　　谁要是临睡前不思量自己的过错，

　　　　你要叫他们腰麻背疼，手脚酸楚。

安　　　去，去，小精灵！

　　　　把温莎古堡内外搜寻：

　　　　每一间神圣的华堂散播着幸运，

　　　　让它巍然卓立，永无毁损，

　　　　祝福它宅基巩固，门户长新，

　　　　辉煌的大厦恰称着贤德的主人！

　　　　每一个尊严的宝座用心扫洗，

　　　　洒满了被邪垢的鲜花香水，

　　　　祝福那文楹绣瓦，画栋雕梁，

　　　　千秋万岁永远照耀着荣光！

　　　　每夜每夜你们手搀手在草地上，

　　　　拉成一个圆圈儿跳舞歌唱，

　　　　清晨的草上留下你们的足迹，

　　　　一团团葱翠新绿的颜色；

　　　　再用青紫粉白的各色鲜花，

写下了天书仙语,"清心去邪",

像一簇簇五彩缤纷的珠玉,

像英俊骑士所穿的锦绣衣袴;

草地是神仙的纸,花是神仙的符箓。

去,去,往东的向东,往西的向西!

等到钟鸣一下,可不要忘了

我们还要绕着赫恩橡树舞蹈。

爱文斯　大家排着队,大家手牵手,

二十个萤虫给我们点亮灯笼,

照着我们树荫下舞影憧憧。

且慢! 哪里来的生人气?

福斯塔夫　天老爷保佑我不要给那个威尔士老怪瞧见,他会叫我变成一
块干酪哩!

毕斯托尔　坏东西! 你是个天生的孽种。

安　　　让我用炼狱火把他指尖灼烫,

看他的心地是纯洁还是肮脏:

他要是心无污秽,火不能伤,

哀号呼痛的一定居心不良。

毕斯托尔　来,试一试!

爱文斯　来,看这木头怕不怕火熏。(众以烛烫福斯塔夫。)

福斯塔夫　啊! 啊! 啊!

爱文斯　坏透了,坏透了,这家伙淫毒攻心!

精灵们,唱个歌儿取笑他;

围着他窜窜跳跳,拧得他遍体酸麻。

歌

哼,罪恶的妄想!

　　　　　哼，淫欲的孽障！

　　　　　淫欲是一把血火，

　　　　　不洁的邪念把它点亮，

　　　　　痴心扇着它的火焰，

　　　　　妄想把它愈吹愈旺。

　　　　　精灵们，拧着他，

　　　　　不要把恶人宽放；

　　　　　拧他，烧他，拖着他团团转，

　　　　　直等星月烛光一齐黑暗。

　　　精灵等一面唱歌，一面拧福斯塔夫。卡厄斯自一旁上，将一穿绿衣的精灵偷走；斯兰德自另一旁上，将一穿白衣的精灵偷走；范顿上，将安·培琪偷走。内猎人号角声，犬吠声，众精灵纷纷散去。福斯塔夫扯下鹿头起立。

　　　培琪、福德、培琪大娘、福德大娘同上，将福斯塔夫捉住。

培　琪　嗳，别逃呀；现在您可给我们瞧见啦；难道您只好扮扮猎人赫恩吗？

培琪大娘　好了好了，咱们不用尽跟他开玩笑啦。好爵爷，您现在喜不喜欢温莎的娘儿们？看见这一对漂亮的鹿角吗，丈夫？把这对鹿角扔在林子里不是比拿到城里去更合适些吗？

福　德　爵爷，现在究竟谁是个大忘八？白罗克大爷，福斯塔夫是个混蛋，是个混账忘八蛋；瞧他的头上还长着角哩，白罗克大爷！白罗克大爷，他从福德那里什么好处也没有得到，只得到了一只脏衣服的篓子，一顿棒儿，还有二十镑钱，那笔钱是要向他追还的，白罗克大爷；我已经把他的马扣留起来做抵押了，白罗克大爷。

福德大娘　爵爷，只怪我们运气不好，没有缘分，总是好事多磨。以后我再不把您当做我的情人了，可是我会永远记着您是我的公鹿。

福斯塔夫　我现在才明白我受了你们愚弄，做了一头蠢驴啦。

福　德　岂止蠢驴，还是笨牛呢，这都是一目了然的事。

福斯塔夫　原来这些都不是精灵吗？我曾经三四次疑心他们不是什么精灵，可是一则因为我自己做贼心虚，二则因为突如其来的怪事，把我吓昏了头，所以会把这种破绽百出的骗局当做真实，虽然荒谬得不近情理，也会使我深信不疑，可见一个人做了坏事，虽有天大的聪明，也会受人之愚的。

爱文斯　福斯塔夫爵士，您只要敬奉上帝，消除欲念，精灵们就不会来拧您的。

福　德　说得有理，休大仙。

爱文斯　还有您的嫉妒心也要除掉才好。

福　德　我以后再不疑心我的妻子了，除非有一天你会说地道的英国话来追求我的老婆。

福斯塔夫　难道我已经把我的脑子剜出来放在太阳里晒干了，所以连这样明显的骗局也看不出来吗？难道一只威尔士的老山羊都会捉弄我？难道我该用威尔士土布给自己做一顶傻子戴的鸡冠帽吗？这么说，我连吃烤过的干酪都会把自己哽住了呢。

爱文斯　钢酪是熬不出什么扭油来的——你这个大肚子倒是装满了扭油呢。

福斯塔夫　又是"钢酪"，又是"扭油"！想不到我活到今天，却让那一个连英国话都说不像的家伙来取笑吗？罢了罢了！这也算是我贪欢好色的下场！

培琪大娘　爵爷，我们虽然愿意把那些三从四德的道理一脚踢得远远的，为了寻欢作乐，甘心死后下地狱；可是什么鬼附在您身上，叫您相信我们会喜欢您呢？

福　　德　像你这样的一只杂碎布丁？一袋烂麻线？

培琪大娘　一个浸胖的浮尸？

培　　琪　又老、又冷、又干枯，再加上一肚子的肮脏？

福　　德　像魔鬼一样到处造谣生事？

培　　琪　一个穷光蛋的孤老头子？

福　　德　像个泼老太婆一样千刁万恶？

爱文斯　一味花天酒地，玩玩女人，喝喝白酒蜜酒，喝醉了酒白瞪着眼睛骂人吵架？

福斯塔夫　好，尽你们说吧；算我倒楣落在你们手里，我也懒得跟这头威尔士山羊斗嘴了。无论哪个无知无识的傻瓜都可以欺负我，悉听你们把我怎样处置吧。

福　　德　好，爵爷，我们要带您到温莎去看一位白罗克大爷，您骗了他的钱，却没有替他把事情办好；您现在已经吃过不少苦了，要是再叫您把那笔钱还出来，我想您一定要万分心痛吧？

福德大娘　不，丈夫，他已经受到报应，那笔钱就算了吧；冤家宜解不宜结，咱们不要逼人太甚。

福　　德　好，咱们拉拉手，过去的事情，以后不用再提啦。

培　　琪　骑士，不要懊恼，今天晚上请你到我家里来喝杯乳酒。我的妻子刚才把你取笑，等会儿我也要请你陪我把她取笑取笑。告诉她，斯兰德已经跟她的女儿结了婚啦。

培琪大娘　（旁白）博士们不会信他的胡说。要是安·培琪是我的女儿，那么这个时候她已经做了卡厄斯大夫的太太啦。

　　　　　斯兰德上。

斯兰德　哎哟！哎哟！岳父大人，不好了！

培　琪　怎么,怎么,贤婿,你已经把事情办好了吗?

斯兰德　办好了!哼,我要让葛罗斯特郡人都知道这件事;否则还是让你们把我吊死了吧!

培　琪　什么事情,贤婿?

斯兰德　我到了伊登那里去本来是要跟安·培琪小姐结婚的,谁知道她是一个又高又大、笨头笨脑的男孩子;倘不是在教堂里,我一定要把他揍一顿,说不定他也要把我揍一顿。我还以为他真的就是安·培琪哩——真是白忙了一场!——谁知道他是驿站长的儿子。

培　琪　那么一定是你看错了人啦。

斯兰德　那还用说吗? 我把一个男孩子当做女孩子,当然是看错了人啦。要是我真的跟他结了婚,虽然他穿着女人的衣服,我也不会要他的。

培　琪　这是你自己太笨的缘故。我不是告诉你怎样从衣服上认出我的女儿来吗?

斯兰德　我看见她穿着白衣服,便上去喊了一声"嗨",她答应我一声"不见得",正像安跟我预先约好的一样;谁知道他不是安,却是驿站长的儿子。

爱文斯　耶稣基督! 斯兰德少爷,难道您生着眼睛不会看,竟会去跟一个男孩子结婚吗?

培　琪　我心里乱得很,怎么办呢?

培琪大娘　好官人,别生气,我因为知道了你的计划,所以叫女儿改穿绿衣服;不瞒你说,她现在已经跟卡厄斯医生一同到了教长家里,在那里举行婚礼啦。

　　　　　卡厄斯上。

卡厄斯　培琪大娘呢? 哼,我上了人家的当啦! 我跟一个男孩子结了婚,一个乡下男孩子,不是安·培琪。我上了当啦!

培琪大娘　怎么,你不是看见她穿着绿衣服的吗?

卡厄斯　是的,可是那是个男孩子;我一定要叫全温莎的人评个理去。

　　(下。)

福　德　这可奇了。谁把真的安带了去呢?

培琪大娘　我心里怪不安的。范顿大爷来了。

　　　　范顿及安·培琪上。

培琪大娘　啊,范顿大爷!

安　　好爸爸,原谅我! 好妈妈,原谅我!

培　琪　小姐,你怎么不跟斯兰德少爷一块儿去?

培琪大娘　姑娘,你怎么不跟卡厄斯大夫一块儿去?

范　顿　你们不要把她问得心慌意乱,让我把实在的情形告诉你们吧。你们用可耻的手段,想叫她嫁给她所不爱的人;可是她跟我两个人久已心心相许,到了现在,更觉得什么都不能把我们两人拆开。她所犯的过失是神圣的,我们虽然欺骗了你们,却不能说是不正当的诡计,更不能说是忤逆不孝,因为她要避免强迫婚姻所造成的无数不幸的日子,只有用这办法。

福　德　木已成舟,培琪大爷,您也不必发呆啦。在恋爱的事情上,都是上天亲自安排好的;金钱可以买田地,娶妻只能靠运气。

福斯塔夫　我很高兴,虽然我遭了你们的算计,你们的箭却也会发而不中。

培　琪　算了,有什么办法呢? ——范顿,愿上天给你快乐! 拗不过来的事情,也只好将就过去。

福斯塔夫　猎狗在晚上出来,哪只鹿也不能幸免。

培琪大娘　好,我也不再想这样想那样了。范顿大爷,愿上天给您许许多多快乐的日子！官人，我们大家回家去，在火炉旁边把今天的笑话谈笑一番吧；请约翰爵士和大家都去。

福　德　很好。爵爷，您对白罗克并没有失信，因为他今天晚上真的要去陪福德大娘一起睡觉了。（同下。）

第 十 二 夜

又名:各遂所愿

朱生豪　译

吴兴华　校

剧 中 人 物

奥西诺　伊利里亚公爵

西巴斯辛　薇奥拉之兄

安东尼奥　船长，西巴斯辛之友

另一船长　薇奥拉之友

凡伦丁
丘里奥 ｝公爵侍臣

托比·培尔契爵士　奥丽维娅的叔父

安德鲁·艾古契克爵士

马伏里奥　奥丽维娅的管家

费边
费斯特　小丑 ｝奥丽维娅之仆

奥丽维娅　富有的伯爵小姐

薇奥拉　热恋公爵者

玛利娅　奥丽维娅的侍女

群臣、牧师、水手、警吏、乐工及其他侍从等

地　点

伊利里亚某城及其附近海滨

第 一 幕

第一场　公爵府中一室

公爵、丘里奥、众臣同上；乐工随侍。

公　爵　假如音乐是爱情的食粮，那么奏下去吧；尽量地奏下去，好让爱
　　　　情因过饱噎塞而死。又奏起这个调子来了！它有一种渐渐消沉下去
　　　　的节奏。啊！它经过我的耳畔，就像微风吹拂一丛紫罗兰，发出轻柔
　　　　的声音，一面把花香偷走，一面又把花香分送。够了！别再奏下去
　　　　了！它现在已经不像原来那样甜蜜了。爱情的精灵呀！你是多么敏
　　　　感而活泼；虽然你有海一样的容量，可是无论怎样高贵超越的事物，
　　　　一进了你的范围，便会在顷刻间失去它的价值。爱情是这样充满
　　　　了意象，在一切事物中是最富于幻想的。

丘里奥　殿下，您要不要去打猎？

公　爵　什么，丘里奥？

丘里奥　去打鹿。

公　爵　啊，一点不错，我的心就像是一头鹿。唉！当我第一眼瞧见奥丽
　　　　维娅的时候，我觉得好像空气给她澄清了。那时我就变成了一头鹿；
　　　　从此我的情欲像凶暴残酷的猎犬一样，永远追逐着我。

　　　　凡伦丁上。

公　爵　怎样！她那边有什么消息？

凡伦丁　启禀殿下，他们不让我进去，只从她的侍女嘴里传来了这一个答复：除非再过七个寒暑，就是青天也不能窥见她的全貌；她要像一个尼姑一样，蒙着面幕而行，每天用辛酸的眼泪浇洒她的卧室：这一切都是为着纪念对于一个死去的哥哥的爱，她要把对哥哥的爱永远活生生地保留在她悲伤的记忆里。

公　爵　唉！她有这么一颗优美的心，对于她的哥哥也会挚爱到这等地步。假如爱神那支有力的金箭把她心里一切其他的感情一齐射死；假如只有一个唯一的君王占据着她的心肝头脑——这些尊严的御座，这些珍美的财宝——那时她将要怎样恋爱着啊！

　　　　给我引道到芬芳的花丛；

　　　　相思在花荫下格外情浓。（同下。）

第二场　海　　滨

　　　　薇奥拉、船长及水手等上。

薇奥拉　朋友们，这儿是什么国土？

船　长　这儿是伊利里亚，姑娘。

薇奥拉　我在伊利里亚干什么呢？我的哥哥已经到极乐世界里去了。也许他侥幸没有淹死。水手们，你们以为怎样？

船　长　您也是侥幸才保全了性命的。

薇奥拉　唉，我的可怜的哥哥！但愿他也侥幸无恙！

船　长　不错，姑娘，您可以用侥幸的希望来宽慰您自己。我告诉您，我们的船撞破了之后，您和那几个跟您一同脱险的人紧攀着我们那只给风涛所颠摇的小船,那时我瞧见您的哥哥很有急智地把他自己捆在一根浮在海面的桅樯上,勇敢和希望教给了他这个计策;我见他像阿里翁①骑在海豚背上似的浮沉在波浪之间,直到我的眼睛望不见他。

薇奥拉　你的话使我很高兴,请收下这点钱,聊表谢意。由于我自己脱险,使我抱着他也能够同样脱险的希望;你的话更把我的希望证实了几分。你知道这国土吗?

船　长　是的,姑娘,很熟悉;因为我就是在离这儿不到三小时旅程的地方生长的。

薇奥拉　谁统治着这地方?

船　长　一位名实相符的高贵的公爵。

薇奥拉　他叫什么名字?

船　长　奥西诺。

薇奥拉　奥西诺! 我曾经听见我父亲说起过他;那时他还没有娶亲。

船　长　现在他还是这样,至少在最近我还不曾听见他娶亲的消息;因为只一个月之前我从这儿出发,那时刚刚有一种新鲜的风传——您知道大人物的一举一动,都会被一般人纷纷议论着的——说他在向美貌的奥丽维娅求爱。

薇奥拉　她是谁呀?

船　长　她是一位品德高尚的姑娘;她的父亲是位伯爵,约莫在一年前死去,把她交给他的儿子,她的哥哥照顾,可是他不久又死了。他们说为了对于她哥哥的深切的友爱,她已经发誓不再跟男人们在一起或

① 阿里翁(Arion),希腊诗人和音乐家,传说他在某次乘船自西西里至科林多,途中为水手所迫害,因跃入海中,为海豚负至岸上,盖深感其音乐之力云。

是见他们的面。

薇奥拉　唉！要是我能够侍候这位小姐，就可以不用在时机没有成熟之前泄露我的身份了。

船　长　那很难办到，因为她不肯接纳无论哪一种请求，就是公爵的请求她也是拒绝的。

薇奥拉　船长，你瞧上去是个好人；虽然造物常常用一层美丽的墙来围蔽住内中的污秽，但是我可以相信你的心地跟你的外表一样好。请你替我保守秘密，不要把我的真相泄露出去，我以后会重谢你的；你得帮助我假扮起来，好让我达到我的目的。我要去侍候这位公爵，你可以把我送给他作为一个净了身的侍童；也许你会得到些好处的，因为我会唱歌，用各种的音乐向他说话，使他重用我。

　　　　以后有什么事以后再说；

　　　　我会使计谋，你只须静默。

船　长　我便当哑巴，你去做近侍；

　　　　倘多话挖去我的眼珠子。

薇奥拉　谢谢你；领着我去吧。（同下。）

第三场　奥丽维娅宅中一室

托比·培尔契爵士及玛利娅上。

托　比　我的侄女见什么鬼把她哥哥的死看得那么重？悲哀是要损寿的呢。

玛利娅　真的，托比老爷，您晚上得早点儿回来；您那侄小姐很反对您深夜不归呢。

托　比　哼，让她去今天反对、明天反对，尽管反对下去吧。

玛利娅　噢,但是您总得有个分寸,不要太失身份才是。

托　比　身份! 我这身衣服难道不合身份吗? 穿了这种衣服去喝酒,也
　　　很有身份的了;还有这双靴子,要是它们不合身份,就叫它们在靴带
　　　上吊死了吧。

玛利娅　您这样酗酒会作践了您自己的,我昨天听见小姐说起过;她还说
　　　起您有一晚带到这儿来向她求婚的那个傻骑士。

托　比　谁? 安德鲁·艾古契克爵士吗?

玛利娅　噢,就是他。

托　比　他在伊利里亚也算是一表人才了。

玛利娅　那又有什么相干?

托　比　哼,他一年有三千块钱收入呢。

玛利娅　噢,可是一年之内就把这些钱全花光了。他是个大傻瓜,而且是
　　　个浪子。

托　比　呸! 你说出这种话来! 他会拉低音提琴;他会不看书本讲三四
　　　国文字,一个字都不模糊;他有很好的天分。

玛利娅　是的,傻子都是得天独厚的;因为他除了是个傻瓜之外,又是一
　　　个惯会惹是招非的家伙;要是他没有懦夫的天分来缓和一下他那喜
　　　欢吵架的脾气,有见识的人都以为他就会有棺材睡的。

托　比　我举手发誓,这样说他的人,都是一批坏蛋,信口雌黄的东西。
　　　他们是谁啊?

玛利娅　他们又说您每夜跟他在一块儿喝酒。

托　比　我们都喝酒祝我的侄女健康呢。只要我的喉咙里有食道,伊利
　　　里亚有酒,我便要为她举杯祝饮。谁要是不愿为我的侄女举杯祝饮,
　　　喝到像抽陀螺似的天旋地转,他就是个不中用的汉子,是个卑鄙小
　　　人。嘿,丫头! 放正经些! 安德鲁·艾古契克爵士来啦。

安德鲁·艾古契克爵士上。

安德鲁　托比·培尔契爵士！您好，托比·培尔契爵士！

托　比　亲爱的安德鲁爵士！

安德鲁　您好，美貌的小泼妇！

玛利娅　您好，大人。

托　比　寒暄几句，安德鲁爵士，寒暄几句。

安德鲁　您说什么？

托　比　这是舍侄女的丫环。

安德鲁　好寒萱姊姊，我希望咱们多多结识。

玛利娅　我的名字是玛丽，大人。

安德鲁　好玛丽·寒萱姊姊，——

托　比　你弄错了，骑士；"寒暄几句"就是跑上去向她应酬一下，招呼一下，客套一下，来一下的意思。

安德鲁　嗳哟，当着这些人我可不能跟她打交道。"寒暄"就是这个意思吗？

玛利娅　再见，先生们。

托　比　要是你让她这样走了，安德鲁爵士，你以后再不用充汉子了。

安德鲁　要是你这样走了，姑娘，我以后再不用充汉子了。好小姐，你以为你手边是些傻瓜吗？

玛利娅　大人，可是我还不曾跟您握手呢。

安德鲁　那很好办，让我们握手。

玛利娅　好了，大人，思想是无拘无束的。请您把这只手带到卖酒的柜台那里去，让它喝两盅吧。

安德鲁　这怎么讲，好人儿？你在打什么比方？

玛利娅　我是说它怪没劲的。

安德鲁　是啊,我也这样想。不管人家怎么说我蠢,应该好好保养两手的
　　　　道理我还懂得。可是你说的是什么笑话?

玛利娅　没劲的笑话。

安德鲁　你一肚子都是这种笑话吗?

玛利娅　不错,大人,满手里抓的也都是。得,现在我放开您的手了,我的
　　　　笑料也都吹了。(下。)

托　比　骑士啊! 你应该喝杯酒儿。几时我见你这样给人愚弄过?

安德鲁　我想你从来没有见过;除非你见我给酒弄昏了头。有时我觉得
　　　　我跟一般基督徒和平常人一样笨;可是我是个吃牛肉的老饕,我相信
　　　　那对于我的聪明很有妨害。

托　比　一定一定。

安德鲁　要是我真那样想的话,以后我得戒了。托比爵士,明天我要骑马
　　　　回家去了。

托　比　Pourquoi①,我的亲爱的骑士?

安德鲁　什么叫 Pourquoi? 好还是不好? 我理该把我花在击剑、跳舞和耍
　　　　熊上面的工夫学几种外国话的。唉! 要是我读了文学多么好!

托　比　要是你花些工夫在你的鬈发钳②上头,你就可以有一头很好的
　　　　头发了。

安德鲁　怎么,那跟我的头发有什么关系?

托　比　很明白,因为你瞧你的头发不用些工夫上去是不会鬈曲起来的。

安德鲁　可是我的头发不也已经够好看了吗?

托　比　好得很,它披下来的样子就像纺杆上的麻线一样,我希望有哪位

―――――――――

①　法文:"为什么"之意。
②　原文鬈发钳(tongs)与外国话(tongues)音相近。

奶奶把你夹在大腿里纺它一纺。

安德鲁　真的，我明天要回家去了，托比爵士。你侄女不肯接见我；即使接见我，多半她也不会要我。这儿的公爵也向她求婚呢。

托　比　她不要什么公爵不公爵；她不愿嫁给比她身份高、地位高、年龄高、智慧高的人，我听见她这样发过誓。嘿，老兄，还有希望呢。

安德鲁　我再耽搁一个月。我是世上心思最古怪的人；我有时老是喜欢喝酒跳舞。

托　比　这种玩意儿你很擅胜场的吗，骑士？

安德鲁　可以比得过伊利里亚无论哪个不比我高明的人；可是我不愿跟老手比。

托　比　你跳舞的本领怎样？

安德鲁　不骗你，我会旱地拔葱。

托　比　我会葱炒羊肉。

安德鲁　讲到我的倒跳的本事，简直可以比得上伊利里亚的无论什么人。

托　比　为什么你要把这种本领藏匿起来呢？为什么这种天才要覆上一块幕布？难道它们也会沾上灰尘，像大姑娘的画像一样吗？为什么不跳着“加里阿”到教堂里去，跳着“科兰多”一路回家？假如是我的话，我要走步路也是“捷格”舞，撒泡尿也是五步舞呢。你是什么意思？这世界上是应该把才能隐藏起来的吗？照你那双出色的好腿看来，我想它们是在一个跳舞的星光底下生下来的。

安德鲁　哎，我这双腿很有气力，穿了火黄色的袜子倒也十分漂亮。我们喝酒去吧？

托　比　除了喝酒，咱们还有什么事好做？咱们的命宫不是金牛星吗？

安德鲁　金牛星！金牛星管的是腰和心。

托　比　不，老兄，是腿和股。跳个舞给我看。哈哈！跳得高些！哈哈！

好极了!（同下。）

第四场　公爵府中一室

　　　　凡伦丁及薇奥拉男装上。

凡伦丁　要是公爵继续这样宠幸你,西萨里奥,你多半就要高升起来了;他认识你还只有三天,你就跟他这样熟了。

薇奥拉　看来你不是怕他的心性捉摸不定,就是怕我会玩忽职守,所以你才怀疑他会不会继续这样宠幸我。先生,他待人是不是有始无终的?

凡伦丁　不,相信我。

薇奥拉　谢谢你。公爵来了。

　　　　公爵、丘里奥及侍从等上。

公　爵　喂! 有谁看见西萨里奥吗?

薇奥拉　在这儿,殿下,听候您的吩咐。

公　爵　你们暂时走开些。西萨里奥,你已经知道了一切,我已经把我秘密的内心中的书册向你展示过了;因此,好孩子,到她那边去,别让他们把你摈之门外,站在她的门口,对他们说,你要站到脚底下生了根,直等她把你延见为止。

薇奥拉　殿下,要是她真像人家所说的那样沉浸在悲哀里,她一定不会允许我进去的。

公　爵　你可以跟他们吵闹,不用顾虑一切礼貌的界限,但一定不要毫无结果而归。

薇奥拉　假定我能够和她见面谈话了,殿下,那么又怎样呢?

公　爵　噢! 那么就向她宣布我的恋爱的热情,把我的一片挚诚说给她听,让她吃惊。你表演起我的伤心来一定很出色,你这样的青年一定比那些面孔板板的使者们更能引起她的注意。

薇奥拉　我想不见得吧,殿下。

公　爵　好孩子,相信我的话;因为像你这样的妙龄,还不能算是个成人:
　　　　狄安娜的嘴唇也不比你的更柔滑而红润;你的娇细的喉咙像处女一
　　　　样尖锐而清朗;在各方面你都像个女人。我知道你的性格很容易对
　　　　付这件事情。四五个人陪着他去;要是你们愿意,就全去也好;因为
　　　　我欢喜孤寂。你倘能成功,那么你主人的财产你也可以有份。

薇奥拉　我愿意尽力去向您的爱人求婚。(旁白)

　　　　唉,怨只怨多阻碍的前程!

　　　　但我一定要做他的夫人。(各下。)

第五场　奥丽维娅宅中一室

　　　　玛利娅及小丑上。

玛利娅　不,你要是不告诉我你到哪里去来,我便把我的嘴唇抿得紧紧
　　　　的,连一根毛发也钻不进去,不替你说句好话。小姐因为你不在,要
　　　　吊死你呢。

小　丑　让她吊死我吧;好好地吊死的人,在这世上可以不怕敌人。

玛利娅　把你的话解释解释。

小　丑　因为他看不见敌人了。

玛利娅　好一句无聊的回答。让我告诉你"不怕敌人"这句话是怎么来
　　　　的吧。

小　丑　怎么来的,玛利娅姑娘?

玛利娅　是从打仗里来的;下回你再撒赖的时候,就可以放开胆子这
　　　　样说。

小　　丑　好吧,上帝给聪明与聪明人;至于傻子们呢,那只好靠他们的本
　　　　　事了。

玛利娅　可是你这么久在外边鬼混,小姐一定要把你吊死的,否则把你赶
　　　　　出去,那不是跟把你吊死一样好吗?

小　　丑　好好地吊死常常可以防止坏的婚姻;至于赶出去,那在夏天倒还
　　　　　没甚要紧。

玛利娅　那么你已经下了决心了吗?

小　　丑　不,没有;可是我决定了两端。

玛利娅　假如一端断了,一端还连着;假如两端都断了,你的裤子也落下
　　　　　来了。

小　　丑　妙,真的很妙。好,去你的吧;要是托比老爷戒了酒,你在伊利里
　　　　　亚的雌儿中间也好算是个门当户对的调皮角色了。

玛利娅　闭嘴,你这坏蛋,别胡说了。小姐来啦;你还是好好地想出个推
　　　　　托来。(下。)

小　　丑　才情呀,请你帮我好好地装一下傻瓜!那些自负才情的人,实际
　　　　　上往往是些傻瓜;我知道我自己没有才情,因此也许可以算做聪明
　　　　　人。昆那拍勒斯①怎么说的?"与其做愚蠢的智人,不如做聪明的
　　　　　愚人。"

　　　　　　　　奥丽维娅偕马伏里奥上。

小　　丑　上帝祝福你,小姐!

奥丽维娅　把这傻子撵出去!

小　　丑　喂,你们没听见吗?把这位小姐撵出去。

奥丽维娅　算了吧!你是个干燥无味的傻子,我不要再看见你了;而且你

————————

①　似为杜撰的人名。

已经变得不老实起来了。

小　　丑　我的小姐，这两个毛病用酒和忠告都可以治好。只要给干燥无味的傻子一点酒喝，他就不干燥了。只要劝不老实的人洗心革面，弥补他从前的过失：假如他能够弥补的话，他就不再不老实了；假如他不能弥补，那么叫裁缝把他补一补也就得了。弥补者，弥而补之也：道德的失足无非补上了一块罪恶；罪恶悔改之后，也无非补上了一块道德。假如这种简单的论理可以通得过去，很好；假如通不过去，还有什么办法？当忘八是一件倒霉的事，美人好比鲜花，这都是无可怀疑的。小姐吩咐把傻子撵出去；因此我再说一句，把她撵出去吧。

奥丽维娅　尊驾，我吩咐他们把你撵出去呢。

小　　丑　这就是大错而特错了！小姐，"戴了和尚帽，不定是和尚"；那就好比是说，我身上虽然穿着愚人的彩衣，可是我并不一定连头脑里也穿着它呀。我的好小姐，准许我证明您是个傻子。

奥丽维娅　你能吗？

小　　丑　再便当也没有了，我的好小姐。

奥丽维娅　那么证明一下看。

小　　丑　小姐，我必须把您盘问；我的贤淑的小乖乖，回答我。

奥丽维娅　好吧，先生，为了没有别的消遣，我就等候着你的证明吧。

小　　丑　我的好小姐，你为什么悲伤？

奥丽维娅　好傻子，为了我哥哥的死。

小　　丑　小姐，我想他的灵魂是在地狱里。

奥丽维娅　傻子，我知道他的灵魂是在天上。

小　　丑　这就越显得你的傻了，我的小姐；你哥哥的灵魂既然在天上，为什么要悲伤呢？列位，把这傻子撵出去。

奥丽维娅　马伏里奥，你以为这傻子怎样？是不是更有趣了？

马伏里奥　是的，而且会变得越来越有趣，一直到死。老弱会使聪明减退，可是对于傻子却能使他变得格外傻起来。

小　丑　大爷，上帝保佑您快快老弱起来，好让您格外傻得厉害！托比老爷可以发誓说我不是狐狸，可是他不愿跟人家打赌两便士说您不是个傻子。

奥丽维娅　你怎么说，马伏里奥？

马伏里奥　我不懂您小姐怎么会喜欢这种没有头脑的混账东西。前天我看见他给一个像石头一样冥顽不灵的下等的傻子算计了去。您瞧，他已经毫无招架之功了；要是您不笑笑给他一点题目，他便要无话可说。我说，听见这种傻子的话也会那么高兴的聪明人们，都不过是些傻子们的应声虫罢了。

奥丽维娅　啊！你是太自命不凡了，马伏里奥；你缺少一副健全的胃口。你认为是炮弹的，在宽容慷慨、气度汪洋的人看来，不过是鸟箭。傻子有特许放肆的权利，虽然他满口骂人，人家不会见怪于他；君子出言必有分量，虽然他老是指摘人家的错处，也不能算为谩骂。

小　丑　麦鸠利赏给你说谎的本领吧，因为你给傻子说了好话！

　　　　玛利娅重上。

玛利娅　小姐，门口有一位年轻的先生很想见您说话。

奥丽维娅　从奥西诺公爵那儿来的吧？

玛利娅　我不知道，小姐；他是一位漂亮的青年，随从很盛。

奥丽维娅　我家里有谁在跟他周旋呢？

玛利娅　是令亲托比老爷，小姐。

奥丽维娅　你去叫他走开；他满口都是些疯话。不害羞的！（玛利娅下）马伏里奥，你给我去；假若是公爵差来的，说我病了，或是不在家，随你怎样说，把他打发走。（马伏里奥下）你瞧，先生，你的打诨已经陈腐起来，人家不喜欢了。

小　丑　我的小姐，你帮我说话就像你的大儿子也会是个傻子一般；愿上帝在他的头颅里塞满脑子吧！瞧你的那位有一副最不中用的头脑的令亲来了。

　　　　托比·培尔契爵士上。

奥丽维娅　哎哟，又已经半醉了。叔叔，门口是谁？

托　比　一个绅士。

奥丽维娅　一个绅士！什么绅士？

托　比　有一个绅士在这儿——这种该死的咸鱼！怎样，蠢货！

小　丑　好托比爷爷！

奥丽维娅　叔叔，叔叔，你怎么这么早就昏天黑地了？

托　比　声天色地！我打倒声天色地！有一个人在门口。

小　丑　是呀，他是谁呢？

托　比　让他是魔鬼也好，我不管；我说，我心里耿耿三尺有神明。好，都是一样。（下。）

奥丽维娅　傻子，醉汉像个什么东西？

小　丑　像个溺死鬼，像个傻瓜，又像个疯子。多喝了一口就会把他变成个傻瓜；再喝一口就发了疯；喝了第三口就把他溺死了。

奥丽维娅　你去找个验尸的来吧，让他来验验我的叔叔；因为他已经喝酒喝到了第三个阶段，他已经溺死了。瞧瞧他去。

小　丑　他还不过是发疯呢，我的小姐；傻子该去照顾疯子。（下。）

　　　　马伏里奥重上。

马伏里奥　小姐，那个少年发誓说要见您说话。我对他说您有病；他说他知道，因此要来见您说话。我对他说您睡了；他似乎也早已知道了，因此要来见您说话。还有什么话好对他说呢，小姐？什么拒绝都挡他不了。

奥丽维娅　对他说我不要见他说话。

马伏里奥　这也已经对他说过了；他说，他要像州官衙门前竖着的旗杆那样立在您的门前不去，像凳子脚一样直挺挺地站着，非得见您说话不可。

奥丽维娅　他是怎样一个人？

马伏里奥　呃，就像一个人那么的。

奥丽维娅　可是是什么样子的呢？

马伏里奥　很无礼的样子；不管您愿不愿意，他一定要见您说话。

奥丽维娅　他的相貌怎样？多大年纪？

马伏里奥　说是个大人吧，年纪还太轻；说是个孩子吧，又嫌大些；就像是一颗没有成熟的豆荚，或是一只半生的苹果，又像大人又像小孩，所谓介乎两可之间。他长得很漂亮，说话也很刁钻；看他的样子，似乎有些未脱乳臭。

奥丽维娅　叫他进来。把我的侍女唤来。

马伏里奥　姑娘，小姐叫着你呢。（下。）

　　　　玛利娅重上。

奥丽维娅　把我的面纱拿来；来，罩住我的脸。我们要再听一次奥西诺来使的说话。

　　　　薇奥拉及侍从等上。

薇奥拉　哪一位是这里府中的贵小姐？

奥丽维娅　有什么话对我说吧；我可以代她答话。你来有什么见教？

薇奥拉　最辉煌的、卓越的、无双的美人！请您指示我这位是不是就是这里府中的小姐，因为我没有见过她。我不大甘心浪掷我的言辞；因为它不但写得非常出色，而且我费了好大的辛苦才把它背熟。两位美人，不要把我取笑；我是个非常敏感的人，一点点轻侮都受不了的。

奥丽维娅　你是从什么地方来的，先生？

薇奥拉　除了我背熟了的以外，我不能说别的话；您那问题是我所不曾预
备作答的。温柔的好人儿，好好儿地告诉我您是不是府里的小姐，好
让我陈说我的来意。

奥丽维娅　你是个唱戏的吗？

薇奥拉　不，我的深心的人儿；可是我敢当着最有恶意的敌人发誓，我并
不是我所扮演的角色。您是这府中的小姐吗？

奥丽维娅　是的，要是我没有篡夺了我自己。

薇奥拉　假如您就是她，那么您的确是篡夺了您自己了；因为您有权力给
与别人的，您却没有权力把它藏匿起来。但是这种话跟我来此的使
命无关；我要继续着恭维您的言辞，然后告知您我的来意。

奥丽维娅　把重要的话说出来；恭维免了吧。

薇奥拉　唉！我好容易才把它背熟，而且它又是很有诗意的。

奥丽维娅　那么多半是些鬼话，请你留着不用说了吧。我听说你在我门
口一味顶撞；让你进来只是为要看看你究竟是个什么人，并不是要听
你说话。要是你没有发疯，那么去吧；要是你明白事理，那么说得简
单一些：我现在没有那样心思去理会一段没有意思的谈话。

玛利娅　请你动身吧，先生；这儿便是你的路。

薇奥拉　不，好清道夫，我还要在这儿闲荡一会儿呢。亲爱的小姐，请您
劝劝您这位"彪形大汉"别那么神气活现。

奥丽维娅　把你的尊意告诉我。

薇奥拉　我是一个使者。

奥丽维娅　你那种礼貌那么可怕，你带来的信息一定是些坏事情。有什
么话说出来。

薇奥拉　除了您之外不能让别人听见。我不是来向您宣战，也不是来要
　　求您臣服；我手里握着橄榄枝，我的话里充满了和平，也充满了意义。

奥丽维娅　可是你一开始就不讲礼。你是谁？你要的是什么？

薇奥拉　我的不讲礼是我从你们对我的接待上学来的。我是谁，我要些
　　什么，是个秘密；在您的耳中是神圣，别人听起来就是亵渎。

奥丽维娅　你们都走开吧；我们要听一听这段神圣的话。（玛利娅及侍从
　　等下）现在，先生，请教你的经文？

薇奥拉　最可爱的小姐——

奥丽维娅　倒是一种叫人听了怪舒服的教理，可以大发议论呢。你的经
　　文呢？

薇奥拉　在奥西诺的心头。

奥丽维娅　在他的心头！在他的心头的哪一章？

薇奥拉　照目录上排起来，是他心头的第一章。

奥丽维娅　噢！那我已经读过了，无非是些旁门左道。你没有别的话要
　　说了吗？

薇奥拉　好小姐，让我瞧瞧您的脸。

奥丽维娅　贵主人有什么事要差你来跟我的脸接洽的吗？你现在岔开你
　　的正文了；可是我们不妨拉开幕儿，让你看看这幅图画。（揭除面幕）
　　你瞧，先生，我就是这个样子；它不是画得很好吗？

薇奥拉　要是一切都出于上帝的手，那真是绝妙之笔。

奥丽维娅　它的色彩很耐久，先生，受得起风霜的侵蚀。

薇奥拉　那真是各种色彩精妙地调和而成的美貌；那红红的白白的都是
　　造化亲自用他的可爱的巧手敷上去的。小姐，您是世上最忍心的女
　　人，要是您甘心让这种美埋没在坟墓里，不给世间留下一份副本。

奥丽维娅　啊！先生，我不会那样狠心；我可以列下一张我的美貌的清

单，——开陈清楚，把每一件细目都载在我的遗嘱上，例如：一款，浓
淡适中的朱唇两片；一款，灰色的情眼一双，附眼睑；一款，玉颈一围，
柔颐一个，等等。你是奉命到这儿来恭维我的吗？

薇奥拉　我明白您是个什么样的人了。您太骄傲了；可是即使您是个魔
鬼，您是美貌的。我的主人爱着您；啊！这么一种爱情，即使您是人
间的绝色，也应该酬答他的。

奥丽维娅　他怎样爱着我呢？

薇奥拉　用崇拜，大量的眼泪，震响着爱情的呻吟，吞吐着烈火的叹息。

奥丽维娅　你的主人知道我的意思，我不能爱他；虽然我想他品格很高，
知道他很尊贵，很有身份，年轻而纯洁，有很好的名声，慷慨，博学，勇
敢，长得又体面；可是我总不能爱他，他老早就已经得到我的回音了。

薇奥拉　要是我也像我主人一样热情地爱着您，也是这样的受苦，这样了
无生趣地把生命拖延，我不会懂得您的拒绝是什么意思。

奥丽维娅　啊，你预备怎样呢？

薇奥拉　我要在您的门前用柳枝筑成一所小屋，不时到府中访谒我的灵
魂；我要吟咏着被冷淡的忠诚的爱情的篇什，不顾夜多么深我要把它
们高声歌唱；我要向着回声的山崖呼喊您的名字，使饶舌的风都叫着
“奥丽维娅”。啊！您在天地之间将要得不到安静，除非您怜悯了我！

奥丽维娅　你的口才倒是颇堪造就的。你的家世怎样？

薇奥拉　超过于我目前的境遇，但我是个有身份的士人。

奥丽维娅　回到你主人那里去；我不能爱他，叫他不要再差人来了；除非
或者你再来见我，告诉我他对于我的答复觉得怎样。再会！多谢你
的辛苦；这几个钱赏给你。

薇奥拉　我不是个要钱的信差，小姐，留着您的钱吧；不曾得到报酬的，是
我的主人，不是我。但愿爱神使您所爱的人也是心如铁石，好让您的

热情也跟我主人的一样遭到轻蔑！再会，忍心的美人！（下。）

奥丽维娅　"你的家世怎样？""超过于我目前的境遇，但我是个有身份的士人。"我可以发誓你一定是的；你的语调，你的脸，你的肢体、动作、精神，各方面都可以证明你的高贵。——别这么性急。且慢！且慢！除非颠倒了主仆的名分。——什么！这么快便染上那种病了？我觉得好像这个少年的美处在悄悄地蹑步进入我的眼中。好，让它去吧。喂！马伏里奥！

　　　　　马伏里奥重上。

马伏里奥　有，小姐，听候您的吩咐。

奥丽维娅　去追上那个无礼的使者，公爵差来的人，他不管我要不要，硬把这戒指留下；对他说我不要，请他不要向他的主人献功，让他死不了心，我跟他没有缘分。要是那少年明天还打这儿走过，我可以告诉他为什么。去吧，马伏里奥。

马伏里奥　是，小姐。（下。）

奥丽维娅　我的行事我自己全不懂，

　　　　　怎一下子便会把人看中？

　　　　　一切但凭着命运的吩咐，

　　　　　谁能够做得了自己的主！（下。）

第 二 幕

第一场 海 滨

安东尼奥及西巴斯辛上。

安东尼奥　您不愿住下去了吗？您也不愿让我陪着您去吗？

西巴斯辛　请您原谅，我不愿。我是个倒霉的人，我的晦气也许要连累了您，所以我要请您离开我，好让我独自担承我的厄运；假如连累到您身上，那是太辜负了您的好意了。

安东尼奥　可是让我知道您的去向吧。

西巴斯辛　不瞒您说，先生，我不能告诉您；因为我所决定的航行不过是无目的的漫游。可是我看您这样有礼，您一定不会强迫我说出我所保守的秘密来；因此按礼该我来向您表白我自己。安东尼奥，您要知道我的名字是西巴斯辛，罗德利哥是我的化名。我的父亲便是梅萨林的西巴斯辛，我知道您一定听见过他的名字。他死后丢下我和一个妹妹，我们两人是在同一个时辰出世的；我多么希望上天也让我们两人在同一个时辰死去！可是您，先生，却来改变我的命运，因为就在您把我从海浪里打救起来之前不久，我的妹妹已经淹死了。

安东尼奥　唉，可惜！

西巴斯辛　先生,虽然人家说她非常像我,许多人都说她是个美貌的姑娘;我虽然不好意思相信这句话,但是至少可以大胆说一句,即使妒忌她的人也不能不承认她有一颗美好的心。她是已经给海水淹死的了,先生,虽然似乎我要用更多的泪水来淹没对她的记忆。

安东尼奥　先生,请您恕我招待不周。

西巴斯辛　啊,好安东尼奥!我才是多多打扰了您哪!

安东尼奥　要是您看在我的交情分上,不愿叫我痛不欲生的话,请您允许我做您的仆人吧。

西巴斯辛　您已经搭救了我的生命,要是您不愿让我抱愧而死,那么请不要提出那样的请求,免得您白白救了我一场。我立刻告辞了;我的心是怪软的,还不曾脱去我母亲的性质,为了一点点理由,我的眼睛里就会露出我的弱点来。我要到奥西诺公爵的宫廷里去;再会了。(下。)

安东尼奥　一切神明护佑着你!我在奥西诺的宫廷里有许多敌人,否则我就会马上到那边去会你——

　　　　　但无论如何我爱你太深,

　　　　　履险如夷我定要把你寻。(下。)

第二场　街　　道

薇奥拉上,马伏里奥随上。

马伏里奥　您不是刚从奥丽维娅伯爵小姐那儿来的吗?

薇奥拉　是的,先生;因为我走得慢,所以现在还不过在这儿。

马伏里奥　先生,这戒指她还给您;您当初还不如自己拿走呢,免得我麻烦。她又说您必须叫您家主人死了心,明白她不要跟他来往。还有,您不用再那么莽撞地到这里来替他说话了,除非来回报一声您家主人已经对她的拒绝表示认可。好,拿去吧。

薇奥拉　她自己拿了我这戒指去的;我不要。

马伏里奥　算了吧,先生,您使性子把它丢给她;她的意思也要我把它照样丢还给您。假如它是值得弯下身子拾起来的话,它就在您的眼前;不然的话,让什么人看见就给什么人拿去吧。(下。)

薇奥拉　我没有留下戒指呀;这位小姐是什么意思?但愿她不要迷恋了我的外貌才好!她把我打量得么仔细;真的,我觉得她看得我那么出神,连自己讲的什么话儿也顾不到了,那么没头没脑,颠颠倒倒的。一定的,她爱上我啦;情急智生,才差这个无礼的使者来邀请我。不要我主人的戒指!嘿,他并没有把什么戒指送给她呀!我才是她意中的人;真是这样的话——事实上确是这样——那么,可怜的小姐,她真是做梦了!我现在才明白假扮的确不是一桩好事情,魔鬼会乘机大显他的身手。一个又漂亮又靠不住的男人,多么容易占据了女人家柔弱的心!唉!这都是我们生性脆弱的缘故,不是我们自身的错处;因为上天造下我们是哪样的人,我们就是哪样的人。这种事情怎么了结呢?我的主人深深地爱着她;我呢,可怜的小鬼,也是那样恋着他;她呢,认错了人,似乎在思念我。这怎么了呢?因为我是个男人,我没有希望叫我的主人爱上我;因为我是个女人,唉!可怜的奥丽维娅也要白费无数的叹息了!

这纠纷要让时间来理清;

叫我打开这结儿怎么成!(下。)

第三场　奥丽维娅宅中一室

托比·培尔契爵士及安德鲁·艾古契克爵士上。

托　比　过来,安德鲁爵士。深夜不睡即是起身得早;"起身早,身体好",

你知道的——

安德鲁　不，老实说，我不知道；我知道的是深夜不睡便是深夜不睡。

托　比　一个错误的结论；我听见这种话就像看见一个空酒瓶那么头痛。深夜不睡，过了半夜才睡，那就是到大清早才睡，岂不是睡得很早？我们的生命不是由四大元素组成的吗？

安德鲁　不错，他们是这样说；可是我以为我们的生命不过是吃吃喝喝而已。

托　比　你真有学问；那么让我们吃吃喝喝吧。玛利娅，喂！开一瓶酒来！

　　　　　小丑上。

安德鲁　那个傻子来啦。

小　丑　啊，我的心肝们！咱们刚好凑成一幅《三个臭皮匠》。

托　比　欢迎，驴子！现在我们来一个轮唱歌吧。

安德鲁　说老实话，这傻子有一副很好的喉咙。我宁愿拿四十个先令去换他这么一条腿和这么一副可爱的声音。真的，你昨夜打诨打的很好，说什么匹格罗格罗密忒斯哪，维比亚人越过了丘勃斯的赤道线哪，真是好得很。我送六便士给你的姘头，收到了没有？

小　丑　你的恩典我已经放进了我的口袋；因为马伏里奥的鼻子不是鞭柄，我的小姐有一双玉手，她的跟班们不是开酒馆的。

安德鲁　好极了！嗯，无论如何这要算是最好的打诨了。现在唱个歌吧。

托　比　来，给你六便士，唱个歌吧。

安德鲁　我也有六便士给你呢；要是一个骑士大方起来——

小　丑　你们要我唱支爱情的歌呢，还是唱支劝人为善的歌？

托　比　唱个情歌，唱个情歌。

安德鲁　是的，是的，劝人为善有什么意思。

小　丑　（唱）

> 你到哪儿去，啊我的姑娘？
>
> 听呀，那边来了你的情郎，
>
> 　　嘴里吟着抑扬的曲调。
>
> 不要再走了，美貌的亲亲；
>
> 恋人的相遇终结了行程，
>
> 　　每个聪明人全都知晓。

安德鲁　真好极了！

托　比　好，好！

小　丑　（唱）

> 什么是爱情？它不在明天；
>
> 欢笑嬉游莫放过了眼前，
>
> 　　将来的事有谁能猜料？
>
> 不要蹉跎了大好的年华；
>
> 来吻着我吧，你双十娇娃，
>
> 　　转眼青春早化成衰老。

安德鲁　凭良心说话，好一副流利的歌喉！

托　比　好一股恶臭的气息！

安德鲁　真的，很甜蜜又很恶臭。

托　比　用鼻子听起来，那么恶臭也很动听。可是我们要不要让天空跳起舞来呢？我们要不要唱一支轮唱歌，把夜枭吵醒；那曲调会叫一个织工听了三魂出窍？

安德鲁　要是你爱我，让我们来一下吧；唱轮唱歌我挺拿手啦。

小　丑　对啦，大人，有许多狗也会唱得很好。

安德鲁　不错不错。让我们唱《你这坏蛋》吧。

小　丑　《闭住你的嘴,你这坏蛋》,是不是这一首,骑士? 那么我可不得
　　　　不叫你做坏蛋啦,骑士。

安德鲁　人家不得不叫我做坏蛋,这也不是第一次。你开头,傻子;第一
　　　　句是,"闭住你的嘴"。

小　丑　要是我闭住我的嘴,我就再也开不了头啦。

安德鲁　说得好,真的。来,唱起来吧。(三人唱轮唱歌。)

　　　　　　玛利娅上。

玛利娅　你们在这里猫儿叫春似的闹些什么呀! 要是小姐没有叫起她的
　　　　管家马伏里奥来把你们赶出门外去,再不用相信我的话好了。

托　比　小姐是个骗子;我们都是大人物;马伏里奥是拉姆西的佩格姑
　　　　娘;"我们是三个快活的人"。我不是同宗吗? 我不是她的一家人吗?
　　　　胡说八道,姑娘!

　　　　　　巴比伦有一个人,姑娘,姑娘!

小　丑　要命,这位老爷真会开玩笑。

安德鲁　噢,他高兴开起玩笑来,开得可是真好,我也一样;不过他的玩笑
　　　　开得富于风趣,而我的玩笑开得更为自然。

托　比

　　　　　　啊! 十二月十二——

玛利娅　看在上帝的面上,别闹了吧!

　　　　　　马伏里奥上。

马伏里奥　我的爷爷们,你们疯了吗,还是怎么啦? 难道你们没有脑子,
　　　　不懂规矩,全无礼貌,在这种夜深时候还要像一群发酒疯的补锅匠似
　　　　的乱吵? 你们把小姐的屋子当作一间酒馆,好让你们直着喉咙,唱那
　　　　种鞋匠的歌儿吗? 难道你们全不想想这是什么地方,这儿住的是什
　　　　么人,或者现在是什么时刻了吗?

托　比　老兄，我们的轮唱是严守时刻的。你去上吊吧！

马伏里奥　托比老爷，莫怪我说句不怕忌讳的话。小姐吩咐我告诉您说，
　　　她虽然把您当个亲戚留住在这儿，可是她不能容忍您那种胡闹。要
　　　是您能够循规蹈矩，我们这儿是十分欢迎您的；否则的话，要是您愿
　　　意向她告别，她一定会让您走。

托　比

　　　既然我非去不可，那么再会吧，亲亲！

玛利娅　别这样，好托比老爷。

小　丑

　　　他的眼睛显示出他末日将要来临。

马伏里奥　岂有此理！

托　比

　　　可是我决不会死亡。

小　丑　托比老爷，您在说谎。

马伏里奥　真有体统！

托　比

　　　我要不要叫他滚蛋？

小　丑

　　　叫他滚蛋又怎样？

托　比

　　　要不要叫他滚蛋，毫无留贷？

小　丑

　　　啊！不，不，不，你没有这种胆量。

托　比　唱的不入调吗？先生，你说谎！你不过是一个管家，有什么可以
　　　神气的？你以为你自己道德高尚，人家便不能喝酒取乐了吗？

小　丑　　是啊,凭圣安起誓,生姜吃下嘴去也总是辣的。

托　比　　你说得一点也不错。——去,朋友,用面包屑去擦你的项链吧。开一瓶酒来,玛利娅!

马伏里奥　玛利娅姑娘,要是你没有把小姐的恩典看作一钱不值,你可不要帮助他们做这种胡闹;我一定会去告诉她的。(下。)

玛利娅　　滚你的吧!

安德鲁　　向他挑战,然后失约,愚弄他一下子,倒是个很好的办法,就像人肚子饿了喝酒一样。

托　比　　好,骑士,我给你写挑战书,或者代你去口头通知他你的愤怒。

玛利娅　　亲爱的托比老爷,今夜请忍耐一下子吧;今天公爵那边来的少年会见了小姐之后,她心里很烦。至于马伏里奥先生,我去对付他好了;要是我不把他愚弄得给人当作笑柄,让大家取乐儿,我便是个连直挺挺躺在床上都不会的蠢东西。我知道我一定能够。

托　比　　告诉我们,告诉我们;告诉我们一些关于他的事情。

玛利娅　　好,老爷,有时候他有点儿像清教徒。

安德鲁　　啊! 要是我早想到了这一点,我要把他像狗一样打一顿呢。

托　比　　什么,为了像清教徒吗? 你有什么绝妙的理由,亲爱的骑士?

安德鲁　　我没有什么绝妙的理由,可是我有相当的理由。

玛利娅　　他是个鬼清教徒,反复无常、逢迎取巧是他的本领;一头装腔作势的驴子,背熟了几句官话,便倒也似的倒了出来;自信非凡,以为自己真了不得,谁看见他都会爱他;我可以凭着那个弱点堂堂正正地给他一顿教训。

托　比　　你打算怎样?

玛利娅　　我要在他走过的路上丢下一封暧昧的情书,里面活生生地描写着他的胡须的颜色、他的腿的形状、他走路的姿势、他的眼睛、额角和脸上的表情；他一见就会觉得是写的他自己。我会学您侄小姐的笔迹写字；在已经忘记了的信件上，我们连自己的笔迹也很难辨认呢。

托　比　好极了，我嗅到了一个计策了。

安德鲁　我鼻子里也闻到了呢。

托　比　他见了你丢下的这封信，便会以为是我的侄女写的，以为她爱上了他。

玛利娅　我的意思正是这样。

安德鲁　你的意思是要叫他变成一头驴子。

玛利娅　驴子，那是毫无疑问的。

安德鲁　啊！那好极了！

玛利娅　出色的把戏，你们瞧着好了；我知道我的药对他一定生效。我可以把你们两人连那傻子安顿在他拾着那信的地方，瞧他怎样把它解释。今夜呢，大家上床睡去，梦着那回事吧。再见。（下。）

托　比　晚安，好姑娘！

安德鲁　我说，她是个好丫头。

托　比　她是头纯种的小猎犬，很爱我；怎样？

安德鲁　我也曾经给人爱过呢。

托　比　我们去睡吧，骑士。你应该叫家里再寄些钱来。

安德鲁　要是我不能得到你的侄女，我就大上其当了。

托　比　去要钱吧，骑士；要是你结果终不能得到她，你就叫我傻子。

安德鲁　要是我不去要，就再不要相信我，随你怎么办。

托　比　来，来，我去烫些酒来；现在去睡太晚了。来，骑士；来，骑士。（同下。）

第四场　公爵府中一室

公爵、薇奥拉、丘里奥及余人等上。

公　爵　给我奏些音乐。早安,朋友们。好西萨里奥,我只要听我们昨晚听的那支古曲;我觉得它比目前轻音乐中那种轻情的乐调和警炼的字句更能慰解我的痴情。来,只唱一节吧。

丘里奥　启禀殿下,会唱这歌儿的人不在这儿。

公　爵　他是谁?

丘里奥　是那个弄人费斯特,殿下;他是奥丽维娅小姐的尊翁所宠幸的傻子。他就在这儿左近。

公　爵　去找他来,现在先把那曲调奏起来吧。(丘里奥下。奏乐)过来,孩子。要是你有一天和人恋爱了,请在甜蜜的痛苦中记着我;因为真心的恋人都像我一样,在其他一切情感上都是轻浮易变,但他所爱的人儿的影像,却永远铭刻在他的心头。你喜不喜欢这个曲调?

薇奥拉　它传出了爱情的宝座上的回声。

公　爵　你说得很好。我相信你虽然这样年轻,你的眼睛一定曾经看中过什么人;是不是,孩子?

薇奥拉　略为有点,请您恕我。

公　爵　是个什么样子的女人呢?

薇奥拉　相貌跟您差不多。

公　爵　那么她是不配被你爱的。什么年纪呢?

薇奥拉　年纪也跟您差不多,殿下。

公　爵　啊,那太老了! 女人应当拣一个比她年纪大些的男人,这样她才跟他合得拢来,不会失去她丈夫的欢心;因为,孩子,不论我们怎样自称自赞,我们的爱情总比女人们流动不定些,富于希求,易于反复,更容易消失而生厌。

薇奥拉　这一层我也想到,殿下。

公　爵　那么选一个比你年轻一点的姑娘做你的爱人吧,否则你的爱情便不能常青——

女人正像是娇艳的蔷薇,

花开才不久便转眼枯萎。

薇奥拉　是啊,可叹她刹那的光荣,

早枝头零落留不住东风!

丘里奥偕小丑重上。

公　爵　啊,朋友! 来,把我们昨夜听的那支歌儿再唱一遍。好好听着,西萨里奥。那是个古老而平凡的歌儿,是晒着太阳的纺线工人和织布工人以及无忧无虑的制花边的女郎们常唱的;歌里的话儿都是些平常不过的真理,搬弄着纯朴的古代的那种爱情的纯洁。

小　丑　您预备好了吗,殿下?

公　爵　好,请你唱吧。(奏乐。)

小　丑　(唱)

过来吧,过来吧,死神!

让我横陈在凄凉的柏棺①的中央;

飞去吧,飞去吧,浮生!

我被害于一个狠心的美貌姑娘。

为我罩上白色的殓衾铺满紫杉;

———————————

① 此处"柏棺"原文为 Cypress,自来注家均肯定应作 Crape(丧礼用之黑色绉纱)解释;按字面解 Cypress 为一种杉柏之属,径译"柏棺",在语调上似乎更为适当,故仍将错就错,据字臆译。

　　　没有一个真心的人为我而悲哀。

　　　莫让一朵花儿甜柔，

　　　　撒上了我那黑色的、黑色的棺材；

　　　没有一个朋友迓候

　　　　我尸身，不久我的骨骼将会散开。

　　　免得多情的人们千万次的感伤，

　　　　请把我埋葬在无从凭吊的荒场。

公　　爵　这是赏给你的辛苦钱。

小　　丑　一点不辛苦，殿下；我以唱歌为乐呢。

公　　爵　那么就算赏给你的快乐钱。

小　　丑　不错，殿下，快乐总是要付出代价的。

公　　爵　现在允许我不再见你吧。

小　　丑　好，忧愁之神保佑着你！但愿裁缝用闪缎给你裁一身衫子，因为
　　　　你的心就像猫眼石那样闪烁不定。我希望像这种没有恒心的人都航
　　　　海去，好让他们过着五湖四海，千变万化的生活；因为这样的人总会
　　　　两手空空地回家。再会。（下。）

公　　爵　大家都退开去。（丘里奥及侍从等下）西萨里奥，你再给我到那位
　　　　忍心的女王那边去；对她说，我的爱情是超越世间的，泥污的土地不
　　　　是我所看重的事物；命运所赐给她的尊荣财富，你对她说，在我的眼
　　　　中都像命运一样无常；吸引我的灵魂的是她的天赋的灵奇，绝世的
　　　　仙姿。

薇奥拉　可是假如她不能爱您呢，殿下？

公　　爵　我不能得到这样的回音。

薇奥拉　可是您不能不得到这样的回音。假如有一位姑娘——也许真有

那么一个人——也像您爱着奥丽维娅一样痛苦地爱着您；您不能爱

她，您这样告诉她；那么她岂不是必得以这样的答复为满足吗？

公　爵　女人的小小的身体一定受不住像爱情强加于我心中的那种激烈

的搏跳；女人的心没有这样广大，可以藏得下这许多；她们缺少含忍

的能力。唉，她们的爱就像一个人的口味一样，不是从脏腑里，而是

从舌尖上感觉到的，过饱了便会食伤呕吐；可是我的爱就像饥饿的大

海，能够消化一切。不要把一个女人所能对我发生的爱情跟我对于

奥丽维娅的爱情相提并论吧。

薇奥拉　啾，可是我知道——

公　爵　你知道什么？

薇奥拉　我知道得很清楚女人对于男人会怀着怎样的爱情；真的，她们是

跟我们一样真心的。我的父亲有一个女儿，她爱上了一个男人，正像

假如我是个女人也许会爱上了您殿下一样。

公　爵　她的历史怎样？

薇奥拉　一片空白而已，殿下。她从来不向人诉说她的爱情，让隐藏在内

心中的抑郁像蓓蕾中的蛀虫一样，侵蚀着她的绯红的脸颊；她因相思

而憔悴，疾病和忧愁折磨着她，像是墓碑上刻着的"忍耐"的化身，默

坐着向悲哀微笑。这不是真的爱情吗？我们男人也许更多话，更会

发誓，可是我们所表示的，总多于我们所决心实行的；不论我们怎样

山盟海誓，我们的爱情总不过如此。

公　爵　但是你的姊姊有没有殉情而死，我的孩子？

薇奥拉　我父亲的女儿只有我一个，儿子也只有我一个——可她有没有

殉情我不知道。殿下，我要不要就去见这位小姐？

公　爵　对了，这是正事——

快前去，送给她这颗珍珠；

说我的爱情永不会认输。(各下。)

第五场　奥丽维娅的花园

托比·培尔契爵士、安德鲁·艾古契克爵士及费边上。

托　比　来吧,费边先生。

费　边　噢,我就来;要是我把这场好戏略为错过了一点点儿,让我在懊
　　恼里煎死了吧。

托　比　让这个卑鄙龌龊的丑东西出一场丑,你高兴不高兴?

费　边　我才要快活死哩!您知道那次我因为耍熊,被他在小姐跟前说
　　我坏话。

托　比　我们再把那头熊牵来激他发怒;我们要把他作弄得体无完肤。
　　你说怎样,安德鲁爵士?

安德鲁　要是我们不那么做,那才是终身的憾事呢。

托　比　小坏东西来了。

玛利娅上。

托　比　啊,我的小宝贝!

玛利娅　你们三人都躲到黄杨树后面去。马伏里奥正从这条道上走过
　　来;他已经在那边太阳光底下对他自己的影子练习了半个钟头仪法。
　　谁要是喜欢笑话,就留心瞧着他吧;我知道这封信一定会叫他变成一
　　个发痴的呆子的。凭着玩笑的名义,躲起来吧!你躺在那边;(丢下一
　　信)这条鲟鱼已经来了,你不去撩撩他的痒处是捉不到手的。(下。)

马伏里奥上。

马伏里奥　不过是运气;一切都是运气。玛利娅曾经对我说过小姐喜欢
　　我;我也曾经听见她自己说过那样的话,说要是她爱上了人的话,一

定要选像我这种脾气的人。而且,她待我比待其他的下人显得分外
尊敬。这点我应该怎么解释呢?

托　比　瞧这个自命不凡的混蛋!

费　边　静些!他已经痴心妄想得变成一头出色的火鸡了;瞧他那种蓬
　　　　起了羽毛高视阔步的样子!

安德鲁　他妈的,我可以把这混蛋痛打一顿!

托　比　别闹啦!

马伏里奥　做了马伏里奥伯爵!

托　比　啊,混蛋!

安德鲁　给他吃手枪!给他吃手枪!

托　比　别闹!别闹!

马伏里奥　这种事情是有前例可援的;斯特拉契夫人也下嫁给家臣。

安德鲁　该死,这畜生!

费　边　静些!现在他着了魔啦;瞧他越想越得意。

马伏里奥　跟她结婚过了三个月,我坐在我的宝座上——

托　比　啊!我要弹一颗石子到他的眼睛里去!

马伏里奥　身上披着绣花的丝绒袍子,召唤我的臣僚过来;那时我刚睡罢
　　　　午觉,撇下奥丽维娅酣睡未醒——

托　比　大火硫磺烧死他!

费　边　静些!静些!

马伏里奥　那时我装出一副威严的神气,先目光凛凛地向众人瞟视一周,
　　　　对他们表示我知道我的地位,他们也必须明白自己的身份;然后吩咐
　　　　他们去请我的托比老叔过来——

托　比　把他铐起来!

费　边　别闹!别闹!别闹!好啦!好啦!

马伏里奥 　我的七个仆人恭恭敬敬地前去找他。我皱了皱眉头，或者给我的表上了上弦，或者抚弄着我的——什么珠宝之类。托比来了，向我行了个礼——

托　比 　这家伙可以让他活命吗？

费　边 　哪怕有几辆马车要把我们的静默拉走，也不要闹吧！

马伏里奥 　我这样向他伸出手去，用一副庄严的威势来抑住我的亲昵的笑容——

托　比 　那时托比不就给了你一个嘴巴子吗？

马伏里奥 　说，"托比叔父，我已蒙令侄女不弃下嫁，请您准许我这样说话——"

托　比 　什么？什么？

马伏里奥 　"你必须把喝酒的习惯戒掉。"

托　比 　他妈的，这狗东西！

费　边 　嗳，别生气，否则我们的计策就要失败了。

马伏里奥 　"而且，您还把您的宝贵的光阴跟一个傻瓜骑士在一块儿浪费——"

安德鲁 　说的是我，一定的啦。

马伏里奥 　"那个安德鲁爵士——"

安德鲁 　我知道是我；因为许多人都管我叫傻瓜。

马伏里奥 　（见信）这儿有些什么东西呢？

费　边 　现在那蠢鸟走近陷阱旁边来了。

托　比 　啊，静些！但愿能操纵人心意的神灵叫他高声朗读。

马伏里奥 　（拾信）嗳哟，这是小姐的手笔！瞧这一钩一弯一横一直，那不正是她的笔锋吗？没有问题，一定是她写的。

安德鲁 　她的一钩一弯一横一直，那是什么意思？

马伏里奥　（读）"给不知名的恋人，至诚的祝福。"完全是她的口气！对不住，封蜡。且慢！这封口上的钤记不就是她一直用作封印的鲁克丽丝的肖像吗？一定是我的小姐。可是那是写给谁的呢？

费　边　这叫他心窝儿里都痒起来了。

马伏里奥

知我者天，

我爱为谁？

慎莫多言，

莫令人知。

"莫令人知。"下面还写些什么？又换了句调了！"莫令人知"：说的也许是你哩，马伏里奥！

托　比　嘿，该死，这獾子！

马伏里奥

我可以向我所爱的人发号施令；

　　但隐秘的衷情如鲁克丽丝之刀，

杀人不见血地把我的深心割刳：

　　我的命在 M, O, A, I 的手里飘摇。

费　边　无聊的谜语！

托　比　我说是个好丫头。

马伏里奥　"我的命在 M, O, A, I 的手里飘摇。"不，让我先想一想，让我想一想，让我想一想。

费　边　她给他吃了一服多好的毒药！

托　比　瞧那头鹰儿多么饿急似的想一口吞下去！

马伏里奥　"我可以向我所爱的人发号施令。"啾，她可以命令我；我侍候着她，她是我的小姐。这是无论哪个有一点点脑子的人都看得出来

的;全然合得拢。可是那结尾一句,那几个字母又是什么意思呢? 能
不能牵附到我的身上? ——慢慢! M, O, A, I——

托　比　哎,这应该想个法儿;他弄糊涂了。

费　边　即使像一头狐狸那样臊气冲天,这狗子也会闻出味来,汪汪地叫
起来的。

马伏里奥　M,马伏里奥;M,嘿,那正是我的名字的第一个字母哩。

费　边　我不是说他会想出来的吗? 这狗的鼻子在没有味的地方也会闻
出味来。

马伏里奥　M——可是这次序不大对;这样一试,反而不成功了。跟着来
的应该是个 A 字,可是却是个 O 字。

费　边　我希望 O 字应该放在结尾的吧?

托　比　对了,否则我要揍他一顿,让他喊出个“O!”来。

马伏里奥　A 的背后又跟着个 I。

费　边　哼,要是你背后生眼睛①的话,你就知道你眼前并没有什么幸
运,你的背后却有倒霉的事跟着呢。

马伏里奥　M, O, A, I;这隐语可跟前面所说的不很合辙;可是稍为把它
颠倒一下,也就可以适合我了,因为这几个字母都在我的名字里。且
慢! 这儿还有散文呢。“要是这封信落到你手里,请你想一想。照我
的命运而论,我是在你之上,可是你不用惧怕富贵:有的人是生来的
富贵,有的人是挣来的富贵,有的人是送上来的富贵。你的好运已经
向你伸出手来,赶快用你的全副精神抱住它。你应该练习一下怎样
才合乎你所将要做的那种人的身份,脱去你卑恭的旧习,放出一些活
泼的神气来。对亲戚不妨分庭抗礼,对仆人不妨摆摆架子;你嘴里要

---

①　眼睛原文为 eye,与 I 音相近。

鼓唇弄舌地谈些国家大事,装出一副矜持的样子。为你叹息的人儿这样吩咐着你。记着谁曾经赞美过你的黄袜子,愿意看见你永远扎着十字交叉的袜带;我对你说,你记着吧。好,只要你自己愿意,你就可以出头了;否则让我见你一生一世做个管家,与众仆为伍,不值得抬举。再会!我是愿意跟你交换地位的,幸运的不幸者。"青天白日也没有这么明白,平原旷野也没有这么显豁。我要摆起架子来,谈起国家大事来;我要叫托比丧气,我要断绝那些鄙贱之交,我要一点不含糊地做起这么一个人来。我没有自己哄骗自己,让想象把我愚弄;因为每一个理由都指点着说,我的小姐爱上了我了。她最近称赞过我的黄袜子和我的十字交叉的袜带;她就是用这方法表示她爱我,用一种命令的方法叫我打扮成她所喜欢的样式。谢谢我的命星,我好幸福!我要放出高傲的神气来,穿了黄袜子,扎着十字交叉的袜带,立刻就去装束起来。赞美上帝和我的命星!这儿还有附启:"你一定想得到我是谁。要是你接受我的爱情,请你用微笑表示你的意思;你的微笑是很好看的。我的好人儿,请你当着我的面前永远微笑着吧。"上帝,我谢谢你!我要微笑;我要做每一件你吩咐我做的事。(下。)

费　边　即使波斯王给我一笔几千块钱的恩俸,我也不愿错过这场玩意儿。

托　比　这丫头想得出这种主意,我简直可以娶了她。

安德鲁　我也可以娶了她呢。

托　比　我不要她什么妆奁,只要再给我想出这么一个笑话来就行了。

安德鲁　我也不要她什么妆奁。

费　边　我那位捉蠢鹅的好手来了。

　　　　玛利娅重上。

托　比　你愿意把你的脚搁在我的头颈上吗?

安德鲁　或者搁在我的头颈上？

托　比　要不要我把我的自由作孤注一掷，做你的奴隶？

安德鲁　是的，要不要我也做你的奴隶？

托　比　你已经叫他大做其梦，要是那种幻象一离开了他，他一定会发疯的。

玛利娅　可是您老实对我说，他中计了吗？

托　比　就像收生婆喝了烧酒一样。

玛利娅　要是你们要看看这场把戏会闹出些什么结果来，请看好他怎样到小姐跟前去：他会穿起了黄袜子，那正是她所讨厌的颜色；还要扎着十字交叉的袜带，那正是她所厌恶的式样；他还要向她微笑，照她现在那样悒郁的心境，她一定会不高兴，管保叫他大受一场没趣。假如你们要看的话，跟我来吧。

托　比　好，就是到地狱门口也行，你这好机灵鬼！

安德鲁　我也要去。（同下。）

第 三 幕

第一场　奥丽维娅的花园

薇奥拉及小丑持手鼓上。

薇奥拉　上帝保佑你和你的音乐,朋友! 你是靠着打手鼓过日子的吗?

小　丑　不,先生,我靠着教堂过日子。

薇奥拉　你是个教士吗?

小　丑　没有的事,先生。我靠着教堂过日子,因为我住在我的家里,而我的家是在教堂附近。

薇奥拉　你也可以说,国王住在叫化窝的附近,因为叫化子住在王宫的附近;教堂筑在你的手鼓旁边,因为你的手鼓放在教堂旁边。

小　丑　您说得对,先生。人们一代比一代聪明了! 一句话对于一个聪明人就像是一副小山羊皮的手套,一下子就可以翻了转来。

薇奥拉　嗯,那是一定的啦;善于在字面上翻弄花样的,很容易流于轻薄。

小　丑　那么,先生,我希望我的妹妹不要有名字。

薇奥拉　为什么呢,朋友?

小　丑　先生,她的名字不也是个字吗? 在那个字上面翻弄翻弄花样,也许我的妹妹就会轻薄起来。可是文字自从失去自由以后,也就变成很危险的家伙了。

薇奥拉　你说出理由来,朋友?

小　丑　不瞒您说,先生,要是我向您说出理由来,那非得用文字不可;可是现在文字变得那么坏,我真不高兴用它们来证明我的理由。

薇奥拉　我敢说你是个快活的家伙,万事都不关心。

小　丑　不是的,先生,我所关心的事倒有一点儿;可是凭良心说,先生,我可一点不关心您;如果不关心您就是无所关心的话,先生,我倒希望您也能够化为乌有才好。

薇奥拉　你不是奥丽维娅小姐府中的傻子吗?

小　丑　真的不是,先生。奥丽维娅小姐不喜欢傻气;她要嫁了人才会在家里养起傻子来,先生;傻子之于丈夫,犹之乎小鱼之于大鱼,丈夫不过是个大一点的傻子而已。我真的不是她的傻子,我是给她说说笑话的人。

薇奥拉　我最近曾经在奥西诺公爵的地方看见过你。

小　丑　先生,傻气就像太阳一样环绕着地球,到处放射它的光辉。要是傻子不常到您主人那里去,如同常在我的小姐那儿一样,那么,先生,我可真是抱歉。我想我也曾经在那边看见过您这聪明人。

薇奥拉　哼,你要在我身上打趣,我可要不睬你了。拿去,这个钱给你。

（给他一枚钱币。）

小　丑　好,上帝保佑您长起胡子来吧!

薇奥拉　老实告诉你,我倒真为了胡子害相思呢;虽然我不要在自己脸上长起来。小姐在里面吗?

小　丑　（指着钱币）先生,您要是再赏我一个钱,凑成两个,不就可以养儿子了吗?

薇奥拉　不错,如果你拿它们去放债取利息。

小　丑　先生,我愿意做个弗里吉亚的潘达洛斯,给这个特洛伊罗斯找一
　　　　个克瑞西达来。①

薇奥拉　我知道了,朋友;你很善于乞讨。

小　丑　我希望您不会认为这是非分的乞讨,先生,我要乞讨的不过是个
　　　　叫化子——克瑞西达后来不是变成个叫化子了吗? 小姐就在里面,
　　　　先生。我可以对他们说明您是从哪儿来的;至于您是谁,您来有什么
　　　　事,那就不属于我的领域之内了——我应当说"范围",可是那两个字
　　　　已经给人用得太熟了。(下。)

薇奥拉　这家伙扮傻子很有点儿聪明。装傻装得好也是要靠才情的:他
　　　　必须窥伺被他所取笑的人们的心情,了解他们的身份,还得看准了时
　　　　机;然后像窥伺着眼前每一只鸟雀的野鹰一样,每个机会都不放松。
　　　　这是一种和聪明人的艺术一样艰难的工作:

　　　　　　傻子不妨说几句聪明话,

　　　　　　聪明人说傻话难免笑骂。

　　　　　托比·培尔契爵士、安德鲁·艾古契克爵士同上。

托　比　您好,先生。

薇奥拉　您好,爵士。

安德鲁　上帝保佑您,先生。

薇奥拉　上帝保佑您,我是您的仆人。

安德鲁　先生,我希望您是我的仆人;我也是您的仆人。

托　比　请您进去吧。舍侄女有请,要是您是来看她的话。

薇奥拉　我来正是要拜见令侄女,爵士;她是我的航行的目标。

---

①　关于特洛伊罗斯(Troilus)与克瑞西达(Cressida)恋爱的故事可参看莎士比亚所著
　　悲剧《特洛伊罗斯与克瑞西达》。潘达洛斯(Pandarus)系克瑞西达之舅,为他们居
　　间撮合者。克瑞西达因生性轻浮,后被人所弃,沦为乞丐。

托　比　请您试试您的腿吧,先生;把它们移动起来。

薇奥拉　我的腿倒是听我使唤,爵士,可是我却听不懂您叫我试试我的腿
　　　　是什么意思?

托　比　我的意思是,先生,请您走,请您进去。

薇奥拉　好,我就移步前进。可是人家已经先来了。

　　　　奥丽维娅及玛利娅上。

薇奥拉　最卓越最完美的小姐,愿诸天为您散下芬芳的香雾!

安德鲁　那年轻人是一个出色的廷臣。"散下芬芳的香雾"! 好得很。

薇奥拉　我的来意,小姐,只能让您自己的玉耳眷听。

安德鲁　"香雾"、"玉耳"、"眷听",我已经学会了三句话了。

奥丽维娅　关上园门,让我们两人谈话。(托比、安德鲁、玛利娅同下)把你
　　　　的手给我,先生。

薇奥拉　小姐,我愿意奉献我的绵薄之力为您效劳。

奥丽维娅　你叫什么名字?

薇奥拉　您仆人的名字是西萨里奥,美貌的公主。

奥丽维娅　我的仆人,先生! 自从假作卑恭认为是一种恭维之后,世界上
　　　　从此不曾有过乐趣。你是奥西诺公爵的仆人,年轻人。

薇奥拉　他是您的仆人,他的仆人自然也是您的仆人;您的仆人的仆人便
　　　　是您的仆人,小姐。

奥丽维娅　我不高兴想他;我希望他心里空无所有,不要充满着我。

薇奥拉　小姐,我来是要替他说动您那颗温柔的心。

奥丽维娅　啊! 对不起,请你不要再提起他了。可是如果你肯为另外一
　　　　个人求爱,我愿意听你的请求,胜过于听天乐。

薇奥拉　亲爱的小姐——

奥丽维娅　对不起,让我说句话。上次你到这儿来把我迷醉了之后,我叫

人拿了个戒指追你；我欺骗了我自己，欺骗了我的仆人，也许欺骗了你；我用那种无耻的狡狯把你明知道不属于你的东西强纳在你手里，一定会使你看不起我。你会怎样想呢？你不曾把我的名誉拴在桩柱上，让你那残酷的心所想得到的一切思想恣意地把它虐弄吧？像你这样敏慧的人，我已经表示得太露骨了；掩藏着我的心事的，只是一层薄薄的蝉纱。所以，让我听你的意见吧。

薇奥拉　我可怜你。

奥丽维娅　那是到达恋爱的一个阶段。

薇奥拉　不，此路不通，我们对敌人也往往会发生怜悯，这是常有的经验。

奥丽维娅　啊，听了你的话，我倒是又要笑起来了。世界啊！微贱的人多么容易骄傲！要是作了俘虏，那么落于狮子的爪下比之豺狼的吻中要幸运多少啊！（钟鸣）时钟在谴责我把时间浪费。别担心，好孩子，我不会留住你。可是等到才情和青春成熟之后，你的妻子将会收获到一个出色的男人。向西是你的路。

薇奥拉　那么向西开步走！愿小姐称心如意！您没有什么话要我向我的主人说吗，小姐？

奥丽维娅　且慢，请你告诉我你以为我这人怎样？

薇奥拉　我以为你以为你不是你自己。

奥丽维娅　要是我以为这样，我以为你也是这样。

薇奥拉　你猜想得不错，我不是我自己。

奥丽维娅　我希望你是我所希望于你的那种人！

薇奥拉　那是不是比现在的我要好些，小姐？我希望好一些，因为现在我不过是你的弄人。

奥丽维娅　唉！他嘴角的轻蔑和怒气，

　　　　　冷然的神态可多么美丽！

爱比杀人重罪更难隐藏；

爱的黑夜有中午的阳光。

西萨里奥，凭着春日蔷薇、

贞操、忠信与一切，我爱你

这样真诚，不顾你的骄傲，

理智拦不住热情的宣告。

别以为我这样向你求情，

你就可以无须再献殷勤；

须知求得的爱虽费心力，

不劳而获的更应该珍惜。

薇奥拉　　我起誓，凭着天真与青春，

我只有一条心一片忠诚，

没有女人能够把它占有，

只有我是我自己的君后。

别了，小姐，我从此不再来

为我主人向你苦苦陈哀。

奥丽维娅　你不妨再来，也许能感动

我释去憎嫌把感情珍重。（同下。）

第二场　奥丽维娅宅中一室

托比·培尔契爵士，安德鲁·艾古契克爵士及费边上。

安德鲁　　不，真的，我再不能住下去了。

托　比　　为什么呢，恼火的朋友？说出你的理由来。

费　边　　是啊，安德鲁爵士，您得说出个理由来。

安德鲁　嘿，我见你的侄小姐对待那个公爵的用人比之待我好得多；我在花园里瞧见的。

托　比　她那时也看见你吗，老兄？告诉我。

安德鲁　就像我现在看见你一样明白。

费　边　那正是她爱您的一个很好的证据。

安德鲁　啐！你把我当作一头驴子吗？

费　边　大人，我可以用判断和推理来证明这句话的不错。

托　比　说得好，判断和推理在挪亚①还没有上船以前，已经就当上陪审官了。

费　边　她当着您的脸对那个少年表示殷勤，是要叫您发急，唤醒您那打瞌睡的勇气，给您的心里燃起火来，在您的肝脏里加点儿硫磺罢了。您那时就该走上去向她招呼，说几句崭新的俏皮话儿叫那年轻人哑口无言。她盼望您这样，可是您却大意错过了。您放过了这么一个大好的机会，我的小姐自然要冷淡您啦；您目前在她心里的地位就像挂在荷兰人胡须上的冰柱一样，除非您能用勇气或是手段干出一些出色的勾当，才可以挽回过来。

安德鲁　无论如何，我宁愿用勇气；因为我顶讨厌使手段。叫我做个政客，还不如做个布朗派②的教徒。

托　比　好啊，那么把你的命运建筑在勇气上吧。给我去向那公爵差来的少年挑战，在他身上戳十来个窟窿，我的侄女一定会注意到。你可以相信，世上没有一个媒人会比一个勇敢的名声更能说动女人的心了。

---

① 挪亚（Noah）及其方舟的故事，见《圣经·创世记》第六章。

② 布朗派为英国伊丽莎白时代清教徒布朗（Robert Browne）所创的教派。

费　边　　此外可没有别的办法了,安德鲁大人。

安德鲁　　你们谁肯替我向他下战书?

托　比　　快去用一手虎虎有威的笔法写起来;要干脆简单;不用说俏皮
　　　　　话,只要言之成理,别出心裁就得了。尽你的笔墨所能把他嘲骂;要
　　　　　是你把他"你"啊"你"的"你"了三四次,那不会有错;再把纸上写满了
　　　　　谎,即使你的纸大得足以铺满英国威尔地方的那张大床①。快去写
　　　　　吧。把你的墨水里掺满着怨毒,虽然你用的是一支鹅毛笔。去吧。

安德鲁　　我到什么地方来见你们?

托　比　　我们会到你房间里来看你;去吧。(安德鲁下。)

费　边　　这是您的一个宝货,托比老爷。

托　比　　我倒累他破费过不少呢,孩儿,约莫有两千多块钱的样子。

费　边　　我们就可以看到他的一封妙信了。可是您不会给他送去的吧?

托　比　　要是我不送去,你别相信我;我一定要把那年轻人激出一个回音
　　　　　来。我想就是叫牛儿拉着车绳也拉不拢他们两人在一起。你把安德
　　　　　鲁解剖开来,要是能在他肝脏里找得出一滴可以沾湿一只跳蚤的脚
　　　　　的血,我愿意把他那副臭皮囊吃下去。

费　边　　他那个对头的年轻人,照那副相貌看来,也不像是会下辣手的。

托　比　　瞧,一窠九只的鹡鸰中顶小的一只来了。

　　　　　玛利娅上。

玛利娅　　要是你们愿意捧腹大笑,不怕笑到腰酸背痛,那么跟我来吧。那
　　　　　只蠢鹅马伏里奥已经信了邪道,变成一个十足的异教徒了;因为没有
　　　　　一个相信正道而希望得救的基督徒,会做出这种丑恶不堪的奇形怪
　　　　　状来的。他穿着黄袜子呢。

————————

　　①　该床方十一英尺,今尚存。

托　比　袜带是十字交叉的吗?

玛利娅　再难看不过的了,就像个在寺院里开学堂的塾师先生。我像是
　　　　他的刺客一样紧跟着他。我故意掉下来诱他的那封信上的话,他每
　　　　一句都听从;他笑容满面,脸上的皱纹比增添了东印度群岛的新地图
　　　　上的线纹还多。你们从来不曾见过这样一个东西;我真忍不住要向
　　　　他丢东西过去。我知道小姐一定会打他;要是她打了他,他一定仍然
　　　　会笑,以为是一件大恩典。

托　比　来,带我们去,带我们到他那儿去。(同下。)

第三场　街　　道

　　　　　西巴斯辛及安东尼奥上。

西巴斯辛　我本来不愿意麻烦你;可是你既然这样欢喜自己劳碌,那么我
　　　　也不再向你多话了。

安东尼奥　我抛不下你;我的愿望比磨过的刀还要锐利地驱迫着我。虽
　　　　然为了要看见你,再远的路我也会跟着你去;可并不全然为着这个理
　　　　由:我担心你在这些地方是个陌生人,路上也许会碰到些什么;一路
　　　　没人领导没有朋友的异乡客,出门总有许多不方便。我的诚心的爱,
　　　　再加上这样使我忧虑的理由,迫使我来追赶你。

西巴斯辛　我的善良的安东尼奥,除了感谢、感谢、永远的感谢之外,再没
　　　　有别的话好回答你了。一件好事常常只换得一声空口的道谢;可是
　　　　我的钱财假如能跟我的衷心的感谢一样多,你的好心一定不会得不
　　　　到重重的酬报。我们干些什么呢? 要不要去瞧瞧这城里的古迹?

安东尼奥　明天吧,先生;还是先去找个下处。

西巴斯辛　我并不疲倦,到天黑还有许多时候呢;让我们去瞧瞧这儿的名

胜,一饱眼福吧。

安东尼奥　请你原谅我;我在这一带街道上走路是冒着危险的。从前我
　　曾经参加海战,和公爵的舰队作过对;那时我很立了一点功,假如在
　　这儿给捉到了,可不知要怎样抵罪哩。

西巴斯辛　大概你杀死了很多的人吧?

安东尼奥　我的罪名并不是这么一种杀人流血的性质;虽然照那时的情
　　形和争执的激烈看来,很容易有流血的可能。本来把我们夺来的东
　　西还给了他们,就可以和平解决了,我们城里大多数人为了经商,也
　　都这样做了;可是我却不肯屈服:因此,要是我在这儿给捉到了的话,
　　他们决不会轻轻放过我。

西巴斯辛　那么你不要太出来招摇吧。

安东尼奥　那的确不大妥当。先生,这儿是我的钱袋,请你拿着吧。南郊
　　的大象旅店是最好的下宿的地方,我先去定好膳宿;你可以在城里逛
　　着见识见识,再到那边来见我好了。

西巴斯辛　为什么你要把你的钱袋给我?

安东尼奥　也许你会看中什么玩意儿想要买下;我知道你的钱不够买这
　　些非急用的东西,先生。

西巴斯辛　好,我就替你保管你的钱袋;过一个钟头再见吧。

安东尼奥　在大象旅店。

西巴斯辛　我记得。(各下。)

第四场　奥丽维娅的花园

奥丽维娅及玛利娅上。

奥丽维娅　我已经差人去请他了。假如他肯来,我要怎样款待他呢? 我

要给他些什么呢？因为年轻人常常是买来的，而不是讨来或借来的。我说得太高声了。马伏里奥在哪儿呢？他这人很严肃，懂得规矩，以我目前的处境来说，很配做我的仆人。马伏里奥在什么地方？

玛利娅　他就来了，小姐；可是他的样子古怪得很。他一定给鬼迷了，小姐。

奥丽维娅　啊，怎么啦？他在说胡话吗？

玛利娅　不，小姐；他只是一味笑。他来的时候，小姐，您最好叫人保护着您，因为这人的神经有点不正常呢。

奥丽维娅　去叫他来。（玛利娅下。）

　　　　　他是痴汉，我也是个疯婆；

　　　　　他欢喜，我忧愁，一样糊涂。

　　　　玛利娅偕马伏里奥重上。

奥丽维娅　怎样，马伏里奥！

马伏里奥　亲爱的小姐，哈哈！

奥丽维娅　你笑吗？我要差你做一件正经事呢，别那么快活。

马伏里奥　不快活，小姐！我当然可以不快活，这种十字交叉的袜带扎得我血脉不通；可是那有什么要紧呢？只要能叫一个人看了欢喜，那就像诗上所说的"一人欢喜，人人欢喜"了。

奥丽维娅　什么，你怎么啦，家伙？究竟是怎么一回事？

马伏里奥　我的腿儿虽然是黄的，我的心儿却不黑。那信已经到了他的手里，命令一定要服从。我想那一手簪花妙楷我们都是认得出来的。

奥丽维娅　你还是睡觉去吧，马伏里奥。

马伏里奥　睡觉去！对了，好人儿；我一定奉陪。

奥丽维娅　上帝保佑你！为什么你这样笑着，还老是吻你的手？

玛利娅　您怎么啦，马伏里奥？

马伏里奥　多承见问！是的，夜莺应该回答乌鸦的问话。

玛利娅　您为什么当着小姐的面这样放肆？

马伏里奥　"不用惧怕富贵，"写得很好！

奥丽维娅　你说那话是什么意思，马伏里奥？

马伏里奥　"有的人是生来的富贵，"——

奥丽维娅　嘿！

马伏里奥　"有的人是挣来的富贵，"——

奥丽维娅　你说什么？

马伏里奥　"有的人是送上来的富贵。"

奥丽维娅　上天保佑你！

马伏里奥　"记着谁曾经赞美过你的黄袜子，"——

奥丽维娅　你的黄袜子！

马伏里奥　"愿意看见你永远扎着十字交叉的袜带。"

奥丽维娅　扎着十字交叉的袜带！

马伏里奥　"好，只要你自己愿意，你就可以出头了，"——

奥丽维娅　我就可以出头了？

马伏里奥　"否则让我见你一生一世做个管家吧。"

奥丽维娅　哎哟，这家伙简直中了暑在发疯了。

　　　　　一仆人上。

仆　人　小姐，奥西诺公爵的那位青年使者回来了，我好容易才请他回
　　　来。他在等候着小姐的意旨。

奥丽维娅　我就去见他。（仆人下）好玛利娅，这家伙要好好看管。我的托
　　　比叔父呢？叫几个人加意留心着他；我宁可失掉我嫁妆的一半，也不
　　　希望看到他有什么意外。（奥丽维娅、玛利娅下。）

马伏里奥　啊，哈哈！你现在明白了吗？不叫别人，却叫托比爵士来照看

我！我正合信上所说的：她有意叫他来，好让我跟他顶撞一下；因为她信里正要我这样。"脱去你卑恭的旧习；"她说，"对亲戚不妨分庭抗礼，对仆人不妨摆摆架子；你嘴里要鼓唇弄舌地谈些国家大事，装出一副矜持的样子；"随后还写着怎样装出一副严肃的面孔、庄重的举止、慢声慢气的说话腔调，学着大人先生的样子，诸如此类。我已经捉到她了；可是那是上帝的功劳，感谢上帝！而且她刚才临去的时候，她说，"这家伙要好好看管；"家伙！不说马伏里奥，也不照我的地位称呼我，而叫我家伙。哈哈，一切都符合，一点儿没有疑惑，一点儿没有阻碍，一点儿没有不放心的地方。还有什么好说呢？什么也不能阻止我达到我的全部的希望。好，干这种事情的是上帝，不是我，感谢上帝！

　　　玛利娅偕托比·培尔契爵士及费边上。

托　比　凭着神圣的名义，他在哪儿？要是地狱里的群鬼都缩小了身子，一起走进他的身体里去，我也要跟他说话。

费　边　他在这儿，他在这儿。您怎么啦，大爷？您怎么啦，老兄？

马伏里奥　走开，我用不着你；别搅扰了我的安静。走开！

玛利娅　听，魔鬼在他嘴里说着鬼话了！我不是对您说过吗？托比老爷，小姐请您看顾看顾他。

马伏里奥　啊！啊！她这样说吗？

托　比　好了，好了，别闹了吧！我们一定要客客气气对付他；让我一个人来吧。——你好，马伏里奥？你怎么啦？嘿，老兄！抵抗魔鬼呀！你想，他是人类的仇敌呢。

马伏里奥　你知道你在说些什么话吗？

玛利娅　你们瞧！你们一说了魔鬼的坏话，他就生气了。求求上帝，不要让他中了鬼迷才好！

费　边　把他的小便送到巫婆那边去吧。

玛利娅　好,明天早晨一定送去。我的小姐舍不得他哩。

马伏里奥　怎么,姑娘!

玛利娅　主啊!

托　比　请你别闹,这不是个办法;你不见你惹他生气了吗? 让我来对付他。

费　边　除了用软功之外,没有别的法子;轻轻地、轻轻地,魔鬼是个粗坏,你要跟他动粗是不行的。

托　比　喂,怎么啦,我的好家伙! 你好,好人儿?

马伏里奥　爵士!

托　比　嗷,小鸡,跟我来吧。嘿,老兄! 跟魔鬼在一起玩可不对。该死的黑鬼!

玛利娅　叫他念祈祷,好托比老爷,叫他祈祷。

马伏里奥　念祈祷,小淫妇!

玛利娅　你们听着,跟他讲到关于上帝的话,他就听不进去了。

马伏里奥　你们全给我去上吊吧! 你们都是些浅薄无聊的东西;我不是跟你们一样的人。你们就会知道的。(下。)

托　比　有这等事吗?

费　边　要是这种情形在舞台上表演起来,我一定要批评它捏造得出乎情理之外。

托　比　这个计策已经把他迷得神魂颠倒了,老兄。

玛利娅　还是追上他去吧;也许这计策一漏了风,就会毁掉。

费　边　嗷,我们真的要叫他发起疯来。

玛利娅　那时屋子里可以清静些。

托　比　来,我们要把他捆起来关在一间暗室里。我的侄女已经相信他疯了;我们可以这样依计而行,让我们开开心,叫他吃吃苦头。等到我们开腻了这玩笑,再向他发起慈悲来;那时我们宣布我们的计策,把你封作疯人的发现者。可是瞧,瞧!

安德鲁·艾古契克爵士上。

费　边　又有别的花样来了。

安德鲁　挑战书已经写好在此,你读读看;念上去就像酸醋胡椒的味道呢。

费　边　是这样厉害吗?

安德鲁　对了,我向他保证的;你只要读着好了。

托　比　给我。(读)"年轻人,不管你是谁,你不过是个下贱的东西。"

费　边　好,真勇敢!

托　比　"不要吃惊,也不要奇怪为什么我这样称呼你,因为我不愿告诉你是什么理由。"

费　边　一句很好的话,这样您就可以不受法律的攻击了。

托　比　"你来见奥丽维娅小姐,她当着我的面把你厚待;可是你说谎,那并不是我要向你挑战的理由。"

费　边　很简单明白,而且百分之百地——不通。

托　比　"我要在你回去的时候埋伏着等候你;要是命该你把我杀死的话——"

费　边　很好。

托　比　"你便是个坏蛋和恶人。"

费　边　您仍旧避过了法律方面的责任,很好。

托　比　"再会吧;上帝超度我们两人中一人的灵魂吧! 也许他会超度我的灵魂;可是我比你有希望一些,所以你留心着自己吧。你的朋友(这要看你怎样对待他),和你的誓不两立的仇敌,安德鲁·艾古契克上。"——要是这封信不能激动他,那么他的两条腿也不能走动了。我去送给他。

玛利娅　您有很凑巧的机会;他现在正在跟小姐谈话,等会儿就要出来了。

托　比　去,安德鲁大人,给我在园子角落里等着他,像个衙役似的;一看见他,便拔出剑来;一拔剑,就高声咒骂;一句可怕的咒骂,神气活现地从嘴里厉声发出来,比之真才实艺更能叫人相信他是个了不得的家伙。去吧!

安德鲁　好,骂人的事情我自己会。(下。)

托　比　我可不去送这封信。因为照这位青年的举止看来,是个很有资格很有教养的人,否则他的主人不会差他来拉拢我的侄女的。这封信写得那么奇妙不通,一定不会叫这青年害怕;他一定会以为这是一个呆子写的。可是,老兄,我要口头去替他挑战,故意夸张艾古契克的勇气,让这位仁兄相信他是个勇猛暴躁的家伙;我知道他那样年轻一定会害怕起来的。这样他们两人便会彼此害怕,就像眼光能杀人的毒蜥蜴似的,两人一照面,就都呜呼哀哉了。

费　边　他和您的侄小姐来了;让我们回避他们,等他告别之后再追上去。

托　比　我可以想出几句可怕的挑战话儿来。(托比、费边、玛丽娅下。)

　　　　奥丽维娅偕薇奥拉重上。

奥丽维娅　我对一颗石子样的心太多费唇舌了,卤莽地把我的名誉下了赌注。我心里有些埋怨自己的错;可是那是个极其倔强的错,埋怨只能招它一阵讪笑。

薇奥拉　我主人的悲哀也正和您这种痴情的样子相同。

奥丽维娅　拿着,为我的缘故把这玩意儿戴在你身上吧,那上面有我的小像。不要拒绝它，它不会多话讨你厌的。请你明天再过来。你无论向我要什么，只要于我的名誉没有妨碍，我都可以给你。

薇奥拉　我向您要的，只是请您把真心的爱给我的主人。

奥丽维娅　那我已经给了你了，怎么还能凭着我的名誉再给他呢？

薇奥拉　我可以奉还给你。

奥丽维娅　好，明天再来吧。

再见！像你这样一个恶魔，

我甘愿被你向地狱里拖。（下。）

托比·培尔契爵士及费边重上。

托　比　先生，上帝保佑你！

薇奥拉　上帝保佑您，爵士！

托　比　准备着防御吧。我不知道你做了什么对不起他的事情；可是你那位对头满心怀恨，一股子的杀气在园子尽头等着你呢。拔出你的剑来，赶快预备好；因为你的敌人是个敏捷精明而可怕的人。

薇奥拉　您弄错了，爵士，我相信没人会跟我争吵；我完全不记得我曾经得罪过什么人。

托　比　你会知道事情是恰恰相反的，我告诉你；所以要是你看重你的生命的话，留点神吧；因为你的冤家年轻力壮，武艺不凡，火气又那么大。

薇奥拉　请问爵士，他是谁呀？

托　比　他是个不靠军功而受封的骑士；可是跟人吵起架来，那简直是个魔鬼；他已经叫三个人的灵魂出壳了。现在他的怒气已经一发而不可收拾，非把人杀死送进坟墓里去决不甘心。他的格言是不管三七二十一，拼个你死我活。

薇奥拉　我要回到府里去请小姐派几个人给我保镖。我不会跟人打架。

我听说有些人故意向别人寻事,试验他们的勇气;这个人大概也是这一类的。

托　比　不,先生,他的发怒是有充分理由的,因为你得罪了他;所以你还是上去答应他的要求吧。你不能回到屋子里去,除非你在没有跟他交手之前先跟我比个高低。横竖都得冒险,你何必不去会会他呢?所以上去吧,把你的剑赤条条地拔出来;无论如何你非得动手不可,否则以后你再不用带剑了。

薇奥拉　这真是既无礼又古怪。请您帮我一下忙,去问问那骑士我得罪了他什么。那一定是我偶然的疏忽,决不是有意的。

托　比　我就去问他。费边先生,你陪着这位先生等我回来。(下。)

薇奥拉　先生,请问您知道这是怎么一回事吗?

费　边　我知道那骑士对您很不乐意,抱着拼命的决心;可是详细的情形却不知道。

薇奥拉　请您告诉我他是个什么样子的人?

费　边　照他的外表上看起来,并没有什么惊人的地方;可是您跟他一交手,就知道他的厉害了。他,先生,的确是您在伊利里亚无论哪个地方所碰得到的最有本领、最凶狠、最厉害的敌手。您就过去见他好不好? 我愿意替您跟他讲和,要是能够的话。

薇奥拉　那多谢您了。我是个宁愿亲近教士不愿亲近骑士的人;我这副小胆子,即使让别人知道了,我也不在乎。(同下。)

　　　　托比及安德鲁重上。

托　比　嘿,老兄,他才是个魔鬼呢;我从来不曾见过这么一个泼货。我跟他连剑带鞘较量了一回,他给我这么致命的一刺,简直无从招架;至于他还起手来,那简直像是你的脚踏在地上一样万无一失。他们说他曾经在波斯王宫里当过剑师。

安德鲁　糟了！我不高兴跟他动手。

托　比　好，但是他可不肯甘休呢；费边在那边简直拦不住他。

安德鲁　该死！早知道他有这种本领，我再也不去惹他的。假如他肯放
　　　　过这回，我情愿把我的灰色马儿送给他。

托　比　我去跟他说去。站在这儿，摆出些威势来；这件事情总可以和平
　　　　了结的。（旁白）你的马儿少不得要让我来骑，你可大大地给我捉
　　　　弄了。

　　　　　　费边及薇奥拉重上。

托　比　（向费边）我已经叫他把他的马儿送上议和。我已经叫他相信这
　　　　孩子是个魔鬼。

费　边　他也是十分害怕他，吓得心惊肉跳脸色发白，像是一头熊追在背
　　　　后似的。

托　比　（向薇奥拉）没有法子，先生；他因为已经发过了誓，非得跟你决斗
　　　　一下不可。他已经把这回吵闹考虑过，认为起因的确是微不足道的；
　　　　所以为了他所发的誓起见，拔出你的剑来吧，他声明他不会伤害
　　　　你的。

薇奥拉　（旁白）求上帝保佑我！一点点事情就会给他们知道我是不配当
　　　　男人的。

费　边　要是你见他势不可当，就让让他吧。

托　比　来，安德鲁爵士，没有办法，这位先生为了他的名誉起见，不得不
　　　　跟你较量一下，按着决斗的规则，他不能规避这一回事；可是他已经
　　　　答应我，因为他是个堂堂君子又是个军人，他不会伤害你的。来吧，
　　　　上去！

安德鲁　求上帝让他不要背誓！（拔剑。）

薇奥拉　相信我，这全然不是出于我的本意。（拔剑。）

安东尼奥上。

安东尼奥　放下你的剑。要是这位年轻的先生得罪了你,我替他担个不
　　是;要是你得罪了他,我可不肯对你甘休。(拔剑。)

托　比　你,朋友! 咦,你是谁呀?

安东尼奥　先生,我是他的好朋友;为了他的缘故,无论什么事情说得出
　　的便做得到。

托　比　好吧,你既然这样喜欢管人家的闲事,我就奉陪了。(拔剑。)

费　边　啊,好托比老爷,住手吧! 警官们来了。

托　比　过会儿再跟你算账。

薇奥拉　(向安德鲁)先生,请你放下你的剑吧。

安德鲁　好,放下就放下,朋友;我可以向你担保,我的话说过就算数。那
　　匹马你骑起来准很舒服,它也很听话。

二警吏上。

警吏甲　就是这个人;执行你的任务吧。

警吏乙　安东尼奥,我奉奥西诺公爵之命来逮捕你。

安东尼奥　你看错人了,朋友。

警吏甲　不,先生,一点没有错。我很认识你的脸,虽然你现在头上不戴
　　着水手的帽子。——把他带走,他知道我认识他的。

安东尼奥　我只好服从。(向薇奥拉)这场祸事都是因为要来寻找你而起;
　　可是没有办法,我必得服罪。现在我不得不向你要回我的钱袋了,你
　　预备怎样呢? 叫我难过的倒不是我自己的遭遇,而是不能给你尽一
　　点力。你吃惊吗? 请你宽心吧。

警吏乙　来,朋友,去吧。

安东尼奥　那笔钱我必须向你要几个。

薇奥拉　什么钱,先生? 为了您在这儿对我的好意相助,又看见您现在的

　　　　不幸,我愿意尽我的微弱的力量借给您几个钱;我是个穷小子,这儿
　　　　随身带着的钱,可以跟您平分。拿着吧,这是我一半的家私。

安东尼奥　你现在不认识我了吗? 难道我给你的好处不能使你心动吗?
　　　　别看着我倒霉好欺侮,要是激起我的性子来,我也会不顾一切,向你
　　　　——数说你的忘恩负义的。

薇奥拉　我一点不知道;您的声音相貌我也完全不认识。我痛恨人们的
　　　　忘恩,比之痛恨说谎、虚荣、饶舌、酗酒,或是其他存在于脆弱的人心
　　　　中的恶德还要厉害。

安东尼奥　唉,天哪!

警吏乙　好了,对不起,朋友,走吧。

安东尼奥　让我再说句话,你们瞧这个孩子,他是我从死神的掌握中夺了
　　　　来的,我用神圣的爱心照顾着他;我以为他的样子是个好人,才那样
　　　　看重着他。

警吏甲　那跟我们有什么相干呢? 别耽误了时间,去吧!

安东尼奥　可是唉! 这个天神一样的人,原来却是个邪魔外道! 西巴斯
　　　　辛,你未免太羞辱了你这副好相貌了。

　　　　　心上的瑕疵是真的垢污;

　　　　　无情的人才是残废之徒。

　　　　　善即是美;但美丽的奸恶,

　　　　　是魔鬼雕就文彩的空椟。

警吏甲　这家伙发疯了;带他去吧! 来,来,先生。

安东尼奥　带我去吧。(警吏带安东尼奥下。)

薇奥拉　他的话儿句句发自衷肠;

　　　　　他坚持不疑,我意乱心慌。

　　　　　但愿想象的事果真不错,

是他把妹妹错认作哥哥!

托　比　过来,骑士;过来,费边;让我们悄悄地讲几句聪明话。

薇奥拉　他说起西巴斯辛的名字,

我哥哥正是我镜中影子,

兄妹俩生就一般的形状,

再加上穿扮得一模一样;

但愿暴风雨真发了慈心,

无情的波浪变作了多情!(下。)

托　比　好一个刁滑的卑劣的孩子,比兔子还胆怯! 他坐视朋友危急而
不顾,还要装作不认识,可见他刁恶的一斑,至于他的胆怯呢,问费边
好了。

费　边　一个懦夫,一个把怯懦当神灵一样敬奉的懦夫。

安德鲁　他妈的,我要追上去把他揍一顿。

托　比　好,把他狠狠地揍一顿,可是别拔出你的剑来。

安德鲁　要是我不——(下。)

费　边　来,让我们去瞧去。

托　比　我可以赌无论多少钱,到头来不会有什么事发生的。(同下。)

第 四 幕

第一场　奥丽维娅宅旁街道

　　　　西巴斯辛及小丑上。

小　丑　你要我相信我不是差来请你的吗？

西巴斯辛　算了吧，算了吧，你是个傻瓜；给我走开去。

小　丑　装腔装得真好！是的，我不认识你；我的小姐也不会差我来请你
　　　　去讲话；你的名字也不是西萨里奥大爷。什么都不是。

西巴斯辛　请你到别处去大放厥词吧；你又不认识我。

小　丑　大放厥词！他从什么大人物那儿听了这句话，却来用在一个傻
　　　　瓜身上。大放厥词！我担心整个痴愚的世界都要装腔作态起来了。
　　　　请你别那么怯生生的，告诉我应当向我的小姐放些什么"厥词"。要
　　　　不要对她说你就来？

西巴斯辛　傻东西，请你走开吧；这儿有钱给你；要是你再不去，我可就要
　　　　不客气了。

小　丑　真的，你倒是很慷慨。这种聪明人把钱给傻子，就像用十四年的
　　　　收益来买一句好话。

　　　　安德鲁上。

安德鲁　呀,朋友,我又碰见你了吗? 吃这一下。(击西巴斯辛。)

西巴斯辛　怎么,给你尝尝这一下,这一下,这一下!(打安德鲁)所有的人们都疯了吗?

　　　　　托比及费边上。

托　比　停住,朋友,否则我要把你的刀子摔到屋子里去了。

小　丑　我就去把这事告诉我的小姐。我不愿凭两便士就代人受过。(下。)

托　比　(拉西巴斯辛)算了,朋友,住手吧。

安德鲁　不,让他去吧。我要换一个法儿对付他。要是伊利里亚是有法律的话,我要告他非法殴打的罪;虽然是我先动手,可是那没有关系。

西巴斯辛　放下你的手!

托　比　算了吧,朋友,我不能放走你。来,我的青年的勇士,放下你的家伙。你打架已经打够了;来吧。

西巴斯辛　你别想抓住我。(挣脱)现在你要怎样? 要是你有胆子的话,拔出你的剑来吧。

托　比　什么! 什么! 那么我倒要让你流几滴莽撞的血呢。(拔剑。)

　　　　　奥丽维娅上。

奥丽维娅　住手,托比! 我命令你!

托　比　小姐!

奥丽维娅　有这等事吗? 忘恩的恶人! 只配住在从来不懂得礼貌的山林和洞窟里的。滚开! ——别生气,亲爱的西萨里奥。——莽汉,走开!(托比、安德鲁、费边同下)好朋友,你是个有见识的人,这回的惊扰实在太失礼、太不成话了,请你不要生气。跟我到舍下去吧;我可以告诉你这个恶人曾经多少次无缘无故地惹是招非,你听了就可以把这回事情一笑置之了。你一定要去的;

別推托！他灵魂该受天戮，

为你惊起了我心头小鹿。

西巴斯辛　滋味难名，不识其中奥妙；

是疯眼昏迷？是梦魂颠倒？

愿心魂永远在忘河沉浸；

有这般好梦再不须梦醒！

奥丽维娅　请你来吧；你得听我的话。

西巴斯辛　小姐，遵命。

奥丽维娅　但愿这回非假！（同下。）

第二场　奥丽维娅宅中一室

玛利娅及小丑上；马伏里奥在相接的暗室内。

玛利娅　噢，我请你把这件袍子穿上，这把胡须套上，让他相信你是副牧
师托巴斯师傅。快些，我就去叫托比老爷来。（下。）

小　丑　好，我就穿起来，假装一下；我希望我是第一个扮作这种样子的。
我的身材不够高，穿起来不怎么神气；略为胖一点，也不像个用功念
书的：可是给人称赞一声是个老实汉子和很好的当家人，也就跟一个
用心思的读书人一样好了。——那两个同党的来了。

托比·培尔契爵士及玛利娅上。

托　比　上帝祝福你，牧师先生！

小　丑　早安，托比大人！目不识丁的布拉格的老隐士曾经向高波杜克
王的侄女说过这么一句聪明话："是什么，就是什么。"因此，我既是牧
师先生，也就是牧师先生；因为"什么"即是"什么"，"是"即是"是"。

托　比　走过去，托巴斯师傅。

小　丑　呃哼,喂! 这监狱里平安呀!

托　比　这小子装得很像,好小子。

马伏里奥　(在内)谁在叫?

小　丑　副牧师托巴斯师傅来看疯人马伏里奥来了。

马伏里奥　托巴斯师傅,托巴斯师傅,托巴斯好师傅,请您到我小姐那儿去一趟。

小　丑　滚你的,胡言乱道的魔鬼! 瞧这个人给你缠得这样子! 只晓得嚷小姐吗?

托　比　说得好,牧师先生。

马伏里奥　(在内)托巴斯师傅,从来不曾有人给人这样冤枉过。托巴斯好师傅,别以为我疯了。他们把我关在这个暗无天日的地方。

小　丑　啐,你这不老实的撒旦! 我用最客气的称呼叫你,因为我是个最有礼貌的人,即使对于魔鬼也不肯失礼。你说这屋子是黑的吗?

马伏里奥　像地狱一样,托巴斯师傅。

小　丑　嘿,它的凸窗像壁垒一样透明,它的向着南北方的顶窗像乌木一样发光呢;你还说看不见吗?

马伏里奥　我没有发疯,托巴斯师傅。我对您说,这屋子是黑的。

小　丑　疯子,你错了。我对你说,世间并无黑暗,只有愚昧。埃及人在大雾中辨不清方向,还不及你在愚昧里那样发昏。

马伏里奥　我说,这座屋子简直像愚昧一样黑暗,即使愚昧是像地狱一样黑暗。我说,从来不曾有人给人这样欺侮过。我并不比您更疯;您不妨提出几个合理的问题来问我,试试我疯不疯。

小　丑　毕达哥拉斯对于野鸟有什么意见?

马伏里奥　他说我们祖母的灵魂也许曾经在鸟儿的身体里寄住过。

小　丑　你对于他的意见觉得怎样?

马伏里奥　我认为灵魂是高贵的，绝对不赞成他的说法。

小　丑　再见，你在黑暗里住下去吧。等到你赞成了毕达哥拉斯的说法
　　　　之后，我才可以承认你的头脑健全。留心别打山鹬，因为也许你要害
　　　　得你祖母的灵魂流离失所了。再见。

马伏里奥　托巴斯师傅！托巴斯师傅！

托　比　我的了不得的托巴斯师傅！

小　丑　嘿，我可真是多才多艺呢。

玛利娅　你就是不挂胡须不穿道袍也没有关系；他又看不见你。

托　比　你再用你自己的口音去对他说话；怎样的情形再来告诉我。我
　　　　希望这场恶作剧快快告个段落。要是不妨把他释放，我看就放了他
　　　　吧；因为我已经大大地失去了我侄女的欢心，倘把这玩意儿尽管闹下
　　　　去，恐怕不大妥当。等会儿到我的屋子里来吧。（托比、玛利娅下。）

小　丑

　　　　嗨，罗宾，快活的罗宾哥，

　　　　问你的姑娘近况如何。

马伏里奥　傻子！

小　丑

　　　　不骗你，她心肠有点硬。

马伏里奥　傻子！

小　丑

　　　　唉，为了什么原因，请问？

马伏里奥　喂，傻子！

小　丑

　　　　她已经爱上了别人。

　　　——嘿！谁叫我？

马伏里奥　好傻子,谢谢你给我拿一支蜡烛、笔、墨水和纸张来,以后我不会亏待你的。君子不扯谎,我永远感你的恩。

小　丑　马伏里奥大爷吗?

马伏里奥　是的,好傻子。

小　丑　唉,大爷,您怎么会发起疯来呢?

马伏里奥　傻子,从来不曾有人给人这样欺侮过。我的头脑跟你一样清楚呢,傻子。

小　丑　跟我一样?那么您真的是疯了,要是您的头脑跟傻子差不多。

马伏里奥　他们把我当做一件家具看待,把我关在黑暗里,差牧师们——那些蠢驴子!——来看我,千方百计想把我弄昏了头。

小　丑　您说话留点神吧;牧师就在这儿呢。——马伏里奥,马伏里奥,上天保佑你明白过来吧!好好地睡睡觉儿,别噜哩噜嗦地讲空话。

马伏里奥　托巴斯师傅!

小　丑　别跟他说话,好伙计。——谁?我吗,师傅?我可不要跟他说话哩,师傅。上帝和您同在,好托巴斯师傅!——呃,阿门!——好的,师傅,好的。

马伏里奥　傻子,傻子,傻子,我对你说!

小　丑　唉,大爷,您耐心吧!您怎么说,师傅?——师傅怪我跟您说话哩。

马伏里奥　好傻子,给我拿一点儿灯火和纸张来。我对你说,我跟伊利里亚无论哪个人一样头脑清楚呢。

小　丑　唉,我巴不得这样呢,大爷!

马伏里奥　我可以举手发誓我没有发疯。好傻子,拿墨水、纸和灯火来;我写好之后,你去替我送给小姐。你送了这封信去,一定会到手一笔空前的大赏赐的。

小　丑　我愿意帮您的忙。但是老实告诉我，您是不是真的疯了，还是装疯？

马伏里奥　相信我，我没有发疯，我老实告诉你。

小　丑　嘿，我可信不过一个疯子的话，除非我能看见他的脑子。我去给您拿蜡烛、纸和墨水。

马伏里奥　傻子，我一定会重重报答你。请你去吧。

小　丑

　　　　　大爷我去了，

　　　　　请您不要吵，

　　　　不多一会的时光，

　　　　小鬼再来见魔王；

　　　　　手拿木板刀，

　　　　　胸中如火烧，

　　　　向着魔鬼打哈哈，

　　　　样子像个疯娃娃：

　　　　　爹爹不要恼，

　　　　　给您剪指爪，

　　　　再见，我的魔王爷！（下。）

第三场　奥丽维娅的花园

西巴斯辛上。

西巴斯辛　这是空气；那是灿烂的太阳；这是她给我的珍珠，我看得见也摸得到：虽然怪事这样包围着我，然而却不是疯狂。那么安东尼奥到哪儿去了呢？我在大象旅店里找不到他；可是他曾经到过那边，据说他到城中各处寻找我去了。现在我很需要他的指教;因为虽然我心里很觉得这也许是出于错误,而并非是一种疯狂的举动,可是这种意外和飞来的好运太有些未之前闻,无可理解了,我简直不敢相信我的眼睛;无论我的理智怎样向我解释,我总觉得不是我疯了便是这位小姐疯了。可是,真是这样的话,她一定不会那样井井有条,神气那么端庄地操持她的家务,指挥她的仆人,料理一切的事情,如同我所看见的那样。其中一定有些蹊跷。她来了。

　　　　奥丽维娅及一牧师上。

奥丽维娅　不要怪我太性急。要是你没有坏心肠的话,现在就跟我和这位神父到我家的礼拜堂里去吧;当着他的面,在那座圣堂的屋顶下,你要向我充分证明你的忠诚,好让我小气的、多疑的心安定下来。他可以保守秘密,直到你愿意宣布出来按照着我的身份的婚礼将在什么时候举行。你说怎样?

西巴斯辛　我愿意跟你们两位前往;

　　　　　立过的盟誓永没有欺罔。

奥丽维娅　走吧,神父;但愿天公作美,

　　　　　一片阳光照着我们酣醉!(同下。)

第 五 幕

第一场　奥丽维娅宅前街道

小丑及费边上。

费　边　看在咱们交情的分上,让我瞧一瞧他的信吧。

小　丑　好费边先生,允许我一个请求。

费　边　尽管说吧。

小　丑　别向我要这封信看。

费　边　这就是说,把一条狗给了人,要求的代价是,再把那条狗要还。

公爵、薇奥拉、丘里奥及侍从等上。

公　爵　朋友们,你们是奥丽维娅小姐府中的人吗?

小　丑　是的,殿下;我们是附属于她的一两件零星小物。

公　爵　我认识你;你好吗,我的好朋友?

小　丑　不瞒您说,殿下,我的仇敌使我好些,我的朋友使我坏些。

公　爵　恰恰相反,你的朋友使你好些。

小　丑　不,殿下,坏些。

公　爵　为什么呢?

小　丑　呃,殿下,他们称赞我,把我当作驴子一样愚弄;可是我的仇敌却坦白地告诉我说我是一头驴子;因此,殿下,多亏我的仇敌我才能明白我自己,我的朋友却把我欺骗了;因此,结论就像接吻一样,说四声"不"就等于说两声"请",这样一来,当然是朋友使我坏些,仇敌使我好些了。

公　爵　啊,这说得好极了!

小　丑　凭良心说,殿下,这一点不好;虽然您愿意做我的朋友。

公　爵　我不会使你坏些;这儿是钱。

小　丑　倘不是恐怕犯了骗人钱财的罪名,殿下,我倒希望您把它再加一倍。

公　爵　啊,你给我出的好主意。

小　丑　把您的慷慨的手伸进您的袋里去,殿下;只这一次,不要犹疑吧。

公　爵　好吧,我姑且来一次罪上加罪,拿去。

小　丑　掷骰子有幺二三;古话说,"一不做,二不休,三回才算数";跳舞要用三拍子;您只要听圣班纳特教堂的钟声好了,殿下——一,二,三。

公　爵　你这回可骗不动我的钱了。要是你愿意去对你小姐说我在这儿要见她说话,同着她到这儿来,那么也许会再唤醒我的慷慨来的。

小　丑　好吧,殿下,给您的慷慨唱个安眠歌,等着我回来吧。我去了,殿下;可是我希望您明白我的要钱并不是贪财。好吧,殿下,就照您的话,让您的慷慨打个盹儿,我等一会儿再来叫醒他吧。(下。)

薇奥拉　殿下,这儿来的人就是搭救了我的。

　　　　安东尼奥及警吏上。

公　爵　他那张脸我记得很清楚;可是上次我见他的时候,他脸上涂得黑黑的,就像烽烟里的乌尔冈一样。他是一只吃水量和体积都很小的舰上的舰长,可是却使我们舰队中最好的船只大遭损失,就是心怀嫉恨的、给他打败的人也不得不佩服他。为了什么事？

警　吏　启禀殿下，这就是在坎迪地方把"凤凰号"和它的货物劫了去的
　　　　安东尼奥；也就是在"猛虎号"上把您的侄公子泰特斯削去了腿的那
　　　　人。我们在这儿的街道上看见他穷极无赖，在跟人家打架，因此抓了
　　　　来了。

薇奥拉　殿下，他曾经拔刀相助，帮过我忙，可是后来却对我说了一番奇
　　　　怪的话，似乎发了疯似的。

公　爵　好一个海盗！在水上行窃的贼徒！你怎么敢凭着你的愚勇，投
　　　　身到被你用血肉和巨量的代价结下冤仇的人们的手里呢？

安东尼奥　尊贵的奥西诺，请许我洗刷去您给我的称呼；安东尼奥从来不
　　　　曾做过海盗或贼徒，虽然我有充分的理由和原因承认我是奥西诺的
　　　　敌人。一种魔法把我吸引到这儿来的。在您身边的那个最没有良心的
　　　　孩子，是我从汹涌的怒海的吞噬中救了出来的，否则他已经毫无希望
　　　　了。我给了他生命，又把我的友情无条件地完全给了他；为了他的缘
　　　　故，纯粹出于爱心，我冒着危险出现在这个敌对的城里，见他给人包
　　　　围了，就拔剑相助；可是我遭了逮捕，他的狡恶的心肠因恐我连累他
　　　　受罪，便假装不认识我，一霎眼就像已经睽违了二十年似的，甚至于
　　　　我在半点钟前给他任意使用的我自己的钱袋，也不肯还给我。

薇奥拉　怎么会有这种事呢？

公　爵　他在什么时候到这城里来的？

安东尼奥　今天，殿下；三个月来，我们朝朝夜夜都在一起，不曾有一分钟
　　　　分离过。

　　　　　　奥丽维娅及侍从等上。

公　爵　这里来的是伯爵小姐，天神降临人世了！——可是你这家伙，完
　　　　全在说疯话；这孩子已经侍候我三个月了。那种话等会儿再说吧。

把他带到一旁去。

奥丽维娅　殿下有什么下示？除了断难遵命的一件事之外，凡是奥丽维娅力量所能及的，一定愿意效劳。——西萨里奥，你失了我的约啦。

薇奥拉　小姐！

公　爵　温柔的奥丽维娅！——

奥丽维娅　你怎么说，西萨里奥？——殿下——

薇奥拉　我的主人要跟您说话；地位关系我不能开口。

奥丽维娅　殿下，要是您说的仍旧是那么一套，我可已经听厌了，就像奏过音乐以后的叫号一样令人不耐。

公　爵　仍旧是那么残酷吗？

奥丽维娅　仍旧是那么坚定，殿下。

公　爵　什么，坚定得不肯改变一下你的乖僻吗？你这无礼的女郎！向着你的无情的不仁的祭坛，我的灵魂已经用无比的虔诚吐露出最忠心的献礼。我还有什么办法呢？

奥丽维娅　办法就请殿下自己斟酌吧。

公　爵　假如我狠得起那么一条心，为什么我不可以像临死时的埃及大盗①一样，把我所爱的人杀死了呢？蛮性的嫉妒有时也带着几分高贵的气质。但是你听着我吧：既然你漠视我的诚意，我也有些知道谁在你的心中夺去了我的位置，你就继续做你的铁石心肠的暴君吧；可是你所爱着的这个宝贝，我当天发誓我曾经那样宠爱着他，我要把他从你的那双冷酷的眼睛里除去，免得他傲视他的主人。来，孩子，跟我来。我的恶念已经成熟：

　　　我要牺牲我钟爱的羔羊，

———————

① 事见赫利俄多洛斯（Heliodorus）所著希腊浪漫故事《埃塞俄比亚人》（*Ethiopica*）。

　　　　　　白鸽的外貌乌鸦的心肠。（走。）

薇奥拉　我甘心愿受一千次死罪，

　　　　　　只要您的心里得到安慰。（随行。）

奥丽维娅　西萨里奥到哪儿去？

薇奥拉　追随我所爱的人，

　　　　　　我爱他甚于生命和眼睛，

　　　　　　远过于对于妻子的爱情。

　　　　　　愿上天鉴察我一片诚挚，

　　　　　　倘有虚谎我决不辞一死！

奥丽维娅　嗳哟，他厌弃了我！我受了欺骗了！

薇奥拉　谁把你欺骗？谁给你受气？

奥丽维娅　才不久你难道已经忘记？——请神父来。（一侍从下。）

公　爵　（向薇奥拉）去吧！

奥丽维娅　到哪里去，殿下？西萨里奥，我的夫，别去！

公　爵　你的夫？

奥丽维娅　是的，我的夫；他能抵赖吗？

公　爵　她的夫，嘿？

薇奥拉　不，殿下，我不是。

奥丽维娅　唉！是你的卑怯的恐惧使你否认了自己的身份。不要害怕，
　　　　西萨里奥；别放弃了你的地位。你知道你是什么人，要是承认了出
　　　　来，你就跟你所害怕的人并肩相埒了。

　　　　　牧师上。

奥丽维娅　啊，欢迎，神父！神父，我请你凭着你的可尊敬的身份，到这里
　　　　来宣布你所知道的关于这位少年和我之间不久以前的事情；虽然我
　　　　们本来预备保守秘密，但现在不得不在时机未到之前公布了。

牧　　师　一个永久相爱的盟约,已经由你们两人握手缔结,用神圣的吻证
　　　　明,用戒指的交换确定了。这婚约的一切仪式,都由我主持作证;照
　　　　我的表上所指示,距离现在我不过向我的坟墓走了两小时的行程。

公　　爵　唉,你这骗人的小畜生! 等你年纪一大了起来,你会是个怎样的
　　　　人呢?

　　　　　　　　　也许你过分早熟的奸诡,

　　　　　　　　　反会害你自己身败名毁。

　　　　　　　　　别了,你尽管和她论嫁娶;

　　　　　　　　　可留心以后别和我相遇。

薇奥拉　殿下,我要声明——

奥丽维娅　　　　　不要发誓;

　　　　放大胆些,别亵渎了神祇!

　　　　　　　安德鲁·艾古契克爵士头破血流上。

安德鲁　看在上帝的分上,叫个外科医生来吧! 立刻去请一个来瞧瞧托
　　　　比爵士。

奥丽维娅　什么事?

安德鲁　他把我的头给打破了,托比爵士也给他弄得满头是血。看在上
　　　　帝的分上,救救命吧! 谁要是给我四十镑钱,我也宁愿回到家里去。

奥丽维娅　谁干了这种事,安德鲁爵士?

安德鲁　公爵的跟班名叫西萨里奥的。我们把他当作一个屠头,哪晓得
　　　　他简直是个魔鬼。

公　　爵　我的跟班西萨里奥?

安德鲁　他妈的! 他就在这儿。你无缘无故敲破我的头! 我不过是给托
　　　　比爵士怂恿了才动手的。

薇奥拉　你为什么对我说这种话呢? 我没有伤害你呀。你自己无缘无故

向我拔剑；可是我对你很客气，并没有伤害你。

安德鲁　假如一颗血淋淋的头可以算得是伤害的话，你已经把我伤害了；我想你以为满头是血，是算不了一回事的。托比爵士一跷一拐地来了——

　　　　托比·培尔契爵士由小丑搀扶醉步上。

安德鲁　你等着瞧吧：如果他刚才不是喝醉了，你一定会尝到他的厉害手段。

公　爵　怎么，老兄！你怎么啦？

托　比　有什么关系？他把我打坏了，还有什么别的说的？傻瓜，你有没有看见狄克医生，傻瓜？

小　丑　喔！他在一个钟头之前喝醉了，托比老爷；他的眼睛在早上八点钟就昏花了。

托　比　那么他便是个踱着八字步的混蛋。我顶讨厌酒鬼。

奥丽维娅　把他带走！谁把他们弄成这样子的？

安德鲁　我来扶着您吧，托比爵士；咱们一块儿裹伤口去。

托　比　你来扶着我？蠢驴，傻瓜，混蛋，瘦脸的混蛋，笨鹅！

奥丽维娅　招呼他上床去，好好看顾一下他的伤口。（小丑、费边、托比、安德鲁同下。）

　　　　西巴斯辛上。

西巴斯辛　小姐，我很抱歉伤了令亲；可是即使他是我的同胞兄弟，为了自卫起见我也只好出此手段。您用那样冷淡的眼光瞧着我，我知道我一定冒犯了您了；原谅我吧，好人，看在不久以前我们彼此立下的盟誓分上。

公　爵　一样的面孔，一样的声音，一样的装束，化成了两个身体；一副天然的幻镜，真实和虚妄的对照！

西巴斯辛　安东尼奥！啊，我的亲爱的安东尼奥！自从我不见了你之后，
　　我的时间过得多么痛苦啊！

安东尼奥　你是西巴斯辛吗？

西巴斯辛　难道你不相信是我吗，安东尼奥？

安东尼奥　你怎么会分身呢？把一只苹果切成两半，也不会比这两人更
　　为相像。哪一个是西巴斯辛？

奥丽维娅　真奇怪呀！

西巴斯辛　那边站着的是我吗？我从来不曾有过一个兄弟；我又不是一
　　尊无所不在的神明。我只有一个妹妹，但已经被盲目的波涛卷去了。
　　对不住，请问你我之间有什么关系？你是哪一国人？叫什么名字？
　　谁是你的父母？

薇奥拉　我是梅萨林人。西巴斯辛是我的父亲；我的哥哥也是一个像你
　　一样的西巴斯辛，他葬身于海洋中的时候也穿着像你一样的衣服。
　　要是灵魂能够照着在生时的形状和服饰出现，那么你是来吓我们的。

西巴斯辛　我的确是一个灵魂；可是还没有脱离我的生而具有的物质的
　　皮囊。你的一切都能符合，只要你是个女人，我一定会让我的眼泪滴
　　在你的脸上，而说，"大大地欢迎，溺死了的薇奥拉！"

薇奥拉　我的父亲额角上有一颗黑痣。

西巴斯辛　我的父亲也有。

薇奥拉　他死的时候薇奥拉才十三岁。

西巴斯辛　唉！那记忆还鲜明地留在我的灵魂里。他的确在我妹妹刚满
　　十三岁的时候完毕了他人世的任务。

薇奥拉　假如只是我这一身僭妄的男装阻碍了我们彼此的欢欣，那么等
　　一切关于地点、时间、遭遇的枝节完全衔接，证明我确是薇奥拉之后，
　　再拥抱我吧。我可以叫一个在这城中的船长来为我证明，我的女衣

便是寄放在他那里的；多亏他的帮忙，我才侥幸保全了生命，能够来
侍候这位尊贵的公爵。此后我便一直奔走于这位小姐和这位贵人
之间。

西巴斯辛 （向奥丽维娅）小姐；原来您是弄错了；但那也是心理上的自然
的倾向。您本来要跟一个女孩子订婚；可是拿我的生命起誓，您的希
望并没有落空。您现在同时是一个女人和一个男人的未婚妻了。

公　爵 不要惊骇；他的血统也很高贵。要是这回事情果然是真，看来似
乎不是一面骗人的镜子，那么在这番最幸运的覆舟里我也要沾点儿
光。（向薇奥拉）孩子，你曾经向我说过一千次决不会像爱我一样爱着
一个女人。

薇奥拉 那一切的话我愿意再发誓证明；那一切的誓我都要坚守在心中，
就像分隔昼夜的天球中蕴藏着的烈火一样。

公　爵 把你的手给我；让我瞧你穿了女人的衣服是什么样子。

薇奥拉 把我带上岸来的船长那里存放着我的女服；可是他现在跟这儿
小姐府上的管家马伏里奥有点讼事，被拘留起来了。

奥丽维娅 一定要他把他放出来。去叫马伏里奥来。——唉。我现在记
起来了，他们说，可怜的人，他的神经病很厉害呢。因为我自己在大
发其疯，所以把他的疯病完全忘记了。

　　　　小丑持信及费边上。

奥丽维娅 他怎样啦，小子？

小　丑 启禀小姐，他总算很尽力抵挡着魔鬼。他写了一封信给您。我
本该今天早上就给您的；可是疯人的信不比福音，送没送到都没甚
关系。

奥丽维娅 拆开来读给我听。

小　丑 傻子要念疯子的话了，请你们洗耳恭听。（读）"凭着上帝的名义，

小姐——"

奥丽维娅　怎么! 你疯了吗?

小　　丑　不,小姐,我在读疯话呢。您小姐既然要我读这种东西,那么您
　　　　　就得准许我疯声疯气地读。

奥丽维娅　请你读得清楚一些。

小　　丑　我正是在这样做,小姐;可是他的话怎么清楚,我就只能怎么读。
　　　　　所以,我的好公主,请您还是全神贯注,留意倾听吧。

奥丽维娅　(向费边)喂,还是你读吧。

费　　边　(读)"凭着上帝的名义,小姐,您屈待了我;全世界都要知道这回
　　　　　事。虽然您已经把我幽闭在黑暗里,叫您的醉酒的令叔看管我,可是
　　　　　我的头脑跟您小姐一样清楚呢。您自己骗我打扮成那个样子,您的
　　　　　信还在我手里;我很可以用它来证明我自己的无辜,可是您的脸上却
　　　　　不好看哩。随您把我怎么看待吧。因为冤枉难明,不得不暂时僭越
　　　　　了奴仆的身份,请您原谅。被虐待的马伏里奥上。"

奥丽维娅　这封信是他写的吗?

小　　丑　是的,小姐。

公　　爵　这倒不像是个疯子的话哩。

奥丽维娅　去把他放出来,费边;带他到这儿来。(费边下)殿下,等您把这
　　　　　一切再好好考虑一下之后,如果您不嫌弃,肯认我作一个亲戚,而不
　　　　　是妻子,那么同一天将庆祝我们两家的婚礼,地点就在我家,费用也
　　　　　由我来承担。

公　　爵　小姐,多蒙厚意,敢不领情。(向薇奥拉)你的主人解除了你的职
　　　　　务了。你事主多么勤劳,全然不顾那种职务多么不适于你的娇弱的
　　　　　身份和优雅的教养;你既然一直把我称作主人,从此以后,你便是你
　　　　　主人的主妇了。握着我的手吧。

奥丽维娅　你是我的妹妹了!

　　　　　　费边偕马伏里奥重上。

公　　爵　这便是那个疯子吗?

奥丽维娅　是的,殿下,就是他。——怎样,马伏里奥!

马伏里奥　小姐,您屈待了我,大大地屈待了我!

奥丽维娅　我屈待了你吗,马伏里奥? 没有的事。

马伏里奥　小姐,您屈待了我。请您瞧这封信。您能抵赖说那不是您写
　　　　的吗? 您能写几笔跟这不同的字,几句跟这不同的句子吗? 您能说
　　　　这不是您的图章,不是您的大作吗? 您可不能否认。好,那么承认了
　　　　吧;凭着您的贞洁告诉我:为什么您向我表示这种露骨的恩意,吩咐
　　　　我见您的时候脸带笑容,扎着十字交叉的袜带,穿着黄袜子,对托比
　　　　大人和底下人要皱眉头? 我满心怀着希望,一切服从您,您怎么要把
　　　　我关起来,禁锢在暗室里,叫牧师来看我,给人当作闻所未闻的大傻
　　　　瓜愚弄? 告诉我为什么?

奥丽维娅　唉! 马伏里奥,这不是我写的,虽然我承认很像我的笔迹;但
　　　　这一定是玛利娅写的。现在我记起来了,第一个告诉我你发疯了的
　　　　就是她;那时你便一路带笑而来,打扮和动作的样子就跟信里所说的
　　　　一样。你别恼吧;这场诡计未免太恶作剧,等我们调查明白原因和主
　　　　谋的人之后,你可以自己兼作原告和审判官来判断这件案子。

费　　边　好小姐,听我说,不要让争闹和口角来打断了当前这个使我惊喜
　　　　交加的好时光。我希望您不会见怪,我坦白地承认是我跟托比老爷
　　　　因为看不上眼这个马伏里奥的顽固无礼,才想出这个计策来。因为
　　　　托比老爷央求不过,玛利娅才写了这封信;为了酬劳她,他已经跟她
　　　　结了婚了。假如把两方所受到的难堪衡情酌理地判断起来,那么这
　　　　种恶作剧的戏谑可供一笑,也不必计较了吧。

奥丽维娅　唉，可怜的傻子，他们太把你欺侮了！

小　丑　嘿，"有的人是生来的富贵，有的人是挣来的富贵，有的人是送上来的富贵。"这本戏文里我也是一个角色呢，大爷；托巴斯师傅就是我，大爷；但这没有什么相干。"凭着上帝起誓，傻子，我没有疯。"可是您记得吗？"小姐，您为什么要对这么一个没头脑的混蛋发笑？您要是不笑，他就开不了口啦。"六十年风水轮流转，您也遭了报应了。

马伏里奥　我一定要出这一口气，你们这批东西一个都不放过。（下。）

奥丽维娅　他给人欺侮得太不成话了。

公　爵　追他回来，跟他讲个和；他还不曾把那船长的事告诉我们哩。等我们知道了以后，假如时辰吉利，我们便可以举行郑重的结合的典礼。贤妹，我们现在还不会离开这儿。西萨里奥，来吧；当你还是一个男人的时候，你便是西萨里奥——

　　　　等你换过了别样的衣裙，

　　　　你才是奥西诺心上情人。（除小丑外均下。）

歌

小　丑

　　　　当初我是个小儿郎，

　　　　　嗨，呵，一阵雨儿一阵风；

　　　　做了傻事毫不思量，

　　　　　朝朝雨雨呀又风风。

　　　　年纪长大啦不学好，

　　　　　嗨，呵，一阵雨儿一阵风；

　　　　闭门羹到处吃个饱，

　　　　　朝朝雨雨呀又风风。

娶了老婆，唉！要照顾，

　　嗨，呵，一阵雨儿一阵风；

法螺医不了肚子饿，

　　朝朝雨雨呀又风风。

一壶老酒往头里灌，

　　嗨，呵，一阵雨儿一阵风；

掀开了被窝三不管，

　　朝朝雨雨呀又风风。

开天辟地有几多年，

　　嗨，呵，一阵雨儿一阵风；

咱们的戏文早完篇，

　　愿诸君欢喜笑融融！（下。）

言在爱与欢闹之中，意在爱与欢闹之外

——读莎士比亚喜剧五种

◎ 张　冲

收于这部集子中的五个剧本，每一件都堪称莎士比亚喜剧精品。

《仲夏夜之梦》属莎士比亚早期作品，是一出主要供视觉享受的庆典喜剧，戏中的热闹与狂欢及众多现在看来有些无厘头的剧情，在一定程度上更取悦看戏的人们。特别是那一群在雅典城外树林里寻欢作乐的三教九流之徒，以及仙王仙后和小冒失迫克，这些角色也许会让读者失望，因为他们的段子并没有为思想或情感提供足够的食粮，但观众一定开心，因为他们营造出并烘托着全剧如梦如幻的浪漫情境。

《温莎的风流娘儿们》则被誉为莎士比亚最纯粹也是最现实的喜剧，剧情所呈现的英国乡村生活，几乎可作为社会学研究的范本。剧中两位贵妇人得心应手地戏弄老想偷腥的烂胖子福斯塔夫，一定让伊丽莎白女王捧腹不已，要知道，女王当年可是爱死了莎士比亚原本写在严肃历史剧中的这个破落贵族的。不过现在看来，该剧向来不太受到重视的那条副线，似乎大有可以玩味的意思：一对热恋的年轻人瞒过古板世俗的家长，心与情的交融战胜了金钱与门第的阻挠。这样的事情，当今虽多为可望而不可即，但也未必绝无可能。

莎氏紧接着写成的《无事生非》，通过一对欢喜冤家的针尖麦芒，再次证明地球本来就是圆的，背向走到足够远，结果一定是面对面；而当事人也许并不明白,斗嘴能斗到这个份上,不是缘分还是什么? 因此,朋友的苦心撮合,当然是无事生非之举了。不过,译成汉语的这个标题也许还可以读成:"无事",所以"生非",倘如此,则恰好诠释了剧中另一对有金童玉女之誉的恋人的故事:门当户对的金玉良缘,就那么经不起心思阴暗者的挑拨,差一点就让事态覆水难收。

《第十二夜》是又一出庆典戏剧,据说是为圣诞后第十二夜所定制,多少有点类似贺岁。剧中,孪生兄妹西巴斯辛和薇奥拉在海难中各分东西,妹妹改扮男装在公爵府中觅得工作,对主人一见钟情却无法启口。更麻烦的是,她(他)随即被委以重任,替公爵前去向一位正为兄长守丧的美女求爱,却遭遇后者的一见钟情。旁观这三人之间的阴错阳差,在身份误判的语境中谬(妙)语连连,观众也好,读者也罢,怎一个乐字了得。

初一看,把《威尼斯商人》也放在本集中,多少有些勉强。即使我们循着几十年前"扬善惩恶"的思路,把"一磅肉的故事"读成正义战胜邪恶、友谊战胜仇恨、慷慨战胜吝啬、大度战胜贪婪等等,但看着法庭上被剥夺了一切的夏洛克黯然离场,即使能笑,那笑声也断然与前面四部喜剧所引发的笑声不一样。当然,气氛营造大师莎士比亚自有一套,他在凝重的庭审一场中埋下了"指环"伏笔,使两位丈夫在最后一场戏中为证明自己的清白而尴尬不已,让观众读者忍俊不禁。当大度的夫人用指环再次牢牢套定各自的丈夫,在一片浪漫的音乐声中,众人似乎忘记了依然有一人向隅,全剧在满屋尽欢中落幕。

因此,在收入本集的莎士比亚喜剧中,有浪漫爱情,有欢笑闹腾,有集机智和无厘头于一体的经典台词,更有隐含在娱乐之中和娱乐背后的问题及对问题的思考。这里的问题,不仅是一眼可见的问题,如《威尼斯商人》中基督徒与犹太教徒之间的偏见与忌恨,更多的问题深藏在表面的问题背后,就连剧情中的爱情婚姻和笑闹,其背后也隐约地透着点问题,点破了，都与当代的我们相关，而这样的相关，正是当代的我们读经典的莎士比亚所能获得的乐趣和教益。

莎士比亚喜剧中的浪漫爱情，其实十分的简单直率，比不上古今中外那些情节如回肠九转、令人感伤的作品，不过集子所收的几部戏，倒也展现了爱情的五光十色。《仲夏夜之梦》里的爱情，是爱着的不能爱、不爱的偏要爱，两对年轻恋人我躲你追，一番雅典城外那座树林里的神奇经历之后，终于理顺情感归属，爱情各归其所。《风流娘儿》中有色心无色胆的福斯塔夫自然与爱情分毫不沾，爱吃醋的福德先生当然也不会为爱尝酸，但姑娘安和小伙范顿倒是爱得纯真，坚定地走在不论门第、不看金钱的感情道路上，忤逆了自作精明的家长，躲开了安排好的婚姻，两人终成眷属。在物欲横流的时下，那些恋人们或许会用一句"奥特（OUT）啦"以示不屑，但谁知他们内心的某个地方，不会存着对这样的爱情"奇葩"的一丝幻想呢？

《无事生非》中的爱情故事告诉我们一个十分浅显的道理：斗嘴的未必是仇人，而公认的"绝配"却常常会出问题。因此，见男女（无论是情人还是夫妻）掐架，不要急着做老娘舅，而按数字公式做出的配对，则可能离完美的距离更远一些。剧中的贝特丽丝和培尼狄克，相互颇不待见，针尖麦芒地吵个没完，还指天发誓，说一辈子不娶不嫁，却不知，各自的真性情就这样流露出来，把两人拉到了一起。想想也是，两人真要换了安静柔顺的另一半，恐怕还真无法适应，处处觉得不对路子呢。那另一对"天赐良缘"希罗和克劳狄奥，特别是小伙子，怎么就那么容易轻信别人的谗言，轻信（他人和自己）的结果，差一点毁了一位好姑娘，也毁了自己的好事。相比较而言，《第十二夜》中的一见钟情（甚至未见就已钟情），虽然让人有不可思议的感觉，那几位卷在其中的人物，倒也爱得坦诚坚定，硬是一步一步，靠自己走出了因兄妹孪生而起的误会线团，走进了自己心里想去的那个地方:爱情与婚姻的殿堂。

读完《威尼斯商人》,人们可能有些疑惑:剧情里有的是求婚和结婚,但似乎不大找得到爱情。尽管我们知道,"闪光的未必都是金子"的名言就出于其中,但从头到尾,未见剧中人物在真正谈着爱情,有的,反倒是一个个在做理智选择的男人:拜金的,选了金匣子落荒而去;喜银的,挑了银匣子愤懑离开;即使是那个号称不为外表所动的巴萨尼奥,选匣的动机和结果,还是为了钱。细心的读者不妨留心一下他提到鲍西娅时的第一句台词,再读读选匣后鲍西娅自贬自损、将自己的一切(包括房子!)都交付给夫君的那一大段台词。(难怪女性主义莎评学者要愤愤不平,塞进女人嘴里的话,有哪一句不是身为男性的莎士比亚写出来的!)即使是那个拐走了夏洛克的女儿的基督徒年轻人,想否认他多少是冲着杰西卡卷出家门的那包金银而来的,恐怕也未见得能让人完全相信。

当然,既然是喜剧,欢笑少不了,喧闹也是少不了的,而这五部戏里的欢笑和喧闹,大多是一种用技术话来说叫"戏剧反讽"(dramatic irony)的手法所致。所谓"戏剧反讽",即指这样的戏剧情境,卷入其中的台上人物对自己正说着错话做着错事毫不知情,而台下的观众则掌握着全部的事实真相,台上台下由此形成认知误差,从而赋予观众一种心理优越感,使他们能开心地看着别人犯傻而开怀,借笑声一吐在现实生活中的压抑和不快。这样的场景,是需要读戏的人展开一点想象力才能体会的。

其实,这样的场景我们都很熟悉,只是没意识到"戏剧反讽"这个技术词汇罢了。《仲夏夜之梦》中迫克错滴草汁,害得拉山德乱追对象,由此造成两男同追一女的乱象,《风流娘儿》中福斯塔夫两次被福德太太耍弄而狼狈不堪,《无事生非》中培尼狄克和贝特丽丝分别落入同伴设下的陷阱而吐露真心,这样的场景能让观众捧腹,无不是因为这些人物在台上的愚蠢举动让看客们有了幸灾乐祸的心情。至于《第十二夜》,更是因孪生兄妹的线索而使身份误判和情境误判达到极致,观众的乐趣也随着奥丽维娅对着她以为的西巴斯辛而实际上是薇奥拉的那人一声高喊"我的夫君"而达到高潮。即使有着诸多让人乐不起来的因素的《威尼斯商人》,莎士比亚依然有办法把走到悲剧悬崖上的剧情拉回到喜剧中来:庭审一场中,巴萨尼奥和葛兰西安诺两人拿老婆来当庭赌咒,希望她们上天去求得神助,却不知道两位的夫人改了男装就在一边听得真切,一句"幸亏尊驾在她的背后说这样的话,否则府上一定要吵得鸡犬不宁",让人拍案叫绝。其中笑点,足以冲淡场面上正义与怜悯之间唇枪舌剑的凝重和严肃。

对现场观剧经验不多的读者而言,读读剧本中的文字,也能不时会心一笑,因为莎士比亚总能触动那根当代和本土文化之弦,让人觉得他的戏,实在是为我们的这个时代、为生活在地球这一方的我们而写的。《无事生非》中,贝特丽丝振振有词的那句"男人都是泥做的,我不要。一个女人要把她的终身托付给一块顽固的泥土,还要在他面前低头伏小,岂不倒霉",让我们未免疑惑,曹雪芹是不是也读过莎氏剧本? 只不过贝特丽丝这样的豪爽,似乎安不到大观园里的林妹妹们身上。在《仲夏夜之梦》中,赫米娅的父亲责怪拉山德勾引自己的女儿时说:"你写诗句给我的孩子,和她交换着爱情的纪念物;你在月夜到她的窗前用做作的声调歌唱着假做多情的诗篇;你用头发编成的腕环、戒指,虚华的饰物、琐碎的玩具、花束、糖果——这些可以强烈地骗诱一个稚嫩的少女之心的'信使'来偷得她的痴情",读到此,相信会有人恍然:当今各种八卦里传得沸沸扬扬的偷得痴情的廉价信物,原来不过是莎士比亚时代偷情信物的山寨版本。

当然,有些读者可能不太会同意《风流娘儿》中福德先生的话:"金钱可以买田地,娶妻只能靠运气",因为现今时代,耳闻目睹之事总让人有"金钱万能"的感觉。如果你是当下某些电视频道相亲节目的忠实观赏者,而你又在《仲夏夜》中读到赫米娅纠结于自己太矮,在《无事生非》中培尼狄克嫌贝特丽丝"太矮了点儿"、"太黑了点儿"、"太小了点儿",竟至于开列出了"有钱,聪明,贤惠,美貌,温柔,人品高贵,会讲话,精音乐,头发必须是天然颜色的"所谓"完美情人"条件,你一定会想,台上参加表演的各位外貌协会会员(没有性别之差,因为现在男女平等),一定是读多了莎士比亚,才去如此给别人洗脑或无意识中被人洗脑的。当然,除了"头发必须是天然颜色的"一句,因为那倒是在爱美之外,更出于为对方的健康着想:更环保,更安全。

莎士比亚喜剧中的妙语也不全关乎恋爱婚姻。《无事生非》中培尼狄克有些自恋,他如此回应别人的不以为然:"当今之世,谁要是不趁自己未死之前预先把墓志铭刻好,那么等到丧钟敲过,他的寡妇哭过几声以后,谁也不会再记得他了。"想想也是啊,在过去,传记这类墓志铭式的东西若不是传主身后之物,起码也得是写人生之路已将到尽头之人,可现在社会发展快了,人们的心态也急了,年纪轻轻的就学培尼狄克的样(人家那是在开玩笑),理直气壮地找人写开了传记,还真不管吉利不吉利呢。

都说莎士比亚喜剧中的女主角个个智慧伶俐,《第十二夜》中的薇奥拉就是其中的佼佼者之一。她的话,时而一针见血:"一个漂亮又靠不住的男人,多么容易占据了女人家柔弱的心",时而推心置腹:"我们男人(此时她正装着男儿!)也许更多话,更会发誓,可是我们所表示的,总多于我们所决心实行的;不论我们怎样山盟海誓,我们的爱情总不过如此",时而睿智深刻:"装傻装得好也是要靠才情的:他必须窥伺被他所取笑的人们的心情,了解他们的身份,还得看准了时机;然后像窥伺着眼前每一只鸟雀的野鹰一样,每个机会都不放松。这是一种和聪明人的艺术一样艰难的工作。"特别是最后一句,如果把"傻"宽泛地理解为"老实",相信能为现今的办公室或官场政治教本提供很好的材料。

莎士比亚是做娱乐的,莎士比亚是把娱乐当产业来做的,因为他要靠票房来生活；但是，莎士比亚的戏剧娱乐也好，产业也罢，其中充满着各色深刻"放之四海而皆准"的问题，几百年来，引发着观众、读者和学者的深刻思考，即使那些看似浅显甚至有些无厘头的喜剧，细心人也常常能看出笑和闹背后的问题。例如《无事生非》演到高潮，受了不白之冤的希罗当众昏倒，醒来后，神父让她假传死讯，躲起来暂避风头，说这是"以死求生"的良策。稍稍留意一下，我们未免要问，为什么无辜的姑娘要为所谓的"失贞"付出生命代价？将女性的"贞操"与生命价值等同起来的，不正是男权社会的游戏规则吗？而这样的喜剧场景，是不是使男权思想对女性及所有男性的洗脑更进行于不知不觉中了呢？

至于这部集子中名气最大的《威尼斯商人》，它本身就常被归入"问题喜剧"或"暗色喜剧"中，哪里少得了问题：这里有安东尼奥等人代表的基督教和夏洛克代表的犹太教之间在宗教观念和习俗方面的冲突问题（超越了简单的人性善恶），有友情和爱情的冲突问题（细读一下，看看剧中那些男性人物是不是有重友轻色的倾向？），有女性的社会地位问题（不要相信鲍西娅等女性人物的表面风光，到剧本里看看她们婚后是什么角色地位就明白了），甚至有（似有非有之间）剧中人物的性取向问题（去读读基督徒安东尼奥和巴萨尼奥之间的对话吧），而鲍西娅在法庭上那段著名的"慈悲不是出于勉强"的长篇独白，更是完美呈现和诠释了自有法律及正义原则以来人类所处的两难困境：要正义还是要怜悯？要法律还是要仁慈？这样的问题，恐怕会难倒不少法学家、律师、道德哲学家和社会学家吧？当然，别指望莎士比亚提出什么"标准答案"。不信，去剧本里找找看。

所以，即使你读不完这几部喜剧，即使你不能完全消受这几部喜剧，读到好笑处笑一笑，翻到问题处想一想，本书编者的功夫就有了回报，你的时间和精力也有了回报；若还能从中悟出一点门道，追着自己的心思，去做一点既追随大众又引领大众、既娱乐大众又提升大众的、既有欢闹又有深度的文化经典，编者更值，你也更值，我们大家都值；至于莎士比亚头上那顶文学经典的帽子呢，大概也值了。

企鹅经典丛书书目

第一辑

夜色温柔　　　　　　　　　　　【美】F. S. 菲茨杰拉德

一个青年艺术家的画像　　　　　【爱尔兰】詹姆斯·乔伊斯

城堡 / 变形记　　　　　　　　　【奥地利】弗兰茨·卡夫卡

儿子与情人　　　　　　　　　　【英】D. H. 劳伦斯

茶花女　　　　　　　　　　　　【法】小仲马

少年维特的烦恼　　　　　　　　【德】歌德

恶之花　　　　　　　　　　　　【法】波德莱尔

黑暗的心 / 吉姆爷　　　　　　　【英】约瑟夫·康拉德

白鲸　　　　　　　　　　　　　【美】梅尔维尔

一个女人一生中的二十四小时　　【奥地利】斯台芬·茨威格

第二辑

西西弗神话　　　　　　　　　　【法】阿尔贝·加缪

白痴　　　　　　　　　　　　　【俄】陀思妥耶夫斯基

罪与罚　　　　　　　　　　　　【俄】陀思妥耶夫斯基

波斯人信札　　　　　　　　　　【法】孟德斯鸠

动物农庄　　　　　　　　　　　【英】乔治·奥威尔

一九八四　　　　　　　　　　　【英】乔治·奥威尔

纯真年代　　　　　　　　　　　【美】伊迪丝·华顿

漂亮朋友　　　　　　　　　　　【法】莫泊桑

莎士比亚四大悲剧　　　　　　　【英】莎士比亚

好兵帅克历险记　　　　　　　　【捷克】哈谢克

第三辑

老人与海	【美】海明威
太阳照常升起	【美】海明威
复活	【俄】列夫·托尔斯泰
红色骑兵军	【俄】伊萨克·巴别尔
包法利夫人	【法】福楼拜
嘉莉妹妹	【美】德莱塞
巴黎圣母院	【法】雨果
呼啸山庄	【英】爱米丽·勃朗特
简爱	【英】夏洛蒂·勃朗特
忏悔录	【法】卢梭

第四辑

远大前程	【英】狄更斯
古希腊戏剧选	【古希腊】埃斯库罗斯等
一千零一夜	【古阿拉伯】民间故事集
高老头	【法】巴尔扎克
泰戈尔诗选	【印】泰戈尔
名人传	【法】罗曼·罗兰
红字	【美】霍桑
蒙田随笔	【法】蒙田
牛虻	【英】E. L. 伏尼契
安娜·卡列宁娜	【俄】列夫·托尔斯泰

第五辑